Dohlenflug

Georg Wolf Dieter Gracher, geboren 1949 in Bad Gastein, studierte an der Pädagogischen Akademie Salzburg, war seit 1976 als Fachlehrer für Deutsch und Geschichte an der Hauptschule Bad Hofgastein tätig und trat 2011 in den Ruhestand. Im Emons Verlag erschienen »Hahnbalz« und »Herbstfrost«.

GEORG W. D. GRACHER

Dohlenflug

ALPEN KRIMI

emons:

Bibliografische Information der Deutschen Nationalbibliothek
Die Deutsche Nationalbibliothek verzeichnet diese Publikation in der Deutschen Nationalbibliografie; detaillierte bibliografische Daten sind im Internet über http://dnb.d-nb.de abrufbar.

MIX
Papier aus verantwortungsvollen Quellen
FSC® C083411
FSC www.fsc.org

Umschlagfoto: mauritius images / Bernd Römmelt
Umschlaggestaltung: Tobias Doetsch
Druck und Bindung: Clausen & Bosse GmbH, Leck
Printed in Germany 2012
ISBN 978-3-95451-036-8
Alpen Krimi
Originalausgabe

1 SCHON SEIT WOCHEN rüstete sich der Kur- und Wintersportort Bad Hofgastein für das Erntedankfest Ende September. Alfred Schleißheimer hatte sich an diesem wolkenlosen Samstagnachmittag unauffällig von den letzten Vorbereitungen losgeeist. Er war kein Freund von Folklore und Brauchtumsveranstaltungen, überhaupt kein Verfechter brachialer Belustigung, für den er, der »flotte Fredl«, von vielen Einheimischen gehalten wurde. Und eben jene, die ihn nur flüchtig kannten, glaubten ja auch, er sei ein honoriger Bürger, hatte er doch den sicheren Arbeitsplatz auf der Linzer Sparkasse, das nette Häuschen in bester Lage im Ortsteil Lafén, eine attraktive Frau und eine brave Tochter, die mit ihren vierzehn Lenzen weder gepierct noch tätowiert noch sonst wie modisch verunstaltet war.

Aber der Enddreißiger war nichts weniger als ein honoriger Bürger, und auch er selbst sah sich nicht als solchen. Der »flotte Fredl« war nur Fassade, eine wirksame, jedoch furchtbar banale Fassade, wie er sich selbst tagtäglich eingestand. Den Spitznamen verdankte er seiner Beliebtheit bei weiblichen Bankkunden, die sich seinem Charme und seiner Beflissenheit kaum entziehen konnten. Und das wollte etwas heißen, denn Anlageberater waren auch in Zeiten guter Konjunktur nicht immer *everybody's darling*.

Ihm selbst war seine Beliebtheit als Tarnung zwar willkommen, darüber hinaus aber gleichgültig. Diesbezüglich machte er sich nichts vor. Besonders jetzt nicht, da er mit dem RAV4 die Bergstraße ins Angertal, eines der Gasteiner Seitentäler, hochbretterte.

Nicht egal war ihm hingegen, dass sein Arbeitsplatz auf der Bank trotz seiner Tüchtigkeit keineswegs so sicher war, wie Außenstehende annahmen. Natürlich hatte er noch diesen einen makabren Trumpf im Ärmel, aber wenn es hart auf hart kam, war nicht unbedingt gesagt, dass er auch stach. Seine Frau musste um ihre Dienststelle weitaus weniger bangen als er um seinen Posten, und eben das hielt er für eine ausgesprochene Ungerechtigkeit des Schicksals. Salma war noch Gouvernante im »Grand Hotel«. Noch! In den letzten Jahren hatte sie dort immer wieder die Fristlose fürchten müssen. Ihre Affären mit Angestellten und Gästen des Hotels gehörten zum Standardklatsch des Gasteiner Gastgewerbepersonals. Dass sich die Frau eines so flotten Hirschs schadlos hielt, verstand jeder, dass sie sich dabei aber etwas diskreter hätte verhalten können, war ebenso Common Sense. Ihr selbst war inzwischen egal, was die Leitung des Hotels oder die Gasteiner im Allgemeinen über sie dachten. Wenn alle Stricke rissen, würde sie genau dort einen Job bekommen, wo er, Fredl Schleißheimer, um seinen bangen musste: auf der Linzer Sparkasse.

Im Skizentrum Angertal rührte sich nichts um diese Jahreszeit. Die Liftkabinen der Kasereben-Seilbahn verbrachten den Spätsommer auf Halde. Ihre Aufhängevorrichtungen ragten in die Höhe wie die Arme von Industrierobotern und erinnerten Schleißheimer in ihrer stereotypen Ausrichtung an ein bekanntes Bild von Egger-Lienz. Das geräumige Parkhaus war abgesehen von einigen Autos des Service-Personals leer. Während er daran vorbeifuhr, fragte er sich zum x-ten Mal, ob er denn komplett wahnsinnig geworden sei. Warum nur fuhr er jetzt und hier am Wochenende im wunderschönen herbstlichen Angertal seinem Verhängnis entgegen, statt den Kameraden von der Bergrettung entspannt bei den Vorbereitungen für das Erntedankfest zu helfen?

Entspannt? Nein, entspannen konnte man sich nur schwerlich, wenn einem von drei Seiten Unheil drohte. Aber *sie* würde dafür sorgen, dass er für kurze Zeit alles um sich herum vergaß.

Er blickte auf seine Breitling-Armbanduhr. Vierzehn Uhr dreißig. Wieder rief er das SMS auf: *»bin etwas klamm. komm um 15 uhr zur r-hütte! werde auch ganz lieb sein. wie wär's mit neuem handy?«*

Schon das Lesen der Nachricht erregte ihn. Sein Glied versteifte sich so rasch, dass es schmerzte.

Ihm war durchaus bewusst, auf welch dünnem Eis er sich bewegte. Himmel, wie sehr er sich dessen bewusst war – und das seit Jahren! Aber er konnte seinen Hang zu diesen jungen Dingern nicht kontrollieren. Es war eine Sucht, eine Sucht, der er keinen Widerstand entgegenzusetzen hatte. Die Lolitas wussten das und nutzten es natürlich gnadenlos aus. Seine derzeit aktuelle war gerade erst vierzehn und ein besonders durchtriebenes Luder. Setzte ihren Körper ein wie eine Droge und machte ihn zum willenlosen Trottel.

Bei dem Gedanken, wie viel Geld sie ihm heute wieder abluchsen würde, schluchzte er zornig auf. Und warum schon wieder ein Handy? Sie hatte doch neulich erst eines bekommen! Aber dafür, dass sie ihn letztlich wieder an sich ranlassen würde, würde er fast alles tun.

Der Nachschlüssel für die Rettenwänd-Hütte war überflüssig, da ein Reserveschlüssel immer unter einer Steinplatte vor der Hüttentür lag. Er hatte ihn trotzdem anfertigen lassen – vorsichtshalber. Von ihm als anrüchigem Einlieger hatte natürlich niemand eine Ahnung, am allerwenigsten der Besitzer. Die einstige Almhütte lag abseits der Gadaunerer Hochalm auf einem Höhenrücken nahe der Waldgrenze. Wie ihr Name schon andeutete, war sie nicht leicht zu erreichen. Vor etlichen Jahren war es noch gar nicht möglich gewesen, bis vor die Hüttentür zu fahren – nicht einmal mit einem Offroader.

Der Forstweg dorthin zweigte zunächst von der Gadaunerer-Hochalm-Straße auf halber Strecke links ab, stieg dann, weil ursprünglich nur zur Holzbringung angelegt, sehr steil an und führte schließlich in einer kühnen Schleife zur Hütte. Es war nicht ratsam, ihn mit einem gewöhnlichen Pkw zu befahren, weshalb die Hütte auch nicht zu den touristischen Rennern zählte, selbst die Besitzer nutzten sie nur gelegentlich zur Jagd oder vermieteten sie. Schleißheimer wusste fast immer, wann sie verfügbar war und wann nicht. Resi Neuhuber, die Frau des Eigners, kam zwei Mal wöchentlich in den Schalterraum der Linzer Sparkasse und quasselte dann mindestens eine Viertelstunde mit ihm über Gott und die Welt. Es bedurfte nur einiger gezielter Fragen seinerseits, um Bescheid zu wissen.

Auch an diesem letzten Samstag im September nahm niemand von den Befugten die Hütte in Anspruch, da die Neuhubers vollauf mit den Vorbereitungen für das Erntedank-Spektakel beschäftigt waren.

In seinem kleinen Geländefahrzeug nahm Schleißheimer die erste steile Kurve, die den Anstieg zu den Gadaunerer Hochalmen markierte, und bog fünfzehn Minuten später in den Stichweg zur Rettenwänd-Hütte ein. Er war ein guter Fahrer und verfügte über einen Wagen, der den Anforderungen des Innergebirgs gewachsen war. Rasch hatte er die Kehre erreicht, aber das traumhafte Panorama hinauf zum Schwalbenkar würdigte er mit keinem Blick.

Als er vor der zum Chalet adaptierten Almhütte hielt, sah er sofort, dass die Tür einen Spaltbreit offen stand.

Eine solche Nachlässigkeit passte gar nicht zu ihr! Sie war nicht nur ein durchtriebenes Luder, sondern normalerweise auch extrem vorsichtig. Niemand sonst wusste etwas von ihren Aktivitäten als Babystricherin, am allerwenigsten ihre Mutter.

»Hallo, mein Kätzchen?« Keine Antwort. Er schob die Tür ganz auf. Eine Gestalt erhob sich vom Rand der Sitzecke.

2 WIEDER EINMAL hatten die Veranstalter Riesenglück. Die Prognose der Wetterfrösche für den Sonntag hielt, sodass unter den Klängen einer der vielen Blaskapellen auf dem Kaiser-Franz-Platz die Herreiter an einem traumhaften Frühherbstnachmittag einzogen. Ihre Schnalzer-Sinfonien mit den meterlangen schweren Peitschen waren einer der Höhepunkte des Erntedankumzugs, dazu zeigten circa vierzig Wagengespanne Historisches und Aktuelles aus dem bäuerlichen Leben. Unvermeidlich dabei – wie bei allen derartigen Veranstaltungen – war der rege Fluss von Hochprozentigem aus heimischen Destillen.

Der Platz war schwarz vor Zuschauern. Man stand auf Tuchfühlung, ob man wollte oder nicht. Genauso wie die Einheimischen ließen sich die von Jahr zu Jahr zahlreicher werdenden »Bauernherbst«-Touristen nur allzu gern von der bukolischen Stimmung umfangen. Auffällig viele Mädchen und junge Frauen säumten die schmale Gasse, durch die die Reiter die prächtig gezäumten Noriker lenkten.

Eines der Mädchen, rotblond, etwa dreizehn oder vierzehn Jahre alt und viel zu mager für sein Alter, stand in der Mündung der Weißgerbergasse zwischen »Salzburger Hof« und »Hotel Moser«. Als einzige Person in der Menge hatte es keine Augen für das rustikale Spektakel, sondern starrte wie betäubt ins Leere, wobei es sein hypermodernes Handy noch immer ans Ohr presste, obwohl der Gesprächsteilnehmer längst aufgelegt hatte.

Ein anderer Zaungast in gamslederner Herrentracht wurde von einigen jungen Frauen umringt, eine hübscher als die andere. Der Mann war etwa vierzig Jahre alt, weder besonders groß noch besonders attraktiv, hatte aber eine sportliche Figur, dunkles gelocktes Haar und einen grausamen Mund ähnlich dem, der einen Sean Connery unverwechselbar gemacht hat.

Ein Kurgast aus dem Ruhrgebiet suchte einen Anknüpfungspunkt, um mit dem Mann ins Gespräch zu kommen – und über ihn vermutlich auch mit den Grazien an seiner Seite.

»Entschuldigen Sie, junger Mann, können Sie mir sagen, wen diese Büste auf dem Marmorblock darstellt?« Er zeigte auf das Kaiser-Franz-Denkmal vor dem »Salzburger Hof«.

Der »junge Mann« war in etwa gleich alt wie der Frager, antwortete aber trotzdem geduldig: »Das ist Franz der Erste aus dem Haus Habsburg, Kaiser von Österreich, vor 1809 als Franz der Zweite sogar noch Kaiser des Heiligen Römischen Reiches deutscher Nation.« Die Auskunft klang auswendig gelernt, der Gamslederne gab sie nicht zum ersten Mal.

»Was Sie nicht sagen! Und warum haben ihm die Hofgasteiner ein Denkmal gesetzt?«

Der Gefragte erwog einen Augenblick lang, den aufdringlichen Menschen mit einem Hinweis auf die Inschrift am Sockel abzufertigen, entschied sich aber als gelernter Österreicher doch für die Höflichkeit.

»Das war so: Die Hofgasteiner hatten mit dem Kardinal Ladislaus Pyrker einen mächtigen Fürsprecher bei Seiner Apostolischen Majestät. Seine Büste befindet sich übrigens gleich da vorn neben der Kirche. Der Kaiser verpflichtete also die Badgasteiner, den Hofgasteinern auf ewige Zeiten einen Teil ihres Thermalwassers zu überlassen, und dafür haben ihm die Hofgasteiner dieses Denkmal errichtet. Wie ich finde, zu Recht.«

»Sie sind wohl Badgasteiner?«

»Sie sagen es.« Der Gamslederne grinste, war aber mit den Gedanken sichtlich woanders, was auch der prallen Brünetten aufgefallen zu sein schien, die sich bei ihm eingehakt hatte.

»Pauli, was ist nur heut los mit dir? Dich interessiert der Umzug ja überhaupt nicht, und du hast der Lisi und mir noch kein einziges Kompliment zu unseren Dirndln gemacht. Stattdessen starrst du dauernd auf das junge Mensch da drüben auf der anderen Straßenseite.«

Das junge Mensch war das etwa vierzehnjährige rotblonde Mädchen mit dem Handy am Ohr. Als es jetzt bemerkte, dass es beobachtet wurde, verschwand es rasch in der Zuschauermenge.

»Ja, seit wann stehst du denn auf so grüne Zwetschgen, wenn die reifen Äpfel vor deiner Nase hängen?«, krähte Lisi an seiner rechten Seite und drückte das Mieder ihres Dirndls und die darin befindlichen ansehnlichen »Äpfel« fest gegen seinen Oberarm.

»So ein Blödsinn, ich steh doch nicht auf Kinder«, verwahrte sich Pauli. »Ich hab das Madl nur mit einer Verwandten verwechselt. Deshalb hab ich hingschaut. Kommt, gehn wir auf ein Schnapserl zum Kirchplatz hinüber!«

3 »HABEN SIE irgendetwas an der Leiche verändert?«, fragte Oberleutnant Melanie Kotek vom Landesgendarmeriekommando Salzburg die Hütteneignerin.

»Wo denken Sie hin, Frau … Frau …«

»Kotek«, ergänzte Kotek. Sie war müde. Zuerst die Fahrt am späten Sonntagnachmittag vom Franz-Hinterholzer-Kai in Salzburg bis ins Gasteiner Tal und dann auch noch hier herauf. Es war kaum zu glauben, aber für die paar Kilometer von der Gasteiner Klamm zur Rettenwänd-Hütte im Schwalbenkar hatten sie ebenso lang benötigt wie für die gesamte Strecke zuvor. Dabei hatte Chefinspektor Leo Feuersang den Dienst-Quattro regelrecht über die Forststraßen geprügelt, und Gruppeninspektor Werner Wegener von der Spurensicherung, der Fahrer des zweiten Audi, war nicht zimperlicher gewesen. Seine Beifahrer, Bezirksinspektor Oliver Stubenvoll, Leiter der Spusi, und Dr. Sebastian Pernauer, Chef der Gerichtsmedizin Salzburg, waren jetzt noch grün im Gesicht.

»Nein, Frau … äh … Oberleutnant, natürlich hab ich den armen Fredl nicht angerührt«, ereiferte sich Resi Neuhuber. Die Tränen schossen der noch immer geschockten Frau über die gut gepolsterten Wangen. »Nicht einmal angetippt hab ich ihn, ob er vielleicht noch lebt. Mich hat's viel zu sehr gegraust. Schon als ich in die Hütte getreten bin, hat sich ein dichter Schwarm Schmeißfliegen von seiner Leiche erhoben, und es hat gestunken wie in einem aufgelassenen Schlachthaus! Fast hätte ich gekotzt. Man konnte es mit einem Blick sehen: Da hat ein Irrer ganze Arbeit geleistet, und zwar schon vor geraumer Zeit.«

Alfred Schleißheimers Leichnam bot tatsächlich keinen schönen Anblick. Splitternackt und mit gespreizten Beinen lag er auf dem Hüttentisch – inmitten einer riesigen angetrockneten Blutlache. Jemand hatte ihm den Penis samt Skrotum fein säuberlich abgeschnitten und zwischen die Zähne gestopft. Auf Stirn, Wangen, Brust und Bauch war mit Blut etwas gemalt worden, das an magische Zeichen erinnerte – die allerdings auch längst angetrocknet und teilweise abgebröselt waren. Erst beim zweiten Blick fiel der Einstich in Herznähe auf.

»Sein eigenes Blut«, sagte Pernauer überflüssigerweise. »Wahrscheinlich liegt er schon seit gestern da.« Als er seine Hand bewegte, veränderte sich auch das monotone Summen der Fliegen.

»Der Leichnam hat übrigens daruntergelegen.« Er wies auf eine bunt bedruckte Wolldecke, die jemand achtlos auf die Bank der Sitzecke geworfen hatte. »Jemand muss sie von ihm runtergezogen haben, als das Blut schon gestockt war, aber dieser Jemand muss nicht unbedingt der Mörder sein.«

»Wie ist der Mann zu Tode gekommen, Wastl?«, fragte Melanie Kotek, während sie Wegener beim Fotografieren zusah. Sie selbst hatte vor Jahren ebenfalls als Tatort-Fotografin beim LGK angefangen.

»Zunächst hat ihm jemand einen wuchtigen Schlag gegen die rechte Schläfe versetzt, wie die Verfärbung hier beweist.« Er zeigte auf einen kaum sichtbaren Bluterguss. »Mit einem harten runden Gegenstand, vielleicht einem Totschläger. Jedenfalls hat ihn dieser Hieb betäubt. Unmittelbar danach wurde er geschächtet.« Die Stichwunde am Halsansatz war relativ klein und unscheinbar. »Deshalb auch die Sauerei hier am Tisch und die wenig ausgeprägten Totenflecken. Der Stich unter dem linken Rippenbogen hindurch nach oben in den Ventrikel war nur noch Draufgabe. Der oder die Mörder wollten auf Nummer sicher gehen. Sowohl der Schlag als auch der Messerstich, der im spitzen Winkel am

Sternum vorbeigeführt wurde, weisen den Mörder als Linkshänder aus. Es sei denn …«

»Es sei denn was?«, fragte Kotek.

»Es sei denn, der Mörder hat sein Opfer von hinten attackiert. Dann könnte er auch Rechtshänder sein. Ich seh mir das daheim mal genauer an.«

»Anzeichen von Gegenwehr?«

Pernauer schüttelte den Kopf. »Nein. Der Ermordete dürfte mit der Attacke nicht gerechnet haben. Der Schlag traf ihn überraschend und präzise. Man kann ihn durchaus als ›Keulung‹ bezeichnen, so exakt wurde er ausgeführt. Deutet also auf einen Profi hin – wie auch die Messerführung bei den Stichen in Halsschlagader und Herz und der Totalkastration. Eigentlich wären für diese Aktionen verschiedene Klingen nötig gewesen, es sei denn, der Täter hat ein Schlachtmesser benutzt, wie man es für das Ausbluten, Zerteilen und Entbeinen von Nutztieren verwendet.«

»Ein Schlachtmesser?«, fragte Kotek etwas konsterniert. »Wie soll ich mir das vorstellen? Wie eine Art Machete?«

Pernauer lachte. »O Gott, nein! Ein Schlachtmesser ist ein eher unscheinbares Gerät. Sieht aus wie ein mittelgroßes Küchenmesser, das oft geschliffen wurde. Nur der Fachmann erkennt, was er da in der Hand hält. Das Heft ist äußerst stabil, die schmale Klinge aus Spezialstahl scharf wie ein Skalpell und die Spitze zusätzlich ausgehärtet, damit sie beim Entbeinen nicht abbricht oder sich verbiegt.«

»Das würde den Täterkreis ziemlich einschränken«, meinte Chefinspektor Feuersang. Sein animalisches Erscheinungsbild faszinierte Resi Neuhuber noch immer. Noch nie hatte ein Mann sie bisher so stark an den hofeigenen Pinzgauer Zuchtstier namens Rudi erinnert, wie es der Chefinspektor jetzt tat.

»Ja, aber nicht nur auf Metzger, Jäger, Chirurgen und Profikiller«, sagte Pernauer. »Hier in den Tauerntälern im Innergebirg stammt jeder Zweite aus Familien mit bäuerlichem Hintergrund. Die meisten von ihnen können mit Hirschfänger und Schlachtmesser umgehen – Männlein wie Weiblein.«

»So wie Personen aus dem Gastgewerbe«, ergänzte Feuersang.

Melanie Kotek verzog ihren schönen Mund. »Wie tröstlich. Dann können wir ja gleich mal die Hälfte der Talbevölkerung verhaften. Aber sehe ich das richtig, dass dies keine Tat aus Leidenschaft, sondern eine wohlüberlegte war?«

Pernauer zuckte mit den Schultern. »Bin ich ein Profiler? Kalter Hass macht auch eine ruhige Hand und ist trotzdem Leidenschaft. Wenn du allerdings meinst, dass die Tat vermutlich nicht spontan verübt worden ist, dann bin ich deiner Meinung.«

»Und die abgeschnittenen Genitalien sind wohl als Hinweis zu verstehen«, sagte die Ermittlerin mehr zu sich selbst als an die Kollegen gerichtet. »Vielleicht wurde das Opfer ja für ein Sexualdelikt bestraft, oder es soll zumindest so aussehen.«

Wegener, der gerade mit der Fußbodenuntersuchung fertig war, erhob sich aus seiner knienden Stellung. »Eine Vergewaltigung oder Nötigung könnte der Hintergrund sein, aber genauso gut Rivalität, Demütigung oder einfach nur Zurückweisung.«

Kotek grinste. »Du sagst das in einem Ton, als wärest du selbst täglich Opfer solcher Gefühlskatastrophen, was ich mir bei dir allerdings kaum vorstellen kann.«

Es war allgemein bekannt, dass der ebenso fesche wie begüterte Mittdreißiger und Junggeselle Wegener wie eine Biene von Blüte zu Blüte flatterte und demgemäß meistens die Damen die Leidtragenden waren.

»Fälle mit derartigem Tatmuster hatten wir tatsächlich schon«, kam Stubenvoll seinem Kollegen zu Hilfe. »Jedenfalls muss der Täter oder die Täterin das Opfer sehr gut gekannt haben. Dazu passt auch, dass kein Handy bei Schleißheimers Sachen zu finden war.«

»Und diese Zeichen …?« Da Kotek diesmal keine Antwort erhielt, wandte sie sich an die Zeugin. »Wann genau haben Sie den Toten gefunden, Frau Neuhuber? Kommen Sie, wir gehen jetzt mal hinaus vor die Hütte und lassen die Kollegen von der Kriminaltechnik ihre Arbeit fertig machen.«

Kotek, Resi Neuhuber und Feuersang setzten sich auf die frisch gezimmerte Hausbank vor der Hütte. Die Kniebundhose der Bäuerin erinnerte an ein auf den Kopf gestelltes Zirkuszelt. Resi Neuhuber war nicht eitel, einen derartigen Luxus konnte sie sich in ihrem Umfeld gar nicht leisten, aber der Blick auf Koteks knackigen Hintern, den eine Levi's Jeans wie eine zweite Haut umspannte, machte sie doch ein bisschen traurig. Noch mehr als um die Figur beneidete sie die jüngere Frau allerdings um das wallende dunkelbraune Haar, das ihr weit über Schultern und Rücken fiel.

Eine solarbetriebene Lampe über der Hüttentür spendete ihnen ausreichend Licht. Die beiden Frauen blickten direkt zum Stubnerkogel und zum Zittrauer Tisch hinüber. Die Umrisse der beiden markanten Bergkegel hoben sich vor dem wolkenlosen Abendhimmel noch deutlich ab.

»Heut um drei Uhr nachmittags hab ich ihn gefunden«, erzählte Resi Neuhuber. »Danach hab ich sofort die Polizei angerufen. Die Hütte wurde kurzfristig von Jagdgästen gebucht – ab nächster Woche. Jetzt haben wir ja schon Sonntag, also bin ich heraufgefahren, um noch einmal nach dem Rechten zu sehen. Und das, obwohl ich so gern den Umzug vom Erntedankfest gesehen hätte. Meine Söhne machen mit ihrem Wagen sicher den ersten Preis.«

Die jüngere Kotek sah sie bedauernd an. »Da muss ich Ihnen gleich noch eine Enttäuschung bereiten. Sie werden Ihre Gäste bitten müssen, ihre Ankunft um einige Tage zu verschieben, bis die Hütte von uns freigegeben ist.«

»Muss das denn sein?«, fragte Resi Neuhuber ungnädig. »Das Blut und der andere Dreck sind doch mit Ätznatron schnell weggewaschen, da hatten wir schon ärgere Sauereien zu beseitigen. Die Gäste heutzutage sind nämlich auch nicht mehr das, was sie einmal waren.«

»Es muss sein, Frau Neuhuber«, bekräftigte Kotek nachdrücklich. »Sind Ihnen heute beim Herauffahren eigentlich ein Fahrzeug oder Fußgänger aufgefallen?«

»Wieso denn heute? Es hieß doch, der Fredl sei schon gestern ermordet worden«, entgegnete Resi Neuhuber spitz.

»Beantworten Sie bitte meine Frage.«

Die Neuhuber schüttelte den Kopf. »Nein, mir ist niemand aufgefallen. Ich hab mich nur über Fredls Toyota gewundert, der vor unserer Hütte stand. Den RAV4 hab ich natürlich sofort erkannt und mich noch gefragt, was Fredl ausgerechnet am Erntedankfest hier oben in der Einschicht zu suchen hat. Aber dann war mir klar, dass da etwas nicht stimmen konnte.«

»So? Warum denn?«

»Auf den Bäumen neben der Hütte saßen Hunderte von Dohlen. In so einer Masse tauchen die nur auf, wenn irgendwo verletztes oder erlegtes Wild liegt. Diese Vögel riechen Blut kilometerweit. Als ich dann gesehen hab, dass die Hüttentür einen Spaltbreit offen stand, hat mich das endgültig alarmiert. Hab gedacht, irgendein Sandler hätte was gewildert und sich hier eingenistet. Also hab ich zu Hause angerufen und meinen Leuten gesagt, was ich vorgefunden hab.«

»Hier oben hat man Handyempfang?«, warf Melanie Kotek ein.

»Natürlich. Sie haben doch die Relaisstation drüben am Stubnerkogel direkt im Blickfeld.«

»Gut. Und was haben Sie dann gemacht?«

»Ich hab mein finnisches Jagdmesser gezogen.«

Sie nahm es aus einer Oberschenkeltasche ihrer grünen Jagdhose und zog es aus der schlichten Lederscheide. Es war ein Hirschfänger mit furchterregend breiter und scharf geschliffener Klinge.

»Ohne fahr ich nie allein irgendwohin. Heutzutage rennt ja überall Gesindel herum. Schließlich hab ich die Tür mit dem Fuß aufgestoßen – und bin mordsmäßig erschrocken. Eine Dohle hatte sich in ihrer Gier bis ins Innere der Hütte gewagt und flatterte panisch krächzend an mir vorbei ins Freie.«

»Ja, die Gier ist ein Luder«, fühlte sich Feuersang zu kommentieren bemüßigt.

Resi Neuhuber zuckte mit den Achseln. »Da lag Fredl dann.«

»Er war nicht zugedeckt?«

»Nein, er lag so da wie jetzt. Ein furchtbarer Anblick. Und vorgestern Vormittag habe ich noch auf der Sparkasse mit ihm getratscht.« Sie wurde kurzatmig, und die Tränen begannen wieder zu fließen.

»Du hast ihn also näher kennt?«, fragte Feuersang im breitesten Pongauer Dialekt und outete sich durch das Duzen auch gleich als Innergebirgler.

»Wieso denn näher?«, fragte die resolute Fünfzigerin misstrauisch zurück, ohne allerdings im Geringsten über die vertrauliche Anrede beleidigt zu sein.

»Nun, du sagtest doch eben –«

»Ach, du meinst, weil ich mit ihm getratscht habe? Ha! Würde ich jeden Mann *näher* kennen, mit dem ich ein bisschen plauder, da würde mir mein Alter sauber den Marsch blasen. Nein, ich kannte Fredl nicht näher. War ja auch vollkommen überrascht, ausgerechnet ihn hier als Leiche anzutreffen.«

»Er hatte einen Schlüssel zu der Hüttentür«, gab Feuersang zu bedenken.

Sie zuckte mit den Achseln. »Woher er den hatte, weiß ich nicht. Von mir jedenfalls nicht. Ich kann mir bei seinem Ruf zwar durchaus vorstellen, wofür er die Hütte brauchte, aber meine Familie und ich, wir haben nichts damit zu tun. Fredl war zweifellos ein sympathischer Bursche, hatte immer ein nettes Wort für einen übrig. Vielleicht bin ich ja deshalb öfter zur Bank gegangen, als ich eigentlich gemusst hab, aber mehr war da wirklich nicht dahinter.«

»Warum denn nicht?«, fragte Feuersang, den Skeptiker spielend. »Du bist doch eine ganz saubere Person.«

Resi Neuhuber kicherte verlegen. »Du bist ja ein noch ärgerer Schmeichler, als der Fredl es war. Aber nein, bei ihm waren schon andere Hasen angesagt, jüngere und knackigere. Würde mich nicht wundern, wenn –« Sie verstummte plötzlich.

»Wenn was?«, setzte Feuersang sanft nach. Kotek hielt sich jetzt zurück, ihr Kollege hatte sichtlich den besseren Draht zur Zeugin.

»Also, wenn Salli, seine Frau, etwas mit seinem Tod zu tun hat. Eigentlich hab ich zuerst an sie gedacht, als ich ihn da so liegen sah. Andererseits …«

Feuersangs aufmunternder Blick bewegte sie zum Weiterreden. »Andererseits will es mir einfach nicht in den Kopf, dass sie für eine derartige Sauerei verantwortlich sein soll. Sie ist selbst kein Kind von Traurigkeit, deshalb passt eine so abartige Verstümmelungsnummer als Rache einfach nicht zu ihr. Wäre er vergiftet worden oder hätte er einen rätselhaften Autounfall gehabt, dann wäre ich die Letzte gewesen, die sie nicht sofort verdächtigt hätte. Schließlich werden durch seinen Tod für sie gleich mehrere Probleme gelöst.«

»Nämlich welche?« Feuersang schenkte der Zeugin sein gewinnendstes Lächeln. Respektlose Kollegen bezeichneten es auch gern als Nussknacker-Grimasse, aber Resi Neuhuber schien es zu gefallen.

»Nun, erstens ist sie ihn los. Jetzt kann sie ihr Leben endgültig so leben, wie es ihr schon immer vorschwebte, und kein Fredl wird ihr jemals wieder ihre anrüchige Jugend in der Öffentlichkeit vorwerfen – sie war schon als junges Mädchen ein ziemlich leichtes Hemd. Zweitens erbt sie das Haus, gemeinsam mit ihrer Tochter natürlich. Aber Chrissie über das, was da drinnen passiert ist, zu informieren«, sie deutete mit dem Daumen hinter sich, »darum beneide ich die Salli wirklich nicht. Fredl hat Chrissie immer sehr knapp gehalten. Ihre guten schulischen Leistungen waren für ihn immer selbstverständlich, und trotzdem liebte sie ihn abgöttisch. Und drittens steht Sallis Verhältnis zu Fredls Chef, John Silver, jetzt unter neuen Vorzeichen. Sie ist Mitte dreißig und recht sexy, er fünfzig und Witwer.«

»John Silver?«, klinkte sich Kotek wieder ein. »Das ist doch ein Witz. So heißt der Filialleiter der Linzer Sparkasse doch nicht wirklich, oder?«

»Nein, Johnny hat schon in der Schulzeit bei einem Unfall ein Auge eingebüßt. Deshalb und wegen seiner ziemlich rüden Geschäfts- und Personalpolitik hat ihm irgendwer mal diesen Spitznamen verpasst, der dann prompt an ihm hängen geblieben ist. Laut Taufschein heißt er aber Jean Pierre, Jean Pierre Regenmandl.«

»Jean Pierre? Das ist ja fast noch komischer als sein Spitzname«, warf Feuersang ein. »Warum nicht Hans-Peter?«

»Weiß der Teufel, was sich seine Eltern dabei gedacht haben«, sagte Resi Neuhuber achselzuckend. »Sein Vater war übrigens Fleischhauer. Ich erwähn das nur, weil vorhin von Metzgern die Rede war.«

»Du hast gesagt, die Beziehung von Salli Schleißheimer zu Regenmandl würde nun unter neuen Vorzeichen stehen«, knüpfte Feuersang an, ohne auf die letzte Anmerkung einzugehen. »Das heißt, zwischen den beiden besteht bereits eine Beziehung?«

»Klar, das weiß jeder hier in Gastein. Von Johnny bezieht sie auch regelmäßig Prügel wegen ihrer One-Night-Stands mit diversen Beihirschen. Prügel, die ihr vom Ehemann übrigens nie gedroht haben. Trotzdem kommt sie nicht von Johnny los und er nicht von ihr. Eigentlich überraschend bei zwei so kaltschnäuzigen Hyänen. Jedenfalls gewinnt Salli nach diesem Vorfall, egal, ob Johnny sie nun heiratet oder nicht.« Und mit einem leisen Unterton von Neid fügte sie hinzu: »Sie muss es wirklich draufhaben.«

»Sie meinen also, für so einen Zugewinn kann man schon ein paar Watschen wegstecken?«, konnte Melanie Kotek sich nicht zurückhalten einzuwerfen.

Resi Neuhuber drehte beide Handflächen nach oben und ließ die Frage unbeantwortet.

»Regenmandl ist Witwer, sagten Sie. Seit wann?«, fragte Kotek.

»Schon seit ein paar Jahren«, gab Resi Neuhuber nun wieder bereitwillig Auskunft. »Er und seine Frau Edda haben aber schon lange vor ihrem tödlichen Autounfall getrennt gelebt. Sie konnte seine Schläge nicht so gut wegstecken wie Salli. Der Scheidungstermin stand bereits fest, doch das Schicksal wollte es anders. Mit dem Autounfall hatte Johnny aber nichts zu tun«, beeilte sie sich hinzuzufügen. »Tja, so ungerecht kann's manchmal zugehen in der Welt. Johnny hat die Verstorbene dann natürlich noch beerbt und sich nicht entblödet, sich in allen Salzburger Zeitungen kondolieren zu lassen, als wäre er noch glücklich verheiratet gewesen.«

»Ein wahrer Gemütsmensch«, sagte Feuersang, und Resi Neuhuber nickte.

»Ja, mit dem Gemüt eines Metzgerhundes. Aber gerade deshalb glaube ich nicht, dass er etwas damit zu tun hat.« Sie deutete wieder mit dem Daumen hinter sich. »Johnny hat in Fredl bestimmt kein Hindernis gesehen. Im Gegenteil: Es passte ihm ganz gut, dass Salli verheiratet war.«

»Sie meinen, weil Beziehungen zwischen Sexualpartnern ohne festgeschriebene Verpflichtungen angeblich weniger konfliktreich sind?«, fragte Kotek.

»Sexualpartner ohne festgeschriebene Verpflichtungen? Hm, ich weiß zwar nicht genau, was Sie darunter verstehen, vermute aber, dass Sie recht haben. Es täte jeder Beziehung gut, wenn man nicht immer aufeinanderklebt. Aber selbst wenn Johnny wirklich etwas mit Fredls Ermordung zu tun hätte: Salli wäre sicher nicht der Auslöser gewesen.«

»Ah, dann machen also Sie jetzt unsre Arbeit, Miss Marple?«, fragte Melanie Kotek.

»Natürlich nicht.« Resi Neuhubers hellblaue Augen konnten

überraschend eisig blitzen. »Ich kann auch gar nichts mehr sagen. Bitte sehr. Wenn ich Ihnen zu sehr auf die Nerven gehe …«

»Meine Kollegin wollte doch nur einen Scherz machen.« Feuersang versuchte sie zu besänftigen und legte ihr die Hand auf den Unterarm. »Vergiss deinen Grant und sag mir jetzt, was du noch sagen wolltest.«

Augenblicklich beruhigte sich Resi Neuhuber. »Also, da ist noch etwas Bemerkenswertes.«

»Du meinst, dass die Eltern von Regenmandl Fleischhauer waren und er vermutlich mit einem Schlachtmesser umgehen kann?«

»Das auch, aber ich hab eigentlich was anderes gemeint: Johnny hatte schon vor dem Techtelmechtel mit Salli gelegentlich Freundinnen neben seiner Frau. Eine davon war Charlotte Heinrich, die Bachblüten-Lotte.«

»Und? Was ist das Besondere an der Bachblüten-Lotte?«, fragte Feuersang mit Engelsgeduld.

»Zunächst einmal ist sie eine sehr gute Masseurin und Chiropraktikerin. Ich gehe jede Woche mindestens ein Mal zu ihr. Hab's im Kreuz, bin ja auch nicht mehr die Jüngste. Aber ihren großen Kundenstock verdankt sie nicht nur ihren begnadeten Händen. Als Kräuterfrau ist sie noch gefragter. Sie kennt für fast jedes organische Leiden einen Sud, ein Öl, einen Extrakt oder weiß der Teufel was. Beide Fähigkeiten sichern ihr ein ansehnliches Einkommen, was ihr auch vergönnt sei, schließlich hatte sie eine mehr als trostlose Kindheit und Jugend. Den Job als Tierpräparatorin betreibt sie nur gelegentlich und als Hobby. Geerbt hat sie ihn von ihrem Vater, der vor Jahren auf rätselhafte Weise verschwunden ist.«

»Was du nicht sagst!« Feuersangs Aufmerksamkeit glich der eines Kleinkindes vor dem Weihnachtsbaum, und Resi Neuhuber lief zu eloquenter Hochform auf.

»Ja, und Lotte hat dann auch einige Jahre an der amerikanischen Pazifikküste gelebt«, sagte sie mit geröteten Wangen. »Zwei davon bei den Klingit, einem Indianerstamm in der Nähe von Seattle. Und stell dir vor: Wegen ihrer medialen Fähigkeiten hat sie von einem Schamanen sogar einen Totem-Namen verliehen bekommen: *Jechlidi* – Rabenkind.«

Resi Neuhuber hob beide Hände und überkreuzte Zeige- und Mittelfinger, als wolle sie damit irgendwelche magischen Kräfte von sich fernhalten. »Als Julie, die Tochter von Lotte, ins schulpflichtige Alter kam, sind beide wieder nach Gastein zurückgekehrt, und Lotte hat sich innerhalb kurzer Zeit die Existenz als Chiropraktikerin und Kräuterfrau aufgebaut. Unter den Einheimischen gehen die Meinungen über sie ziemlich auseinander. Aber in zweierlei Hinsicht sind sich alle einig: Sie ist eine sehr interessante Frau, und in früheren Zeiten hätte man sie ganz sicher als Hexe auf dem Scheiterhaufen verbrannt.«

»Meinen Sie etwa, dass Sie eine Verbindung zwischen den mit Blut aufgemalten Zeichen auf Schleißheimers Leichnam und dieser Frau sehen?« Wie meistens hatte Melanie Kotek schneller kombiniert als ihre Kollegen.

Neuhuber stimmte das wieder versöhnlich. Sie nickte. »Sie schalten ziemlich schnell. In Lottes kleinem Holzhaus in Luggau finden sich viele solcher Zeichen. Die Wände ihrer Praxis sind übersät davon.«

»Das würde die Frau aber eher entlasten«, meinte Pernauer, der eben mit Stubenvoll aus der Hütte getreten war. »Sie würde doch niemals –«

»Danke, Wastl«, unterbrach ihn Kotek hastig. »Frau Neuhuber weiß natürlich selbst, dass hier möglicherweise eine falsche Fährte gelegt wurde. Kannst du uns schon Genaueres über die Todeszeit sagen?« Sie zückte ihr Handy.

»Der Mann ist gestern Nachmittag ermordet worden«, erklärte Pernauer etwas verschnupft über die brüske Unterbrechung. »Vermutlich zwischen vierzehn und achtzehn Uhr, kann aber auch später gewesen sein. Einen exakteren Todeszeitpunkt gibt's übermorgen nach der Obduktion.«

»Ich bin vielleicht nicht Miss Marple«, sagte Resi Neuhuber mit einem vielsagenden Seitenblick auf Kotek, »aber auch nicht irgendeine depperte Gebirgsbäuerin. Natürlich wären die Malereien à la Hermann Nitsch ein ziemlich plumper Hinweis auf die Heinrich.«

»Apropos Malereien«, warf Kotek ein, »ich muss Sie bitten, mit niemandem über die Bemalung und die Verstümmelung der Leiche zu reden, auch nicht mit Ihren Angehörigen. Je weniger spezifische Infos nach außen dringen, umso größer ist unser Vorteil bei Vernehmungen. Sie verstehen das sicherlich?«

Resi Neuhuber nickte. »Natürlich verstehe ich das. Aber Bluff hin oder her – unterm Strich hat auch Lotte ein Motiv, nämlich Rache. Immerhin hat Salli, ihre ehemalige Busenfreundin, ihr mal den Johnny ausgespannt.«

»Aber deshalb bringt man doch nicht gleich jemanden um«, widersprach Feuersang. »Vor allen Dingen nicht die Busenfreundin.«

Resi Neuhuber seufzte. »Tja, das ist die Logik eines Mannes. Aber wir Frauen ticken anders, mein Lieber.«

»Jemanden als Mörder zu brandmarken, das wäre eine viel süßere Rache, als ihn einfach nur zu ermorden«, half Kotek dem Kollegen auf die Sprünge und bewies damit, dass sie ihm in puncto Diplomatie durchaus das Wasser reichen konnte.

»Frau Neuhuber unterstellt also, die Heinrich könnte den Verdacht zunächst bewusst auf sich selbst lenken, um später durch ein allfälliges Alibi ihre Unschuld umso eindrucksvoller zu beweisen – was allerdings sehr raffiniert wäre, das muss ich schon sagen.«

Resi Neuhuber strahlte übers ganze Gesicht. »Sie denken sehr gut mit.«

Kotek bedankte sich mit einem artigen Lächeln für das Lob, obwohl sie die von ihr skizzierte Möglichkeit nicht eine Sekunde lang ernsthaft in Betracht zog. »Tja, das war's dann fürs Erste, wir …«

»Nein, das war's noch nicht!«, unterbrach Resi Neuhuber die Ermittlerin. »Es kommen nämlich durchaus noch weitere Verdächtige in Frage.«

Kotek zog die Augenbrauen hoch. »Noch weitere?«

»Genau, da gibt es eine Gruppe von militanten Tierschützern, die Fredl und seine Jagdkameraden schon ein paarmal massiv bedroht haben.«

»Bedroht? Warum denn das?«

»Nun, einige Hofgasteiner Jäger, darunter auch Fredl und seine Frau, schießen illegal Krähen ab. Krähen nehmen in diesem Tal wirklich überhand, aber die Landesregierung stellt sich taub, was das betrifft. Sie will sich nicht mit den Tierschützern anlegen, indem sie eine bestimmte Anzahl Krähen zum Abschuss freigibt, aber den Jägern wird auch nicht auf die Finger gesehen. Dementsprechend frech gehen sie zu Werke. Meine Tochter Gundi hat sie letzten Winter auf freiem Feld dabei beobachtet.«

»Und Sie vermuten jetzt, die Naturschützer könnten das Gesetz in die eigene Hand genommen und ein grausiges Exempel statuiert haben?« Kotek achtete sorgfältig darauf, ja nicht ironisch zu klingen.

»Hm.« Die kriminalistisch ambitionierte Bäuerin schien den zuletzt geäußerten Verdacht nun selbst für ziemlich weit hergeholt zu halten.

»Okay, Neuhuberin«, sagte Feuersang eilig. »Natürlich werden wir auch dieser Spur nachgehen, also kannst du jetzt nach Hause fahren. Eine letzte Bitte hab ich aber noch: Sei so nett und nimm unsern Kollegen Stubenvoll mit. Wir brauchen nämlich deine Fingerabdrücke und die aller Angehörigen, die in letzter Zeit in der Hütte waren.« Wieder legte er seine behaarte Pranke beruhigend auf ihren Arm. »Keine Angst, weder du noch deine Familie werden verdächtigt, schließlich hast du ja selbst den Mord gemeldet. Wir brauchen die Prints nur, um etwaige unbekannte Abdrücke isolieren zu können.«

Letzteres entsprach zwar den Tatsachen, trotzdem waren die Neuhubers nicht automatisch über jeden Verdacht erhaben, wie Feuersang so treuherzig hatte anklingen lassen. Gerade er hatte in den zweieinhalb Jahrzehnten beim Referat 112 wiederholt erlebt, dass hinter den kunstvoll verzierten Haustüren mancher Innergebirgsbauern nicht nur die Milch der frommen Denkart beheimatet war.

Resi Neuhuber bemühte sich nicht, ihre Enttäuschung zu verbergen. »Und du? Fährst du nicht mit?«, fragte sie Feuersang.

Der wechselte einen Blick mit Kotek. »Leider nein. Oberleutnant Kotek und ich werden jetzt noch Herrn Regenmandl und Frau Schleißheimer aufsuchen.«

»Wir fahren zunächst zu Salma Schleißheimer«, sagte Kotek, die eben mit Salzburg telefoniert hatte. »Bis wir unten am Gendarmerieposten sind, hat man uns hoffentlich auch die Durchsuchungsanordnung dorthin gefaxt. Gefahr im Verzug. Werner fährt mit uns, und Oliver, du lässt dich von den Gasteiner Kollegen zu den Schleißheimers bringen, wenn du auf dem Neuhuber-Hof fertig bist. Und fahren Sie bitte langsam, Frau Neuhuber! Unserm Kollegen scheint die Sauerei da drinnen etwas auf den Magen geschlagen zu sein.«

Stubenvoll war tatsächlich noch immer käsig im Gesicht, widersprach aber sofort: »So ein Blödsinn. Ja, mir ist nicht gut, aber doch nicht wegen der Leiche. Ich schleppe schon seit gestern irgendeinen Dusel mit mir rum.«

»Dann melde dich halt krank und kurier dich aus.«

»Und was ist mit mir?«, fragte Dr. Pernauer vorwurfsvoll.

»Warum? Bist du auch krank?«

Pernauer verdrehte seine Basedow-Augäpfel. »Nein, aber ich will auch wissen, wie ich nach Hause komme.«

»Du fährst mit dem zweiten Dienstwagen nach Salzburg. Was glaubst du, für wen ich diesen ganzen Taxi-Zirkus überhaupt veranstalte? Doch nur für dich, damit du zu einer christlichen Zeit daheim bist. Kann die Leiche abtransportiert werden?«

»Ja.«

»Na, dann tschüss.«

4 DIE SCHLEISSHEIMERS bewohnten im Marktflecken Lafén ein gediegenes Einfamilienheim. Bezeichnenderweise setzt man bei einem Bankangestellten eine solche Behausung voraus, dachte Feuersang.

Salma Schleißheimer war zu Hause und nicht sonderlich überrascht, von der Kripo herausgeläutet zu werden.

»Sie wissen, warum wir hier sind?«, ließ Kotek gleich an der Türschwelle einen Versuchsballon steigen.

»Haben Sie ihn gefunden?«, antwortete Salma Schleißheimer mit einer Gegenfrage. Resi Neuhuber hatte nicht übertrieben: Die Mittdreißigerin war ziemlich attraktiv. Fast so attraktiv wie ich, aber nur fast, dachte Kotek selbstbewusst. Die Frau wirkte sportlich und feminin zugleich. Apartes, ebenmäßiges Gesicht, kastanienrotes Haar, grüne Augen, ausreichend Holz vor der Hütte und ein Becken, das auf Männer wie ein Schlüsselreiz wirken musste.

»Wen meinen Sie, Frau Schleißheimer? Wen haben wir gefunden?« Auch Kotek konnte mit Gegenfragen dienen.

»Na, meinen Mann natürlich.«

»Sie haben eine Vermisstenanzeige aufgegeben?«, fragte Feuersang.

»Nein, bisher nicht. Wollte ich aber noch. Hat ihm eine seiner Baby-Nutten eine Cola-Flasche über den Schädel gezogen, statt ihm einen zu blasen?«

»Dürfen wir reinkommen?« Kotek drückte ihr den Haussuchungsbefehl in die Hand, wartete, bis sie begriffen hatte, und ging dann an ihr vorbei in die Diele. Feuersang und Wegener folgten.

»Bitte, tun Sie sich keinen Zwang an.« Salma Schleißheimer schloss die Haustür hinter den Beamten, nicht ohne einen bösen Blick auf die Fenster zweier Nachbarhäuser zu werfen, hinter deren Gardinen sie die Bewegung sehr wohl bemerkt hatte. Hier auf dem Land blieb nichts vor niemandem geheim. Morgen würde ganz Lafén wissen, dass die Kripo bei ihr gewesen war.

»Der Kollege von der Spurensicherung möchte sich ein wenig bei Ihnen umsehen«, erklärte Kotek, während sie und Feuersang darauf warteten, im feudalen, aber kühl anmutenden Wohnzimmer Platz nehmen zu dürfen. Man sah es dem Raum an, dass er nicht allzu oft als Staffage für familiäre Idylle diente.

»Ihr Mann hat sicher ein Büro im Haus, Frau Schleißheimer?«, fragte Wegener. »Wo finde ich es?«

»Die Treppe rauf, erste Tür links«, gab die Gefragte Bescheid. An die beiden anderen Beamten gewandt sagte sie: »Bitte, setzen Sie sich doch.« Sie selbst nahm auf der dunkelgrünen Velourscouch Platz, Kotek und Feuersang ließen sich in die Fauteuils fallen.

»›Eine seiner Baby-Nutten‹, haben Sie gerade eben gesagt«, knüpfte Leo Feuersang an ihre eingangs gemachte Bemerkung an. »Das müssen Sie uns näher erklären.«

»Eins nach dem anderen«, wehrte Salma Schleißheimer ab. »Erst sagen Sie mir, was mit Fredl ist.«

»Ihr Mann ist gestern ermordet worden, Frau Schleißheimer«, sagte Kotek ohne Umschweife. »Mein Beileid zu dem schweren Verlust.«

Salma Schleißheimer war vorgewarnt gewesen. Schließlich hätte sich die Salzburger Kripo kaum wegen eines Bagatelldelikts hierher bemüht. Kerzengerade saß sie auf der Couch und blickte starr an der Überbringerin der Nachricht vorbei. Als sie auch nach etlichen Sekunden nicht reagierte, fragte Kotek nach: »Sie haben verstanden, was ich gesagt habe?«

»Wo? Wo ist es passiert?«

»In der Rettenwänd-Hütte. Sagt Ihnen das was?«

Salma Schleißheimer starrte auf den beigen Teppichboden. »Ich weiß, wo das ist. Unterm Schwalbenkar, am Rand der Gadaunerer Hochalm. Aber sonst sagt es mir nichts.«

»Ist Ihnen in der letzten Zeit irgendetwas aufgefallen? Vielleicht hat Ihren Mann ja etwas besonders beschäftigt?« Kotek wartete. »Jetzt reden Sie doch endlich mit uns. Was hat es mit diesen Baby-Nutten auf sich? Müssen wir damit rechnen, dass eine Minderjährige Amok gelaufen ist?«

Salma Schleißheimer schüttelte den Kopf. »Was fragen Sie *mich*? Ich weiß nichts Konkretes, nur das, was hin und wieder an Gerüchten bis zu mir durchgesickert ist. Aber heute Morgen ahnte ich schon, dass etwas passiert sein musste. Es war nicht Fredls Art, über Nacht wegzubleiben. Im Grunde seines Herzens war er ein Schüchti, ein verschrobener Spießer – abgesehen von seinen abnormen sexuellen Bedürfnissen. Weiß ... weiß man denn schon Näheres?«

Die Ermittler hatten sie mit Argusaugen beobachtet. Sie war betroffen, kein Zweifel, aber meilenweit davon entfernt, unter der Wucht der Hiobsbotschaft zusammenzubrechen.

Kotek berichtete mit der gebotenen Rücksicht, unter welchen Umständen die Leiche Fredl Schleißheimers aufgefunden worden war, unterschlug aber keine wichtigen Details. Wieder verriet nichts an der Miene der Witwe, was sie dachte oder fühlte.

Feuersang ließ ihr noch ein paar Sekunden Zeit, bis er mit der Tür ins Haus fiel: »Sie wissen, dass auch Sie zu den Verdächtigen zählen?«

Salma Schleißheimer zuckte mit den Achseln. »Hätte mich gewundert, wenn nicht. Die Ehepartner werden ja immer zuerst unter die Lupe genommen. Der Verdacht ist trotzdem lächerlich. Ja, Fredl war nicht meine große Liebe, aber ich mochte ihn. Er hat mich nach meiner ziemlich heftigen Jugend regelrecht aufgefangen und war in unsren ersten Ehejahren ein rücksichtsvoller und verlässlicher Partner. Dass seine wahre Passion minderjährige Mädchen waren, wurde mir erst klar, als wir uns in puncto Freizeitgestaltung längst arrangiert hatten.«

»Ein heikles Thema«, warf Kotek ein. »Sie haben eine Tochter, wie wir wissen. Sie ist dreizehn, fast vierzehn Jahre alt.«

»Ja, Chrissie ist unser einziges Kind«, bestätigte Salma Schleißheimer kühl. »Warum fragen Sie nach ihr?«

»Sie wissen, warum ich frage. Wo ist sie?«

»Bei meiner Mutter. Da ist sie oft.« Die Antwort war eine Spur zu schnell erfolgt – und eine Spur zu atemlos.

Kotek ließ die Abwesenheit von Christine Schleißheimer zunächst einmal auf sich beruhen, formulierte dafür aber die nächste Frage sehr direkt: »Lief da etwas zwischen Ihrem Mann und Ihrer Tochter?«

Salma Schleißheimer lief weder rot an, noch gab sie die Empörte. »Chrissie ist auch Fredls Tochter – nicht nur meine«, sagte sie ruhig und beherrscht. »Und zu Ihrer Frage: Nein, da lief nichts. Nicht das Geringste. Das hätte ich sicher bemerkt.«

»Hätten Sie tatsächlich? Wo Sie doch Ihr eigenes Leben leben?«

»Ich hätte. Hören Sie, Sie können mir ja viel vorwerfen, aber nicht, dass ich eine schlechte Mutter bin. Da war nichts. Chrissie liebt ihren Vater. Mir graut jetzt schon vor dem Augenblick, wenn ich ihr sagen muss, dass er nie wiederkommen wird. Und Fredl liebte sie ebenso. Nie hätte er sich an ihr vergangen. Für ihn war sie immer nur sein Kind, kein Objekt seiner Obsession.«

»Schön gesagt, aber leider gibt es durchaus Väter, die imstande sind, das eine mit dem anderen zu vereinbaren.«

»Nicht Fredl. Für Chrissie war er immer nur der Papa, nichts anderes. Ein sehr konsequenter, berechenbarer Papa, auf den sie sich verlassen konnte.«

»Okay, Frau Schleißheimer. Dann bleibt vorläufig nur mehr die Frage nach dem Alibi: Wo waren Sie, als Ihr Mann ermordet wurde?«

»Dazu müsste ich die Zeit wissen«, parierte Salma Schleißheimer den plumpesten aller Verhörkniffe.

»Gestern Nachmittag zwischen vierzehn und achtzehn Uhr.«

»Um vier Uhr waren wir bei meiner Mutter. Sie hatte unsre Katze Stella für ein paar Tage in Obhut genommen, die wollten wir abholen. Dann aber sind wir etwa eineinhalb Stunden geblieben. Mama macht einen sehr guten Gugelhupf und einen noch besseren Cappuccino.«

»Sie sprechen in der Mehrzahl. Wer hat Sie begleitet?«

»Chrissie natürlich.«

»Natürlich. Und Ihre Mutter kann das bestätigen.«

»Natürlich.«

»Gut. Trotzdem müssen wir auch mit Ihrer Tochter sprechen. Wir sehen Sie und Ihre Tochter dann morgen um zehn Uhr auf dem Hofgasteiner Gendarmerieposten. Sagen Sie Ihrem Arbeitgeber Bescheid.«

»Muss das denn sein? Chrissie wird morgen total fertig sein.«

»Es muss«, sagte Kotek. »Wir werden eine Psychologin hinzuziehen –« Die weltbekannten ersten Takte aus dem dritten Satz von Robert Schumanns vierter Sinfonie unterbrachen sie. Sie zückte ihr Handy. »Oliver, was ist?« Sie hörte eine Weile zu. »Okay, ja, mach das. Und gute Besserung.« Sie legte auf und blickte nach oben.

»Werner!«

Werner Wegener erschien am oberen Ende der Freitreppe. »Was gibt's?«

»Du musst allein zurechtkommen. Oliver ist mit Verdacht auf Magenkolik ins Krankenhaus Schwarzach eingeliefert worden.«

»Ach was, Magen! Das ist sicher wieder seine Galle. Ich werd gleich mal seine Frau anrufen.«

»Nicht nötig, hat er noch selbst gemacht. Auch die Prints hat er der Familie Neuhuber noch abgenommen. Was ist mit dir? Schon was gefunden?«

»Und ob! Schleißheimer war nicht nur ein pedantischer Büromensch, sondern auch leicht paranoid. Hatte interessante Sachen in einem kleinen Wandsafe aufbewahrt. Der Schlüssel war allerdings nicht rasend gut versteckt, er befand sich in einem Geheimfach hinter einer verkürzten Schublade in seinem Biedermeier-Schreibtisch.«

»Kein Nummerncode?«

»Nein. Der Safe hat zwar ein Nummernschloss, aber das war nicht aktiviert. Es befanden sich auch keine Wertsachen in den beiden Fächern, dafür aber das hier.« Er hielt einen roten Schnellhefter und einen dicken gefütterten Briefumschlag in die Höhe und kam damit die Treppe hinunter.

»Spann uns nicht auf die Folter. Was hast du für uns?«, fragte Feuersang ungeduldig.

»Nur keine unösterreichische Hast, Leo. Von den Dokumenten ist nur eines interessant: die Überschreibung des Hauses auf Salma Schleißheimer. Sie ist die alleinige Besitzerin der Liegenschaft.«

Die Blicke aller drei Kriminalbeamten richteten sich auf die frisch gebackene Witwe.

Die zuckte die Achseln. »Und? Ist es ein Verbrechen, ein Haus zu besitzen?«

Feuersang schürzte die Lippen. »Frau Schleißheimer, sparen Sie sich Ihre Schnoddrigkeit. Die Überschreibung stellt ein klares Motiv dar. Es reicht, um Sie für vierundzwanzig Stunden festzusetzen. Und währenddessen finden sich vielleicht noch andere Motive.«

»Machen Sie sich nicht lächerlich. Die Überschreibung fand schon vor zehn Jahren statt. Außerdem habe ich ein Alibi.«

»Ein von der Mutter bestätigtes Alibi«, sagte Kotek mitleidig. »Das wird Ihnen vor dem Untersuchungsrichter nicht viel nützen.«

Wegener entnahm dem dicken Umschlag einen Minirekorder. »Herr Alfred Schleißheimer hat durchaus mit der Möglichkeit seines plötzlichen Ablebens gerechnet. Deshalb hat er vor wenigen Wochen, wenn die Datierung stimmt, zwei Kundengespräche heimlich auf Kassette aufgezeichnet.«

»Sie kennen den Inhalt?«, fragte Kotek die Witwe.

»Das glaube ich nicht«, sagte Wegener, noch ehe Salma Schleißheimer sich zu einer Antwort entschließen konnte. »Das Kuvert war immerhin zugeklebt und versiegelt, und eine der Aufnahmen bezieht sich auf die Zeugin – wenn auch nur mittelbar.«

»Du hast schon reingehört?«

»Ein bisschen. Eine Kassette gibt ein Gespräch unter vier Augen wieder – mit Schleißheimers Chef, Jean Pierre Regenmandl, todsicher ohne dessen Wissen aufgenommen. Anscheinend hat er seinen Untergebenen gezwungen, Risikopapiere an Stammkunden der Bank zu verhökern.«

»Gezwungen?«, fragte Kotek verwundert.

»Ja, er hat ihn genötigt, und zwar nachdrücklich. Schleißheimer muss auf einer Bank in Zell am See bereits Geld veruntreut haben. An einer Stelle sagt Regenmandl wörtlich: ›Du warst doch früher nicht so zimperlich, als es um die Einlagen der Zeller Senioren ging.‹«

»Das ist allerdings eindeutig.« Kotek wandte sich an die Witwe: »Frau Schleißheimer, ich wiederhole meine Frage: Ist Ihnen der Inhalt dieser Kassetten bekannt?«

»Nein. Fredl hat nur gesagt, dass ich den Umschlag unserm Anwalt übergeben soll, falls …«

»Falls ihm plötzlich etwas zustoßen sollte«, ergänzte Feuersang den nicht beendeten Satz.

Salma Schleißheimer nickte. »Und die Sache damals in Zell am See –« Sie stockte.

»Was ist damit?«, drängte Kotek.

»Sie hat unmittelbar mit der Überschreibung des Hauses auf mich zu tun. Fredl hatte schon vor unsrer gemeinsamen Zeit einen ziemlich aufwendigen Lebenswandel geführt. Baby-Nutten sind kostspielig, wenn ihnen ihre Möglichkeiten erst einmal bewusst werden. Vor circa fünfzehn Jahren fehlten in der Zeller Filiale des Öfteren größere Beträge auf Sparbüchern betagter Kunden. Auf solchen Sparbüchern finden erfahrungsgemäß oft jahrelang kaum Bewegungen statt. Doch irgendwann kam man Fredl auf die Schliche. So was fliegt immer auf. Er musste sich verpflichten, den Schaden wiedergutzumachen, wenigstens teilweise, und wurde nach Hofgastein versetzt.«

»Und hier haben Sie beide dann das Haus gebaut, auf das die geschädigte Bank in Zell am See keinen Zugriff haben sollte«, kürzte Feuersang diesen Teil der Vernehmung ab.

»So ist es«, bestätigte Salma Schleißheimer. »Natürlich ist es längst noch nicht abbezahlt, und ohne Fredl werde ich es wohl auch nicht mehr schaffen. Mit Ihrer Vermutung, ich hätte meinen Mann wegen dieses Hauses umgebracht, befinden Sie sich auf dem Holzweg.«

»Pah!« Feuersang ließ die Luft geräuschvoll zwischen seinen wulstigen Lippen entweichen. »Das seh ich anders. Mit Hilfe Ihres Geliebten Regenmandl lässt sich die Finanzierung sicher deichseln – sogar besser als zuvor.«

Der Pfeil aus dem Hinterhalt saß. Salma Schleißheimer errötete, fasste sich aber gleich wieder. »Sie sind gut informiert. Sollten Sie damit aber andeuten wollen, Johnny habe etwas mit Fredls Tod zu tun, dann liegen Sie noch weiter daneben, als wenn Sie mich verdächtigen. Johnny war es recht so, wie wir uns eingerichtet hatten. Er war bestimmt nicht an einer Änderung der Verhältnisse interessiert. Das gebe ich Ihnen gern auch schriftlich.«

»Sie müssen den Herrn Bankdirektor nicht so heftig verteidigen«, schnurrte Feuersang. »Wer von Ihnen beiden die größeren Vorteile aus dem Tod Ihres Gatten zieht, ist uns durchaus klar.«

»Und sollte Herr Regenmandl am Ende dennoch als Mörder dastehen, so muss das nicht unbedingt etwas mit Ihnen zu tun haben, Frau Schleißheimer«, sagte Kotek. »Oder nicht *nur* mit Ihnen«, schränkte sie dann ein. »Die Kassette, die der Kollege gefunden hat, scheint nicht ohne zu sein. Wir werden die Aufnahme genau analysieren und uns morgen früh mit Herrn Regenmandl darüber unterhalten. Wann ist er morgens in der Bank erreichbar?«

»So ab neun, denke ich.«

»Gut. Ich nehme an, Sie werden ihn sicher über unsern Besuch informieren. Wenn Sie das tun, legen Sie ihm doch nahe, mit uns zusammenzuarbeiten. Alles andere würde ihn nur noch verdächtiger machen.«

»Natürlich werde ich mit ihm über diese Katastrophe reden«, brach es jetzt heftig aus Salma Schleißheimer hervor. »Egal, ob Ihnen das passt oder nicht. Ich brauche jetzt jemanden, mit dem ich reden kann. Und zwar dringend! Außerdem wird Ihnen Johnny ohnehin zur Verfügung stehen. Er ist nicht der Typ, der vor ein paar Kiwerern davonrennt.« In ihren Augen standen Tränen. Die Nerven forderten schlussendlich doch ihr Recht.

Kotek wandte sich wieder an Wegener: »Hast du auch in die zweite Kassette reingehört?«

Er nickte. »Hab ich. Herr Schleißheimer hat ein weiteres Vier-Augen-Gespräch mit einem Bankkunden aufgenommen. Vermutlich in seinem eigenen Büro in der Bank. Auch dieser Mitschnitt erfolgte ganz sicher ohne Wissen des Kunden, eines gewissen Paul Marageters.«

Feuersang hatte Salma Schleißheimer während des kurzen Dialogs nicht aus den Augen gelassen. Ihr kaum sichtbares Blinzeln verriet dem Verhörspezialisten, dass sie Paul Marageter kannte.

»Paul Marageter«, fuhr Wegener fort, »war früher einmal Gendarm und nebenbei auch noch der bekannteste Rettungsfahrer im Gasteiner Tal. Blaulicht-Pauli, der Name ist noch immer jedem Gasteiner – ob Kind oder Greis – ein Begriff. Pauli fuhr nämlich grundsätzlich mit Blaulicht, auch wenn er nicht im Einsatz war. Oft wurde er deshalb bei den Kollegen angezeigt, und ebenso oft wurden die Anzeigen zurückgezogen.«

»Und woher weißt du das so genau, Werner?«

»Ich kenne Paul, wenn auch nur flüchtig. War mit ihm auf der Gendarmerieschule in Werfen. Nach zehn Dienstjahren hat er sich karenzieren lassen. Der Herr Revierinspektor träumte davon, als Gasteiner Hotelier Karriere zu machen, scheint dabei aber gerade jetzt auf die Nase zu fallen. Schon in den ersten Sekunden der Aufnahme wird klar, dass er dringend Geld braucht. Er steht bereits mit einem Fuß im Häfen. Aber Schleißheimer hat sich nicht nur entschieden geweigert, ihm noch einen weiteren Kredit zu gewähren, sondern die alten Kredite sogar fällig gestellt. Dass er ein Band hat mitlaufen lassen, wundert mich nicht. Das Gespräch verlief äußerst turbulent, Schleißheimer hört sich an, als hätte er Angst vor seinem Kunden gehabt.«

»Danke, Werner. Wir werden die Bänder heute noch auswerten, wenn es sich irgendwie machen lässt. Wie lange wirst du hier noch brauchen? Oder sollen wir ein zusätzliches Team anfordern?«

Wegener schüttelte den Kopf. »Nein, das wird nicht nötig sein. Ich hab überall nachgesehen, wo gewöhnlich wichtige Dokumente aufbewahrt oder versteckt werden. Hab aber sonst nichts gefunden, was für unsern Fall relevant sein könnte. Das volle Programm können wir immer noch morgen abwickeln.«

»Gut. Dann rücken wir für heute ab. Frau Schleißheimer, wir sehen Sie und Ihre Tochter Christine morgen um zehn am Gendarmerieposten Bad Hofgastein.«

Salma Schleißheimer zuckte mit den Schultern. »Ich werde da sein. Aber wie es Chrissie morgen geht, kann ich heute noch nicht sagen. Das soll unser Hausarzt entscheiden. Jetzt fahre ich jedenfalls erst mal zu meiner Mutter und hole meine Tochter ab.«

5 DAS KAHLE BÜRO von Gendarmerieoberst Oskar Jacobi am Franz-Hinterholzer-Kai sah ohne seinen Bewohner noch kahler aus als sonst, stellte Melanie Kotek fest. Das einzig Positive an diesem Raum war der Blick auf die Salzach und auf Jacobis Dachterrassenwohnung am gegenüberliegenden Ufer, am Ignaz-Rieder-Kai.

Jacobi war Chef des Kriminalreferats 112, der Abteilung für Verbrechen gegen Leib und Leben, und schon vor Stunden nach Hause gefahren. Auf seinem Schreibtisch stand ihr gerahmtes Foto. Seit mehr als zehn Jahren schon.

Die schwarz gebeizte Pendeluhr an der Wand schlug elf. Kotek seufzte. Ihre Mitarbeiter hatte sie längst nach Hause geschickt. Sie selbst hatte noch den Bericht über die bisherigen Erkenntnisse geschrieben und wollte sich jetzt die Kassetten anhören, die Wegener sichergestellt hatte. In den ersten Tagen nach einem solchen Kapitalverbrechen war Hochdruck in der Ermittlungsarbeit angesagt. Für sie eine Selbstverständlichkeit. Während Kotek die Kurzwahl ihres Lebensgefährten aufrief, blickte sie über die beleuchtete Salzach hinüber auf das Gebäude mit der Dachterrasse.

Sofort wurde abgehoben. »Ja?«

Der Bariton am anderen Ende der Leitung weckte Melanie Koteks Lebensgeister. Der Mann, dem die Stimme gehörte, machte einen erheblichen Teil dessen aus, was ihr Lebensinhalt war.

»Ich brauch noch ein bisschen«, sagte sie. »Muss mir noch zwei Kassetten anhören.«

»Komm, Katze, spiel jetzt nicht den Superbullen. Nimm die Kassetten mit, und wir hören sie uns gemeinsam an – vielleicht bei einer halben Flasche Cuvée?«

»Beweismaterial mit nach Hause nehmen? Herr Oberst, ich muss doch sehr bitten! Aber überredet! Ich bin in einer Viertelstunde da.«

6 MELANIE KOTEK besaß selbst zwei schöne Wohnungen: eine im Salzburger Stadtteil Mülln am Salzachufer und eine zweite in Thumersbach in traumhafter Lage am Ostufer des Zeller Sees und

unweit des Landgutes einer bekannten deutschen Sportwagen-Dynastie. Natürlich schätzte sie diesen Besitz, den sie nicht zuletzt ihrer wohlhabenden Mutter, einer echten Gräfin, verdankte, aber zu Hause fühlte sie sich nur in Jacobis Dachterrassenwohnung am Ignaz-Rieder-Kai.

Als sie dort den Schlüssel in der Haustür umdrehte, hatte es sich Jacobi schon längst auf der Büffelledercouch seines »Bibliothek« genannten Wohnzimmers gemütlich gemacht. Im offenen Kamin knisterte das Feuer auf zwei wuchtigen Holzbriketts, und eine Flasche Zweigelt/Blaufränkisch-Cuvée war bereits dekantiert. Jacobi kaufte den Wein jedes Jahr persönlich bei einem Winzer in Jois am Neusiedlersee.

Während Kotek duschte, legte er schon einmal eine der Kassetten ins Abspielgerät. Sie war mit »John Silver« beschriftet.

Einige Sekunden lang war außer dem gedämpften Geräusch von Schritten auf Spannteppichen und Sesselrücken nichts zu hören. Dann aber:

»Du weißt, warum ich dich hab rufen lassen?«

»Kann's mir denken.«

»So, du kannst es dir denken. Wenn du also weißt, dass du seit Wochen viel zu wenig Abschlüsse machst, warum tust du dann nichts dagegen?«

»Warum soll *ich* mir einen Haxen ausreißen, nur damit *du* schneller nach Linz in die Zentrale kommst?«

Schon nach den ersten Worten war Jacobi klar gewesen, wem jeweils welche Stimme gehörte und wo das Gespräch stattfand: in Regenmandls Direktionsbüro. Schleißheimer musste ein professionelles Gerät benutzt haben, um seinen Chef abzuhören. Mit einem versteckten Handy wäre die Aufnahme nicht so klar gewesen.

»Mach dich nicht lächerlich«, sagte Regenmandl. »Oder hast du etwa Angst, ich könnte Salli nach Linz mitnehmen? Da kann ich dich beruhigen. Meinetwegen kann sie gern hierbleiben. Ich finde für sie jederzeit Ersatz.«

»Das hast du schon oft gesagt und bist doch nie von ihr losgekommen.«

Das Knarzen von Leder war zu hören. Vermutlich hatte sich Regenmandl in seinem Chefsessel zurückgelehnt.

»Na ja, sie hat schon ihre Qualitäten. Ist nicht umsonst die beste Klarinettistin im heimischen Orchester. Aber lassen wir das. Sag mir lieber, warum es dir solche Gewissensbisse bereitet, einigen alten Geldsäcken ein paar Obligationen anzudrehen. Als es um die Einlagen der Zeller Senioren ging, warst du auch nicht so zimperlich.«

»Muss ich dir, ausgerechnet dir, erzählen, dass es sich bei Wertpapierkäufern um eine andere Klientel handelt als irgendwelche schlichte Omas, die ihre Sparbücher jahrelang nicht anrühren?«

»Was soll das heißen: ausgerechnet dir?«

»Das, mein Lieber, erfährst du schon noch, wenn es mir notwendig erscheint.«

Regenmandl lachte kurz und ärgerlich auf. »Willst du dich wichtigmachen? Du bluffst doch nur! Sei froh, dass du überhaupt noch hier bist. Wenn mich Salli nicht ständig darum –«

»Lass Salli aus dem Spiel. Soll ich dir vielleicht auch noch dankbar dafür sein, dass du sie vögelst und deine Sadomaso-Spielchen mit ihr treibst? Ich hab dich schon lange durchschaut, John Silver. Du umgibst dich ausschließlich mit Befehlsempfängern, die entweder einfach gestrickt sind oder selbst Dreck am Stecken haben. Angestellte, die ernsthaft seriös sein könnten, lässt du von der Zentrale lieber wegrationalisieren. Und warum? Damit du ungestört und unbehelligt deine Coups durchziehen kannst.«

»Meine Coups? Wie melodramatisch! Und die wären?«

»Soll ich dir jetzt im Einzelnen auflisten, wie du dein Landhaus hier, das Weingut im Südburgenland und deine Protz- und Prunkvilla auf Istrien erbaut beziehungsweise erworben hast? Wie du zum Beispiel der Sanitär- und Fliesenfirma Eulenspiegel und einigen anderen Betrieben erst lange Zähne gemacht, ihnen dann aber bei Kreditvergaben und -verlängerungen das Weiße aus den Augen abgepresst hast? Reicht das, oder soll ich dir – abgesehen von den illegalen Spekulationen und dem Insider-Trading deiner Geschäftsfreunde – noch andere Finanzierungsvarianten aufzählen?«

»Du warst also an meinem PC. Woher weißt du das Passwort?«

»Mein Gott, das war doch keine Kunst. Wer ein derartiges Faible für Bläserkonzerte hat wie du, der ist leicht zu durchschauen.

Außerdem hast du das Wort gerade vorhin selbst in den Mund genommen.«

»Nämlich?«

»Klarinette.«

Schweigen.

»Jetzt bist du schmähstad, was?«, sagte Schleißheimer, den Überlegenen markierend, aber seine Stimme zitterte vor Angst. »Übrigens hätte ich den Zugang zu deinem PC gar nicht gebraucht, um dich an den Eiern zu packen«, fuhr er fort. »Als Moosrieder – du weißt schon, der Ski-Fabrikant – in den Konkurs getrieben wurde, warst du Filialleiter unsrer Zweigstelle in Altenmarkt. Zusammen mit einigen anderen Wadlbeißern hast du dich damals an die BAUBANK angehängt, als die ganz plötzlich ihre Kredite fällig stellte. Damit habt ihr Moosrieder den Gnadenstoß versetzt. Eine tolle Performance, wo doch deine Mutter vor ihrer Heirat jahrelang in seiner Firma gearbeitet und dabei gutes Geld verdient hat.«

»Woher hast du das alles?«

Keine Antwort.

»Das kannst du nicht hier in diesem Büro gelesen haben. Du musst in meinem Haus, an meinem Tresor gewesen sein. Das ist Einbruch! So viel Mut hätte ich einem Kinderschänder wie dir gar nicht zugetraut.«

»Du schimpfst mich nicht Kinderschänder! Du nicht!«

»Es hat wohl keinen Sinn, dich zu fragen, wie du das geschafft hast?«

»Du sagst es. Das bleibt mein kleines Geheimnis. Wenn du mich also zu sehr triezt, kannst du dir Linz abschminken.«

»Mach dich nicht lächerlich. Glaubst du wirklich, du könntest mit diesen Gschichterln irgendjemanden in der Linzer Zentrale beeindrucken? Die haben doch selbst genug Dreck am Stecken. Wenn du plauderst, bleib ich halt hier in der Provinz, aber du bist dein Haus, deine Arbeit und deine Familie los. Dafür werde ich sorgen, oder meinst du, ich kenne *deine* kleinen Geheimnisse nicht?«

Einige Sekunden ohne jedes Geräusch tropften dahin.

Dann Schleißheimer: »Es wäre abzuwarten, ob du im Fall des Falles wirklich so ungeschoren davonkämst. Du weißt, ich habe noch einen ganz anderen Trumpf im Talon, und der sticht in jedem Fall. Ich sage nur: Alpl-Hütte. Komm mir also nie wieder pampig.«

Zum dritten Mal trat eine längere Pause ein. Dann sagte Regenmandl langsam: »Du wirst das einzig gültige Gesellschaftssystem nie kapieren. Die, die oben sind, sind nicht zufällig dort. Und sie sorgen auch dafür, dass sie dort oben bleiben – egal in welchem System. Ein Loser wie du sollte sich also nicht zu weit aus der Deckung wagen, sonst kriegt er hundertprozentig eins auf die Fresse.«

»Sehr unklug von dir, gegen den Wind zu pissen. Du machst dich garantiert nur selbst nass. Willst du dich vielleicht jenen Bankern anschließen, die sich irgendwo in der Welt vor der Justiz verkriechen müssen? Dazu braucht man sehr, sehr viel Geld. So viel hast nicht einmal du zur Seite geschafft.«

Eine Zeit lang war auf dem Band nichts zu hören, dann lachte Regenmandl glucksend: »Du hast wirklich keine Ahnung von der Welt, Fredl.«

Und nach einer neuerlichen Pause fauchte er: »Ich schlage vor, du bringst erst mal deine Bilanzen in Ordnung. Es sollte dir nicht entgangen sein, dass uns in drei Wochen eine Revision ins Haus steht. Und jetzt schleich dich!«

Das Gespräch war beendet.

Koteks Handy spielte Schumann. Da sie im Bad war, warf Jacobi einen Blick auf das Display. Es war der Journaldienst des Referats 112.

»Was gibt es, Max?«

»Oh, hallo, Chef! Ins Haus von Alfred Schleißheimer, dem Bankangestellten, der heute in Bad Hofgastein ermordet wurde, ist eingebrochen worden«, meldete Bezirksinspektor Max Haberstroh gemächlich. »Vor wenigen Minuten.«

Wie Oberleutnant Kotek, Chefinspektor Feuersang, Innendienst-Chef Hans Weider und Major Lorenz Redl gehörte auch Haberstroh zum inneren Kreis von Jacobis Team, dem sogenannten Sechserpack. Er hatte heute Nachtdienst. Meldungen wie diese stellten für ihn eine willkommene Abwechslung im langweiligen Journaldienst dar, aber aus der Ruhe brachten sie ihn schon lange nicht mehr.

»Eine Nachbarin hat das Licht einer Taschenlampe in den Räumen aufblitzen sehen, wusste aber, dass Salma Schleißheimer nicht mehr im Haus war. Andernfalls hätte sie längst nach ihrer Katze Stella gerufen, wie sie es sonst jeden Abend tut. Sie hat es verlassen, unmittelbar nachdem Melanie, Leo und Werner weg waren, und ist noch nicht zurückgekehrt.«

»Ihr habt das Nötige veranlasst?« Jacobis Frage war nur eine rhetorische Floskel.

»Natürlich, Chef. Aber der Einbrecher war schon weg, als die Hofgasteiner Kollegen dort aufkreuzten.« Haberstroh hielt es für überflüssig anzumerken, dass in diesen Augenblicken die Ausfallstraßen des Marktfleckens Lafén abgeriegelt, frei parkende Autos überprüft und Personenkontrollen durchgeführt wurden.

»Verwertbare Spuren?«

»Leider nicht. Man oder frau war mit Handschuhen und dem Anschein nach mit Nullachtfuffzehn-Joggingschuhen unterwegs.«

»Okay, Max, ihr meldet euch, wenn es nötig sein sollte.« Das hieß, Jacobi durfte in dieser Nacht nur noch in dringenden Fällen gestört werden.

Melanie kam aus dem Bad. Ihr weißer Frotteebademantel stand vorne offen, und sie duftete verführerisch, aber Terrier Jacobi hatte nach dem Anruf von Haberstroh bereits eine andere Witterung aufgenommen: den Geruch von Mord und Totschlag.

»In das Haus des Mordopfers ist eingebrochen worden, während du unter der Dusche standst«, sagte er beiläufig und schob dabei die zweite Kassette in den Rekorder.

Kotek war nur mäßig überrascht. »Und? Mach's bitte nicht so spannend. Hat man den Einbrecher erwischt?«

»Leider nicht. Er oder sie muss bemerkt haben, dass die Nachbarn aufmerksam geworden waren, und ist blitzartig getürmt. Keine verwertbaren Spuren.«

Melanie Kotek band den Bademantel mit dem Frotteegürtel zu und setzte sich zu Jacobi auf die Couch. Er schenkte ihr ein großes Glas Rotwein ein.

Sie nahm es am Stiel und drehte es geistesabwesend zwischen Daumen und Fingern hin und her, während sie sich gegen seine Schulter lehnte.

»Vielleicht war es ja gar kein Einbrecher«, mutmaßte sie, »sondern die Schleißheimer selbst. Werner könnte etwas übersehen haben, was sie sich jetzt holen und sicherheitshalber verschwinden lassen wollte.«

Jacobi wiegte zweifelnd den Kopf. »Aber warum dann die Heimlichtuerei? Sie hätte doch ganz normal in ihr Haus zurückkehren können, kein Nachbar hätte daran etwas seltsam gefunden.«

»Sie könnte den Einbruch auch inszeniert haben – eben wegen dieser aufmerksamen Nachbarn.«

»Ein Ablenkungsmanöver? Damit sie in der Reihe der Verdächtigen nach hinten rutscht? Du vergisst, wie der Täter respektive die Täterin die Leiche präsentiert hat. Dass eine aufgebrachte Mutter einem Kinderschänder den Schwanz abschneidet, kann ich mir ohne Weiteres vorstellen. Nicht aber, dass sie ihn mit einem einzigen fachmännischen Stich ins Herz niederstreckt, und erst recht nicht, dass sie nach vollbrachter Tat die Leiche noch betulich mit seltsamen Zeichen verziert. Nein, da stecken schon strategische Überlegungen dahinter. Wenn sich jemand so viel Mühe gibt, unser Interesse auf minderjährige Mädchen und deren Mütter zu lenken, so heißt das für mich, dass wir zumindest auch woanders suchen müssen.«

»Nicht so vorschnell. Ich glaube eher, da will eine Mutter eine andere hinhängen, um von sich oder ihrer Tochter abzulenken.«

»Und ich glaube, du verbeißt dich ein bisschen zu früh in die Schleißheimer.«

Mit einer wegwerfenden Handbewegung wischte Kotek Jacobis Einwände beiseite. »Wenn man in einen Fall so wenig eingearbeitet ist wie du, sollte man sich nicht so weit aus dem Fenster lehnen, mein Lieber. Unsre Zeugin Resi Neuhuber hat recht bald schon eine Kräuterhexe namens Charlotte Heinrich erwähnt. Ich habe mich über sie schlaugemacht. Sie hat ebenfalls eine Tochter in Chrissies Alter.«

In knappen Worten schilderte sie, wie Lotte Heinrich und Salma Schleißheimer angeblich zueinander standen.

»Natürlich würde die Schleißheimer unter normalen Umständen kein so plumpes Ablenkungsmanöver versuchen, aber in Panik … unter extremem emotionalem Stress …?«

Jacobi schüttelte wieder den Kopf. »Die Tat war wohlüberlegt, da wart ihr euch doch einig. Außerdem erscheinen mir die Motive für Mütter vierzehnjähriger Mädchen – mit Verlaub! – doch zu leichtgewichtig. Wenn wir den Missbrauch zweifelsfrei nachweisen können, sieht die Sache schon wieder anders aus. Aber auch dann traue ich der Schleißheimer die Tat nicht zu. Nach allem, was ich bisher über sie weiß, passt so ein Mord einfach nicht zu ihr.«

Kotek ärgerte sich ein wenig über Jacobis Selbstsicherheit und seine Ferndiagnosen, umso mehr, als sie selbst nicht recht an Salma Schleißheimers Schuld glauben mochte.

»Du hast nicht etwa vor, dich in meinen Fall einzumischen, oder, Oskar Jacobi? Ich kenne dich doch. Wenn du diesen unsteten Blick hast, willst du deinen Schreibtisch verlassen, deine Rosinante satteln und mich zu deinem persönlichen Sancho Pansa degradieren.«

Die Vorhaltungen von Melanie Kotek waren nicht ernst gemeint. Sie hielt durchaus große Stücke auf die Teamarbeit im Sechserpack. Wer als Einziger von ihnen immer wieder mal ausscherte, das war der Alpha-Wolf, Jacobi.

Der schmunzelte jetzt. »Niemals würde ich etwas so Niederträchtiges tun, teure Dulcinea! Und ich denke auch nicht im Traum daran, mit Euch nach Gastein zu fahren. Zumindest vorläufig nicht«, schränkte er dann ein.

Melanie Kotek ließ ihre schönen dunklen Brauen nach oben wandern. »Warum nur erstaunt mich das jetzt nicht?«

Jacobis Vorliebe für Außendienst war am Franz-Hinterholzer-Kai bekannt, daran hatte auch seine kürzlich erfolgte Beförderung zum Oberst nichts geändert. Außerdem hatte er eine besondere Schwäche für Gastein, und zwar nicht von ungefähr. In den vergangenen zwanzig Jahren hatte das Referat 112 etliche Aufsehen erregende Kapitalverbrechen zu klären gehabt, einige auch im größten und schönsten aller Tauerntäler. Bei jedem davon hatte Jacobi persönlich vor Ort recherchiert, Zeugen und Verdächtige vernommen und die Behördenaktionen geleitet.

Jacobi konnte die Gedanken seiner Partnerin lesen, fühlte sich aber zu keinen weiteren Dementis bemüßigt, sondern spann seine Überlegungen weiter: »Wenn es also nicht Salma Schleißheimer war, die da mit einer Taschenlampe durch ihr Haus gegeistert ist, was, außer diesen Kassetten, könnte der Täter noch gesucht haben? Delikate Fotos? Dateien? Schriftstücke? Und wenn ja, welche?«

»Gott, wie scharfsinnig du doch bist. Glaubst du ernsthaft, darüber hätte ich mir noch nicht den Kopf zerbrochen? Ich tue nichts anderes, wenn ich nicht gerade durch unqualifiziertes Gelaber abgelenkt bin.«

»Is' ja gut, ich entschuldige mich.«

Um etwas Luft aus der Diskussion zu lassen, lenkte er ihr Interesse wieder auf das Naheliegende und deutete auf den Rekorder: »Schleißheimer und Regenmandl wissen so einiges voneinander, aber ich wette, nicht jede Schandtat ist expressis verbis zur Sprache gekommen. Jedenfalls ging der Disput nicht unentschieden aus, am Schluss hat Schleißheimer seinem Chef gedroht, er hätte noch einen todsicheren Trumpf im Talon. Leider hat er es bei dieser kryptischen Andeutung gelassen.«

Kotek zuckte mit den Achseln. »John Silver wird uns morgen wohl kaum auf die Nase binden, ob dieser Trumpf es wert war, dafür zu töten.«

Jacobi ließ die Anmerkung unkommentiert und griff nach dem Rekorder auf dem stummen Diener. »Hören wir uns jetzt die andere Aufnahme an, Schleißheimer versus Marageter?« Ohne eine Antwort abzuwarten, drückte er die Wiedergabetaste.

»… hab dir schon bei der Krampus-Sitzung gesagt, dass eine weitere Intervention keinen Sinn mehr macht.« Schleißheimers Stimme. »Außerdem bist du eine so verdammt undankbare Kanaille! Immer wieder hab ich dir die Kredite verlängert und dir dabei nicht zehn Mal, nein, hundert Mal gesagt, dass dein Umschuldungskartenhaus irgendwann zusammenfallen muss. *Muss!* Verstehst du dieses Wort? Und jetzt ist es so weit. Jetzt führt kein Weg mehr dran vorbei. In ein paar Wochen haben wir Revision. Und vorher müssen alle faulen Kredite auf den Tisch. *Vorher!* Sollte ich meinen Job verlieren, dann geh ich wenigstens nicht wegen Beihilfe zu betrügerischer Krida in den Häfen.«

»Sondern weil du Johnny erpresst. Aber mich schickst du den Jordan hinunter, mich, der deine Sauereien jahrelang geflissentlich übersehen hat!« Der zweite Sprecher musste Paul Marageter sein.

»Krieg dich mal wieder ein. Du hast ein paar Anzeigen verschwinden lassen, böswillige Vernaderungen, die ohnehin keine Beweiskraft gehabt hätten. Das war alles.«

»Das war alles? Was, denkst du, würde man in diesem Tal mit einem Kinderschänder machen, he?«

»Und wo wärst du, hätte ich dir nicht nur die Kredite immer wieder verlängert, sondern obendrein auch noch weitere Überbrückungskredite gewährt? Komm, Pauli, bleib mal auf dem Teppich. Die Mädels sind keine Kinder mehr, sondern raffinierte Luder, die ihre Jugend zu Geld machen, nichts anderes.«

»Weil du sie dir zu Baby-Nutten heranziehst, deshalb! Trotzdem bleiben sie immer noch Kinder.«

»Komm mir jetzt bloß nicht mit Moral. Das wirkt nur unecht. Was hast du nicht alles besprungen, das bei drei nicht auf den Bäumen war, he?«

»Jedenfalls keine minderjährigen Mädchen. Und alten Leuten die Sparbücher geplündert hab ich auch nicht.«

»Bei deinen Schulden würde dir das auch wenig helfen«, konterte Schleißheimer ungerührt. »Mich wundert allerdings, dass du dich mit deinen Stundungswünschen nie an deinen guten Freund Regenmandl gewandt hast, sondern immer nur an mich. Ihr beide seid doch sonst so dick miteinander.«

Die Antwort ließ auf sich warten.

»Johnny hat mich immer an dich verwiesen«, sagte Marageter schließlich.

Schleißheimer lachte bitter auf. »Ich verstehe. Der feine Herr Regenmandl vergibt keine faulen Kredite, das sollen – wenn überhaupt – die kleinen Angestellten auf ihre Kappe nehmen. Und am besten noch solche, die ohnehin schon Butter am Kopf haben. Tja, dann bleibt dir als Rettungsanker wohl nur mehr deine alte Freundin, die Bachblüten-Lotte. Die hast du ja früher auch immer angepumpt. Sie soll ja über irgendwelche geheimen, nie versiegenden Geldquellen verfügen.«

»Alles Mumpitz! Ich brauche eine reale Geldquelle, sonst bin ich im Arsch!«

Marageters Stimme wurde lauter. Vermutlich hatte er sich vorgeneigt und seinen Kopf somit unbewusst in die Nähe des versteckten Mikros gebracht.

»Wie kann man auch nur so ein Idiot sein und die ›Rote Liesl‹ kaufen?«, warf ihm Schleißheimer vor. »Eine Ruine auf einem Felsvorsprung, auf dem sich nicht einmal eine Gams umdrehen kann! Wärst du bei deinem – ohnehin schon abenteuerlichen – Pachtsystem mit Unterpächtern geblieben, hättest du mit einem blauen Auge davonkommen können, aber du musstest ja –«

»So schlau bin ich jetzt selbst«, fuhr ihm Marageter dazwischen. »Wer konnte denn ahnen, dass die Dänen plötzlich abspringen, den ›Schillerhof‹ ausbauen und die ganze Schwaiger-Wiese davor mit Apartments zupflastern wollen?«

»Damit musstest du sehr wohl rechnen. Die Lage kommt ihnen viel eher entgegen, dort haben sie mehr Platz und können oberhalb des ›Schillerhofs‹ die Graukogellift-Parkplätze mitbenutzen. Und neben den Apartments können sie zusätzlich Parkplattformen in den Berg treiben, was ja dein Problem war. Die ›Rote Liesl‹ hat kaum Parkplätze. Aber der Gier ist eben nur schwer zu raten.«

»Die Dänen können ihr Konzept doch nie realisieren. Der Hang rutscht ab. Der ganze Graukogel-Hang rutscht ab. Welche Behörde darf da schon eine Baubewilligung erteilen? An den Hotels und der Kirche lässt sich ja schon erkennen, wie der Berg kommt. Und schließlich haben die Zuständigen auch noch ein Wörtchen mitzureden.« Marageters Worte klangen beschwörend, als wollte er mit seinen Argumenten sich selbst überzeugen.

»Soviel ich weiß, ist die Bewilligung bereits erteilt«, zerstörte Schleißheimer seine letzte Illusion. »Es heißt, die Pylonen-Bauweise stabilisiere sogar den Hang. Die Statiker haben schon grünes Licht gegeben, aber dir kann das ohnehin egal sein. Nächste Woche werden die meisten deiner Kredite bei der Linzer Sparkasse fällig gestellt. Ich mach das nicht gern, aber ich muss es tun.«

»Gib mir noch drei Wochen! Drei mickrige kurze Wochen! Ich bin jetzt an einer schwedischen Gruppe dran, die sind echt an der ›Roten Liesl‹ interessiert. Sie wollen sie zur Jugendherberge ausbauen und brauchen dafür keine Parkplätze.«

Schleißheimer lachte verärgert auf. »Pauli, hör auf damit. Im Märchenerzählen warst du noch nie besonders gut, das können andere besser. Aber selbst, wenn ich wollte: Ich *kann* und *darf* nicht mehr!«

»Aber dann kann ich meine Kredite bei der Bauernbank ja auch nicht mehr bedienen.«

»Das ist dein Problem.«

Einige Sekunden lang war nichts zu hören. Dann sagte Marageter: »Hat … hat deine plötzliche Härte etwas damit zu tun, dass Chrissie nicht deine leibliche Tochter ist?«

Wieder entstand eine längere Pause.

Schleißheimer räusperte sich schließlich. »Ich habe dir die Gründe genannt. Die Revision kann für mich zur Existenzfrage werden, und da ist mir das eigene Hemd näher als dein Rock. Übrigens habe ich geahnt, dass du am Schluss noch mit Chrissie kommen würdest. Wenn du meinst, ihr unbedingt sagen zu müssen, wer ihr Erzeuger ist, dann bitte sehr. Ein Druckmittel ist das allerdings nicht. Höchstens handelst du dir noch eine Alimente-Nachzahlungsklage ein.« Er lachte kurz auf. »Na ja, vermutlich würde mir das kaum etwas bringen. Einem nackten Mann kann man schließlich nicht in die Taschen greifen.«

»Wahnsinnig witzig. Aber ich sag dir eins: Wenn ich dahinterkomme, dass du Chrissie auch nur ein Mal angerührt hast –«

»Du kannst dir die unterste Lade sparen«, unterbrach ihn Schleißheimer brüsk. »Mehr als dreizehn Jahre lang hat dich das Schicksal von Chrissie nicht so viel gekümmert.« Er schnippte mit den Fingern. »Am wenigsten in den letzten vier. Da hat sich der ehemalige Revierinspektor ja schon auf dem Olymp der Hotelkettenbesitzer gesehen, weil er ein paar ausrangierte alte Kästen gepachtet hat, von denen es in Bad Gastein gar nicht so wenige gibt. Aber jetzt, wo du bis zu den Nasenflügeln im Dreck steckst, jetzt bist du plötzlich um die kindliche Unschuld deiner Tochter besorgt. Ein bisschen seltsam, findest du nicht? Umso mehr, da Chrissie nicht das einzige Kuckucksei ist, das du in fremde Nester gelegt hast.«

Das abrupte Scharren eines Stuhls auf Parkettboden war auf dem Band zu hören, dann das deutlich vernehmbare Klatschen einer Ohrfeige.

»Ist dir jetzt leichter?«, fragte Schleißheimer weinerlich-trotzig, wobei aber auch unverhohlene Angst in seiner Stimme mitschwang.

Die Antwort auf die Frage blieb aus, stattdessen fiel geräuschvoll eine Tür ins Schloss. Unmittelbar danach wurde die Aufnahme gestoppt.

Jacobi schaltete den Rekorder aus.

»Also hat die Schleißheimer gelogen, als sie behauptete, Chrissie sei die leibliche Tochter ihres ermordeten Ehemannes«, sagte Melanie Kotek.

Jacobi bedachte sie mit einem schrägen Blick. »Welche Ehefrau würde nicht zunächst lügen, wenn die Vaterschaft ein wunder Punkt ist?«

»Jedenfalls rückt sie dadurch in der Riege der Verdächtigen wieder ganz nach vorn.«

Jacobi wusste, was sie meinte. Wenn Chrissie nicht die leibliche Tochter von Schleißheimer war, gewann ein allfälliger Missbrauchsverdacht noch weiter an Gewicht.

»Ist nicht von der Hand zu weisen«, pflichtete er ihr bei, »aber Regenmandl und Marageter sind deshalb noch lange nicht aus dem Schneider.«

»Ich weiß«, seufzte Melanie Kotek. »Wie sieht's eigentlich mit einer Haussuchung beim Herrn Bankdirektor aus?«

»Nach der Indizienlage dürfte sich Richterin Zehentner kaum zieren. Ich lass dir die Anordnung an den Posten Hofgastein faxen.«

»Und Marageter?«

»Hältst du das für wirklich notwendig?«, fragte Jacobi ungnädig zurück. Es schmeckte ihm nicht, gegen einen ehemaligen Kollegen vorgehen zu müssen.

»Nicht unbedingt. Aber auch er zählt zu den Verdächtigen und hat mehr als ein Motiv. Außerdem rechnet er jetzt noch nicht mit einer Haussuchung, wir hätten also das Überraschungsmoment auf unserer Seite.«

»Also gut, wenn du darauf bestehst. Aber ich hoffe doch sehr, du gehst so diskret wie möglich vor und ziehst neben den vorläufigen Hauptverdächtigen auch andere Personen in Betracht: zum Beispiel die Gespielinnen des Mordopfers, die uns noch nicht namentlich bekannt sind, und deren Mütter. Es war doch von mehreren Lolitas die Rede, mit denen Schleißheimer Kontakt gehabt haben soll?«

»Ja – leider. Aber mal was anderes: Wie oder wo ist die Bemerkung von der Krampus-Sitzung einzuordnen?«

»Das muss ich dir wirklich erklären, Katze? Erinnerst du dich nicht an den Mord am Hamburger Industriellen Achim Vulpius?«

»Natürlich.«

»Der Mörder hatte sich den Abend des fünften Dezembers und den Kaiser-Franz-Platz in Bad Hofgastein für die gut vorbereitete Tat ausgesucht. Warum wohl?«

»Na, weil das Gasteiner Tal eine der Hochburgen des Perchten-Brauchtums ist und es dort am fünften Dezember dementsprechend hoch hergeht. Die diesbezügliche Hysterie bei Jung und Alt ist durchaus vergleichbar mit der beim Karneval im Rheinland. Aber was soll das mit Schleißheimers Bemerkung zu tun haben?«

»Die Krampus-Passen im Pongau sind für mich nur eins von vielen Synonymen für das dicht vernetzte Vereinswesen im Innergebirg. Abgesehen von Feuerwehr, Rettung, Bergrettung, Landjugend, den vielen Kultur-, Brauchtums- und Sportvereinen gibt es noch jede Menge andere Vereine und Klüngel mit unterschiedlichsten Zielsetzungen. Kurz und gut: Du findest dort einen Bevölkerungsquerschnitt vor wie sonst nirgendwo, angefangen von Hoteliers und Erbhof-Besitzern über mittelständische Firmenchefs, Akademiker und Facharbeiter bis hin zu Hausmeistern und Abwäschern.«

»Aha. Und mit deiner kaleidoskopartigen Schilderung willst du mich jetzt schonend auf die unvermeidlichen klassenübergreifenden Verfilzungen und Vernetzungen im Pongau vorbereiten. Ist es das?«

Anstelle einer Antwort hob Jacobi seine Schultern und breitete die Arme aus, während er die Handflächen nach oben drehte.

7 VON DER HEKTIK des Vortages war beim zweiten Ausflug nach Gastein nur noch wenig zu merken, nicht zuletzt deshalb, weil der Regionalfunk zwar in halbstündigen Intervallen, aber doch sehr zurückhaltend über die Ermordung Schleißheimers berich-

tete. Ein entspannt chauffierender Feuersang gestaltete die Fahrt im A4 in das Tauerntal durchaus angenehm – nicht nur für Beifahrerin Kotek, sondern auch für die Lenkerin des zweiten Audi hinter ihnen, Dr. Cornelia Wächter, Forensikerin und Psychologin des LGK Salzburg. In entsprechendem Abstand folgte dann als dritter Wagen der VW Touran der Spurensicherung. Am Volant saß Stubenvoll, der das Krankenhaus auf Revers verlassen hatte. Ihm gehe es schon wieder viel besser, hatte er der Einsatzleiterin Oberleutnant Kotek versichert, aber er wolle seinen empfindlichen Magen schonen und fahre deshalb lieber selbst.

Eben hatte man den Klammtunnel durchquert, und jetzt, nachdem sie auch die Burgruine Klammstein passiert hatten, verbreiterte sich das Trogtal allmählich. Der tiefblaue Herbsthimmel mit weißen Zirruswolken bildete zu den hell- und dunkelgrün gescheckten Mischwaldfluchten an den Flanken der Gasteiner Grasberge einen reizvollen Kontrast. Noch fehlte in den Wäldern das satte Orangegelb der Lärchen, aber das Flimmern der fahlen Birkenblätter zwischen immergrünen Nadelhölzern sorgte schon jetzt für eine herbstlich melancholische Stimmung. Die dunklen Akzente, von Blutbuchen und verschiedenen Ahornarten da und dort in das bunte Mosaik gesetzt, nahmen nur scharfäugige Beobachter wie Feuersang wahr.

Drei Minuten später rollte der Konvoi bereits an Dorfgastein vorbei, einer idyllischen, leicht verschlafenen Ortschaft von vielleicht zweitausend Seelen.

Zwischen Dorfgastein und den nächsten Ansiedlungen Harbach, Luggau und Laderding konnte man auf einer langen Geraden etwas flotter fahren. Dabei passierte man nur ein paar Bauernhöfe und Wohnhäuser am Fuß der Grasberge und auf Höhe des Hofgasteiner Bahnhofs zwei kleine Gasthäuser, von denen eines in desolatem Zustand und nicht mehr bewirtschaftet war. Genau dort verengte sich das Tal stark, die Bergflanken zu beiden Seiten rückten nahe an die Bundesstraße heran, wichen aber schon einige hundert Meter weiter wieder abrupt zurück und gaben den Blick frei auf den Talkessel Bad Hofgasteins und auf die Gipfel der Hohen Tauern einige Kilometer weiter südlich.

Am Hofgasteiner Kreisverkehr Nord bog Feuersang links in die

Salzburger Straße ein, während Dr. Wächter und Stubenvoll auf der Bundesstraße zur Ortschaft Lafén weiterfuhren.

Mit einem Mal genervt von der eigenen disziplinierten Fahrweise knallte Feuersang nun doch das Blaulicht auf das Wagendach, um die Dreißiger-Beschränkung im Ortsbereich nicht einhalten zu müssen.

»Männer«, kommentierte Melanie Kotek lakonisch. Feuersang grinste. Rasch fuhr er über Schulstraße, Wasserfallgasse und Höhenweg die einfachste Route zum Gendarmerieposten Bad Hofgastein und hielt pünktlich um neun Uhr fünfundvierzig auf dem kleinen Parkplatz gegenüber dem ehemaligen Bezirksgericht.

Kotek stieg aus, Feuersang und Wächter fuhren weiter. Ihre Zielpersonen waren Chrissie Schleißheimer und deren Großmutter, Frau Margit Thame. Salma Schleißheimer hatte sich für den Tag freigenommen und wartete bereits auf dem Gendarmerieposten. Ihre Tochter hatte sie, wie schon am Vortag angekündigt, zu Hause in Obhut ihrer Großmutter zurückgelassen. Kotek war von Postenkommandant Bezirksinspektor Matthias Höllteufel schon vorab darüber informiert worden und hatte deshalb Arbeitsteilung verfügt. Natürlich durfte Chrissie nicht ohne Beisein der Mutter einvernommen werden, sodass zunächst nur vom Gasteiner Amtsarzt Dr. Vitus Ortner und der Psychologin Dr. Wächter festgestellt werden sollte, ob sie aus medizinischer Sicht vernehmungsfähig war. Wenn ja, sollte sie zu ihrer Mutter gebracht werden.

Das als Vernehmungsraum benutzte Büro am Gendarmerieposten Bad Hofgastein war ebenso winzig wie das angrenzende zweite Amtszimmer. Verglichen mit den beiden Kammern prunkte das Referat 112 des LGK Salzburg am Franz-Hinterholzer-Kai mit großzügigen Zimmerfluchten, obwohl auch dort ständige Platznot herrschte. Zwei im rechten Winkel zusammengeschobene Schreibtische und zwei Aktenschränke füllten den Raum fast zur Gänze, vier Personen fanden kaum darin Platz. Die Neuankömmlinge fühlten sich wie in einer vollgestellten Studentenbude.

An einem der Schreibtische hatte Salma Schleißheimer Platz genommen, *face to face* mit Oberleutnant Kotek. Vor den Frauen lagen zwei Tageszeitungen mit den jeweiligen Überschriften: »Ritualmord im Gasteiner Tal!« und »Der Schlächter vom Schwalbenkar!«.

Am zweiten Schreibtisch, rechts von Kotek, saß die Protokollführerin und Gendarmerieschülerin Tina Hohenauer an einem PC der vorgestrigen Generation. Die hübsche junge Frau absolvierte hier ihre Probezeit. Am Aktenschrank hinter ihr lehnte Postenkommandant Höllteufel, ein hagerer eisgrauer Mittfünfziger.

Falls Feuersang, Dr. Wächter und Chrissie auch noch dazustoßen, werden wir hier ziemlich intim aneinanderkleben, dachte Kotek belustigt. Allerdings vermittelte ihr Gesichtsausdruck nichts weniger als Heiterkeit.

»Sie haben uns gestern belogen, Frau Schleißheimer«, begann sie, nachdem sie die relevanten Daten vorab auf ihren Rekorder gesprochen hatte. Zudem lief noch ein Aufnahmegerät der Protokollführerin mit. »Ihr Ehemann war nicht der Vater Ihrer Tochter Christine.«

»Er war Chrissies Vater, wenn auch nicht ihr Erzeuger.«

»Und? Wer ist der biologische Vater?«

»Ist das für Ihre Ermittlungen wichtig?«

»*Wir* stellen hier die Fragen, Frau Schleißheimer. Also: Wer ist der Vater?«

»Ich weiß es leider nicht mehr genau.«

»Wollen Sie uns verarschen?«

»Überhaupt nicht. Vor vierzehn Jahren – das war eine ziemlich wilde Zeit. In einer dieser Nächte ist es leider passiert. Ich war – obwohl schon über zwanzig – mehr als naiv, um nicht zu sagen blöd. Es kommen etwa drei Männer als Vater in Frage. Davor waren wir im ›Outlaw‹, hatten uns dort auch bereits etwas eingeworfen …«

»Sie hatten ungeschützten Sex mit drei Männern?«

»Ja, ich glaube zumindest, dass es nur drei waren.«

»Aber die Namen wollen Sie uns nicht nennen?«, kürzte Kotek das Verfahren ab.

Salma Schleißheimer schwieg.

»Salli glaubt, sie könnte uns so bamstig kommen, weil sie ein paar Großkopferte in Gastein näher kennt«, mischte sich jetzt Höllteufel ein.

»Für dich, Hias Höllteufel, immer noch Frau Schleißheimer!«, giftete sie ihn an.

Kotek drehte sich um und legte ihre Hand auf seinen Unterarm. Die Berührung ließ Höllteufel darauf verzichten, Salma Schleißheimer einige Nettigkeiten zu antworten.

»Paul Marageter ist der Vater von Chrissie, nicht wahr?«, sagte Kotek.

Die Gefragte zuckte mit den Schultern. »Möglich. Zumindest glaubt er es.«

»Und warum musste er dann nie auch nur einen Euro Alimente zahlen?«

Schleißheimers Miene verzog sich zu einer höhnischen Grimasse. »Sie meinen, weil er's mir ab und an besorgt, braucht er nicht zu zahlen?«

»Ich meine gar nichts, ich habe Sie etwas gefragt«, sagte Kotek eisig. Allmählich verlor sie die Geduld. Dieser Frau war gestern der Ehemann auf äußerst makabre Art und Weise genommen worden, und jetzt gab sie sich hier wie die Protagonistin einer drittklassigen Talkshow.

Salma Schleißheimer merkte, dass sie dabei war, den Bogen zu überspannen. »Ich habe Ihnen die Antwort doch schon gegeben: Ich konnte nach dieser Nacht nicht mit Sicherheit sagen, mit welchen Typen ich geschlafen hatte und mit wie vielen. Zwei von ihnen kannte ich überhaupt nicht, sie waren nicht von hier.«

»Ich verstehe. Tja, da wäre die Option eines Vaterschaftstests nicht nur zum Glücksspiel geworden, sondern sogar zum Spießrutenlauf.«

Schleißheimer nickte. »Genau deshalb habe ich darauf verzichtet. Und aus demselben Grund war ich Fredl so dankbar, dass er mich samt ungeborenem Kind geheiratet hat.«

»Sie haben ihm reinen Wein eingeschenkt?«

Wieder nickte Schleißheimer. »Er mir auch. Er hat mir alles über seine Zeit in Zell am See gebeichtet.«

»Dass er ursprünglich Hauptschullehrer war und gleich im ersten Dienstjahr suspendiert worden ist?«

»Auch das. Er hatte ein Verhältnis mit einer Schülerin, aber er schwor mir, sie sei keine Jungfrau mehr gewesen.«

»Das ist keine Entschuldigung. Sex mit einer Minderjährigen

ist ein schwerwiegendes Delikt, noch dazu mit einer Schutzbefohlenen. Missbrauch bleibt Missbrauch, egal, unter welchem Aspekt man ein derartiges Verhältnis betrachtet.«

»Ich habe das damals nicht so eng gesehen. Ich war nur froh darüber, mir zusammen mit Fredl eine bürgerliche Existenz aufbauen zu können und dass die Leute uns in Ruhe ließen. Für Gasteiner, die uns näher kannten, waren wir nämlich beide bizarre Gestalten. Man könnte sagen, sie gönnten uns einander.«

»Mhm. Sie haben gestern erwähnt, Sie hätten sich im Laufe der Jahre mit Ihrem Mann arrangiert, was Ihre … äh … Freizeitgestaltung anlangte. Kann man das so stehen lassen?«

»Es war ein stillschweigendes Übereinkommen. Fredl profitierte davon sogar mehr als ich. Angesichts unsrer Heirat hielten die meisten Gasteiner die Gerüchte, die über ihn im Umlauf waren, irgendwann für überzogen. Nur sehr wenige wissen, dass er nie von seiner unheilvollen Passion für minderjährige Mädchen losgekommen ist. Was mich betraf, sind sich die braven Hofgasteiner noch immer einig: Für sie war und bin ich noch immer eine Flitschn.«

Kotek lehnte sich im Sessel zurück und verschränkte die Hände auf ihrem flachen Bauch.

»Nun, ich kann mir im Moment tatsächlich schwer vorstellen, dass Sie etwas mit dem Tod Ihres Mannes zu tun haben sollen – etwa wegen Unverträglichkeit. Anders sähe es aus, wenn er sich an Chrissie vergangen hätte«, Schleißheimer winkte verächtlich ab, »oder wenn einer Ihrer Favoriten, vielleicht sogar der eine Favorit schlechthin, in Alfred Schleißheimer eine existenzbedrohende Gefahr gesehen hätte. Hätten Sie sich dann wirklich rausgehalten? Ich frage Sie also noch einmal nach Ihrem Alibi: Wo waren Sie vorgestern zwischen vierzehn und achtzehn Uhr?«

»Das habe ich doch schon gesagt: Chrissie und ich sind um halb vier Uhr nachmittags zu meiner Mutter in die Indianer-Siedlung gefahren.«

»Indianer-Siedlung?« Auf Koteks glatter Stirn bildete sich eine steile Falte.

»Die Zeugin meint die Bürgerberg-Siedlung in der Nähe vom Hofgasteiner Bahnhof«, erklärte Höllteufel. »Die Einfamilienhäuser ähneln vom Stil her Blockhäusern, und obwohl den Architekten seinerzeit ein renommierter Preis für das Konzept verliehen wurde, haben manche konventionell hausende Gasteiner der Siedlung die Bezeichnung gegeben.«

»Aha. Und weiter?« Die Aufforderung war an die Zeugin gerichtet.

»Abends«, fuhr Salma Schleißheimer fort, »sind wir so um halb acht wieder nach Hause gefahren und haben uns gewundert, dass Fredl immer noch nicht da war und auch nicht angerufen hatte.«

»Ihre Mutter wird zurzeit dazu befragt – eventuell auch später Ihre Tochter, wenn ihre Vernehmungsfähigkeit von zwei Ärzten festgestellt worden ist.«

Die Schleißheimer sprang auf wie von der sprichwörtlichen Tarantel gestochen.

»Das ist eine ganz linke Tour! Hab ich mir doch gleich gedacht, dass da irgendwas getrickst wird, weil mich keiner nach Chrissie gefragt hat. Sie dürfen meine Tochter gar nicht verhören, wenn ich nicht dabei bin.«

»Setz dich wieder hin, Salli«, schnauzte Höllteufel sie an, »die Vernehmung ist noch nicht zu Ende.«

Wohl oder übel nahm Salma Schleißheimer wieder Platz. Kotek sah zum Fenster hinaus. Sie vermied es, sofort weiterzumachen. Der Zeugin sollte klar werden, welche Folgen ihre überzogene Reaktion hatte.

Die Sekunden krochen dahin. Als Kotek in Gedanken bis dreißig gezählt hatte, setzte sie wieder an: »Nach diesem Ausrutscher, den Sie sich eben geleistet haben, sollte Ihnen eines bewusst sein: Unsere Ermittlungen werden sich nun verstärkt auf Sie und Ihre Tochter konzentrieren. Und zwar so lange, bis wir auch noch die letzte Info aus Ihnen herausgequetscht haben. Und glauben Sie mir, das werden Sie nicht durchhalten. Mein Kollege Feuersang, den Sie gestern schon kennengelernt haben, ist auf so was spezialisiert. Er vernimmt in diesem Augenblick Ihre Mutter, Frau Margit Thame, und die hat ganz gewiss *keinen* Anspruch auf Jugendschutz. Also, Frau Schleißheimer, wo waren Sie vorgestern zwischen vierzehn und achtzehn Uhr?«

»Ich war zunächst zu Hause und bin dann um fünfzehn Uhr dreißig mit meiner Tochter zu meiner Mutter hinaus in die Bürgerberg-Siedlung gefahren«, beharrte die Gefragte auf dem Status quo.

Kotek nickte langsam und rief über die Kurzwahl Feuersang an. »Leo, wie steht's?«

Seine Antwort erfolgte postwendend: »Frau Thame war den ganzen Samstagnachmittag allein zu Hause. Um neunzehn Uhr kam ihre Enkelin zu ihr, die zuvor angeblich mit ihrer Freundin Julie Heinrich unterwegs war. Salli Schleißheimer hat ihre Mutter am Samstag gar nicht besucht. Ich musste übrigens nicht lange tricksen, um das zu erfahren. Frau Thame ist eine sehr vernünftige und seriöse Dame. Ihr klarzumachen, man würde als Zeuge mit der Wahrheit immer am besten fahren, war gar nicht nötig. Sie sitzt jetzt neben mir im Wohnzimmer der Schleißheimers, und wir trinken zusammen Cappuccino.«

»Danke, Leo. Und wie steht's mit der Tochter?«

»Da ist nichts zu machen. Frau Thame hat gesagt, ihre Enkelin sei am Sonntagnachmittag beim Erntedankfest gewesen. Etwa gegen fünfzehn Uhr, also überraschend früh, sei sie zurückgekommen und habe etwas von einem Anruf gestottert, den sie auf dem Erntedankfest erhalten habe. Seither hat sie kein Wort mehr gesprochen. Dr. Wächter hat gleich nach der ersten Kontaktaufnahme festgestellt, dass Chrissie schwer traumatisiert ist. Eine Vernehmung kann, wenn überhaupt, nur im Rahmen von therapeutischen Gesprächen durchgeführt werden. Ob die im Beisein der Mutter erfolgen werden, muss im Vorfeld noch zeitaufwendig abgeklärt werden.«

»Nochmals danke, Leo. Dann werden wir uns also vorläufig auf Frau Schleißheimer beschränken. Kommst du zu mir auf den Posten? Dann besuchen wir Regenmandl in der Sparkasse gemeinsam. Für Cornelia dürfte der Job beendet sein, die Frau Doktor kann dann nach Hause fahren.«

»Okay, ich hole dich vor dem Posten ab, aber vielleicht gehst du inzwischen besser allein zur Bank, ich möchte noch einen von den aufmerksamen Nachbarn der Schleißheimer befragen.«

»Gute Idee, mach das. Dann bis später.«

Sie legte auf und wandte sich wieder an die Zeugin: »Tja, Frau Schleißheimer, leider waren Sie am Samstag nicht bei Ihrer Mutter. Obwohl Sie von Ihnen gebrieft worden ist, hat sie Ihr Alibi platzen lassen. Wo waren Sie also wirklich?«

Salma Schleißheimer zog mit zusammengebissenen Zähnen die

Lippen hoch, als hätte sie auf eine Schlehe gebissen. »O Gott, ich hab doch nur gelogen, weil Mama mich gestern Nachmittag ganz aufgeregt angerufen hat: Chrissie sei eben vom Erntedankfest zu ihr gekommen, habe irgendwas von einem irren Anruf gefaselt und danach kein Wort mehr gesagt. Sie wollte nur mehr von der Omi in den Arm genommen werden.«

»Mich interessiert nicht, was Chrissie *gestern* gemacht hat, sondern wo sie *vorgestern* Nachmittag war.«

»Mein Gott, sie wird mit Julie oder einer anderen Freundin unterwegs gewesen sein. Ich weiß es auch nicht so genau.«

»Sie rufen mir Gott etwas zu häufig an, Frau Schleißheimer. Hat Chrissie geweint, als sie gestern zur Oma gekommen ist?«

»Nein. Offensichtlich bedrückte sie etwas, aber geweint hat sie nicht, das hätte Mama ausdrücklich erwähnt. Sie glauben doch nicht etwa, sie hätte etwas mit dem Tod ihres Vaters zu tun?«

»Frau Schleißheimer, ich wiederhole noch einmal meine Frage von vorhin: Wo waren *Sie* am Samstagnachmittag, wenn Sie schon nicht wissen, wo sich Ihre Tochter um diese Zeit befand?«

»Ich war bei Lotte Heinrich. Von drei Uhr nachmittags bis circa um vier.«

»Bei Lotte Heinrich? Der Bachblüten-Lotte? Haben Sie ihre Dienste als Kräuterhexe benötigt oder die als Chiropraktikerin?«

»Weder noch. *Sie* hat mich gebeten, zu ihr zu kommen.«

»Und der Grund ihrer Bitte?«

»Ich sollte Fredl oder Johnny dazu bewegen, Paul Marageter noch einen allerletzten Kredit zu gewähren.«

»Und das konnte sie Ihnen nicht am Telefon sagen?«

»Pauli habe sie extra drum gebeten, mit mir persönlich zu sprechen. Ich konnte ihr das schlecht abschlagen, schließlich sind wir befreundet.«

»Tatsächlich? Und ich dachte, Sie hätten Frau Heinrich ihren Geliebten Herrn Regenmandl ausgespannt und seien deshalb verfeindet.«

Salma Schleißheimer blickte die Kriminalbeamtin befremdet an. »Wer erzählt denn solchen Bockmist? Johnny war nie der Geliebte von Lotte.«

»Er hatte also nie etwas mit ihr?«, fragte Kotek irritiert nach.

»Mein Gott, sie kennen sich, ja. Gehen auch ziemlich vertraut miteinander um. Da kann bei Außenstehenden schon die Phantasie ins Kraut schießen, aber soviel ich weiß, ist nie was zwischen ihnen gelaufen«, sagte Salma Schleißheimer gelassen.

Die Ermittlerin war trotzdem nicht überzeugt. Aus irgendeinem Grund wollte die Zeugin nichts von einem Verhältnis zwischen Regenmandl und Lotte Heinrich wissen.

»Klar, schließlich ist Regenmandl ja *Ihr* Geliebter«, reizte Kotek sie hinterhältig. »Deshalb verstehe ich auch nicht, warum Sie nicht ihn als Alibi angeben.«

»Weil ich eben nicht bei ihm war, sondern bei Lotte.«

»War außer Ihnen sonst noch jemand bei Frau Heinrich? Vielleicht ihre Tochter oder einer ihrer Kunden?«

»Nein, Lotte hatte um diese Zeit keinen Kunden. Übrigens sind die Wände im Tierpräparator-Häusl sehr hellhörig. Die Anwesenheit einer dritten Person hätte ich ganz bestimmt bemerkt. Wenn zum Beispiel Julie da ist, muss Lotte sie ständig ermahnen, die Musik leiser zu stellen oder die Kopfhörer zu benutzen.«

»Julie war aber nicht da?«, fragte die Ermittlerin noch einmal.

»Nein, ganz sicher nicht. Lotte und ich waren allein im Haus.«

»Und dieses Alibi ist jetzt das richtige?«

»Allerdings. Hören Sie: Kann ich wieder zu meiner Tochter? Sie braucht mich jetzt dringend.«

»Gleich, Frau Schleißheimer. Die hiesigen Kollegen haben Sie sicher informiert, dass gestern in Ihr Haus eingebrochen worden ist, während Sie bei Ihrer Mutter waren?«

»Haben sie, ja.«

»Mehr fällt Ihnen dazu nicht ein? Es sind keine Wertsachen entwendet worden, was also könnte der Eindringling gesucht haben?«

»Ich habe nicht die leiseste Ahnung. Das herauszufinden ist ja wohl *Ihre* Aufgabe. Sind wir jetzt endlich fertig?«

»Vorläufig können Sie gehen, Frau Schleißheimer. Aber miteinander fertig sind wir noch lang nicht. Und erschrecken Sie nicht, wenn Sie nach Hause kommen. Die Spurensicherung sieht sich noch immer bei Ihnen um, wird aber alles wieder an seinen Platz zurückstellen. Es geht schon nichts kaputt, Ihre Mutter ist eine strenge Gouvernante.«

8 FEUERSANG HATTE das Schleißheimer Domizil verlassen, war schnurstracks zum Haus gegenüber gegangen und läutete nun an. Von Frau Thame wusste er, dass Donatella Hojasch zu Hause war. Das Heim der geschiedenen Buchhalterin war fraglos eines der schönsten Anwesen in der Dorngasse, schien aber die Besitzerin nicht über ihr Alleinsein hinwegzutrösten, wie Frau Thame dem Ermittler lang und breit erläutert hatte.

Da einsame Menschen ihrer Umgebung mitunter erhöhte Aufmerksamkeit widmen, rechnete Feuersang durchaus mit Beobachtungen, die Frau Hojasch am Samstagnachmittag gemacht haben könnte.

Er wurde nicht enttäuscht. Die sehr gepflegte Fünfzigerin lud ihn umgehend zum Kaffee ein, was er dankend ablehnte, hatte er doch bereits mit Frau Thame drei Cappuccini getrunken. Frau Hojasch bat ihn in ihren noblen Salon und bestätigte ihm dort prompt, was er wissen wollte. Ja, Frau Schleißheimer sei am Samstag um vierzehn Uhr fünfundvierzig mit ihrem VW-Floh weggefahren. Sie, Donatella Hojasch, habe dabei rein zufällig auf die Uhr gesehen.

Statt sich zu bedanken und zu verabschieden, beging Feuersang nun den Fehler zu fragen, was Frau Hojasch sonst noch über die Familie Schleißheimer wüsste. Dem Schwall an Beredsamkeit, dem er daraufhin ausgesetzt wurde, konnte er sich erst nach mehreren vergeblichen Anläufen entziehen. Als Frau Hojasch ihre Suada wieder einmal kurz unterbrach, um Atem zu holen, stand er geistesgegenwärtig auf und verließ fluchtartig das Haus.

Immerhin hatte er erfahren, dass der Ermordete ein unterdrückter Pantoffelheld gewesen war, dass Salli nie weniger als drei Liebhaber gleichzeitig an der Hand hatte und sich viel zu wenig um die arme Chrissie kümmerte, weshalb diese wohl eher die Oma als ihre Familie betrachtete, und dass Salli zudem noch eine miserable Hausfrau und Nachbarin war. Sie ließ ihr durchaus ansehnliches Heim verwahrlosen, und anstatt ihren Wagen in die Garage zu stellen, parkte sie ihn regelmäßig draußen auf der Zufahrtsstraße, wo die Rostlaube nichts zu suchen hatte. Dass die Schleißheimers im Winter weder vor dem Haus noch auf dem Gehsteig Schnee schaufelten, war ohnehin ein jedes Jahr wiederkehrendes Ärgernis.

9 DIE FILIALE der Linzer Sparkasse befand sich im Zentrum von Bad Hofgastein, nur einen Katzensprung vom Gendarmerieposten entfernt. Kotek ging die wenigen hundert Meter zu Fuß, obwohl sich der zuvor noch heitere Himmel mittlerweile lückenlos bezogen hatte.

Sie hätte sich den Weg sparen können. Jean Pierre Regenmandl war weder in der Bank anzutreffen, noch ging er an sein Handy oder an den Hausanschluss seiner Villa. Dort meldete sich stattdessen die Haushälterin, eine gewisse Vesna Simcits, und teilte Kotek lapidar mit, der Herr Direktor sei für den Rest des Tages nicht zu erreichen. Die Stimme der Frau klang belegt und brüchig, als hätte sie Sekunden zuvor noch mit starken Emotionen zu kämpfen gehabt.

Feuersang wartete vor dem Posten auf seine Kollegin. Sie stieg zu ihm in den Wagen und erzählte ihm von ihrem vergeblichen Versuch, Regenmandl zu erreichen. Er fuhr sofort los, ohne dass sie sich auf ein Ziel verständigt hatten. Für ihn war klar, dass Kotek sich einen solchen Affront nicht gefallen lassen würde – weder vom Filialleiter einer Provinzsparkasse noch von irgendjemandem sonst. Regenmandl hatte am Vortag von seiner Geliebten erfahren, dass er vernommen werden sollte, und war zudem an diesem Morgen offiziell von Höllteufel über die anstehende Befragung informiert worden. Jetzt aber ließ er sich verleugnen und zählte daher nicht nur wegen Schleißheimers Tonbandmitschnitts zu den Verdächtigen. Auch ohne Durchsuchungsbeschluss hätte Kotek unter diesen Umständen sein Haus auf den Kopf stellen lassen.

Das Anwesen befand sich in der Ortschaft Breitenberg im Nordwesten des Markts Bad Hofgastein und war vom Zentrum aus in wenigen Minuten zu erreichen. Es unterschied sich nicht so sehr durch seine Größe von den benachbarten Häusern und Gehöften, sondern eher durch das massive Satteldach, die exklusiven Materialien, die bei der Errichtung verarbeitet worden waren, und natürlich durch seine traumhafte Lage. Im Vergleich dazu wirkte das gediegene Zuhause der Schleißheimers wie ein Eisenbahnerhäuschen.

Feuersang parkte den Audi in der breiten Auffahrt vor der Garage. Eines der automatischen Tore stand offen. Der Doppelstellplatz enthielt allerdings nur einen roten Golf 2,0 TDI. Der zweite Platz für den Range Rover des Hausherrn war leer. Kotek betätigte die Klingel am Haustor, Feuersang nutzte die Wartezeit für einen neidvollen Blick auf das phänomenale Panorama.

Abgesehen von einigen exponierten Bergbauernhöfen boten nicht viele Standorte im Gasteiner Tal diese Aussicht. Die erhöhte Position am Fuß des Guggensteins gestattete einen kilometerweiten Blick über den Schuttkegel Bad Hofgasteins hinweg nach Hundsdorf, Lafén, Gadaunern, Bad Bruck und schließlich bis nach Bad Gastein, dem Kurort von Kaisern und Königen an den Hängen des Graukogels und des Stubnerkogels mit der unverwechselbaren Skyline aus der Belle Époque.

Die Gstopftn haben sich schon immer die besten Plätze ausgesucht, schoss es Feuersang durch den Kopf. Früher der Adel und der Klerus, später das Großbürgertum und heute die Banker und Finanzjongleure.

Eine etwa vierzigjährige schlanke Frau in verwaschenen Jeans öffnete ihnen. Ihr sympathisches Gesicht war frisch geschminkt, nur das kurz geschnittene brünette Haar sah aus, als hätte sie es gerade erst selbst zerzaust – oder jemand anderer.

»Frau Simcits?«, fragte Kotek. Die Angesprochene nickte. Kotek drückte ihr die richterliche Anordnung in die Hand.

»Oberleutnant Kotek, Landesgendarmeriekommando Salzburg, Kriminalabteilung für Verbrechen gegen Leib und Leben«, sagte sie ihr Sprüchlein auf. »In einigen Minuten wird ein Team unsrer Spurensicherung hier eintreffen. Bis dahin können wir uns ein wenig unterhalten.«

»Ich … ich glaube nicht, dass Sie das dürfen.« Vesna Simcits hatte einen kaum hörbaren südslawischen Akzent und eine leichte Cognac-Fahne. »Ich meine, hier so einfach hereinschneien, wenn der Herr Direktor nicht da ist, das ist doch gegen das Gesetz.«

»Nein, das ist ganz legal, und wir dürfen das – auch wenn der Herr Direktor *nicht* da ist«, sagte Kotek und registrierte im Nachhinein, wie aufgesetzt der Widerstand der Haushälterin wirkte. »Herr Regenmandl hätte genügend Zeit und Gelegenheit gehabt, sich mit uns ins Einvernehmen zu setzen, was er aber nicht getan hat, wofür er schon seine Gründe haben wird. Wir wissen, was wir jetzt zu tun haben. Ich nehme an, Sie können eine richterliche Anordnung lesen?«

Sie nahm Simcits das Papier aus der Hand und hielt es ihr unter die Nase, indem sie auf eine bestimmte Zeile deutete. »Da steht's schwarz auf weiß: Die Liegenschaft darf auch in Abwesenheit des Eigners in Augenschein genommen und untersucht werden. Aber gut: Es muss nicht gleich mit der Brechstange sein«, gab sie sich plötzlich verbindlich. »Sie können auch noch einmal probieren, Herrn Regenmandl übers Handy anzurufen.«

Simcits schüttelte den Kopf. »Er hat es ausgeschaltet und mir gesagt, es sei sinnlos, ihn erreichen zu wollen. Er sei in einer wichtigen Besprechung und würde sich im Laufe des Tages wieder melden.«

»Und? Können *Sie* uns dann wenigstens ein paar Auskünfte geben?«

Simcits nickte. »Kommen Sie, bitte.«

Sie gingen durch eine mit Gemälden und Nippes überladene Diele in ein Wohnzimmer, das keine Wünsche offen ließ. Dicke anatolische Teppiche verschluckten ihre Schritte. Aus unsichtbaren Lautsprechern ertönte gedämpft Popmusik mit orientalischem Einschlag. Simcits deutete flüchtig auf eine Sitzgarnitur, die aus einer schweren tabakbraunen Ledercouch und zwei ebensolchen Fauteuils bestand.

»Bitte, nehmen Sie Platz.«

»Danke.« Kotek und Feuersang setzten sich in die wuchtigen Polstersessel.

Feuersang legte den kleinen Rekorder auf den Teetisch und schaltete ihn ein. »Bad Hofgastein, achtundzwanzigster September, Vernehmung von Frau Vesna Simcits, Haushälterin bei Herrn Jean Pierre Regenmandl, Breitenberg dreißig, zum Mordfall Alfred Schleißheimer. Die Vernehmung führen Oberleutnant Melanie Kotek und Chefinspektor Leo Feuersang.«

»Frau Simcits«, begann Kotek, »warum haben Sie geweint, als ich Sie vorhin anrief?«

»Geweint? Aber ich habe doch gar nicht geweint. Wie kommen Sie darauf?«

»Doch, Sie haben geweint. Hat Regenmandl Sie gemaßregelt, weil Sie Fredl Schleißheimer an seinen Tresor gelassen haben?«

»Fredl Schleiß…« Simcits verstummte, und ihre Augen begannen sofort feucht zu glänzen.

»Ja, Fredl Schleißheimer. Haben Sie ihn an Regenmandls Tresor gelassen? Wer sonst hätte ihm den Nummerncode verraten können?«

»Ist Fredl wirklich tot? Seit heute Morgen wird es immer wieder auf Salzburg-Regional gemeldet.«

Ihr Versuch, der Frage auszuweichen, war dilettantisch. Kotek hatte fast Mitleid mit ihr.

»Frau Simcits, Sie wussten schon gestern, dass Schleißheimer ermordet worden ist. Sie haben es von Regenmandl erfahren. Salma Schleißheimer hat ihn angerufen und ihm bestimmt auch von der Tonbandaufnahme erzählt. Damit wusste er definitiv, was er bis dato nur geahnt hatte, nämlich dass Sie Ihre Vertrauensstellung missbraucht haben. Dass er Sie daraufhin zusammengefaltet hat, ist nicht wirklich verwunderlich. Ich habe mich über Sie erkundigt, Sie waren jahrelang mit ihm liiert. Zunächst waren Sie neben seiner Frau die Zweitgespielin, dann – nach seiner Scheidung – noch Gelegenheitsmatratze, wenn er sich mit einem seiner Betthasen überworfen hatte. So was zerrt an den Nerven, immer nur als Lückenbüßerin herhalten zu müssen, nicht wahr? Und seit Salma Schleißheimer ihn sich wieder zur Brust nimmt, sind Sie ganz abgemeldet.«

Simcits öffnete schon den Mund zu einer Entgegnung, da pfiff Kotek sie an: »Wagen Sie jetzt ja nicht, mir ins Gesicht zu sagen, das stimme nicht!«

Solchen Verhörmethoden war die Bosnierin nicht gewachsen. »Nein, bitte, ich geb's ja zu: Es stimmt, was Sie sagen.« Ihre Tränen flossen nun noch reichlicher. Gepresst begann sie zu erzählen: »Fredl ging es ebenso miserabel wie mir. Seine Frau behandelte ihn wie Dreck und war an ihm nicht mehr im Mindesten interessiert.«

Wutentbrannt sprang sie von der Couch hoch. »Und seit Johnny mit dieser Hexe beisammen ist, bin auch ich, wie Sie richtig bemerkt haben, total abgemeldet. Aber nicht nur das: Bei jeder noch so kleinen Unstimmigkeit droht er mir mit Entlassung und Fremdenpolizei, dabei hab ich doch schon seit Jahren die österreichische Staatsbürgerschaft. Es ist einfach nur demütigend.«

Sie setzte sich wieder. »Der Fredl, der hat hier vor ein paar Wochen in diesem Fauteuil gesessen und geheult wie ein Schlosshund. Johnny war an diesem Tag auf Dienstreise – natürlich mit Salli. Fredl jammerte, Johnny und Salli würden ihn fertigmachen. Er könne sich nur retten, wenn er an ein paar Daten auf Johnnys PC und an Unterlagen in seinem Tresor rankäme.«

»An was für Unterlagen?«, fragte Kotek.

»Unterlagen über ein unsauberes Geschäft, das Fredl unter Johnnys Anleitung abgewickelt haben soll. Mehr weiß ich nicht.«

»Und Sie haben sich schließlich erweichen lassen?«, beschleunigte Feuersang das Frage- und Antwortspiel.

Simcits nickte. »Ja, ich habe ihm ermöglicht, sowohl vom PC Kopien der Daten zu ziehen, als auch im Tresor nachzusehen. Aber nicht nur wegen seines jammervollen Auftritts. Ich geb's zu: Ich wollte Johnny eins auswischen. Fredl hat sich dann hundertmal bei mir bedankt, er hätte jetzt, was er bräuchte.«

»Ja, das hatte er tatsächlich. Frau Simcits, haben Sie wirklich nicht bemerkt, wie raffiniert Schleißheimer Ihre Gemütslage ausgenutzt hat? Dass Regenmandl ständig auf Ihren Gefühlen herumtrampelte, war ihm bekannt, er musste Ihnen also nur glaubhaft vermitteln, wie sehr auch *er* unter Salli zu leiden hatte.«

»Das ist doch Quatsch! Sie haben Fredl Schleißheimer nicht weinen sehen. So was kann man nicht vortäuschen. Ich glaube eher, Sie und Ihre Kollegen haben sich von Salli täuschen lassen. Vermutlich hat sie Sie mit ihrer Masche eingewickelt, mit der sie vor Außenstehenden immer die Dame von Welt spielt. Natürlich hat sie ihr Leben in dieser Ehe-Farce nach ihren Vorstellungen gestaltet, aber für Fredl galten nicht dieselben Bedingungen. Von Anfang an wurde er mit seinen Schwächen erpresst und stand in dieser Beziehung in jeder Hinsicht immer an zweiter Stelle.«

»Wollen Sie damit andeuten, er hätte sich mit seinem Tresor-Coup gegen seine Frau und ihren Liebhaber aufgelehnt und wäre deshalb von den beiden ermordet worden?«

Simcits zog die Schultern hoch. »Noch vor zwei Tagen hätte ich darüber so wie Sie ungläubig den Kopf geschüttelt. Aber Fredl dürfte da wirklich auf einen dicken Hund gestoßen sein. Nach der

Szene, die Johnny mir gestern gemacht hat, muss ich das jedenfalls annehmen. Schon in den Wochen zuvor war er zeitweise ungenießbar. Er vermutete etwas, wie Sie richtig bemerkt haben. Gestern habe ich ihn dann überhaupt nicht mehr wiedererkannt. Er hat mich niedergebrüllt –«

»Und geschlagen?«, warf Kotek ahnungsvoll ein.

»Ja, er hat mir auch ein paar reingehauen, aber das freilich nicht zum ersten Mal. Er braucht das – auch beim Sex –, um auf Touren zu kommen. Neu war allerdings die definitive Kündigung zum ersten Oktober. Gefeuert hat er mich ebenfalls schon oft, aber jetzt hat er es das erste Mal ernst gemeint. Todernst.«

»Warum betonen Sie das so?«, fragte Kotek.

Wieder zuckte Simcits mit den Schultern. »Weiß nicht. Vielleicht will ich damit nur unterstreichen, dass ein Lebensabschnitt für mich und ihn zu Ende geht.«

»Was Sie Fredl Schleißheimer gestattet haben, war ein absoluter Vertrauensbruch Ihrem Arbeitgeber gegenüber«, merkte Feuersang an. »Auch wenn ich kein erklärter Kapitalistenfreund bin, ist das ein hundertprozentiger Kündigungsgrund.«

»Was heißt schon Arbeitgeber?« Simcits blies die Atemluft geräuschvoll durch die Nase. »Er war der Patron und ich die Sklavin. Was Johnny sich im Lauf der Jahre mir gegenüber immer wieder geleistet hat, war das etwa kein permanenter Vertrauensbruch? Ich habe ihm die schönsten Jahre meines Lebens geschenkt, meine Jugend, und er gibt mir jetzt den finalen Tritt in den Hintern. Toll, nicht wahr? Nein, ich bereue nicht, dass ich Fredl helfen wollte – auch wenn's nichts genützt hat. Übrigens habe ich noch zwei Aussagen zu machen.«

Hätte Kotek bisher noch Zweifel an ihrer Glaubwürdigkeit gehabt, waren diese jetzt verschwunden: Vesna Simcits schien unter das Kapitel »John Silver« wirklich und endgültig einen Schlussstrich ziehen zu wollen.

»Ja, bitte, Frau Simcits?«

»Johnny – also, Herr Regenmandl – war am Samstagnachmittag nicht hier, wie ich bei der Gendarmerie aussagen sollte. Auch telefonisch war er nicht erreichbar. Als ich den Bürgermeister auf der Bauernherbst-Eröffnungskonferenz anrief und Johnny sprechen wollte, sagte er mir, er sei gar nicht mehr da.«

»Das erzählt Ihnen der Bürgermeister so einfach am Telefon?«, fragte Feuersang ungläubig. »Ihnen, der Haushälterin?«

Simcits musterte ihn geringschätzig und entblößte tadellose weiße Zähne unter einer verächtlich hochgezogenen Oberlippe.

»Stellen Sie sich vor, Ferdl Zederhauser, unser Bürgermeister, gibt sogar einer Haushälterin Auskunft, wenn die ihn etwas fragt. Bei Ihnen in der Stadt ist das wohl eher unüblich, was?«

Ehe Feuersang noch eine süffisante Antwort geben konnte, sagte Kotek: »Sie wollten noch eine zweite Aussage machen. Bitte.«

Einen Augenblick lang schien es, als würde Simcits es sich doch noch anders überlegen. Dann aber gab sie sich einen Ruck. »Gestern rief ihn, wie schon erwähnt, Salli an und erzählte ihm von Fredls Rekorderaufnahmen. Er tobte zunächst wie ein Irrer, beschimpfte mich aufs Ordinärste und kündigte mir zum Ersten. Dann hatte er es plötzlich wahnsinnig eilig, an den Tresor zu gehen und anschließend mit PC, Laptop und Aktentasche in seinem englischen Anbrater-Auto abzuhauen.«

»Entschuldigung, aber was verstehen Sie unter einem Anbrater-Auto?«, fragte Kotek, die schon ahnte, was damit gemeint war.

»Ein Anbrater-Auto ist ein Wagen, den eher unansehnliche Männer benutzen, um bei Frauen zu landen.«

»Aber so unansehnlich kann Regenmandl doch nicht sein, schließlich haben Sie ihm freiwillig Ihre schönsten Jahre geopfert«, zitierte Kotek sie.

»Er sieht nicht toll aus, aber er hat Geld und ist ein guter Stecher«, gab Simcits mit entwaffnender Ehrlichkeit zu. »Oder haben Sie geglaubt, ich bin wegen seines schönen blauen Auges so lange bei ihm geblieben?«

Das Haustelefon läutete. Simcits hob ab und hörte dem Anrufer einige Sekunden lang zu. »Ja, sie sind hier«, sagte sie dann gelassen und reichte Kotek den Hörer. Die drückte auf die Lautsprechertaste, um Feuersang mithören zu lassen.

»Landesgendarmeriekommando Salzburg, Oberleutnant Melanie Kotek. Mit wem spreche ich?«

»Regenmandl. Meine Haushälterin sagte mir eben –«

»Deine *ehemalige* Haushälterin!«, rief Simcits giftig dazwischen.

»Herr Regenmandl«, sagte Kotek scharf und bedeutete der aufgebrachten Frau, den Mund zu halten. »Sie waren heute Vormittag zum Gendarmerieposten Bad Hofgastein geladen, um zum Tod von Herrn Alfred Schleißheimer einvernommen zu werden.«

»Ich hatte andere, unaufschiebbare Termine, zum Beispiel bei meinem Anwalt und beim Notar, wo ich im Moment noch bin.«

»Herr Regenmandl, wenn der Staat Österreich Sie unter Wahrheitspflicht zu einem Kapitalverbrechen befragen will, haben Sie jeden anderen Termin zurückzustellen. Kommen Sie wenigstens jetzt hierher zurück? Wenn nicht, wird Ihr Haus ohne Sie auf den Kopf gestellt. Sie wissen, warum?«

»Brechen Sie sich ja nichts ab. Wahrscheinlich spielen Sie auf mein Gspusi mit Salli Schleißheimer an. Aber mir daraus einen Strick drehen zu wollen, das ist lächerlich. Wir drei hatten uns glänzend arrangiert, keiner ist dem anderen ins Gehege gekommen. Warum also hätten wir daran etwas ändern sollen?«

»Verdächtig sind Sie nicht in erster Linie wegen Ihres Techtelmechtels mit Frau Schleißheimer, sondern wegen krimineller Machenschaften, die der Ermordete Ihnen zur Last gelegt hat. Sie haben Ihm daraufhin unverhohlen gedroht. Zu Ihrem Pech hat Alfred Schleißheimer das Gespräch heimlich aufgezeichnet. Sie waren erpressbar, Herr Regenmandl.«

»Warum erpressbar? Das waren doch nur die üblichen dubiosen Andeutungen und Bluffs von Fredl! Alles nur pure, aus der Luft gegriffene Phantasterei. Außerdem wissen Sie sehr gut, dass eine heimliche Tonaufnahme bei Gericht nicht verwertbar ist.«

»Sie hat keine Beweiskraft«, präzisierte Kotek, »kann aber durchaus zur Erhellung von Vorgängen herangezogen werden, welche Gegenstand von Ermittlungen sind, Herr Regenmandl. Sie gehören zum engeren Kreis der Verdächtigen. Nicht zuletzt deshalb haben wir sofort eine richterliche Durchsuchungsanordnung für Ihr Haus bekommen.«

»Und ich habe schon gesagt, Sie sollen sich keinen Zwang antun. Suchen Sie nach Herzenslust. Ich habe bereits meinen Anwalt eingeschaltet und behalte mir vor, mich bei der Sicherheitsdirektion Salzburg über Ihre Kommando-Methoden zu beschweren.«

»Und Ihre Coolness hat nicht zufällig etwas damit zu tun, dass Sie gestern Abend allfälliges Beweismaterial aus dem Haus geschafft haben?«

Einige Sekunden verstrichen, ehe Regenmandl antwortete. »Sie meinen den alten, nicht mehr funktionstüchtigen PC, den ich gestern auf den Bauhof gebracht hab?«

»Genau den. Und die Aktentasche mit dem Laptop, den CDs und diversen Papieren, die Sie ebenfalls im Range Rover fortgeschafft haben.«

Regenmandls Schnauben war über die Handy-Membran deutlich zu hören. »Ich bin wirklich froh, die falsche Schlange endlich gefeuert zu haben. Erst in der Not sieht man, was man unter seinem Dach tatsächlich beherbergt.«

»Gott, wie lyrisch! Ich nehme an, Sie meinen mit der Schlange Frau Simcits?«

Regenmandl schwieg. Dafür flüsterte die Haushälterin Kotek etwas ins Ohr: »Er besitzt auch eine Jagdhütte auf der Laderdinger Alm, auch Laderdinger Alpl genannt. Der Forstweg dorthin beginnt nur einen Katzensprung von hier.«

»Hallo, Herr Direktor, sind Sie noch dran?«, fragte Kotek und scheuchte dabei Simcits und Feuersang mit Handzeichen aus dem Wohnzimmer. Letzterer rief draußen sofort die Gendarmerie Hofgastein und die Spurensicherung an, die inzwischen mit der zweiten, umfassenden Haussuchung bei den Schleißheimers fertig war. Neue Erkenntnisse hatten sich dabei nicht ergeben. Der nächste Einsatz würde die Kriminaltechniker nun nicht wie vorgesehen in Regenmandls Haus, sondern auf die Laderdinger Alm führen.

»Sicher wäre allen gedient, wenn Sie sich doch zum Herkommen entschließen könnten«, versuchte Kotek das Gespräch mit Regenmandl in Gang zu halten.

»Ich komme morgen Vormittag auf den Posten. Verlässlich«, sagte er knapp. »Wenn Ihnen mein Wort nicht genügt, müssen Sie mich verhaften lassen.« Eine Sekunde später ertönte das Besetztzeichen. Er hatte aufgelegt.

Simcits und Feuersang kamen ins Wohnzimmer zurück.

»Höllteufel hat in der Zentrale angerufen«, teilte er mit. »Was sagt man dazu: Ein Nachbar der Schleißheimer hat gestern Abend auf dem Nachhauseweg vom ›Laféner Stüberl‹ den Range Rover Regenmandls gesehen. Er parkte am Beginn der Dorngasse.«

»Dorngasse?«, fragte Melanie Kotek stirnrunzelnd.

»Die Straße, in der das Haus der Schleißheimer liegt«, half ihr Feuersang auf die Sprünge. »Und die Beobachtung wurde exakt zu der Zeit gemacht, als Donatella Hojasch den Einbruch bei den Schleißheimers bemerkt haben will.«

»Aber warum sollte Regenmandl in Salma Schleißheimers Haus einbrechen? Dazu hat er doch wahrscheinlich jederzeit Zutritt. Sie selbst hat gestern unmittelbar vor unserer Verabschiedung gesagt, sie würde ihn gleich anrufen, um sich von ihm trösten zu lassen.«

Feuersang war kein heuriger Hase. »Sie hat ihn angerufen, und die Folgen sind uns bekannt«, sagte er mit einem bezeichnenden Seitenblick auf Simcits. »Dann fuhr sie weg – ob wirklich zu ihrer Mutter, ist im Moment zweitrangig. *Dass* sie aber im Begriff war wegzufahren, hat sie Regenmandl gegenüber sicher erwähnt. Vielleicht wollte er die Geliebte bei der Suche nach den gestohlenen Unterlagen ja nicht dabeihaben und hat dreist die Gelegenheit genützt. Ich wette, er hat einen Schlüssel zu Schleißheimers Heim.«

»Sollte er dessen Büro in Abwesenheit der Witwe durchwühlt haben, hätte es sich demnach nur um unbefugten Zutritt gehandelt und nicht um Einbruch«, präzisierte Kotek.

Feuersang blickte hilfesuchend an die Decke. »Ob Einbruch oder unbefugter Zutritt – spielt das jetzt eine Rolle? Für uns zählt doch nur, dass er dort gewesen sein könnte.«

»Umso mehr befremdet es mich, dass die Hofgasteiner Kollegen sein auffälliges Auto nicht bemerkt haben wollen.«

»Sie haben es sicher bemerkt, sich aber nicht darüber gewundert. Salli Schleißheimer erfährt, dass ihr Mann ermordet worden ist, und natürlich ruft sie da sofort den Geliebten an. No na! Und der fährt zu ihr, aus welchen Gründen auch immer. Verstehst du? Man rechnet damit, dass er sie besucht. Weshalb sollte man ihn dann mit einem Einbruch bei ihr in Verbindung bringen?«

»Eins zu null für dich, Leo. Ich glaube, sobald Olivers Leute endlich da sind, können wir für heute unsere Zelte hier abbrechen. Er hat zwei Mann für Regenmandls Villa abgestellt, denn so schnell sind sie auf dem Laderdinger Alpl wohl nicht fertig. Für uns wird es Zeit, mit der Bachblüten-Lotte ein paar Takte zu reden. Übrigens brauchen wir auch dort die Spusi.«

»Ich hab Stubi schon Bescheid gesagt, aber er rotiert schon. Können wir nicht endlich was essen? Es ist doch gleich zwei. Ich hab einen Mordskohldampf.«

Kotek grinste mitfühlend. »Ich versprech's, nach der Vernehmung der Heinrich gehen wir essen, wohin auch immer du willst.«

10 DAS BLOCKHAUS der Bachblüten-Lotte befand sich in der Nähe des Präau-Gutes zwischen der Ortschaft Luggau und Dorfgastein. Erbaut hatte es ursprünglich Karl Heinrich, auch Wuschzn-Charly genannt, der Vater von Lotte Heinrich. Melanie Kotek rekapitulierte auf der Hinfahrt, was ihr Matthias Höllteufel über das Haus und seine Besitzer erzählt hatte.

Vor eineinhalb Jahrzehnten hatte Karl Heinrich mit der jüngeren Tochter Steffi bei Nacht und Nebel Österreich verlassen. Es hieß, er wollte seinen vielen Gläubigern entkommen. Zuvor aber hatte er seinen einzigen Besitz, das Blockhaus auf dem kleinen Fleck zwischen den beiden Präauer Wiesen, mündelsicher der damals sechzehnjährigen Tochter Lotte überschrieben. Jahre später ließ diese die Fundamente teilweise neu aufmauern und das morsche Gebälk bis zum Giebel ersetzen, doch der romantische Charakter von einst war im Großen und Ganzen erhalten geblieben.

Wuschzn-Charly war ein begnadeter Holzschnitzer und Tierpräparator gewesen. Eine Krampus-Larve vom Wuschzn-Charly steigerte in der Perchten-Szene den Stolz des Besitzers und den Neid der weniger Glücklichen.

Für Jäger und Haustierbesitzer beiderlei Geschlechts galt Ähnliches. Die einen ließen Teil- oder Vollpräparate bei ihm anfertigen, um sich für immer an ein intensiv empfundenes Jagderlebnis zu erinnern, die anderen den dahingegangenen Liebling ausstopfen, um ihn so vor dem Vergessen zu bewahren.

So gesehen hätte Heinrich aufgrund seiner Fähigkeiten ein wohlhabender Mann sein können. Hätte. Denn unseligerweise war Wuschzn-Charly ein Trinker und Spieler. Jeden Schilling, den er verdient hatte, trug er ins Casino oder jagte ihn sich in flüssiger Form durch die Gurgel. Lotte und ihre um drei Jahre jüngere

Schwester Stefanie durchlebten eine miserable Kindheit. Ihre Mutter Veronika verließ die Familie an Stefanies drittem Geburtstag nach wiederholten Selbstmordversuchen. Die Mädchen waren danach meistens sich selbst überlassen und kamen oft so abgerissen und abgemagert daher, dass sich der Sozialdienst der Kommune ihrer annahm. Man schoss die Ausgaben für Essen aus dem Seniorenheim vor, ebenso für Kindergarten und Schule, wohl wissend, dass dieses Geld nie wieder einzutreiben sein würde. Die schwachen Leistungen und die Verhaltensauffälligkeit beider Mädchen in der Schule nährten die Vermutungen des sexuellen Missbrauchs durch den Vater. Nach einigen anonymen Anzeigen ging die Gendarmerie diesen sogar nach, aber Beweise wurden nie erbracht.

Kurz vor Heinrichs Flucht kursierte noch ein weiteres Gerücht: Er hätte eine nicht unbeträchtliche Erbschaft in Form von Grundstücken gemacht. Doch anstatt seinen Kindern nun endlich ein menschenwürdiges Dasein zu bieten, hätte er die Grundstücke beziehungsweise den Erlös aus deren Verkauf innerhalb weniger Tage verzockt und versoffen und dabei noch eine Menge Schulden angehäuft. Die Schwangerschaft der damals sechzehnjährigen Lotte passte wie das letzte Steinchen in das bunte Mosaik wildester Spekulationen. Schon kurz nach der Geburt ihrer Tochter Julie – Karl Heinrich hatte sich inzwischen aus dem Staub gemacht – ließ Lotte einen notariell beglaubigten Vaterschaftstest veröffentlichen, der wenigstens das hässlichste Gerücht entkräften sollte, dass Julie vom eigenen Großvater gezeugt worden sei. Von der naheliegenden Möglichkeit, den wahren Vater zu nennen, machte Lotte hingegen keinen Gebrauch.

Zwischen Luggau und Dorfgastein zweigt ein nicht asphaltierter Güterweg von der Bundesstraße zum Präauer-Gut nach links ab. Er führt auf einer verwitterten Holzbrücke über die Gasteiner Ache und nur wenige Meter danach über die zweigleisige beschrankte Tauernbahntrasse. Unmittelbar hinter der Trasse kreuzt die parallel zur Bahn verlaufende Luggauer Straße den Weg. In eben diese Straße lenkte Feuersang nach links ein und fuhr einige hundert Meter in entgegengesetzter Richtung als zuvor auf der Bundesstraße, ehe er schließlich nach rechts zum Heinrich-Anwesen einbog.

An den Außenwänden des zweigeschossigen Blockhauses waren skurrile Tierpräparate und Schnitzereien angebracht. Unter dem Firstbalken saß auf einem Rundholz ein zahmer Rabe, der von den Neuankömmlingen kaum Notiz nahm. Der ebenfalls mit Ornamenten versehene und bizarr gestaltete Brunnen vor dem Haus sollte wohl eine Art Waldschrat, Gnom oder Troll darstellen. Etliche Meter links davon entfernt stand eine etwa drei Meter hohe Silbertanne, in deren Zweige jemand einige Rosenknospen gesteckt hatte.

Das seltsame Heim der Bachblüten-Lotte fesselte die Aufmerksamkeit der Ermittler allerdings weniger als die drei Pkws, die davor parkten. Einer davon war ein dunkelblauer Range Rover TDV8. Ein zweiter, ein Mercedes E 500 älteren Baujahrs, hatte sich eben in Bewegung gesetzt und kam ihnen entgegen. Feuersang fuhr mitten auf der schmalen Straße und zwang sein Gegenüber so zum Anhalten. Um von vornherein keinen Stress aufkommen zu lassen, setzte er das Blaulicht aufs Dach des Dienstwagens und stieg aus, obwohl es inzwischen stark zu regnen begonnen hatte.

Der Fahrer des Mercedes ließ ein Fenster herunter. »Was gibt's? Ich hab's eilig.«

»Sie werden sich leider ein wenig gedulden müssen, Kollege. Sie sind doch Herr Paul Marageter, ehemals Gendarmerierevierinspektor aus Bad Gastein, oder?«

Paul Marageter, ein etwa vierzigjähriger, dunkelhaariger Mann, mittelgroß, mit unauffälligen Gesichtszügen, blau-weiß kariertem Hemd und handgestrickter Zopfmusterjacke, nickte achselzuckend. »Ja, der bin ich. Und? Was liegt an?«

»Das wissen Sie doch, Herr Marageter. Entweder begleiten Sie uns jetzt zurück zu Frau Heinrich und Herrn Regenmandl, mit denen Sie sich eben getroffen haben, oder Sie besuchen uns später«, er blickte auf seine Armbanduhr. »Sagen wir, um sechzehn Uhr am Posten Hofgastein. Was ist Ihnen lieber?«

Anstelle einer Antwort setzte Marageter den Wagen zurück und parkte wieder zwischen Range Rover und dem dritten Pkw ein, einem Toyota Auris 2,0 D-4D. Der Toyota stand als einziges der drei Autos unter einem Carport, vermutlich gehörte er der Hausherrin.

Während Kotek angelegentlich dem Parkmanöver zusah, fiel

ihr der unschöne Kratzer an der rechten D-Säule des Range Rover auf.

»Bitte, nach Ihnen«, sagte sie mit begleitender Geste zu Marageter. Sie und Feuersang waren bereits ausgestiegen und warteten vor der überdachten Haustür auf ihn.

Mit sichtlichem Widerwillen kam Marageter der Aufforderung nach. Er drückte die Klinke mit der linken Hand nieder und betrat vor den Ermittlern den Hausflur. Auf der schwarz gebeizten Tür links vom Eingang prangte ein blank poliertes Messingschild mit der Aufschrift »Ordination«. Auf der weißen Tür rechts stand auf einem roten Emailschild »Privat«. Marageter wandte sich nach links und öffnete die Tür.

Der Raum sah aus wie eine physiotherapeutische Praxis. An den Wänden standen schmale weiße Kommoden und Glaskästen, die diverse medizinische Utensilien enthielten. Nur in einem Punkt unterschied sich dieser Behandlungsraum von anderen: Die weißen Rigipswände waren mit indianischen Totem-Zeichen bemalt, deren Sinn sich dem Uneingeweihten entzog.

Ein überladener Schreibtisch samt Bürosessel nahm die hintere Hälfte des Raumes ein, während vor dem sichtgeschützten Frontfenster eine weiß bezogene Liege stand. Auf ihr lag bäuchlings ein etwa fünfzigjähriger korpulenter Mann in Boxershorts und schwarzen Socken. Eine Blondine in Koteks Alter, nur mit Slip und T-Shirt bekleidet, knetete seinen Rücken, wobei ihre spitzen Brüste und die Frisur, die an eine Schirmakazie erinnerte, im Takt der Bewegungen hin und her wippten. Das Gesicht des Mannes war der Tür zugewandt, eine martialische Augenklappe bedeckte sein linkes Auge.

Die Klappe, der stechende Blick des rechten Auges, die kühne Nase und das schüttere schwarze Haar ließen keine Zweifel offen, wie Jean Pierre Regenmandl zu seinem Spitznamen John Silver gekommen war.

»Grüß Gott, Frau Heinrich. Hallo, Herr Regenmandl. Der Termin beim Notar muss aber flott erledigt gewesen sein«, sagte Kotek, die mit ihrem Ärger nicht hinterm Berg halten konnte.

»War er auch«, bestätigte Regenmandl rotzig. »Können Sie nicht wie zivilisierte Menschen draußen warten, bis wir hier fertig sind?«

»Der österreichische Staat hat lange genug auf Sie gewartet, Herr Regenmandl. Ziehen Sie sich jetzt augenblicklich an und stehen Sie uns dann zur Verfügung, andernfalls werde ich Ihnen Handschellen anlegen lassen, und Sie kommen direkt in Untersuchungshaft.«

Koteks dunkle Augen blitzten zornig. »Was denken Sie sich eigentlich?«, legte sie noch nach. »Glauben Sie allen Ernstes, wir lassen uns vom Filialleiter einer Provinzsparkasse wie Schulkinder vorführen? Von einem Filialleiter, der noch dazu schwer tatverdächtig ist?«

Der Gescholtene öffnete schon den Mund zu einer geharnischten Replik, da erhielt Kotek Schützenhilfe von einer Seite, von der sie nicht zu erwarten gewesen war. Paul Marageter trat einen Schritt vor. »Sei doch nicht so stur, Johnny«, sagte er beschwichtigend. »Wozu musst du dich unbedingt mit der Kiwerei anlegen? Wir haben doch nichts zu verbergen, oder? Wozu also Schwierigkeiten machen?«

Während sich Regenmandl von der Liege erhob, kräuselten sich seine Lippen verächtlich.

»Ah, jetzt, wo du den Kredit hast, gibst du wieder den coolen Blaulicht-Pauli, was? Das ist typisch für dich.«

»Erstaunlich«, hakte Kotek blitzschnell nach. »Sie haben den Kredit also doch noch bekommen, Herr Marageter? Obwohl Ihnen Alfred Schleißheimer kürzlich eine endgültige Absage erteilt hat.«

Marageter blinzelte nicht einmal. Er wusste also von den Abhörprotokollen. »Fredl hat es sich letzten Freitag Gott sei Dank anders überlegt und mir doch noch einen Überbrückungskredit gewährt«, sagte er, ohne auch nur eine Sekunde zu zögern.

Feuersang grinste breit. »Wie praktisch, wenn die Kontrollorgane der Linzer Sparkasse seine Unterschrift unter der Bewilligung sehen. Die Unterschrift eines Toten, der wegen fahrlässiger Kreditvergabe nicht mehr zur Verantwortung gezogen werden kann.«

»Sie sagten vorhin: ›Wir haben doch nichts zu verbergen‹«, schaltete sich Kotek wieder ein. »Wen meinten Sie mit *wir*?«

Marageter zuckte mit den Achseln, wich der Frage aber nicht aus. »Ich habe Lotte, Salli, Johnny und mich gemeint, die vier Personen, die Sie besonders verdächtigen. Aber niemand von uns hat etwas mit Fredls Tod zu tun. Auch ich nicht. Welches Motiv hätte ich denn noch haben sollen, Fredl was anzutun?«

»Mit dieser Frage werden sich Forensiker und Schriftsachverständige befassen. Sie werden auch die Unterschrift auf Ihrer Kreditbewilligung überprüfen.« Koteks Blick schweifte zu Regenmandl, der eben dabei war, sich anzuziehen. »Vorläufig interessiert uns nur, wo Sie am Samstag von vierzehn bis achtzehn Uhr waren.«

»Mit meinen Kumpels in der Rotkreuz-Zentrale Gastein. Wir haben unserm speziellen Rotkreuz-Wagen den letzten Schliff für das Erntedankfest verpasst und danach noch ein paar Bier gezischt. Vier oder fünf Personen können das bezeugen, und zwei weitere hatten außerdem Bereitschaftsdienst.« Paul Marageter war die Ruhe selbst.

»Sie hatten noch Zeit für diese Art rustikaler Vergnügung – trotz Ihrer finanziell angespannten Lage?«

»Erstens ist meine finanzielle Situation schon seit Freitag nicht mehr angespannt, das haben Sie ja selbst gehört, und daran wird auch Ihre Verschwörungstheorie nichts ändern können. Zweitens gehört Klappern nun einmal zum Geschäft, und drittens sind Geschmäcker und Ohrfeigen bekanntlich verschieden. Sonst noch Fragen?«

»Was war der Grund Ihres heutigen Besuchs bei Frau Heinrich? Die Kreditfrage war ja angeblich bereits geklärt.«

»So wie Johnny auch habe ich mir eine chronisch schmerzende Sportverletzung von Lotte behandeln lassen. Sie kann das besser als jeder Arzt. Dass Johnny und ich uns immer am Montag massieren lassen, das ist übrigens kein Zufall. Johnny, Alex – ich meine Notar Dr. Czerwenka – und ich trinken nach der Therapie immer noch ein Glaserl mit Lotte. War's das jetzt?«

»Vorläufig. Ihre Angaben werden überprüft, das weitere Prozedere kennen Sie ja. Kommen Sie dann morgen Nachmittag auf den Posten und unterschreiben Sie Ihre Aussage, sie liegt bis dahin schriftlich vor. Jetzt können Sie fürs Erste gehen.«

Das ließ sich Marageter nicht zwei Mal sagen. Sekunden später eilte er durch den strömenden Regen zu seinem Wagen.

Feuersang sah ihm durchs Fenster nach. »Für ihn geht es noch immer um wahnsinnig viel«, sagte er versonnen. »Der Überbrückungskredit bewirkt vielleicht eine vorübergehende Entschärfung seiner Probleme, aber nicht deren Lösung. Angesichts solcher Perspektiven bin ich mit meinem Job mehr als zufrieden, vorausgesetzt natürlich, ich kann eines Tages meine Pension genießen.«

Kotek hatte den Haussuchungsbescheid für Marageters Wohnung und die von ihm gepachteten Objekte zwar in der Tasche, verschob die Durchführung aber auf den nächsten Tag. Stubenvoll und seine Leute rotierten ohnehin schon, es wäre falsch, sie zu überfordern.

Sie wandte sich an die Hausherrin: »Frau Heinrich, ist es möglich, sich in einem anderen Raum etwas entspannter hinzusetzen, als hier so steif herumzustehen?«

Erst jetzt fand sie Gelegenheit, die Frau näher in Augenschein zu nehmen. Die Bachblüten-Lotte war eine zierliche, gut proportionierte Frau. Ihr volles aschblondes Haar, zu einer auffälligen Frisur hochgeföhnt, milderte die scharf konturierten melancholischen Gesichtszüge. Kotek wusste, dass sie etwas jünger als Salma Schleißheimer war, fand aber, dass sie älter aussah. Vermutlich hatte das Leben sie ungleich härter rangenommen als ihre Freundin. Was verband die beiden so unterschiedlichen Frauen nur?

»Bitte, kommen Sie doch in meine Privaträume«, sagte Lotte Heinrich. Sie hatte eine sympathische dunkle Stimme mit eigenartigem Timbre. Eigenartig waren auch Stil und Flair ihrer Wohnküche, in die man nun hinüberwechselte. Die Beamten wussten nicht so recht, ob sie den Raum mit seinem uralten gemauerten Herd, den dunkel gebeizten Bauernmöbeln und all den skurrilen Accessoires an den Wänden als anheimelnd oder unheimlich bezeichnen sollten.

Zweifellos hätte die Stube jedem Gruselfilm als Kulisse dienen können. Sogar die obligatorischen ausgestopften Raben und Waldkäuze fehlten nicht, und an allen möglichen und unmöglichen Stellen befanden sich die Totems: Totems in Form von Wandmalereien, von geflochtenen Bändern, als Schnitzereien auf Hölzern, als Vogelfedern und Figuren auf gegerbten Tierhäuten.

Als Ausgleich zu dem okkulten Krimskrams sind die gepolsterten Korbsessel orthopädisch geformt und sicher eine Wohltat für jeden, der ein Bandscheibenleiden hat, dachte Kotek erheitert.

»Herr Regenmandl, zunächst zu Ihnen«, begann sie. »Nachdem Frau Simcits Ihr Alibi vom Samstag nicht bestätigt hat, sollten Sie uns dringend sagen, wo Sie am Samstagnachmittag wirklich waren. Sie scheinen es ja immer noch nicht begriffen zu haben: Bei vorliegender Indizienlage stehen Sie mit einem Bein bereits in U-Haft, und das ist durchaus kein Scherz.«

Regenmandl ließ seinen Oberkörper im Sitzen wie ein Sumo-Ringer nach vorn fallen. »Indizien sind noch keine Beweise, und ohne Beweise werden Sie sich ernste Schwierigkeiten einhandeln, Mäuschen.«

Der behäbig wirkende Feuersang sprang wie von einer Feder hochkatapultiert auf, riss Regenmandl am Revers seiner Lederjacke aus dem Sessel, als wäre der schwere Mann eine Holzgliederpuppe, und schmetterte ihn mit dem Rücken gegen die Rigipswand, sodass das ganze Haus erzitterte. Nicht nur Lotte Heinrich wurde bei diesem Ausbruch roher Gewalt blass um die Nase.

»Jetzt pass mal auf, du Kotzbrocken«, flüsterte das cholerische Muskelpaket dem Gebeutelten Nase an Nase zu. »Oberleutnant Kotek ist erstens kein Mäuschen, und zweitens würde ich bei dieser Indizienlage sogar den Präsidenten der EZB in den Häfen stecken, also erst recht einen aufgeblasenen Provinz-Sparefroh wie dich! Soll ich dir die Gründe für deine Verhaftung aufzählen? Ha? Soll ich?«

Regenmandl wurde durchgeschüttelt wie ein nasser Sack. Er wagte keine Gegenwehr, und Feuersang begann: »Da wäre zunächst deine Erpressbarkeit. Schleißheimer hatte dich am Wickel – womit auch immer, es war jedenfalls keine Kleinigkeit, und wir werden es noch herausbekommen. Deshalb hast du ihm ganz unverhohlen gedroht. Dann ist da noch dein Gspusi mit der Witwe. Aber der Hauptgrund, mein lieber Freund, ist die strikte Verweigerung jeder Kooperation. Allein deshalb können wir dich bei einer derartigen Verdachtslage für vierundzwanzig Stunden einnähen.«

»Chefinspektor, lassen Sie den Mann augenblicklich los und entschuldigen Sie sich für den Übergriff«, ordnete Oberleutnant Kotek reichlich verspätet an.

»Ich entschuldige mich«, sagte Feuersang artig und streifte mit den Rückseiten seiner Wurstfinger über die Revers von Regenmandls Lederjacke, als wolle er sie glätten. Regenmandl zuckte in Erwartung neuerlicher Gewalt zurück, wobei seine rechte Hand unwillkürlich in die Höhe fuhr, aber der Kriminalbeamte drückte ihn nur sanft in den Sessel zurück. Und mit ebenso sanfter Stimme fragte er: »Also, Jean Pierre Regenmandl, wo waren Sie am Samstagnachmittag?«

»Er war bei mir«, sagte Lotte Heinrich an seiner statt. »Meine Tochter war übrigens auch da. Leider kann ich sie im Moment nicht erreichen. Hab keine Ahnung, warum sie ihr Handy nicht eingeschaltet hat.«

»Und warum sagen Sie das nicht gleich?«, wandte sich Kotek an Regenmandl.

Wieder übernahm die Psychotherapeutin die Antwort: »Johnny schämt sich für unsere Entspannungsnachmittage, macht immer ein schreckliches Geheimnis draus. Er will nicht, dass irgendjemand auf die Idee kommt, ich könnte in der Praxis auch noch etwas anderes mit ihm anstellen, als seine lädierte Schulter zu behandeln.«

»Mit *irgendjemand* ist dann wohl Salma Schleißheimer gemeint?«, konkretisierte Kotek.

»Auch, aber nicht nur. Ich sagte ja, er schämt sich dafür.«

»Also war Salma Schleißheimer an diesem Nachmittag nicht bei Ihnen?«

Lotte Heinrich stutzte. »N… nein. Wie kommen Sie jetzt ausgerechnet auf Salli?«

Kotek blickte durch ein Fenster in den Regen hinaus und zählte im Geist bis zehn, bevor sie antwortete. »Weil Frau Schleißheimer Sie als Alibi für die vermutliche Mordzeit angegeben hat. Zuvor hatte sie mich diesbezüglich schon einmal angelogen, hat mir aber nun glaubhaft versichert, Sie hätten sie zu sich bestellt. Es wäre um den Kredit für Marageter gegangen. Salma Schleißheimer sollte ihn bei ihrem Gatten befürworten. Recht erstaunlich, die Begründung, wo doch Paul Marageter vorhin behauptet hat, der Kredit sei ihm bereits am Freitag zugesichert worden, während Frau Schleißheimer mir wiederholt erklärt hatte, Sie, Frau Heinrich, hätten darüber nicht am Telefon mit ihr sprechen wollen und sie zu sich gebeten. Sie gab an, außer Ihnen beiden sei niemand im Haus gewesen.«

»Da hat sie leider die Unwahrheit gesagt. Sie war nicht bei mir. Johnny war hier und meine Tochter auch.«

»Sie bestätigen das?«, fragte Feuersang, nun wieder um höfliche Distanz zu Regenmandl bemüht.

Dieser nickte. »Ja, ich war zur fraglichen Zeit hier.«

»Im Gegensatz zu Frau Schleißheimer?«

»Genau«, sagte Regenmandl eine Spur zu rasch. Zwang ihn irgendwer oder irgendwas zu lügen?

»Wie lange ist Ihre Tochter Julie schon unauffindbar?«, wandte sich der Ermittler plötzlich an Lotte Heinrich.

»Wa… was heißt unauffindbar? Sie ist doch nur –«

»Wie lange?«, schnaufte Feuersang, und die Adern an seinen Schläfen traten wie Kälberstricke hervor.

»Seit Sonntagmorgen. Das sagte ich doch schon. Sie ist zum Bus gegangen und hat sich seither nicht mehr gemeldet.«

»Sie ist nicht zufällig schon seit Samstagnachmittag abgängig?«

»Nein«, sagte Lotte Heinrich entschieden.

Feuersang wandte sich wieder Regenmandl zu: »Was anderes: Warum waren Sie gestern um elf Uhr abends in der Dorngasse? Und haben Sie im Haus Ihrer Freundin gefunden, wonach Sie suchten?«

Die Behandlung durch Feuersang schien Regenmandl zu einem Musterbeispiel in Sachen Umgänglichkeit gemacht zu haben. Er versuchte keinerlei Ausflüchte, sondern antwortete bereitwillig: »Ich habe einen Schlüssel zum Haus der Schleißheimers, das wissen Sie vermutlich. Und ja, ich wollte tatsächlich die günstige Gelegenheit nutzen und mir ohne Sallis Wissen das zurückholen, was mir Fredl gestohlen hatte.«

»Aber es ist Ihnen nicht gelungen?«, vermutete Kotek.

»Nein. Als ich aufs Gartentor zuging, sah ich, dass jemand mit einer Taschenlampe im Haus herumgeisterte und damit bereits aufmerksame Nachbarn auf den Plan gerufen hatte. Seit wir so viele Asylwerber in Gastein haben, passen die Leute auf wie die Haftelmacher. Also ging ich zu meinem Wagen zurück und fuhr zum Bauhof.«

»Der um diese Tageszeit nicht offen hatte«, ergänzte Feuersang.

»Das stimmt, aber ich hab einen Vermerk samt Geldschein an den Computer geklebt und ihn vors Tor gestellt.«

»Und was ist mit dem Laptop, den Frau Simcits erwähnt hat?«

Regenmandl schwieg.

Feuersang nickte, als hätte er nichts anderes erwartet. »Dann hat's wohl auch keinen Sinn, Sie zu fragen, was Schleißheimer Ihnen im Detail gestohlen hat?«

Regenmandl schüttelte den Kopf. »Ich möchte mich zuerst mit meinem Anwalt beraten, ehe ich weitere Angaben mache.«

»Wie Sie wollen«, sagte Kotek. »Immerhin waren die Angaben zur Dorngasse vermutlich Ihre erste ehrliche Aussage in diesem Mordfall. Die Beugehaft wird Ihnen vorläufig erspart. Vorläufig, Herr Regenmandl. Aber eine letzte Kleinigkeit hätt ich noch: Woher rührt der Kratzer rechts hinten an Ihrem Wagen?«

»Das ist schon vor vierzehn Tagen nach der Jagd passiert«, antwortete er wie aus der Pistole geschossen. »Auf der Heimfahrt.«

Hatte Kotek geglaubt, ihn mit der Frage irritieren zu können, so sah sie sich nun getäuscht. Sie nickte. »Also gut. Sie können nach Hause fahren, bleiben aber für uns erreichbar. Wir melden uns.« Sie blieb bei ihrer Linie.

Die Ermittler warteten, bis der Diesel draußen ansprang und sich der Wagen entfernte. Lotte Heinrich gab sich keinen Illusionen hin. Sie wusste, was jetzt passieren würde.

11 »FRAU HEINRICH, Sie sagten eben, Ihre Tochter habe das Haus gestern Morgen verlassen und Sie wüssten nicht, wo sie sich aufhält«, begann Kotek. »Kann es sein, dass sie sich irgendwo versteckt?«

»Wieso das denn? Warum sollte sie sich verstecken?« Auf ihrer Stirn und Oberlippe bildeten sich winzige Schweißperlen.

»Weil sie beispielsweise etwas Schreckliches getan hat?«

»So ein Mumpitz! Ich habe Sie und Ihren Kollegen wirklich für intelligenter gehalten.«

»Es ist nur eine Überlegung. Natürlich kann es auch sein, dass Sie, Frau Heinrich, Fredl Schleißheimer mit Julie in flagranti erwischt und ihn dann, rasend vor Wut, umgebracht haben. Und jetzt wird Julie von Schuldgefühlen zerfressen, weil sie sich die Schuld an dem Mord gibt, und hat sich deshalb versteckt.«

»Sie sind ja verrückt! Total verrückt! Das wissen Sie hoffentlich!«, schrie Lotte Heinrich wütend, aber ihre Augen waren blank vor Entsetzen. War der Grund dafür Furcht vor Entdeckung, Angst um die Tochter oder beides? Kotek wechselte einen Blick mit dem Kollegen. Sollte man jetzt härtere Bandagen anlegen? Feuersang wiegte verneinend den Kopf.

»Frau Heinrich«, fuhr sie wieder sanfter fort, »mit Ihren Falschaussagen bringen Sie nicht nur sich selbst in Schwierigkeiten, sondern auch Ihre Freunde, Frau Schleißheimer und Herrn Regenmandl. Aber vor allem reiten sie Julie immer tiefer in die Bredouille, statt ihr zu helfen. Sie können Ihre Tochter doch jetzt nicht mit dieser Belastung allein lassen. Egal, ob sie Täterin oder nur Zeugin ist.«

Lotte Heinrichs Augen schwammen in Tränen. Sie stand kurz vor dem Zusammenbruch, aber die Mutterliebe und der Impuls, die Tochter zu schützen, waren noch stärker. Sie schüttelte den Kopf. »Ich habe doch schon all ihre Freundinnen angerufen. Keiner hat sie gesehen.«

»Und Chrissie?«, fragte Feuersang.

»Chr... Chrissie?«, stotterte sie. Ihre Hände zitterten, und ihre Stirn war nass vom Schweiß, so als würde sie gleich kollabieren.

»Wir unterbrechen die Vernehmung um fünfzehn Uhr dreißig«, sagte Kotek mit einem bezeichnenden Blick auf Lotte Heinrichs zitternde Hände und schaltete den Rekorder aus.

»Haben Sie etwas gegen Ihr Nervenflattern in Ihrer Hausapotheke, Frau Heinrich? Gehen Sie nur. Wir werden inzwischen Frau Schleißheimer anrufen. Ich bin schon gespannt, wie sie Ihre Aussage aufnimmt.«

Trotz Kreislaufschwäche bildeten sich hektische rote Flecken auf Lotte Heinrichs Wangen, und obwohl sie wie eine Ladendiebin wirkte, die beim Klauen ertappt worden war, zuckte sie nur stumm mit den Achseln und ging in die Praxis hinüber.

Salma Schleißheimer nahm schon nach dem ersten Rufton ab.

»Hallo, Frau Schleißheimer, ich bin's noch mal, Melanie Kotek vom LGK. Leider hat Ihre Freundin Lotte Heinrich Ihr Alibi vom

Samstagnachmittag nicht bestätigt«, fiel Kotek mit der Tür ins Haus. »Vielmehr behauptet sie, um die fragliche Zeit mit ihrer Tochter Julie und Herrn Regenmandl bei sich zu Hause gewesen zu sein.«

»Was? Das glaub ich jetzt nicht. Lassen Sie mich selbst mit ihr sprechen!«

»Gern. Einen Augenblick, bitte. Frau Heinrich, Salma Schleißheimer ist am Apparat.« Kotek stellte auf maximale Lautstärke.

Die Angesprochene war eben aus ihrem Behandlungszimmer zurückgekommen. In der einen Hand hielt sie ein Wasserglas, in der anderen ein braunes Fläschchen mit ihrem berühmten Bachblütenextrakt, über dessen beruhigende Wirkung man sich Wunderdinge erzählte.

Lotte Heinrich schien sich tatsächlich etwas erholt zu haben, nahm das Handy aber nur widerstrebend entgegen. »Hallo, Salli.«

»Lotte, sag mal, spinnst du jetzt total? Erst zitierst du mich am Samstagnachmittag händeringend in dein Hexenhäuschen, bekniest mich, Fredl wegen Paulis Kredit weichzuklopfen, und dann leugnest du, dass ich um vier Uhr bei dir gewesen bin!« Salma Schleißheimers Stimme bebte vor Zorn.

»Salli, ich kann wirklich verstehen, dass du ein Alibi brauchst«, sagte Lotte Heinrich beschwichtigend, »aber ich muss auch Rücksicht auf Julie nehmen, die nun mal den ganzen Samstagnachmittag bei mir zu Hause war. Übrigens hat sich auch Johnny von halb vier bis vier seine Schulter behandeln lassen. Und wenn du nicht plötzlich an Gedächtnisschwund leidest, musst du zugeben, dass die Besprechung wegen Paulis Kredit schon eine Woche früher stattgefunden hat.«

Das war deutlich, dachte Kotek. Übersetzt hieß das: Besorg dir gefälligst ein anderes Alibi, meine Tochter braucht ihres dringender als du deins.

Aber Salma Schleißheimer dachte nicht im Traum daran, sich so abspeisen zu lassen: »So gehst du nicht mit mir um, Lotte! Mit mir nicht! Mir ist klar, dass du für deine Tochter lügst. Keine Frage, ich würde es genauso machen. Deshalb habe ich unser Treffen zunächst auch verschwiegen. Hat ja mit Fredls Tod nichts zu tun. Aber die Kripo, die neben dir steht, hat mir heut Vormittag das Messer auf die Brust gesetzt, und wenn es hart auf hart kommt, ist mir mein Alibi wichtiger als die Loyalität zu einer Jugendfreundin, das sage ich dir klipp und klar! Außerdem habe ich einen unschlagbaren Vorteil auf meiner Seite: Im Gegensatz zu dir sage ich die Wahrheit!«

»Du kannst von mir aus aussagen, was du willst. Johnny hat seine und Julies Anwesenheit hier am Samstagnachmittag bereits bestätigt.«

»Ah, so läuft also der Hase? Tut mir leid, liebe Lotte, aber ich werde mir den Schwarzen Peter nicht zuschieben lassen! Kann es sein, dass deine und Johnnys Falschaussage etwas mit unsrer vorhin schon angesprochenen Jugendzeit zu tun haben?«

Die liebe Lotte schnappte nach Luft, sodass sie erst nach einigen Sekunden antworten konnte: »Wie … wie kannst du nur? Wie kannst du diese Zeit damals mit den heutigen Ereignissen verbinden? Das ist doch pervers.« Dann begann sie zu schreien: »Das eine hat mit dem anderen doch überhaupt nichts zu tun. Du willst dich doch nur rausreden! *Du* hast deinen Mann umgebracht, dieses abartige Schwein! Wahrscheinlich hat er sich auch an Chrissie vergriffen!« Wieder bildeten sich dicke Schweißperlen auf ihrer Stirn.

Kotek nahm ihr das Handy ab. »Hallo, Frau Schleißheimer? Ich glaube, eine Fortsetzung dieses Gesprächs hat wenig Sinn, aber wir beide müssen uns heute noch einmal unterhalten. Ich weiß, Sie wurden bereits vormittags von uns auf den Posten zitiert, dann war die Spusi bei Ihnen, und jetzt kommen wir schon wieder, aber es muss leider sein. Und keine Angst, wir haben nicht vor, Ihre Tochter zu vernehmen. Unsere Psychologin, Frau Wächter, hat uns das strikt untersagt. Aber Sie, Frau Schleißheimer, Sie könnten Chrissie jetzt mal nach ihrer Freundin Julie fragen. Vielleicht kann sie uns ja einen Hinweis geben.«

»Nun gut, ich werde es versuchen. Einen kleinen Moment. – Hallo, Liebling, sag mal, hast du eine Ahnung, wo Julie sein könnte? Sie wird schon längere Zeit vermisst.«

Es war illusionär, von einer traumatisierten Jugendlichen eine Antwort zu erhoffen, und wie zu erwarten, hörten die am Handy lauschenden Ermittler zunächst gar nichts – bis dann urplötzlich ein unartikuliertes Gebrüll an ihre Ohren drang: »Julie, Julie! Ich kann den Namen nicht mehr hören!«

Nicht nur Kotek fühlte sich von Chrissies explosivem Gefühlsausbruch förmlich überrumpelt, da kippte die Stimme des Mädchens auch schon in kreischenden Diskant: »Papa ist tot! Hörst du? Tot! Tot! Tot! Und dieses Aas, diese blöde Nutte hat ihn auf dem Gewissen!« Ihre Stimme brach endgültig. »Aber natürlich, wenn es um unsre Familie geht, hast du ja wie immer von nichts eine Ahnung!«

»Chrissie, wie … wie redest du mit mir? Aber … ja, ich geb's zu, ich hab wirklich keine Ahnung. Was ist mit Julie? Was hat sie mit Papas Tod zu tun?«

»Die Kanaille hat mich angerufen«, würgte Chrissie hervor. »Gestern, als ich auf dem Erntedankfest war. Es war so was von krass. Ganz cool hat sie gesagt: ›Julie, dein Dad ist tot. Erstochen. Seine Leiche liegt in der Rettenwänd-Hütte, und überall ist Blut.‹ Dann hat sie einfach aufgelegt.«

Ihre Stimme klang nun so laut, als würde sie sich in unmittelbarer Nähe des Handys befinden. Ihre Mutter musste sie in die Arme genommen haben, denn in diesem Augenblick löste sich der ungeheure Albdruck, und der ganze Jammer brach aus Chrissie heraus. Sie schluchzte so herzzerreißend, dass auch Lotte Heinrich die Tränen wieder in die Augen traten.

Die Verbindung brach ab. Salma Schleißheimer hatte aufgelegt. Kotek versuchte erst gar nicht, sie nochmals zu erreichen, sondern wählte gleich eine andere Nummer.

»Matthias? Gebt die Schülerin Julie Heinrich in die Fahndung, und zwar unverzüglich! Kennzeichen?« Sie sah Lotte Heinrich auffordernd an.

»Julie ist vierzehn«, antwortete diese leise, »eins zweiundsechzig groß, dunkelblond und hat blaue Augen. Vorgestern ist sie in Jeans und rotem Sweater aus dem Haus gegangen.«

»Habt ihr alles verstanden, Matthias?«, fragte Kotek. »Das Mädchen ist möglicherweise eine Zeugin, vielleicht sogar Augenzeugin vom Mord an Schleißheimer. Es ist sicher schwer traumatisiert und hält sich vermutlich irgendwo versteckt.«

»In Ordnung, ich hab's auf Band«, gab Höllteufel Bescheid. »Außerdem hat unsre Gendarmerieschülerin Tina alles mitgeschrieben. Bis später!«

»Moment noch«, sagte Kotek, einer plötzlichen Eingebung folgend. »Um diese Zeit machen doch einige Almen bereits dicht, nicht wahr? Lasst diese Hütten in der Gadaunerer Hochalm überprüfen. Durchaus möglich, dass sich Julie irgendwo Zugang verschafft hat. Ich werde gleich die Spusi anweisen, auch im Laderdinger Alpl die Augen offen zu halten, bis eure Leute da sind. Und noch was: Schickt bitte sofort einen Kollegen zu Frau Heinrich. Er soll bei ihr warten, bis die Spusi eingetroffen ist.«

Kotek vermied es, im Beisein Lotte Heinrichs zu sagen, man solle nicht nur nach der lebenden Julie Ausschau halten. An Feuersang gewandt, meinte sie bedauernd: »Wird wohl wieder nichts mit Essen. Oder was soll ich Oskar sagen, warum wir die neuerliche Vernehmung der Schleißheimer auf die lange Bank geschoben haben? Weil du Hunger hattest?«

Feuersang schnitt eine Grimasse, während Kotek bereits Stubenvoll anrief, ihn über den Stand der Dinge informierte und zur Eile antrieb. »Ihr werdet im Haus von Frau Heinrich benötigt. Dringend. Leo und ich müssen noch einmal zu Salma Schleißheimer, und das, obwohl mir Leo schon vor Kohldampf vergeht. Wir haben seit heute Morgen nichts mehr zwischen die Zähne bekommen.«

»Ach, Gott, wie grausam«, spottete Stubenvoll. »Als ob dem alten Fresssack das bisschen Fasten nicht guttäte. Wir von der Spusi dürfen uns jeden Tag zerfransen und sollen am besten überall gleichzeitig sein. Ich hab schon zwei Leute für die Regenmandl-Villa abgestellt, dann schicke ich die eben weiter nach Luggau. Hier oben sind nur noch Werner und ich. Aber eins sag ich dir: Von jetzt an kann ich niemanden mehr entbehren, wir sind doch insgesamt nur zu viert.«

»Nachdem du schon wieder eine so dicke Lippe riskierst, muss deine Genesung seit gestern ja mit großen Schritten voranschreiten«, spottete Feuersang, der mitgehört hatte.

»Du sagst es. War doch nur so ein Dusel, der mich irgendwo erwischt hat. Mir ist zwar immer noch ein bisschen mulmig, aber ich denke, das Schlimmste ist vorbei. Dafür sieht Werner jetzt aus wie gekotzte Eierspeise.«

»Okay, Oliver, ich will gar nicht mehr hören. Bis gleich.« Kotek legte auf.

12 SALMA SCHLEISSHEIMER erwartete die Kriminalbeamten bereits an der Haustür.

»Chrissie hat von sich aus gesagt, sie möchte mit Ihnen sprechen«, erklärte sie. Die Verwunderung über die Bereitwilligkeit ihrer Tochter stand ihr ins Gesicht geschrieben.

Kotek und Feuersang tauschten kurz einen Blick aus. »Kann ich währenddessen mit Ihnen oben im Büro reden?«, fragte Feuersang. »Ihre Tochter muss ja nicht alles mitanhören – in ihrem Zustand.«

Salma Schleißheimer nickte. Sie führte die Besucher zunächst ins Wohnzimmer und ging dann mit Feuersang über die Freitreppe nach oben ins Büro. Am Wohnzimmertisch in einem Fauteuil saß ein etwa vierzehnjähriges rotblondes Mädchen. Es hielt sich so kerzengerade, als hätte es einen Stock verschluckt. Auch die Sommersprossen konnten nicht kaschieren, wie blass und blutleer sein Gesicht war.

Melanie Kotek ging zu Chrissie, nahm ihre Hand und sagte mit viel Mitgefühl in der Stimme: »Mein Beileid.«

»Danke. Woll... wollen Sie sich nicht setzen?«

»Gern.« Kotek nahm Platz, wobei sie amüsiert die guten Manieren des Mädchens registrierte.

Aber was hatte sie denn erwartet? Eine verhaltensgestörte, aggressive Göre?

Sie ließ sich Zeit, hütete sich, mit der Tür ins Haus zu fallen. Ehe das Schweigen peinlich zu werden drohte, begann sie behutsam. »Chrissie, uns allen ist klar, dass es für ein Kind nichts Schrecklicheres gibt, als einen Elternteil zu verlieren. Niemand kann dir diesen Schmerz abnehmen. Aber du bist damit nicht allein. Deine Mutter ist bei dir. Sie wird dir in der ersten schlimmen Zeit beistehen.«

»Ach ja? Wird sie das?«, sagte das Mädchen leise, und seine Augen füllten sich mit Tränen.

»Natürlich wird sie, Chrissie«, zog Kotek geistesgegenwärtig den Fuß wieder aus dem Fettnäpfchen, in das sie augenscheinlich getreten war. »Es stimmt schon, nicht jede Mutter ist eine Glucke, aber wenn es ihren Kindern wirklich schlecht geht, dann sind Mütter zur Stelle – auch jene, die sich im Alltag vielleicht kein Bein für sie ausreißen.« Verärgert über den unnötigen Patzer hoffte sie, nun den richtigen Ton für die traumatisierte Jugendliche getroffen zu haben.

»Ich hab mir immer gewünscht, dass Mam ein bisschen wie eine Glucke ist«, knüpfte Chrissie an den Vergleich an. »Oder wenigstens wie Oma. Ich habe die Mitschülerinnen nie verstehen können, die ständig über ihre besorgten Mütter motzen, die sie nicht so lassen, wie sie wollen.«

»Ist Julie auch so ein Mädchen, das über zu wenig Freiheiten jammert?«

»Nein. Julie tut ohnehin nur das, was sie will. Und Lotte weiß sich nicht anders zu helfen, als ihr das Taschengeld zu kürzen oder sie zu Hause einzusperren, wenn sie es wieder einmal zu arg treibt.«

»*Was* zu arg treibt?«, warf Kotek ein.

»Nun, dass sie ... mit erwachsenen Männern mitgeht. Die geben ihr Geld, und zwar mehr, wesentlich mehr, als sie jemals an Taschengeld von Lotte bekommen würde.«

»Aber Frau Heinrich verdient doch gar nicht mal schlecht, wie ich gehört habe. Ist sie denn so knauserig?«

»Nein, sie ist nicht knauserig. Überhaupt nicht. Ich hab's doch grad eben schon gesagt: Lotte hat nur Angst um Julie, deshalb hält sie sie knapp. Allem Anschein nach hat sie nicht gewusst, was ihre Tochter in ihrer Freizeit macht. Andererseits besitzt sie normalerweise so was wie einen sechsten Sinn, behauptet jedenfalls Julie. Sie hat mal gesagt, wenn sich ihre Mutter mit ihren indianischen Kräutern einräuchert, dann sieht sie manchmal eine Katastrophe heraufziehen, die von ihr, Julie, verursacht wird.«

»Interessant! Aber bevor wir weiterreden, Chrissie: Laut ärztlichem Attest darf ich dich gar nicht vernehmen. Ich muss dich daher fragen –«

»Weiß schon. Was ich Ihnen mitteilen will, tue ich freiwillig, niemand zwingt mich dazu. Ich will einen Beitrag zur Aufklärung des Mordes an meinem Vater leisten, auch ... auch wenn ...« Sie verstummte, atmete tief durch und fuhr dann doch fort: »Ich habe vorhin am Telefon so krass auf Julie geschimpft, weil ich ... nun, weil ich ihr die Schuld am Tod von Paps gegeben habe. Der Verlust tut furchtbar weh ...« Ihr Gesicht verzog sich weinerlich, aber sie fasste sich wieder. »Man ist so zornig ...«

»Und verzweifelt?«, half ihr Kotek weiter.

»Ja, und deshalb wahrscheinlich auch ungerecht. Denn eines muss ich mir selbst bei allem Schmerz eingestehen: Paps war vermutlich …« Wieder wollten die Worte nicht über ihre Lippen, aber sie gab sich einen Ruck. »Paps war vermutlich auch einer von den Männern, die mit Julie rumgemacht haben. Das ist … das ist eine ziemlich ekelhafte Erkenntnis, aber noch ekelhafter ist die Gewissheit, es ganz tief drinnen schon länger gewusst zu haben. Ich habe es eben nicht wissen *wollen*!«

Das Mädchen redete jetzt wie ein Wasserfall, holte kaum Luft zwischen den einzelnen Worten und Sätzen. »Und noch etwas ist mir klar geworden, während Sie, Frau Kotek, auf dem Weg hierher waren: Julie hat meinen Vater nicht umgebracht, andernfalls hätte sie mich nicht angerufen. Ganz sicher nicht. Warum sollte sie so etwas Grausiges auch tun? Selbst wenn sie sich mit ihm gestritten hätte, bringt man doch die Gans nicht um, die einem goldene Eier legt.«

Meint die Tochter eines Bankers, ergänzte Kotek im Stillen. Laut sagte sie: »Da bin ich durchaus deiner Meinung, Chrissie. Obwohl man das mit letzter Sicherheit natürlich nie sagen kann. Ich werde dich jetzt einiges fragen, das auf jeden Fall unter uns bleiben muss. Versprichst du mir das? Natürlich kannst du die Befragung auch ablehnen.«

»Nein, nein, fragen Sie nur.«

»Zunächst einmal: Wo warst du am Samstagnachmittag wirklich? Mit Julie warst du ja nicht zusammen.«

»Nein, das hab ich nur gesagt, weil Julie mich darum gebeten hat. Ich hab sie an dem Tag gar nicht gesehen. Das ist meistens so, wenn ich ihr ein Alibi geben muss. Ich war bei Moni Mayr, einer anderen Freundin. Moni hat ihren Eltern und Brüdern beim Aufrüsten ihres Erntedankwagens auf dem Mayrhof in Wieden geholfen, und ich habe ihnen dabei zugesehen.«

»Und du bist wirklich überzeugt, dass Frau Heinrich vor diesem Samstag nichts von Julies … äh … Abenteuern wusste? Du hast vorhin die Formulierung gebraucht, dass sie *allem Anschein nach* nichts wusste. Aber geahnt haben konnte sie doch zumindest etwas.«

»Nein, weder wusste noch ahnte sie was, sonst hätte sie ja längst darauf reagiert. Bis gestern war sie genauso ahnungslos wie meine

Mutter, was ihre Tochter anlangt. Aber nicht, weil sie sich nicht um Julie gekümmert hätte. Julie ließ sie einfach nicht an sich ran.«

»Danke, Chrissie. Du hast mir und meinen Mitarbeitern sehr geholfen.«

Kotek konnte es an Chrissies Augen sehen, wie sehr sie das Lob aufmunterte.

»Wann … wann wird der Leichnam meines Vaters eigentlich zur Bestattung freigegeben?«

»Spätestens in drei Tagen. Länger wird die Gerichtsmedizin für die nötigen Untersuchungen und den Abschlussbericht sicher nicht brauchen.«

»Ja, so eine Beisetzung, die ist … wichtig. Man muss Abschied nehmen können.« Ihre Augen wurden wieder feucht.

Kotek ließ ihr Zeit. Und tatsächlich: Eine weitere Frage war Chrissie im Moment wichtiger als ihr Kummer. »Schauen Sie noch einmal bei uns vorbei, wenn … wenn Sie den Fall gelöst haben? Ich weiß, Sie werden ihn lösen.«

»Egal, wie's ausgeht, Chrissie, ich werde sicher noch einmal bei dir vorbeischauen. Versprochen! Oh, entschuldige mich bitte.«

Koteks Handy hatte begonnen, den dritten Satz von Schumanns Vierter zu intonieren. Während sie den Anruf entgegennahm, sah sie einen Anflug von Freude im Gesicht des Mädchens aufblitzen und lächelte es an.

Stubenvoll war dran. Sie stellte den Ton leiser.

»Volltreffer, Melanie. Du wirst es nicht glauben. Und das, obwohl wir erst seit einer halben Stunde in Luggau bei Frau Heinrich sind. Zunächst haben wir uns das Zimmer ihrer Kleinen vorgenommen und dann, nach den üblichen Verstecken, natürlich auch jene überprüft, die gern in Holzhäusern Verwendung finden. Unter einem losen Dielenbrett und dem Dämmmaterial tat sich im wahrsten Sinne des Wortes eine Fundgrube auf. Der Hohlraum enthielt ein Handy, einige hundert Euro Bargeld und eine Junior-Bankomatkarte, die auf Julies Namen ausgestellt ist. Und noch was. Julie führt sogar ein Tagebuch, was ihrem Sugardaddy ganz sicher nicht gepasst hätte.«

»In ihrem Alter nicht ungewöhnlich, aber für uns ein Glücksfall«, flocht Kotek, von Stubenvolls Euphorie angesteckt, ein.

»Stimmt. Sie hat in dem Büchel penibel festgehalten, wann sie es wo mit wem getrieben hat. Zu ihrer Ehrenrettung gleich vorweg: Sie hatte mit dreizehn einen fünfzehnjährigen Freund, mit dem sie ihr erstes Mal erleben wollte. Eine nicht weiter erwähnenswerte Angelegenheit auf einer Damentoilette am Badesee, notiert sie dazu. Einige Wochen später hat sie es dann mit einem Grundwehrdiener auf dem Feuerwehrwiesenfest probiert, was ebenfalls ziemlich ernüchternd endete. Der Jüngling war zudem notorisch pleite und die Beziehung nach vierzehn Tagen zu Ende. Der nächste Lover war bereits Fredl Schleißheimer. Er hat sie über seine Tochter Chrissie kennengelernt und sie von da an immer wieder *zufällig* getroffen. Vor einem Jahr, ebenfalls im September, wollte Julie wieder einmal ihre Freundin Chrissie besuchen, die aber, ebenfalls zufällig, mit ihrer Mutter nach Salzburg zum Shoppen gefahren war. Nur Fredl war da, schreibt sie. Mit ihm konnte man unheimlich gut reden, ganz anders als mit chronisch klammen Dumpfbacken hinterm Bierzelt. So viel zum Beginn ihrer Lolita-Karriere.«

»Und von da an haben sie sich regelmäßig verabredet?«, versuchte Kotek den Bericht des Kollegen voranzutreiben.

»Du sagst es. Bevorzugte geheime Treffpunkte waren die Rettenwänd- und die Häuslschmied-Hütte, die übrigens seit einigen Jahren Regenmandl gehört. An welchen Tagen Letztere verfügbar war, wusste Fredl Schleißheimer natürlich ganz genau. Wenn sein Chef mit Salma oder einer anderen Frau auf seinem Weingut im Südburgenland oder seinem Anwesen bei Rovinj oder sonst wo war, hatte er auf der Laderdinger Alm sturmfreie Bude. Nun, alles andere kannst du ja später selbst lesen.«

»Was habt ihr sonst noch gefunden? Ehrlich gesagt halte ich die Hausherrin für interessanter als ihre Tochter.«

»Da muss ich dich leider enttäuschen. Über sie haben wir rein gar nichts ausgegraben, wenn man mal vom üblichen Papierkram absieht. Buchhaltung und Korrespondenz auf ihrem PC sowie einige CDs müssen wir uns allerdings erst noch ansehen.«

»Schade. Sonst noch was?«

»Ja. Du weißt, dass ich mich normalerweise nie in eure Arbeit einmische, aber diese Anmerkung muss ich einfach loswerden.«

»Nämlich welche?«, fragte Kotek.

»Julie hat nie und nimmer etwas mit der Ermordung Schleißheimers zu tun. Im Gegenteil: Als erwachsener Mann war er wohl der Tonangebende zu Beginn der Beziehung, aber je länger diese währte, umso stärker bestimmte sie, wo's langging. Das geht eindeutig aus ihren Notizen hervor. Warum also hätte sie ihn umbringen sollen?«

»Habt ihr schon die Mutter mit dem Tagebuch konfrontiert? Wusste sie etwas davon?«, fragte Kotek und sah dabei angelegentlich zu Chrissie hinüber. Täuschte sie sich, oder hatte ihr Blick tatsächlich einen lauernden Ausdruck angenommen? Oder war es doch nur normale Neugier?

»Das müsst ihr selbst rausfinden, ob sie etwas davon gewusst hat«, verwahrte sich Stubenvoll. »Ich persönlich habe es subjektiv so erlebt, als fiele diese seltsame Frau aus allen Wolken. Aber diesbezüglich sind wir ja schon öfter mit Grimme-Preis-verdächtigen Darstellungen konfrontiert gewesen.«

»Warum nennst du die Frau seltsam, Oliver? Du nimmst ungewöhnlich viel Anteil an diesem Fall, so kennt man dich ja überhaupt nicht. Irgendwas geistert dir doch im Kopf rum. Wir sind ein Team, Oliver, also raus damit!«

»Tja … hm. Also gut. Gestern hat die Frau oben bei der Rettenwänd-Hütte –«

»Du meinst Resi Neuhuber. Was ist mit ihr?«

»Neuhuber, genau. Mir war der Name entfallen. Diese Zeugin hat jedenfalls die mediale Begabung der Bachblüten-Lotte erwähnt«, begann Stubenvoll vorsichtig. »Ich war noch in der Hütte, und ihr beide habt draußen auf der Bank gesessen, aber ich hab es zufällig gehört.«

»Stimmt, die Neuhuber hat so was in der Art gesagt. Und weiter?«

»Vorhin haben Werner und ich, wie gesagt, der Bachblüten-Lotte die Baby-Nutten-Karriere ihrer Tochter aufs Auge gedrückt. Sie hat das stumm zur Kenntnis genommen und ist, ohne sich noch weiter um uns zu kümmern, vor das Haus hinausgegangen und hat auf der gepflasterten Zufahrt mit ein paar Spänen Feuer gemacht. Als die ersten Flammen knisterten, hat sie den Kopf geschüttelt und traurig gesagt: ›Nein, nicht geräuschvoll wie Feuer kommst du, sondern lautlos wie eine Dohle im Flug, und schon bist du nahe!‹ – Seither sitzt sie dort, Pfeife rauchend mit untergeschlagenen Beinen, legt Holz nach, wirft von Zeit zu Zeit getrocknete Kräuter ins Feuer und fächert mit einem Rabenflügel abwechselnd den Rauch in die vier Himmelsrichtungen und sich selbst ins Gesicht. Dazu intoniert sie … nun, so einen immer wiederkehrenden Singsang, wie man ihn von Schamanen in Indianerfilmen kennt.«

»Von …? Okay, Oliver, das klingt alles sehr abgefahren, aber komm jetzt bitte zum Wesentlichen.«

»Das ist ihr Sterbegesang.«

»Ihr Sterbegesang?« Kotek wusste nicht, ob sie lachen oder weinen sollte. »Das hat sie gesagt?«

»Ja. Sie behauptet steif und fest, der Mörder von Fredl Schleißheimer würde auch sie töten, und zwar bald. Ihre Tochter sei ebenfalls in großer Gefahr, stünde aber unter einem mächtigen Schutz, deshalb könne ihr der Mörder nichts anhaben. Und ehe du mit der Vermutung daherkommst, dass die Frau uns etwas vorspielt, sage ich dir, du müsstest sie jetzt sehen. Auf ihrer Stirn stehen dicke, trübe Schweißperlen.«

»Na ja, die hatte sie vorhin während der Vernehmung auch schon«, wandte Kotek ein. »Ihr ständig feucht glänzendes Gesicht sagt mir eher was ganz anderes: Sie säuft, ist auf Drogen oder beides.«

»Dein zynischer Pragmatismus ist diesmal wirklich fehl am Platz«, empörte sich Stubenvoll, der aus einer erzkatholischen Familie stammte und für den Kirche, Heimat und Familie an vorderster Stelle standen. »Ich sag dir, die Frau hat Todesangst, und der Schweiß auf ihrer Stirn hat sicher nichts mit dem eines Alkoholikers oder Junkies zu tun. Er ist nicht nur trüb, sondern auch auffällig dunkel.«

»Meinst du etwa dunkelrot? So wie der blutige Schweiß von Christus am Ölberg?«

»Ich wusste, du würdest dich darüber lustig machen. Aber als Verantwortliche im Fall Schleißheimer solltest du ihre massive Angst nicht nur als skurrile Fußnote abtun.«

Stubenvoll, der Chef der Spusi, gehörte nicht zum Sechserpack, dem engeren Kreis um Jacobi. Koteks Bemerkung vom blutigen Schweiß war natürlich eine Spitze wider seinen Versuch gewesen, die Ermittlungen mit einem Hauch Mystik zu versehen.

Trotzdem schätzte sie seine Erfahrung zu sehr, als dass sie die Beobachtung einfach ignoriert hätte. Jeder im Referat wusste zudem, dass Jacobi derart bizarre Einsprengsel bei Ermittlungen besonders berücksichtigt haben wollte. Wehe, man – oder frau – unterließ das!

»Tu ich ja nicht, Oliver«, sagte Kotek deshalb. »Dann biete Frau Heinrich jetzt Polizeischutz an – für die nächsten drei Tage. Die Kosten wird das Referat hoffentlich verantworten.«

»Ich hab die Möglichkeit schon angedeutet, aber umsonst. Sie hat nur den Kopf geschüttelt. Sagt, die Polizei könne ihr nicht helfen, wahrscheinlich könne ihr niemand mehr helfen.«

Kotek sprang nun endgültig über den eigenen Schatten. »Na gut. Dann parkt ab morgen jemand von unseren Leuten vor ihrem Haus, und zwar so lange, bis wir klarer sehen. Wenn es sein muss, auch gegen ihren Willen. Lieber lasse ich mich von Oskar wegen anfallender Kosten zusammenfalten, als mir vorwerfen zu lassen, ich hätte ein Signal missachtet. Aber was anderes: Haben die Gasteiner Kollegen auf der Gadaunerer Hochalm irgendeine Spur von Julie entdeckt?«

»Nein, dort oben ist sie ganz sicher nicht.«

»Und auf der Laderdinger Alm? Ist da etwas entdeckt worden, das auf ihre Anwesenheit hinweist?«

»Es sieht so aus, als wäre vor Kurzem jemand in Regenmandls Hütte gewesen. Vermutlich er selbst, als er Werkzeug holte, um den Laptop irgendwo außerhalb der Hütte zu vergraben. *In* der Hütte ist der Laptop jedenfalls nicht. Auch nicht im gut getarnten Keller unterm Fußboden, wo wir Ölzeug, Reste einer Plastikplane und eine Rolle Klebeband gefunden haben.«

»Regenmandls Anwesenheit gestern Nacht würde nicht zwangsläufig eine allfällige frühere oder spätere Anwesenheit Julies ausschließen«, philosophierte Kotek, indem sie Anleihen bei Sir Carl Popper nahm.

»Nun, da hast du sicher recht«, räumte Stubenvoll ein. »Ich habe Werner angewiesen, die Umgebung der Hütte in einem größeren Radius abzusuchen. Leider negativ.«

»Das ist mir zu wenig. Fordere doch bitte eine Hundestaffel an. Die Männer sollen die ganze Alm morgen noch einmal gründlich absuchen.«

Im Obergeschoss ging eine Tür. Feuersang stand auf der Freitreppe. »Melanie? Frau Schleißheimer möchte mit dir reden.«

»Okay, Oliver«, brachte Kotek das Handygespräch zum Ende, »melde dich bei mir, falls ihr noch was findet. Ansonsten könnt ihr für heute abrücken. Und morgen Vormittag nehmt ihr euch dann das Haus von Paul Marageter, seine Wohnung im ›Hotel Bonavista‹ und seine anderen gepachteten Bettenburgen vor. Leo wird dafür eure Anlaufstelle sein.« Sie legte auf.

»Frau Schleißheimer meint, über gewisse Dinge könne eine Frau leichter mit einer Frau reden als mit einem Mann«, fuhr Feuersang fort. »An ihrem Alibi vom Samstagnachmittag hält sie übrigens fest. Sie sei um vier Uhr nachmittags zusammen mit Lotte Heinrich allein in deren Haus gewesen.«

Salma Schleißheimer trat hinter ihm aus dem Büro. »Schon eigenartig, welche neuen Erfahrungen man mit Menschen machen muss, mit denen man nicht nur das Bett geteilt hat«, sagte sie bitter. »Dabei verstehe ich immer noch nicht, warum es mein, wohlgemerkt, echtes Alibi nicht sein darf, das falsche, das Lotte ihrer Tochter und Johnny gibt, aber schon.«

»Das hat vermutlich mehrere Gründe, Frau Schleißheimer«, sagte Kotek, den Frust der Zeugin aufgreifend. »Einen Moment, ich komm zu Ihnen rauf ins Büro. Leo, bist du so nett und bleibst einstweilen bei Chrissie?«

»Verdammt«, begehrte Chrissie auf, »warum werd ich von solchen Gesprächen von vornherein immer ausgeschlossen? Ist es denn ein Wunder, wenn bei so einem Verhalten das Vertrauen zwischen Mutter und Tochter immer mehr schwindet?«

»Deine Mutter, Chrissie, kann nichts für unsre Arbeitsweise«, erklärte Kotek und musste über die altkluge Ausdrucksweise des Mädchens schmunzeln. »Zeugen oder Verdächtige werden grundsätzlich einzeln vernommen, es sei denn, die Situation erfordert etwas anderes, zum Beispiel ein Tandemverhör. Also sei friedlich. Ich habe dir vorhin doch versprochen, dich auf jeden Fall mindestens noch ein Mal zu besuchen. Dann wirst du auch wirklich alles erfahren, was du wissen musst.«

»Ein salomonischer Satz, elastisch wie Kaugummi«, schmollte Chrissie nach wie vor, musterte aber gleichzeitig neugierig den bulligen Leo Feuersang. So wie ihn hatte sie sich schon immer diverse Figuren aus der klassischen Mythologie vorgestellt, vor allem Satyrn und Kentauren. Ganz besonders aber fiel ihr beim Anblick Feuersangs der Minotaurus im Labyrinth von Kreta ein.

13 KOTEK SCHLOSS die Tür hinter sich. Das Büro war nicht groß. Die Möblierung bestand außer aus zwei Wandschränken, einer Stellage und einem nierenförmigen Schreibtisch nur aus einem Bürosessel. Die Beamtin überließ Salma Schleißheimer den Sessel und setzte sich auf die Schreibtischkante.

»Den wichtigsten Grund für Lotte Heinrichs Verhalten haben Sie selbst schon am Telefon genannt«, knüpfte sie an die zuletzt gestellte Frage an. »Und gerade vorhin wieder: Sie braucht das Alibi für ihre Tochter. Frau Heinrich glaubt, dass Julie etwas mit dem Mord an Ihrem Mann zu tun hat, Frau Schleißheimer. Ihre aktuelle Aussage, Sie seien am Samstagnachmittag von drei bis vier Uhr allein mit Lotte Heinrich in deren Haus gewesen, sieht Frau Heinrich deshalb als Gefahr für ihre Tochter.«

»Und außerdem scheint auch Johnny plötzlich ein Alibi zu brauchen. Das geschieht ihm ganz recht, warum spricht er darüber nicht mit mir?« Salma Schleißheimers Zorn und Enttäuschung waren nicht gespielt.

»Ich glaube nicht, dass dieses Alibi, das von Lotte Heinrich ins Spiel gebracht wurde, seine Idee war«, wandte Kotek ein. »Vielmehr scheint sie ihn zu seiner Bestätigung genötigt zu haben. Und deshalb, Frau Schleißheimer, sind Sie jetzt an der Reihe: Womit hat Lotte Heinrich Ihren Lover in der Hand? Ist es dieselbe Angelegenheit, mit der auch Ihr Mann versucht hat, ihn zu erpressen?«

Salma Schleißheimer schüttelte den Kopf. »Fredl wollte ihn sicher nicht im klassischen Sinn erpressen. Er fühlte sich von Johnny und mir ausgebootet, beiseitegeschoben. Inzwischen sehe ich seinen scheinbar so frechen Einbruch in Johnnys Haus als einen verzweifelten Akt der Selbstverteidigung. Mit den Infos, die er sich da widerrechtlich angeeignet hatte, wollte er einer allfälligen Entlassung vorbeugen, wollte sich dagegen wehren, das Bauernopfer nach der Revision zu werden. Nur dahingehend hat er versucht, Druck auszuüben.«

»Die Motive Ihres Mannes stellen wir vorläufig einmal zurück. Sie haben doch meine Frage verstanden. Hat Lotte Heinrich dasselbe oder ein ähnliches Druckmittel Jean Pierre Regenmandl gegenüber in der Hand, wie es Ihr Mann hatte?«

Salma Schleißheimer blickte unschlüssig zu Boden.

»Sie wollten doch vorhin lieber mit einer Frau sprechen«, sagte Kotek nachdrücklich. »Nun, ich bin eine Frau. Was soll ich noch dazu sagen? Nichts Menschliches ist mir fremd?«

Schleißheimer blickte hoch und Kotek direkt in die Augen. »Was ich Ihnen jetzt anvertraue, muss nicht zwangsläufig etwas mit dem Mord an Fredl zu tun haben, aber ich werde einfach das Gefühl nicht los, es könnte da eine Verbindung geben. Und diese zu finden oder auszuschließen ist Ihre Aufgabe, Frau Oberleutnant Kotek.«

Die Beamtin nickte bekräftigend und zog ein Aufnahmegerät aus einer Tasche ihrer schicken Windjacke. »Was dagegen, wenn ich den Rekorder als Gedächtnisstütze zu Hilfe nehme?«

Salma Schleißheimer schüttelte den Kopf und begann zu erzählen. »Ich habe ja schon heute Vormittag auf dem Posten durchblicken lassen, dass ich in meiner Jugend ein ziemliches Früchtchen war …«

Nüchtern und scheinbar emotionslos gab sie Einblick in einen Abschnitt ihres Lebens, den sie bisher wohl den meisten Menschen gegenüber unter Verschluss gehalten hatte. Melanie Kotek bekam eine Gänsehaut nach der anderen.

Angeblich hatten sich vor circa zwanzig Jahren vier honorige Gasteiner Bürger zusammengetan, um geheime Orgien zu veranstalten. Diese vier Männer, die sogenannte Quadriga, waren der Hotelier und Notar i. R. Dr. Kajetan Czerwenka, der mittlerweile verstorbene Friseurmeister und Hotelier Hans Häuslschmied, der ebenfalls verstorbene Medizinalrat Dr. Bruno Donati und der damals noch junge, ehrgeizige Bankangestellte Jean Pierre Regenmandl. Die drei älteren hatten schon jahrelang in Thailand einschlägige Erfahrungen gesammelt und waren eines Tages auf die Idee verfallen, die Parameter des thailändischen Sextourismus auf heimatliche Gefilde umzulegen. Regenmandl selbst war nicht unbedingt pädophil orientiert, aber sein Beuteschema schloss minderjährige Mädchen durchaus mit ein, wenn sie gut entwickelt waren. Bereitwillig übernahm er Planung und Organisation. Was aber trieb thailändische Jugendliche in die Hände von Päderasten? Richtig, die bittere Armut ihrer Familien. Die Armut war der Motor des Geschäfts, und Regenmandl wusste, was zu tun war. Er suchte nach Kindern, die unter unsäglichen Familienverhältnissen aufwuchsen. Nach Töchtern und Söhnen von sozial Benachteiligten, von verschuldeten Underdogs, von Säufern, Süchtigen und Spielern, kurz: von Existenzen ohne Perspektive, die am äußersten Rand der Gesellschaft lebten.

»Die Avantgarde jener Sorte Mensch, die ihre Kinder verkaufte, war schnell gefunden«, kam Salma Schleißheimer auf den Punkt. »Karl Heinrich, Vater von zwei Mädchen, bot sich der Quadriga wegen seiner Trunk- und Spielsucht auf dem Präsentierteller an. Der originelle Wuschzn-Charly, dessen DNA auf jedem Spieltisch und jeder Theke im Gasteiner Tal zu finden war, hatte null Verantwortungsbewusstsein, dafür aber einen Berg von Schulden. Außerdem – und das war der springende Punkt, der es den Verführern leicht machte – war er als Kind selbst missbraucht worden und missbrauchte nun auch seine ältere Tochter.«

»Lotte?«, vergewisserte sich Kotek.

»Ja, Lotte. Genau weiß ich's bis heute nicht, aber sie dürfte erst zehn oder elf Jahre alt gewesen sein, als das mit ihrem Vater losging. Elsa, die nervenkranke Mutter, hatte die Familie zu dem Zeitpunkt bereits verlassen und es irgendwann geschafft, sich umzubringen.

Es brauchte nur zwei, drei Einladungen auf Häuslschmieds Jagdhütte – die gehört heute übrigens Johnny –, dann hatte man Charly so weit. Die Quadriga finanzierte ihn und seine Gasthaus- und Casinobesuche, und er schickte im Gegenzug dafür die dreizehnjährige Lotte zu Häuslschmieds Jagdhütte, die ursprünglich eine Almhütte gewesen war und deshalb ausreichend Platz bot.

Aber Lotte blieb nicht die einzige minderjährige Sexsklavin. Bald hatte man vier Mädchen und zwei Jungs an der Hand. Die Jungs und das jüngste Mädchen waren elf, das älteste vierzehn. Und ich sag's gleich dazu: Ich war die Vierzehnjährige, aber mich hat niemand zwingen müssen.«

»Ihre Mutter war alleinerziehend?«, fragte Kotek ahnungsvoll.

»Ja, sie war Kellnerin. Schuftete wie ein Pferd, um den Schuldenberg abzutragen. Schulden, die ihr mein Erzeuger hinterlassen hatte, ehe er sich auf Nimmerwiedersehen vertschüsste. Die Bankzinsen fraßen jeden mühsam zur Seite gelegten Schilling auf. Manchmal begleitete ich meine Mutter auf die Bank. Eines Tages war es dann vorbei mit dem demütigenden Betteln um Stundung der Zinsen. Muss ich darauf noch näher eingehen?«

»Ich nehme an, Herr Regenmandl wurde auf Sie aufmerksam und fütterte Sie mit Gefälligkeiten an. Kann man das so sagen?«

»Treffender kann man's nicht beschreiben. Ich lernte rasch, dass Armut kein gottgegebenes Schicksal sein muss, wenn man rigoros einsetzt, was man zur Verfügung hat.«

»Ein ziemlich zynischer Standpunkt«, warf Kotek ein.

»Aber ist er deshalb weniger richtig?«, konterte Salma Schleißheimer.

»Bleiben wir beim Geld«, sagte Kotek, ohne auf ihre Sophisterei einzugehen. »Wie konnten sich die vier Männer das alles leisten? Ich meine, es kostete sicher nicht wenig, die Eltern mehrerer Kinder auf Linie zu halten.«

»Die Quadriga hatte genug Geld. Der Reichste war damals sicher Dr. Czerwenka senior. Dessen Vater, ebenfalls Anwalt und Notar, hatte unmittelbar nach dem Zweiten Weltkrieg eine ebenso rätselhafte wie ergiebige Geldquelle aufgetan. Trotzdem stürzte er sich noch zusätzlich in extrem hohe Schulden, um alles an Immobilien und Grundstücken zu kaufen, was er ergattern konnte. Dann kam die Währungsreform in Österreich – in den bekannten zwei Etappen. Die Ersparnisse schrumpften zunächst auf die Hälfte, dann auf ein Sechstel ihres ursprünglichen Wertes zusammen, die Schulden allerdings auch. Grundstücks- und Immobilienpreise kletterten dagegen langsam, aber stetig in die Höhe. Der Sohn, der heute selbst bereits neunzig Jahre alt ist, vermehrte den vom Vater geschaffenen Reichtum weiter, hauptsächlich durch Spekulationen in den achtziger Jahren. Damals verfielen die vier auch auf ihre perverse Idee.«

»Und dieser Arzt, wie hieß er doch gleich?«

»Dr. Bruno Donati.«

»Und Donati war also auch reich?«

»Hm, vielleicht war er es mal vor Jahrzehnten, aber seine Kokainsucht hat Unsummen verschlungen. Während Johnny und die anderen immer wohlhabender wurden, war er Ende der Achtziger sicher der von der Gruppe, der am wenigsten liquide war. Wahrscheinlich aber warfen seine Praxis und die Frühstückspension seiner Frau gerade noch so viel ab, dass er seine tägliche Straße finanzieren konnte.«

»Waren denn auch Kokain oder andere Drogen im Spiel, um die Mädchen gefügig zu machen?«

»Gelegentlich.« Die plötzliche Einsilbigkeit Salma Schleißheimers ließ Kotek dieses Thema nicht weiterverfolgen.

»Sie sagten eben, auch Ihr Freund Regenmandl wurde immer reicher. Seine Karriere kann ich mir gut vorstellen. Sein Wohlstand wird proportional zu den Connections gewachsen sein, aber wie war das bei Häuslschmied? Warf sein Friseurgeschäft wirklich so viel ab, dass er sich so ein kriminelles und schweinisches Hobby leisten konnte?«

»Da muss ich leider etwas unscharf bleiben. Hans Häuslschmied hatte Amanda Münzner, die Erbin eines kleinen, aber feinen Hotels, geheiratet und richtete sich nach dem Krieg nicht nur *einen* Frisiersalon, sondern gleich deren drei ein, wobei alle drei relativ gut liefen. Schließlich frequentierten viele alte Kameraden und deren Familien seine Geschäfte. Außerdem soll Hans auch mit Spekulationen an der Börse Glück gehabt haben. Muss er ja wohl auch, wenn man an das traumhafte Landhaus hoch über dem Millstättersee denkt oder an den weißen Bungalow bei Rovinj mit vorgelagertem Bootshaus und Achtunddreißigfuß-Segeljacht – übrigens in Sichtweite zu Johnnys Villa, die etliche hundert Meter landeinwärts liegt – und nicht zuletzt an seine zahlreichen superteuren Benzinkutschen.«

»Alte Kameraden? Das klingt nach Flieger, Fallschirmjäger oder gar SS.«

»Sie sagen es. Häuslschmied war wie etliche andere Gasteiner auch bei der Waffen-SS, woraus übrigens nie ein Geheimnis gemacht wurde. Im Krieg hatte er auch gute Beziehungen zur kroatischen Ustascha, das weiß ich von Johnny.«

»Wenn Häuslschmied aber schon vor Jahren verstorben ist, wer sind dann seine gesetzlichen Erben? Seine Kinder?«

»Er hatte keine, jedenfalls keine offiziellen. Alles, was er besaß, gehört heute seiner Frau Amanda, die inzwischen dreiundachtzig ist und angeblich Alzheimer oder die Binswanger-Krankheit hat, wie behauptet wird, was aber letztendlich auf dasselbe hinausläuft. Das Hotel hat sie vor ein paar Jahren verkauft und lebt seither als Privatier in ihrer Villa in Gadaunern.«

»Und wie lange hat dieses Martyrium für Sie, für die anderen Mädchen und die beiden Buben gedauert?«, kehrte Kotek wieder zum Kernthema zurück.

»Für mich zwei Jahre, dann hat mich Johnny da rausgeholt. Er hatte gewisse Talente an mir schätzen gelernt und eine kleine Schwäche für mich entwickelt. Eines Abends passte ihm nicht mehr, dass sich manchmal auch seine Kumpane an mir vergingen. Die hatten nichts gegen meinen Abgang, denn mittlerweile war ich beinahe sechzehn und für ihren Geschmack ohnehin zu alt und üppig. Mit Drohungen und einer ansehnlichen Abfindung versicherte man sich meiner Diskretion und ersetzte mich durch eine dünne Elfjährige, Lottes jüngere Schwester Steffi.«

»Grauenhaft«, entschlüpfte es Kotek trotz aller berufsbedingten Abgebrühtheit. »Was für ein Vater. Für solche Menschen wünscht man sich die Jenseits-Vorstellungen des Mittelalters zurück.«

Salma Schleißheimer ließ Koteks Gefühlsausbruch unkommentiert.

»Und wie lange dauerte es noch für Ihre Leidensgenossen?«, wiederholte Kotek ihre Frage.

»Noch ein Jahr, dann war von einem Tag auf den andern Schluss. Der Auslöser war der unberechenbare und schwer auf Linie zu haltende Wuschzn-Charly. Ein kinderloser Onkel seiner verstorbenen Frau Else hatte ihm, genauer gesagt seinen Töchtern Lotte und Stefanie, einen stattlichen Bauernhof und einige Hektar Wald im Innviertel vermacht. Statt aber nun stillschweigend seine Schulden abzutragen und sich so aus der Abhängigkeit von der Quadriga zu lösen, riss Charly das Maul in den Gasthäusern Gasteins noch weiter auf als bisher.«

»Was zur Folge hatte, dass sich seine Gläubiger bei ihm anstellten?«, vermutete Kotek. Schleißheimer nickte.

»Anscheinend hatte er dann aber doch einen lichten Moment, vielleicht auch nur eine sentimentale Anwandlung. Jedenfalls begriff er, dass er schon wieder dabei war, die Zukunft seiner Kinder zu verspielen, und zog die Notbremse. Mit Johnnys nicht ganz uneigennütziger Hilfe hat er das Erbe der Kinder in einer Nacht-und-Nebel-Aktion veräußert und damit sein eigenes Haus weitgehend von den Hypotheken befreit.«

»Und was haben die Mädchen dazu gesagt?«

»Nichts. Er hat das schuldenfreie Haus mündelsicher auf sie überschreiben lassen und einen Brief hinterlegt, in dem er verfügte, dass Notar Alexander Czerwenka junior während seiner Abwesenheit zum Vormund von Lotte bestellt werden sollte. Bis zu deren Volljährigkeit. Diesen Vorschlag griff das Vormundschaftsgericht später tatsächlich auf. Karl Heinrich selbst hatte währenddessen Österreich mit unbekanntem Ziel verlassen und seine jüngere Tochter Stefanie mitgenommen.«

»Aber für Sie, Frau Schleißheimer, war das Ziel keineswegs unbekannt, oder?«

»Nein, er wollte nach Gran Canaria. Das wussten allerdings nur Eingeweihte, und die konnte man an einer Hand abzählen. Lotte zeigte mir nach Jahren einen Brief von Steffi, der eine Woche nach ihrer Abreise auf der Post in Las Palmas abgestempelt worden war. Charlys und Steffis Verschwinden sorgte natürlich für Gerüchte, und nicht zuletzt wirbelten Charlys geprellte Gläubiger einigen Staub auf. Im Gegensatz zu ihnen hatte sich die Linzer Sparkasse schadlos gehalten – dank Johnny, der am Verkauf der Innviertler Liegenschaft selbst gut verdient hatte. Andere Banken und private Gläubiger schauten durch die Finger.«

»Und was ergaben die Ermittlungen der Behörden?«, fragte Kotek.

»Die erwähnten Gerüchte und die Nachforschungen der Gendarmerie setzten die Quadriga tatsächlich unter Druck. Deren Geld und Verbindungen konnten zwar juristisch relevante Enthüllungen mit knapper Not verhindern, aber mit den Schweinereien auf dem Alpl war es endgültig vorbei. Die Eltern der anderen missbrauchten Kinder zogen übrigens von Gastein fort – ausgestattet mit reichlich Schweigegeld.«

»Lotte Heinrich blieb wenigstens das Haus, und sie konnte sich ein neues, eigenes Leben aufbauen«, sagte Kotek.

»Allerdings«, bestätigte Salma Schleißheimer. »Trotzdem wurde sie zunächst durch ihre Schwangerschaft und die Geburt von Julie tagtäglich an ihr altes Leben erinnert. Die damit verbundenen Gerüchte ließen sie –«

»Ich weiß«, unterbrach Kotek die Erzählung. »Sie hat sogar einen Vaterschaftstest machen lassen und ihn veröffentlicht, um klarzustellen, dass ihr Vater Karl nicht als Erzeuger von Julie in Frage kam. Aber wer ist denn nun eigentlich der Vater von Julie? Ahnen oder wissen Sie etwas darüber?«

»Lotte hat es nie zugegeben, bis heute nicht. Aber wer sonst als der alte Häuslschmied könnte es sein? Er hat sich Lotte immer reservieren lassen, ist regelrecht süchtig nach ihrem kindlich-melancholischen Typ gewesen. Nur wenn ihn besonders viel Alk oder Koks teilnahmslos hat werden lassen, dann durften auch andere ran.«

»Wie alt war Häuslschmied damals?«

»So Anfang siebzig, aber er war fit und viril wie ein zwanzig Jahre jüngerer Mann. Dass Lotte aus den USA zurückkam, hat er allerdings nicht mehr erlebt. Herzinfarkt nach einer anstrengenden Bergtour. Er war eben in vielen Belangen ein Grenzgänger.«

»Sie sagten vorhin, Häuslschmied starb offiziell kinderlos. Sollte Julie tatsächlich seine Tochter sein, steht ihr zumindest ein Pflichtteil seines Besitzes zu.«

»Dazu müsste sie als seine Tochter anerkannt werden. Lotte denkt aber nicht daran, Julie zu sagen, wer ihr Vater ist. Übrigens auch einer der Gründe, warum sich Mutter und Tochter nicht sonderlich gut verstehen.«

»Das ist wohl leicht untertrieben. Chrissie hat mir das Verhältnis zwischen Julie und ihrer Mutter anschaulich beschrieben. Ihre Schilderung wird übrigens von unsrer Spusi bestätigt. Julie hat ein ziemlich eigenständiges Leben geführt und ließ sich kaum Vorschriften machen. Und ja, sie war die Lolita Ihres Mannes, Frau Schleißheimer. Das wissen wir von ihr persönlich, besser gesagt, von ihrem Tagebuch. Ist es da ein Wunder, wenn die Bachblüten-Lotte Schweißausbrüche bei dem Gedanken bekommt, dass ihre Tochter das freiwillig tut, wozu sie selbst jahrelang gezwungen worden ist?«

Das Liebesleben ihres Ehemannes interessierte Salma Schleißheimer ganz offensichtlich nicht die Bohne, was Kotek nicht überraschte. Etwas anderes konnte sie dagegen nicht nachvollziehen.

»Frau Schleißheimer, man sieht Ihnen an, dass der Schmerz über den Verlust Ihres Gatten Sie nicht gerade überwältigt. Und das ist kein moralinsaures Werturteil, sondern ausschließlich eine Feststellung. Inzwischen weiß ich ja, wie Sie zu ihm standen. Umso mehr wundert mich, wie bereitwillig Sie jetzt über die Vorgänge auf der Laderdinger Alm auspacken. Letztlich war auch Ihr Geliebter Regenmandl darin verstrickt. Die damals begangenen Delikte auf der Laderdinger Alm sind zwar verjährt, aber Linz kann er sich damit trotzdem abschminken, und auch als Filialleiter dürfte er nicht mehr tragbar sein. Missverstehen Sie mich jetzt bitte nicht! Natürlich bin ich Ihnen für Ihre kooperative Haltung dankbar, aber ich dachte, Sie lieben Ihren Jean Pierre?«

Salma Schleißheimer lachte böse auf. »Johnny und mich verbindet vieles: die dreckige Vergangenheit, Leidenschaft, sexuelle Praktiken, ein ähnlicher Charakter, aber eines ganz sicher nicht: Liebe. Liebe zwischen Mann und Frau, das kenne ich überhaupt nur aus Büchern und Filmen. Trotzdem – oder vielleicht gerade deshalb – verbinde ich damit auch Achtung und Respekt. Denn lieben kann ich doch nur jemanden, der mir etwas wert ist, oder? Und gegenseitiger Respekt …? Nein, Respekt hat zwischen Johnny und mir nie existiert.« Und bitter fügte sie hinzu: »Uns verbindet das Bett, sonst nichts.«

Ein sauberes Pärchen, dachte Melanie Kotek in einer Anwandlung bourgeoiser Überheblichkeit. *Er* wollte in ihr Haus einbrechen, um sich gestohlene Unterlagen zurückzuholen, und *sie* hängt ihn sofort bei der Kripo hin, weil er, von der Bachblüten-Lotte dazu gezwungen, ihr Alibi anzweifelt.

»Eine andere Frage: Ihr Mann war niemals Gast bei diesen Missbrauchsorgien auf der Laderdinger Alm, oder?«

Salma Schleißheimer schüttelte energisch den Kopf. »Nein. Leute von hier oder aus der näheren Umgebung wurden nie eingeladen. Viel zu riskant. Man hat nur ortsfremde Geschäftsfreunde mit einschlägigen Neigungen auf die Alm mitgenommen. Als das Ganze damals anlief, war Fredl übrigens noch an der Sparkasse in Zell am See beschäftigt. Als er später nach Hofgastein versetzt wurde, wusste Johnny über seine Veruntreuungen längst Bescheid und hätte einen so unsicheren Kantonisten wie ihn nie ins Vertrauen gezogen. Von Häuslschmieds Jagdhütte und ihrem perversen Verwendungszweck hat Fredl erst aus Johnnys Laptop erfahren. Ich sage es Ihnen gern noch einmal: Sie sind auf dem Holzweg, wenn Sie Johnny im Visier haben. Es stimmt, dass er sich irrsinnig über Fredl und seine Haushälterin Vesna geärgert hat, aber er ist ein viel zu kühler Rechner, um deshalb einen Mord zu begehen.«

»Frau Schleißheimer, Ihr Johnny vertraut Ihnen nicht alle seine Geheimnisse an, das haben Sie ja heute selbst erlebt. Möglicherweise deckt sich Ihr Wissensstand nicht mit dem Ihres Mannes in den letzten Wochen. Oder kennen Sie den Inhalt aller Kopien, die Ihr Mann im Haus Ihres Geliebten gezogen hat?«

Jetzt schwieg Salma Schleißheimer. Entweder, weil sie den Inhalt der Kopien kannte, oder weil sie nicht zugeben wollte, dass Regenmandl sie, seine Geliebte, außen vor gelassen hatte.

»Wann wird die Leiche meines Mannes zur Verbrennung freigegeben?«, wollte sie schließlich nach etlichen zäh dahintropfenden Sekunden wissen.

Die Frage war die klassische Übersprungshandlung. Jetzt wusste Kotek, wo sie dranzubleiben hatte. »Sie werden sofort benachrichtigt, wenn es so weit ist, Frau Schleißheimer. Ich nehme an, Sie wünschen eine einfache, diskrete Bestattung?«

»Allerdings, ich werde meines Lebens nicht mehr froh, ehe dieser Albtraum nicht ausgestanden ist.«

»Ich glaube eher, Sie werden Ihres Lebens nicht mehr froh, weil Sie Ihr Wissen immer nur löffelweise preisgeben.«

»Ich habe Ihnen wirklich alles gesagt, was ich weiß. An Spekulationen beteilige ich mich nicht, da müssen Sie schon andere fragen.«

»Okay, dann kommen Sie bitte morgen noch einmal auf den Posten, um das Protokoll zu unterschreiben.«

14

KOTEK UND FEUERSANG hatten Glück. Trotz ungünstiger Tageszeit – es war bereits achtzehn Uhr abends – war noch ein schöner Erkertisch im gut besuchten »Goldberg-Stüberl« frei.

Ohne Vorbestellung lief in der kleinen Gaststätte normalerweise gar nichts, aber einige Damen des Kulturvereins hatten kurzfristig abgesagt, was den beiden ausgehungerten Kriminalbeamten jetzt zugutekam. Kotek gustierte nicht lange in der umfangreichen Speisekarte.

»Das Abendmenü, bitte«, bestellte sie bei der beflissen herbeigeeilten Juniorchefin. »Und ein Viertel Obi gespritzt.« Sie grinste, wohl wissend, womit sie Feuersang eine Freude machen konnte. »Ich fahre, Leo.«

Ihr Kollege strahlte wie ein frisch lackiertes Schaukelpferd.

Das Abendmenü bestand aus Frittatensuppe, Wiener Schnitzel mit Reis und gemischtem Salat und einer Kardinalsschnitte als Nachspeise. Kotek, die an Wochentagen abends gewöhnlich gar nichts aß, empfand nach dem entfallenen Mittagessen keinerlei Gewissensbisse.

Feuersang nahm ebenfalls die Frittatensuppe, als Hauptspeise aber das durch das ganze Lokal verführerisch duftende Bauchfleisch mit Knödel und Grammel-Krautsalat und als Nachspeise einen besoffenen Kapuziner.

»Und jetzt erst einmal eine Weiße«, schloss er seine Bestellung ab, ehe die Kellnerin noch nach seinem Getränkewunsch fragen konnte.

Während der deftigen Mahlzeit sprachen sie nicht über den Fall, aber eine Bemerkung konnte sich Feuersang doch nicht verkneifen: »Mich wundert es wirklich, dass Oskar sich noch nicht gemeldet hat. Diese vornehme Zurückhaltung ist ja sonst nicht gerade seine Art – jedenfalls nicht bei einem so spektakulären Fall.«

Kotek lächelte. »Ich habe mit ihm um einen Karton seines Lieblingsweins gewettet, dass er es nicht schafft, uns bis zur Heimfahrt in Ruhe zu lassen.«

»Das heißt im Klartext, dass du dich bei ihm melden sollst, sobald wir das Tal verlassen. Oder willst du vorher etwa noch einmal bei der Bachblüten-Lotte vorbeischauen?«

»Nein. Nach der Vernehmung ihrer Busenfreundin Schleißheimer hatte ich es zwar vor, aber für heut ist es wirklich genug. Sie steht morgen als Erste auf meiner Liste. Übrigens werde nicht *ich* bei Oskar rapportieren, sondern *du* wirst das übernehmen. Schließlich bin ich der Fahrer, darf also nicht abgelenkt werden.«

»Ach, *so* läuft der Hase also? Das lässt deine Großzügigkeit, was den Rollentausch hinterm Lenkrad anlangt, nicht mehr in ganz so strahlendem Licht erscheinen.«

»Tja, so kommen einem die Illusionen über seine Mitmenschen Stück für Stück abhanden.«

Erst beim Kaffee begannen sie den Ermittlungsstand zu reflektieren und zu analysieren.

»Sehen wir von uns nicht bekannten Missbrauchsopfern und deren Angehörigen einmal ab, dann kommen vorläufig welche Personen als Mörder von Schleißheimer in die engere Wahl?«, eröffnete Kotek das Briefing. »Wer hatte ein starkes Motiv, Zeit, Gelegenheit und kein plausibles Alibi?«

»Weit vorne auf der Kandidatenliste steht für mich die Bachblüten-Lotte«, resümierte Feuersang. »Sie wurde in ihrer Jugend jahrelang sexuell ausgebeutet und erfährt nun, dass das Leben ihrer Tochter eine ganz ähnliche Richtung genommen hat. Da muss man sich über den Schweißausbruch nicht wundern. Die entscheidende Frage aber ist: *Wann* genau hat sie davon erfahren? Sollte sie schon vor Tagen dahintergekommen sein, passt die Schlachtplatte in der Rettenwänd-Hütte zu einem entfesselten Muttertier wie die Faust aufs Auge. Zeit und Gelegenheit, an dem geschäftigen Samstag vor dem Erntedankfest ungesehen in die Gadaunerer Hochalm zu fahren, hätte sie – neben anderen – locker gehabt, und das Alibi, das sie und Regenmandl sich gegenseitig für den Samstagnachmittag geben, kann man sowieso vergessen.«

»Kann man«, bestätigte Kotek. »Auf das Alibi kommen wir später noch zurück. Zunächst ist außer einem Mord aus Hass auf den Kinderschänder auch ein Präventivmord in Betracht zu ziehen. Wir müssen davon ausgehen, dass Fredl Schleißheimer etwas über Lotte Heinrich wusste, das uns seine Witwe nicht erzählt hat. Vielleicht hatte er es von Julie erfahren oder aus den Unterlagen, die er Regenmandl gestohlen hat.«

»Es ist schon ausgesprochen seltsam, dass so gar nichts Persönliches von Lotte Heinrich in ihrem Haus gefunden wurde«, merkte Feuersang an. »Entweder hat sie belastendes Material rechtzeitig beiseitegeschafft …«

»… oder«, setzte Kotek fort, »es wurde ihr schon vor Tagen von jenen Personen entwendet, die bei ihr ein und aus gehen und die ich der Einfachheit halber jetzt mal den *Laderdinger Kreis* nenne …«

»… welchem Regenmandl, der alte Czerwenka, Salma Schleißheimer und eben Lotte Heinrich angehören«, ergänzte wiederum Feuersang, »während die Übrigen entweder verstorben, verschollen oder von Gastein weggezogen sind.«

Die Mehlspeisgabel mit dem ansehnlichen Stück Kardinalsschnitte verharrte vor Koteks Mund. »Du vergisst Blaulicht-Pauli. Erinnerst du dich? Er sagte, Czerwenka junior, Regenmandl und er würden nach der Therapie am Montag immer ein Gläschen mit der Heinrich trinken. Das klingt nach Vertrautheit, und Paul Marageter war in den einschlägigen Tagen ein junger Gendarm.«

Feuersang zog die Augenbrauen hoch. »Du meinst, er könnte geholfen haben, die Vorgänge zu vertuschen?«

»Und Ermittlungen zu unterbinden«, ergänzte Kotek, »oder zumindest zu verschleppen. Ja, davon bin ich überzeugt, Salma Schleißheimer verschweigt uns noch immer gravierende Vorkommnisse innerhalb des Laderdinger Kreises.«

»Und zu den Beteiligten würdest du also neben ihr, Lotte Heinrich, Regenmandl und Czerwenka senior auch Marageter zählen, der nicht nur weggeschaut, sondern auch beim Vertuschen geholfen hat?«

Kotek nickte. »Davon gehe ich aus. Allerdings ist Czerwenka senior mit seinen neunzig Jahren als Killer wohl auszuschließen.«

»Der Junior ebenfalls«, sagte Feuersang, der Kellnerin winkend. »Für Samstagnachmittag hat Alexander Czerwenka ein bombensicheres Alibi: Er hat bis zum Ende an jener Sitzung im Gemeinderat teilgenommen, die Regenmandl frühzeitig verlassen hat. Vermutlich ist er der einzige Uneingeweihte der Gruppe und weiß über diese ekelhafte Seite seines Erzeugers gar nicht Bescheid. Und selbst wenn: Warum hätte er sich auf diese grausige Art und Weise die Finger schmutzig machen sollen?«

»Nein, das Motiv, den Imageschaden zu vermeiden, wäre in Zeiten einer galoppierenden Werteinflation viel zu wenig zugkräftig. Bleiben also Regenmandl, Marageter, die Heinrich und die Schleißheimer übrig«, resümierte Kotek. »Lass stecken, Leo. Ich zahl heute.«

»Danke, Godn. Regenmandl traue ich einen solchen Mord eigentlich nicht zu. So verwegen, wie er mit der Augenklappe aussieht, habe ich mir als Kind immer den John Silver aus der Schatzinsel vorgestellt, aber heute hat er mich, was Schneid und Kühnheit anlangt, wirklich enttäuscht. Bei meiner zugegeben rüden Attacke hat er sofort den Schwanz eingezogen.«

»Deshalb hast du sicher noch ein Echo zu erwarten. Mindestens eine dicke Beschwerde, wenn nicht gar eine Anzeige.«

»Ich werd's überleben.« Feuersang war nicht sehr beeindruckt.

»Trotzdem«, setzte Kotek fort, »halte ich Regenmandl, den Sohn eines Fleischhauers, durchaus für fähig, jemanden so abzuschlachten, wie es unser Mörder mit Schleißheimer getan hat. Immerhin ging es bei ihm bereits ans Eingemachte. Sein aufmüpfiger Untergebener muss ihn am Lebensnerv getroffen haben. Da spielt es keine Rolle, wenn John Silver seinem Piratenimage nicht gerecht wird. Ist er deshalb etwa automatisch ein Feigling? Nicht wenn die Zurückhaltung Kalkül war. Vielleicht *wollte* er ja feig erscheinen.«

Jetzt war Feuersang doch beeindruckt. »Eins zu null für dich. Warum komm ich da nicht einfach selbst mal drauf? Dabei hab ich Resi Neuhuber noch selbst in den Mund gelegt, dass Regenmandl mit einem Schlachtmesser umgehen kann, und sie hat es bestätigt.«

»Kein Beinbruch, Leo, solange wir gemeinsam jede Eventualität im Auge behalten. Und eine solche ist meiner Meinung nach auch Paul Marageter, Sohn eines Berufsjägers und Enkel eines Südtiroler Bauern. Er hat sicher schon so manches Stück Wild ausgeweidet und Nutztiere mit eigener Hand geschlachtet.«

»Du meinst –«

»Ja, Marageter hätte durchaus das Profil des willfährigen Auftragskillers, auch wenn er einmal Polizist gewesen ist – vielleicht gerade deshalb. Jeder vom Laderdinger Kreis wusste über seine Finanzmisere Bescheid. Man kann's drehen und wenden, wie man will, aber Schleißheimers Tod bedeutet für ihn das geschäftliche Überleben – zumindest für die nächste Zeit.«

»Und Marageter ist zufällig auch Chrissies leiblicher Vater. Das sollte nicht vergessen werden.«

Kotek schüttelte missbilligend den Kopf. »Doch. Ich glaube, gerade das können wir vergessen. Schleißheimer selbst hat es doch auf den Punkt gebracht: Der gute Pauli hat sich vierzehn Jahre lang nie um Chrissie gekümmert. Und ausgerechnet jetzt soll er Übergriffe ihres pädophilen Pflegevaters befürchtet haben? Sehr unwahrscheinlich. Fakt dagegen ist, dass ihm der dringend benötigte Überbrückungskredit bewilligt wurde – rückdatiert und vom Mordopfer unterschrieben, da wett ich drauf. Aber auch das muss noch nicht des Pudels Kern sein. Was, wenn man ihm nicht nur den Überbrückungskredit versprochen hat, sondern mehr – *viel mehr*?«

Feuersang nickte anerkennend. »Du bist heut echt groß in Form. Zunächst war ich auf die Bachblüten-Lotte fixiert, dann hast du mir John Silver schmackhaft gemacht –«

»Und dabei haben wir noch gar nicht aufgezählt, was der wohlbestallte Regenmandl alles verlieren kann«, flocht Kotek ein.

»Egal, jedenfalls ist jetzt Blaulicht-Pauli mein Favorit. Er hat ein lausiges Alibi und steht mit Frau und Kindern dank seines genial verschachtelten Hotel-Pachtsystems vor dem Ruin. Sogar die Konditorei seiner Frau läuft Gefahr, in den Konkursstrudel hineingezogen zu werden. Regenmandl hat ebenfalls viel zu verlieren, die Czerwenkas schlechtestenfalls ihren guten Ruf. Beide aber wären jederzeit in der Lage, Marageter finanziell unter die Arme zu greifen.«

»Du sagst es. Aber als Gegenleistung musste Marageter den Schleißheimer umbringen, der für sie alle zu einer existenziellen Bedrohung geworden war. Dabei sollten Art und Weise der Hinrichtung einem ganz spezifischen Täterprofil entsprechen.«

»Das eines Pädophilenmörders oder besser gesagt: eines -henkers.«

Sie unterbrachen das Briefing, solange die Bedienung am Tisch stand, um zu kassieren. Dann griff Kotek Feuersangs letzte Bemerkung auf.

»Ja, wir würden zunächst tatsächlich am ehesten in Richtung Pädophilenmörder ermitteln, hätte uns Salma Schleißheimer nicht auf eine andere Spur gebracht. Obwohl – so grundlegend anders ist die Spur ja nicht, deshalb sollten wir auch Salma nicht aus den Augen verlieren. Deine Zeugin Donatella Hojasch hat sie um drei viertel drei wegfahren sehen. Ob sie tatsächlich zu Lotte Heinrich unterwegs war, ist jedoch noch nicht gesichert.«

»Mich hatte schon gewundert, dass du sie außen vor lässt. Aber Hand aufs Herz: Hätte sie uns den Tipp gegeben, wenn sie die Mörderin wäre? Sie war doch damals selbst Opfer.«

»Aus Opfern werden häufig Täter, und das wahre Motiv unseres Täters liegt nach wie vor im Dunkeln. Außerdem habe ich nur gesagt, dass wir sie nicht aus den Augen verlieren sollten.«

»Also hältst du alle vier für fähig, Fredl Schleißheimer so zuzurichten, wie wir ihn gefunden haben? Marageter, Regenmandl, Lotte Heinrich und auch die Witwe Schleißheimer?«

»Prinzipiell ja.«

»Was soll das nun wieder heißen?«

»Erinnerst du dich? Ich sagte vorhin, wir müssten noch einmal über das Alibi von Lotte Heinrich reden. Ich neige nämlich dazu, Salma Schleißheimers Alibi vom Samstagnachmittag, das auch Lotte Heinrichs Alibi wäre, zu akzeptieren.«

Leo Feuersang schnaufte wie ein überanstrengter Stier. »Und warum jetzt doch wieder?«

Kotek grinste. Ihre Art, Ermittlungsergebnisse zu bewerten und zu hinterfragen, hatte Feuersang schon immer irritiert.

»Es wirkt glaubwürdig, gerade *weil* die Bachblüten-Lotte es ausschlägt«, erläuterte sie. »Und warum tut sie das? Doch nur, weil Salma Schleißheimers Alibi Julie nicht mit einschließt. Da bildet Lotte Heinrich doch lieber ein Junktim mit Regenmandl, der selbst dringend ein Alibi braucht. Es wäre schon sehr interessant zu wissen, warum.«

»Aber warum geben sich die Schleißheimer und der Regenmandl nicht gegenseitig ein Alibi? Das wäre bei einem Liebespaar doch zu erwarten.«

»Erinnere dich. Zuerst hat die Schleißheimer ihrer eigenen Tochter ein Alibi gegeben – aus Angst, Chrissie hätte etwas mit dem Tod ihres Pflegevaters zu tun. Dieses Alibi ließen wir platzen. Nolens volens sagte sie, wo sie am Samstagnachmittag wirklich war: nämlich bei ihrer Freundin Lotte. Die Vernehmung fand am Posten statt, es bestand also keine Möglichkeit, sich mit Regenmandl abzusprechen. Außerdem stimmt die Chemie zwischen den beiden nicht mehr, und dafür sehe ich weit und breit nur einen Grund: Salma Schleißheimer hält Regenmandl für den Mörder, obwohl sie uns für eben diesen Verdacht heftig kritisiert. Wer sich so widersprüchlich und impulsgesteuert verhält, kann nicht der Mörder sein, es sei denn, er oder sie wäre Grimme- oder Oscar-Preisträger. Ähnliches gilt für Lotte Heinrich. Sie agiert nicht so strategisch wie unser Mörder, sondern dilettiert nur unter dem Druck des Augenblicks, was sie natürlich sehr verdächtig macht. Und? Wem schreibt der Kriminologe dieses typische Verhaltensmuster zu?«

»Dem Unschuldigen«, antwortete Feuersang mit langem Gesicht.

»Richtig. Auch die blutige Malerei in der Rettenwänd-Hütte ist nicht das Werk von Lotte Heinrich. Kein Mörder, der noch halbwegs bei Verstand ist, würde einen so direkten Hinweis auf sich selbst liefern.«

»Und was ist mit Julie, der Lolita? Kann sie nicht Amok gelaufen sein?«

»Natürlich dürfen wir grundsätzlich nichts ausschließen, aber die Lolita als Mörderin ist einfach unlogisch. Komm, wir fahren. Ich hab so ein blödes Gefühl, als würde es morgen hoch hergehen.«

»Hast du etwa jetzt auch schon Vorahnungen wie die Bachblüten-Lotte?«

»Weißt du was? Ich bin einfach zu müde, um mich heute noch auf dein Niveau hinabzubegeben. Wir müssen Julie morgen unbedingt finden …«

»Vorausgesetzt, sie lebt noch.«

»Mal bitte nicht den Teufel an die Wand. Wenn wir sie haben, wird es für uns leichter, auf ihre Mutter Druck auszuüben. Die Heinrich muss die Schlüsselinfo ausspucken, ehe Regenmandl und Co. ihre Anwälte in Stellung gebracht haben, sonst sehen wir ziemlich alt aus.«

15 DIE DREIUNDACHTZIGJÄHRIGE Amanda Häuslschmied war weder schreckhaft noch ängstlich wie manch andere Dame in ihrem Alter und wohnte schon mehr als zehn Jahre allein in dem großen Haus im Hofgasteiner Marktflecken Heißingfelding. Die weiße Jugendstilvilla war vor wenigen Jahren gründlich renoviert worden, hatte aber wie jedes Haus, egal ob alt oder neu, seine eigenen Geräusche, besonders nachts. Häuslschmied kannte jedes einzelne von ihnen und hatte einen leichten Schlaf.

Deshalb entging ihr auch das scharfe Knacken unter ihrem Schlafzimmerfenster nicht, mochte es auch noch so kurz und flüchtig gewesen sein.

Genau eine Etage tiefer befand sich die Terrassentür zum Garten. Das Geräusch eben dort hätte eindeutiger nicht sein können: Jemand versuchte in die Villa einzudringen.

Die alte Frau blickte auf ihren Radiowecker. Zwei Uhr fünfundvierzig. Sie setzte sich im Bett auf, langte nach dem Handy neben dem Radiowecker und wartete darauf, dass die Alarmanlage losheulte.

Und sie heulte los – deutsche Wertarbeit –, und wie! Jeder normale Einbrecher hätte nun die Beine in die Hand genommen, um möglichst viel Land zwischen sich und die Villa zu bringen. Aber die alte Dame ahnte, dass die Person, die eben die Lichtschranke durch das Aufsprengen der Terrassentür unterbrochen hatte, anderes vorhatte, als nur ein paar silberne Löffel mitzunehmen.

Rasch glitt sie aus dem Bett, schlich barfuß hinüber in ihr Boudoir und sofort zur Tapetentür, die in das ehemalige Schlafgemach ihres verstorbenen Gatten führte. Sie öffnete sie, ohne das geringste Geräusch zu verursachen, blieb dann bewegungslos stehen und lauschte.

Ein leises Ächzen des Parkettbodens im großen Salon war zu hören. Das vertraute typische Geräusch ging von einer bestimmten Stelle an der Tür zur Eingangshalle aus. Der Eindringling hatte also nicht vor, sich lange im Erdgeschoss aufzuhalten, sondern wollte in die erste Etage hinauf. Dorthin zu gelangen war einem Ortsunkundigen nur vom Vestibül aus über die beiden gezogengewendelten Betontreppen möglich. Letztere waren mit dicken Spannteppichen ausgelegt, die fast jeden Schritt verschluckten. Ein Einbrecher, den eine Alarmanlage nicht verjagte, würde bestimmt auch nicht davor zurückschrecken, die Tür zu ihrem Schlafzimmer einzutreten, um möglichst rasch das zu erledigen, weshalb er gekommen war.

Sie hatte freilich nicht vor, darauf zu warten. Auch nicht, der

Bedrohung mit der vorsintflutlichen Nullacht zu begegnen, die noch immer im Nachttischchen ihres verstorbenen Gatten lag. Stattdessen verließ Amanda Häuslschmied das zweite Schlafzimmer über die diskrete stählerne Wendeltreppe zum Herrensalon hinunter. Von dieser Möglichkeit hatte ihr Mann zu Lebzeiten Gebrauch gemacht, wann immer es ihm beliebte.

Sie wusste, dass die untere Tapetentür sich ebenso leise öffnen ließ wie die obere. Was aber, wenn sich die Person doch noch im Parterre aufhielt?

Sie nahm allen Mut zusammen, drückte die Tür einen Spaltbreit auf – und wartete.

Nur Augenblicke später übertönte ein Knall das Heulen der Alarmanlage. Das Krachen und Splittern der gewaltsam geöffneten Schlafzimmertür in der oberen Etage war das Signal für Amanda Häuslschmied. Wie eine junge Frau sprintete die hagere Seniorin durch den Salon ins Vestibül hinaus und schnurstracks nach links hinüber zu den Feuertüren, die Haupthaus und Garage voneinander trennten. Mit fliegenden Fingern zog sie den Schlüssel aus dem Schloss der ersten Tür, warf diese hinter sich zu, fummelte, während sie drinnen schon den Eindringling die Treppe herunterpoltern hörte, den Schlüssel wieder ins Schloss und sperrte aufatmend ab. Dasselbe tat sie auch mit der zweiten stahlblechbewehrten Tür – und war in Sicherheit. Wer immer sich jetzt in der Villa befand: Er hätte selbst mit einer schweren Axt mindestens eine Viertelstunde benötigt, um in die Garage zu gelangen. So konnte er nur ärgerlich mit der Faust auf die innere Tür einschlagen.

Erst jetzt merkte die alte Frau, wie sehr ihre Hände und Knie zitterten und dass ihre Linke noch immer das Handy umklammerte. Ehe die Beine unter ihr nachgeben konnten, öffnete sie die Beifahrertür ihres BMW X5 und ließ sich in das Ledergestühl fallen.

Noch während sie den Notruf betätigte, konnte sie etwas abseits vom Haus einen Wagen starten und eilig davonfahren hören.

16 »KATZE, DU MUSST AUFSTEHEN. Wir müssen nach Gastein.«

Melanie Kotek öffnete ein Auge und blickte auf den Radiowecker. Fast sieben! Dann sah sie die blaue Jeans, das hellblaue Baumwollhemd, die unvermeidliche graue Lederjacke und die frisch rasierte knautschige Albert-Einstein-Visage unter der lässig nach hinten geföhnten weißgrauen Mähne: Oskar Jacobi stand fertig angezogen vor dem Himmelbett.

»Wir?«, fragte sie ungnädig.

»Ja, wir!«

»Musst du morgen nicht zu diesem Europol-Kongress nach Wien?«

»Morgen schon, aber eben nicht heute.«

Wenn Jacobi diesen entschiedenen Ton anschlug, war es zwecklos, ihn daran zu erinnern, dass ein österreichischer Gendarmerieoberst üblicherweise nicht vor Ort ermittelte. Kotek versuchte erst gar nicht ihn umzustimmen.

»Ich habe grad erfahren, dass Lotte Heinrich ermordet worden ist«, erklärte er. »Es sieht so aus, als hätte es in ihrem Haus eine heftige Auseinandersetzung gegeben.«

Kotek hatte das Gefühl, kerzengerade im Bett zu stehen. Sie hatte eine böse Vermutung: Da würde noch ein dicker Hund nachkommen.

»Aber das ist noch nicht alles«, sagte Jacobi prompt. »Julie, ihre Tochter, ist nach wie vor unauffindbar, und Regenmandl ist auch noch spurlos verschwunden. Hans hat ihn bereits zur Fahndung ausgeschrieben. Zu guter Letzt ist auch noch Amanda Häuslschmied, die Witwe von Hans Häuslschmied, heute Nacht in ihrer Villa überfallen worden. Die alte Frau konnte dem Einbrecher beziehungsweise der Einbrecherin allerdings entkommen. Und jetzt beeil dich! Wir sollten schon längst drinnen sein.«

Mit »drinnen« war das Innergebirg, also Gastein, gemeint. Kotek graute bei dem Gedanken an Jacobis Rallye-Fahrstil. Ihr Partner war zwar schon fünfzig, fuhr aber besonders gern auf Landstraßen wie Walter Röhrl auf der Monte. Der Fall Schleißheimer schien ab jetzt Chefsache zu sein.

Jacobi hatte das Schlafzimmer bereits verlassen und rief vom Flur aus: »Frühstück steht auf dem Tisch. Wastl und Stubi sind schon benachrichtigt und ein paar andere Telefonate noch zu erledigen. Auf drei Wagen werden Winterreifen aufgezogen, weil ein weiterer Wettersturz gemeldet ist. Spute dich! Abfahrt ist spätestens in einer halben Stunde.«

Melanie Kotek verzichtete auf den Kalauer, Tote könnten ohnehin nicht mehr davonlaufen, seine Eile sei daher völlig unangemessen. Auch für den Spott über die Winterreifen fehlte ihr die Energie.

Die Wucht des Gehörten drückte sie nieder und nahm ihr die Schlagfertigkeit. Dazu kamen die Selbstvorwürfe. Unmengen davon. Warum hatte sie die Todesahnungen der Bachblüten-Lotte gestern auf die leichte Schulter genommen und sie nach dem aufschlussreichen Besuch bei den Schleißheimers nicht ein zweites Mal verhört? Beim Abendessen hatte Feuersang sie sogar noch gefragt, ob eine zweite Vernehmung vorgesehen sei. Indem sie die auf den nächsten Tag verschoben und dem Wunsch nachgegeben hatte, zu einer christlichen Zeit nach Hause zu fahren, hatte sie bei Leo offene Türen eingerannt, aber schließlich leitete nicht er die Ermittlungen, sondern sie!

Selbstvorwürfe und Gewissensbisse waren in ihrem Beruf kontraproduktiv, das wusste Kotek nicht erst seit gestern. Trotzdem ärgerte sie sich maßlos über sich selbst, weil sie einen wichtigen Grundsatz missachtet hatte. Dranbleiben, dranbleiben, dranbleiben. Das predigte Jacobi immer. Und sie war eben *nicht* in letzter Konsequenz drangeblieben, sondern lieber heimgefahren, weil sie müde gewesen war und für diesen Tag genug gehabt hatte.

Zum Glück konnte sie sich in solchen Situationen auf die menschlichen Qualitäten Jacobis verlassen. Weder beim Frühstück noch auf der Fahrt zum Franz-Hinterholzer-Kai wies er sie auf ihr Versäumnis hin. Statt zu kritisieren, was ohnehin nicht mehr zu ändern war, brachte er sie in dem für ihn typisch knappen Stil auf den aktuellen Informationsstand.

Als sie am Vorabend längst zu Bett gegangen war, hatte er noch Redl angerufen und ihn gebeten, nach Julie Heinrich zu suchen. Major Lorenz Redl, einer vom Sechserpack, gehörte zu jener kleinen Gruppe von Kollegen, denen Jacobi vorbehaltlos vertraute. Lenz, wie er von Freunden genannt wurde, war nicht nur ein fähiger Ermittler, sondern auch der beste Spurenverwerter, der Jacobi zur Verfügung stand. Nicht nur ein Mal hatte er die amtliche Spusi mit diesem seinem außergewöhnlichen Talent düpiert. Wenn also überhaupt jemand Julie finden konnte, dann er. Und obwohl Lenz selbst gerade einen eigenen Fall bearbeitete, sah er in der Bitte Jacobis eine Verpflichtung. Dementsprechend lakonisch war sein Kommentar am Telefon ausgefallen: Beim ersten Morgengrauen wollte er im Laderdinger Alpl sein. Sollte sich das Mädchen dort oben befinden und noch leben, würde er es entdecken, und zwar bald. Sollte er es bis Mittag nicht gefunden haben, würde man wohl Leichenhunde dazuholen müssen.

17 DIE ANDEREN warteten schon abfahrbereit im Hof des LGKs. Offiziell leitete Kotek noch immer die Ermittlungen, aber diesmal war der Chef persönlich mit von der Partie. Das war etwas Besonderes und wertete diesen Fall gewaltig auf. Niemand hätte unter diesen Voraussetzungen gewagt, zu spät zu kommen.

Jacobi war schon im normalen Dienstalltag keine Quasselstrippe, wenn er aber selbst zu Tatorten mitfuhr, wurde er auf dem Weg dorthin besonders wortkarg. Umso lauter heulten die Sirenen auf den drei Dienstwagen, anders wäre ein zügiges Vorankommen im Morgenverkehr auf der Alpenstraße auch gar nicht möglich gewesen.

Neben Kotek fuhr im RS 4 noch Feuersang mit. Die Sichtung des Tatorts im Heinrich-Haus und die Beaufsichtigung der Haussuchung bei Marageter waren die Aufgaben des Chefinspektors und seines Kollegen Haberstroh, während die beiden Gendarmerie-Offiziere beabsichtigten, nach Heißingfelding zur Häuslschmied-Villa weiterzufahren. Nach der Vernehmung der Besitzerin sollte Kotek den Oberst beim »Schlössl« auf der anderen Talseite absetzen, wo er sich mit einem Schulfreund verabredet hatte. Sie selbst wollte sich mit den Hofgasteiner Kollegen über die weiteren Aktivitäten kurzschließen.

Im von Stubenvoll gefahrenen VW Touran saßen zwei weitere Kollegen von der Spurensicherung des LGK und Dr. Sebastian Pernauer. Wegener hatte zu Hause in Salzburg bleiben müssen, er schien denselben Magen-Darm-Virus aufgegabelt zu haben wie der Spusi-Chef zuvor und hatte laut Dr. Pernauer schon am Vorabend »echt scheiße« ausgesehen. Natürlich wurde er trotz seines Protests krankgeschrieben, schließlich wusste Stubenvoll selbst am besten, wie sich der Kollege fühlte.

Nahe der Autobahnauffahrt Salzburg Süd bei Anif drehte Jacobi die Lautstärke des Radios runter und brach sein Schweigen. »Zunächst mal die News aus der Gerichtsmedizin: Wastl hatte mit der Erstdiagnose recht – wie meistens. Alfred Schleißheimer ist am Samstagnachmittag zwischen fünfzehn und siebzehn Uhr gestorben. Der Schlag gegen die Schläfe mit dem abgerundeten Gegenstand wäre allein nicht tödlich gewesen, aber er hat das Opfer betäubt, was dem Mörder, einem Linkshänder, die Führung der folgenden Stiche mit einem handelsüblichen Schlachtmesser beträchtlich erleichtert hat. Der Stich in die Karotis war hundertprozentig tödlich. Schleißheimer wäre daran innerhalb von Minuten verblutet, hätte nicht der zweite Stich, ganz professionell neben dem Brustbein unter dem linken Rippenbogen hindurch in den rechten Vorhof geführt, schon zuvor sein Leben beendet.«

Weder Kotek noch Feuersang zweifelten die Festlegung des Pathologen auf das Schlachtmesser an. Pernauer mochte seine Eigenheiten haben, aber auf seinem Gebiet machte ihm niemand etwas vor. Zu bestimmen, ob ein Einstich in menschliches Gewebe von einem Hirschfänger, einem Stilett, einem Brieföffner oder einem ordinären Küchenmesser stammte, war für ihn eine der leichteren Übungen.

»Diese fachkundige Art der Hinrichtung ist symptomatisch für den Täter. Ihr werdet sie bitte nie außer Acht lassen, wenn ihr Verdächtige favorisiert«, merkte Jacobi dazu noch an. »Nun zu den Ergebnissen der Spusi: Sehr trist, kann ich nur sagen. Der Täter beziehungsweise die Täterin hat Handschuhe getragen, aber auch sonst findet sich keine fremde DNA-Spur jüngeren Datums, die uns weiterhelfen könnte. Keine Haare, keine Hautpartikel und schon gar kein Täterblut. Ich kann mich also der Diagnose von Stubi und Wegener nur anschließen: Da war ein Profi am Werk. Aber wie sagte schon der alte Dürnberger immer? An jedem Tatort sind Spuren, nicht zuletzt die, die *nicht* da sind. Ach ja, die Meldung von Hans hätt ich jetzt beinahe vergessen.«

Jacobi meinte damit Chefinspektor Hans Weider, der nicht nur der Koordinator, also Mädchen für alles, im Innendienst war, sondern auch *der* Spezialist für Telekommunikation.

»Die Handys von Julie Heinrich und Alfred Schleißheimer können nicht geortet werden. Sie sind also entweder zerstört oder auf Dauer deaktiviert. Von Julies Handy ging am Samstag um zwölf Uhr fünfzehn eine SMS an Schleißheimers Handy und am Sonntag um vierzehn Uhr zwanzig der Anruf an Chrissie. Jetzt aber zu den aktuellen Ereignissen: Was fällt seit heute Nacht besonders auf?«

»Ich finde, die Spirale der Gewalt dreht sich immer schneller«, sagte Kotek. »Sehr viel schneller.«

Ihr Lebensmensch nickte so eifrig, dass sich die Bewegung sogar dem Lenkrad des RS 4 mitteilte und er leicht korrigieren musste. »Das trifft es exakt. Irgendjemand, wir nennen ihn oder sie der Einfachheit halber wie gewohnt Q, steht gewaltig unter Zeitdruck. Auch diesen Aspekt solltet ihr im Auge behalten. Darüber hinaus hast du von mir keine Einmischung zu befürchten, Melanie. Ich fahre nur mit, um mir anzuhören, was diese Frau Häuslschmied zu sagen hat, und um dann mit meinem Schulfreund zu reden.«

»Du hältst den Einbruch in Häuslschmieds Haus also nicht für ein zufälliges zeitliches Zusammentreffen?«, fragte Kotek stirnrunzelnd. Das Missfallen über Jacobis unnötige Beteuerung war ihr deutlich anzumerken.

»Nein. Ihr Mann gehörte ja wie zwei andere Verdächtige auch diesem Laderdinger Kreis an, außerdem ist auf dem Anrufbeantworter von Lotte Heinrich ein Gespräch gespeichert, das einen Zufall eher ausschließt. Der verstorbene Häuslschmied ist meiner Meinung nach eine Schlüsselfigur in beiden Mordfällen.«

Erläuternd fügte er hinzu: »Eben deshalb treffe ich mich ja mit meinem Schulfreund, um sein zeitgeschichtliches Wissen ein wenig anzuzapfen. Schorsch Grahammer hat uns damals bei den Morden im Höllkar wichtige Hinweise geliefert, und ich habe so ein Gefühl, dass er diesmal wieder von Nutzen sein könnte.«

Kotek erinnerte sich an den Gasteiner Lehrer, dessen Frau pikanterweise mit einer Verdächtigen befreundet gewesen war.

»Leo bringt dich jetzt auf den letzten Stand. Leo, bitte«, schloss Jacobi seine Ausführungen.

»Soll ich mit der ermordeten Bachblüten-Lotte beginnen?«, fragte Feuersang.

»Nein, lieber mit dem Einbruch bei der Häuslschmied. Und brösel mir ja nicht ins Auto! Ich hasse Brösel.«

»Ich hab noch keine Zeit zum Frühstücken gehabt«, entschuldigte sich Feuersang und packte seine Schinkensemmel wieder ein. »Also«, begann er dann in seiner behäbigen Art, »um drei Uhr morgens ging beim Journaldienst Sankt Johann im Pongau der Notruf ein, und die dreiundachtzigjährige Amanda Häuslschmied aus Bad Hofgastein, Heißingfelding neunundsechzig, meldete einen Einbruch. Sie berichtete dem Diensthabenden aufgeregt, jemand sei über die Gartenterrassentür in ihr Haus eingebrochen. Obwohl man den dabei ausgelösten Alarm weithin gehört habe, sei die Person bis in den ersten Stock vorgedrungen und habe versucht, die verschlossene Tür zu ihrem Schlafzimmer einzutreten.«

»Wenn die Schilderung der Frau den Tatsachen entspricht, hätte sie möglicherweise das dritte Opfer des Mörders werden sollen«, meinte Kotek. »Was denkst du, Oskar?«

»Dasselbe wie du. Entweder wollte Q sie sofort töten oder zunächst nur entführen, um ihr eine Info abzupressen. Ein Telefonat, das die Häuslschmied später geführt hat, enthält einen diesbezüglichen Hinweis. Es war *à la longue* nicht vorgesehen, sie am Leben zu lassen, das ist anzunehmen. Leo, erzähl weiter.«

»Zum Glück für die Häuslschmied waren dem Eindringling die Räumlichkeiten in ihrer Villa nicht vertraut«, fuhr Feuersang fort. »Zu spät bemerkte er, dass die alte Dame über eine Verbindungstür ihres Boudoirs ins Schlafzimmer des verstorbenen Gatten geflüchtet war, von dort über eine interne Wendeltreppe in den Herrensalon im Erdgeschoss und schließlich in die angebaute Doppelgarage. Letztere trennen zwei dicke Feuerschutztüren vom Haupthaus. Als Häuslschmied beide Türen hinter sich zugesperrt hatte, hatte sie also alle Zeit der Welt, über ihr Handy den Notruf abzusetzen. Zwar hatte der Einbrecher bis dahin die jaulende Alarmanlage ignoriert, aber nun blieb ihm nichts anderes übrig, als das Feld zu räumen.«

»Ein nervenstarker Typ«, warf Kotek ein, »und eine ebenso abgebrühte Dreiundachtzigjährige, findet ihr nicht?«

Feuersang fühlte sich bemüßigt, diesen Eindruck abzuschwächen. »Na ja, die Häuslschmied soll immerhin gezittert haben wie ein Lämmerschweif, als Höllteufel und die anderen Gasteiner Kollegen sie aus ihrer Garage kommen sahen. Andrerseits hat sie trotz ihres Schocks einen Diesel starten und wegfahren gehört.«

»Sag ich ja: ganz schön abgebrüht«, beharrte Kotek auf ihrer Meinung. »Sie manövriert den Eindringling wie ein Profi aus, verschafft sich dabei Zeit für den Handyanruf und kann sich danach sogar noch an den Diesel erinnern. Wenn das mal keine Leistung für eine Dreiundachtzigjährige ist.«

»Laut eurem gestrigen Bericht fahren sowohl Regenmandl als auch Marageter einen Diesel«, merkte Jacobi an, während er einen Porsche mit Blaulicht von der linken Spur scheuchte, nachdem er es mit der Lichthupe vergeblich versucht hatte.

»Vielleicht hat Melanie mit der Abgebrühtheit doch nicht so unrecht«, sah sich Feuersang genötigt einzuräumen. »Nur Minuten später hat die Häuslschmied noch in Anwesenheit der Kollegen von der Streife Lotte Heinrich angerufen und –«

»Um drei Uhr morgens?«, entfuhr es Kotek.

»Allerdings. Sie wollte sie zur Rede stellen, konnte ihren Frust aber nur am Anrufbeantworter ablassen, was ihren Grimm noch erheblich steigerte. Sie war der Meinung, die Heinrich sei zu feig, den Anruf entgegenzunehmen.«

Kotek blickte den im Fond sitzenden Feuersang nun direkt an. »Aber die war dazu schlicht und einfach nicht mehr in der Lage?«

Feuersang nickte. »Um die Zeit war sie höchstwahrscheinlich bereits tot. Wastl wird uns später Näheres sagen. Die Heinrich muss ihren Mörder selbst reingelassen haben. Spuren gewaltsamen Eindringens wie etwa an der Terrassentür der Villa Häuslschmied sind nirgendwo zu entdecken. Dafür sieht es in Julies Zimmer, in dem die Ermordete gefunden wurde, ziemlich wüst aus.«

»Warum sind die Kollegen überhaupt sofort zur Bachblüten-Lotte gefahren?«, fragte Kotek. »Es war doch mitten in der Nacht.«

»Amanda Häuslschmied war felsenfest davon überzeugt, die Gespielin ihres verblichenen Gatten sei der Eindringling gewesen«, erklärte Feuersang. »Sie hat die Heinrich massiv des versuchten Mordes beschuldigt und von den Streifenbeamten verlangt, sie auf der Stelle mit dem Vorwurf zu konfrontieren. Dass die Verdächtigte trotz mehrfacher Aufforderung, sich zu melden, nicht ans Telefon ging, schien die Behauptung der Häuslschmied noch zu untermauern, und die Kollegen sahen Handlungsbedarf. Hans hat mir den Monolog der Häuslschmied überspielt, er war auf Lotte Heinrichs Anrufbeantworter gespeichert. Hör ihn dir mal an, Oskar kennt ihn schon.« Feuersang rief das Gespräch aus der Mailbox auf und reichte Kotek sein Handy.

Zunächst hörte sie die automatische Ansage auf dem Anrufbeantworter Lotte Heinrichs, dann den Piepton und schließlich Amanda Häuslschmied: »He, Lotte, geh ruhig ran! Warst ja auch nicht zu feig, mir in meinem eigenen Haus auf den Pelz zu rücken.« Kein Zweifel. Es war die Stimme einer alten Frau, aber sie klang weder brüchig noch zittrig, sondern klar und stark.

»Dauern dir die paar Jährchen, die ich vielleicht noch zu leben habe, wirklich zu lang? Kannst du es nicht erwarten, dass ich von selbst den Löffel abgebe? Musst du da noch nachhelfen? Ihr seid doch finanziell bestens abgesichert … Du und dein Bankert, den du Hans angehängt hast. Heb endlich ab, du Aas!«

Ein paar Sekunden vergingen, ohne dass ein Wort zu hören war. Auf der gegenüberliegenden Fahrbahn der A 10 hämmerten mehrere Pressluftbohrer. Das Teilstück bei Kuchl bedurfte dringend der Sanierung, und die Anrainer bestanden außerdem auf einen effektiveren Lärmschutz.

Dann war wieder die Häuslschmied zu hören: »Aber dir geht's ja nicht nur um das Haus, das du Hans buchstäblich abgelutscht hast, und den Pflichtteil für Julie. Das ist dir inzwischen zu wenig, viel zu wenig! Du willst mehr, nicht wahr? Und vorhin bist du in mein Haus eingebrochen, weil du's aus mir rausprügeln wolltest, ehe du mich abgemurkst hättest. Das, nach dem ihr alle giert, alle vier. Ist es nicht so? Mach endlich das Maul auf! Ich weiß, dass du da bist und zuhörst!«

Wieder war eine Weile nichts zu hören, bis die Anruferin neuerlich die Geduld verlor. »Gut. *Vor* dieser Nacht wäre ich sogar bereit gewesen, dir ein Übereinkommen vorzuschlagen, einen Deal, wie man heutzutage so schön sagt. Aber in deiner ebenso schrankenlosen wie kurzsichtigen Gier hast du dir die Chance darauf selbst vermasselt. Unter diesen Umständen kannst du darauf warten, bis du schwarz wirst. Ich werde das Versteck des Horts nie verraten! Nie, hörst du? Mein Wissen nehm ich mit ins Grab, so wahr ich Amanda Häuslschmied heiße!«

An dieser Stelle brach die Aufzeichnung ab.

Feuersang und Jacobi ließen Kotek Zeit, das Gehörte zu verarbeiten.

»Ein Hort also«, sagte sie schließlich. »Vielleicht gar der Nibelungenhort? Die Alte spinnt doch. Erst diese Abgebrühtheit dem Einbrecher gegenüber und dann diese Paranoia. Das passt doch nicht zusammen.«

»Vom Nibelungenhort war ja nicht die Rede«, stellte Jacobi erwartungsgemäß fest. »Und wenn jemand ganz allgemein von einem Hort, also von einem Schatz spricht, hinter dem mehrere Leute her sind, muss dieser Jemand noch lange nicht spinnen.«

»Warum wundert mich dein Einspruch eigentlich nicht?« Aus den Augenwinkeln sah Kotek, wie ihr Lebensmensch grinste, und sparte sich die Anmerkung, dass er ein Romantiker sei, der auf Schlüsselinformationen reagierte wie der Pawlow'sche Hund.

»Klar lag die Alte mit der Vermutung gründlich daneben, Lotte Heinrich sei bei ihr eingebrochen«, räumte er ein, »aber alles andere klang doch recht einleuchtend. Julie Heinrich ist also die Tochter des verstorbenen Hans Häuslschmied und wurde von diesem, ebenso wie Lotte Heinrich selbst, im Testament bedacht. Das wissen wir jetzt definitiv.«

»Hm, ob Häuslschmied das allerdings freiwillig getan hat oder ob das Rabenkind im Erwachsenenalter den Spieß umgedreht und ihn mit der Missbrauchsfrucht Julie unter Druck gesetzt hat, das können wir noch nicht sagen«, versuchte Kotek seinen Optimismus zu dämpfen. Aber ein Jacobi, der sich auf der Erfolgsspur wähnte, war nicht so leicht zu bremsen.

»Du hast mir doch gesagt, Lotte Heinrich habe den Vaterschaftstest machen lassen, um ein für alle Mal klarzustellen, dass nicht ihr eigener Vater Julies Erzeuger ist. Ich wette, sie hat gleichzeitig den tatsächlichen Vater ermitteln lassen, um ihre Tochter für den Fall der Fälle abzusichern. Es dürfte für sie kein Problem gewesen sein, geeignete DNA der in Frage kommenden Erzeuger Julies zu besorgen. Das entsprechende Dokument liegt wahrscheinlich bei einem Anwalt oder Notar. Ich glaube nicht, dass sie so unvorsichtig war, es zu Hause aufzubewahren. Du wirst dir also einen Gerichtsbeschluss herfaxen lassen und Einsicht nehmen. Und außerdem: Warum nennst du Lotte Heinrich Rabenkind?«

Feuersang erklärte es ihm: »Die Ermordete hieß bei den Klingit, Angehörigen eines Indianerstamms im US-Staat Washington, *Jechlidi*, zu Deutsch *Rabenkind*. Ein Schamane hat ihr den Namen gegeben. Die Namensgebung beinhaltete auch einen Schutzzauber, der Unheil abwenden sollte – hat zumindest die Zeugin Resi Neuhuber dem Stubi erzählt.«

»Dann hat der Schutzzauber heute Nacht leider versagt«, merkte Jacobi bitter an. Melanie Kotek versetzten die Worte einen Stich, obwohl der Kommentar keine versteckte Kritik an ihr enthalten hatte.

»Und von Häuslschmieds Erbe hat sie jetzt auch nichts mehr«, fügte er mit echtem Bedauern hinzu.

»Häuslschmieds Witwe scheint da eher vom Glück begünstigt gewesen zu sein«, sagte Kotek, ihre Schuldgefühle archivierend. »Die Verbindung zwischen dem Einbruch in ihr Haus und den Morden an Lotte Heinrich und Schleißheimer bedeutet nichts anderes, als dass sich die Häuslschmied zwar in der Person des Einbrechers geirrt hat, nicht aber in der Annahme, dass sie sterben sollte.«

»Ja, der Konnex zwischen den Tötungsdelikten und dem Einbruch bei Amanda Häuslschmied ist ziemlich offensichtlich«, bestätigte Jacobi noch einmal. »Es war immer derselbe Täter, der sich große Mühe gegeben hat, sowohl den Mord an Schleißheimer als auch die Ermordung Lotte Heinrichs für uns als extrem gefühlsbetonte Beziehungstaten zu inszenieren.«

Er warf seiner Beifahrerin einen Aufmerksamkeit heischenden Blick zu. »Der Anruf Amanda Häuslschmieds bei der vermeintlichen Einbrecherin Lotte Heinrich verknüpft wiederum alle drei Delikte miteinander. Aber es wäre trotzdem falsch, Q als Serientäter zu sehen. Ich halte ihn eher für einen von Zeit und Zwängen Getriebenen.«

»Du hast die Inszenierung der Morde angesprochen. Wie war sie denn bei Lotte Heinrich?«

Feuersang, an den die Frage Koteks gerichtet war, ließ sich nicht lange bitten: »Ganz ähnlich wie bei Fredl Schleißheimer – mit dem Unterschied, dass Lotte Heinrich ihren Mörder eben selbst ins Haus gelassen hat.«

»Und das trotz ihrer Angst und den Todesahnungen?«, wunderte sich Kotek.

»So muss es wohl gewesen sein. Und da sie oben in Julies Zimmer niedergeschlagen und erstochen wurde, wird der Mörder sie auch noch veranlasst haben dorthinzugehen. Die Tötung selbst verlief wie eine Kopie des Mordes an Schleißheimer: Schlag auf den Kopf, Stich in die Halsschlagader und Stich ins Herz, der unterm Rippenbogen nach oben geführt wurde. Der Leichnam wurde malerisch auf Julies Bett drapiert, und zwar im wahrsten Sinne des Wortes: Der ganze Körper ist mit Lotte Heinrichs eigenem Blut bemalt worden – auf dieselbe Art und Weise wie Schleißheimers Leiche. Ein Unterschied ist den Beamten vor Ort allerdings doch aufgefallen: Obwohl die Vorgehensweise wieder den Profi verrät, sind Stiche und Malereien diesmal fast flüchtig ausgeführt worden, so als hätte der Täter unter Zeitdruck gestanden.«

»Du hast einen weiteren Unterschied vergessen«, mahnte Jacobi.

»Nur keine Ungeduld«, verwahrte sich Feuersang. »Nach Schilderung der Kollegen hat jemand die rechte Hand der Leiche, solange sie noch beweglich war, zur Faust geballt und in dieser Stellung so mit einer Kordel zusammengebunden, dass die Daumenspitze zwischen Zeige- und Mittelfinger hervorlugt. Was das bedeuten soll, wissen wir noch nicht, aber –«

»Aber ich weiß es!«, fiel ihm Kotek ins Wort. »Von der Eisenzeit bis ins Frühmittelalter wurden in Mittel- und Nordeuropa Ehebrecherinnen auf diese Weise gekennzeichnet, bevor man sie erdrosselt und im nächsten Moor versenkt hat.«

»Wirklich?« Jacobi war erstaunt. »Und? Sagt uns das etwas?«

Kotek zuckte mit den Achseln. »Natürlich sollen wir es für eine Botschaft halten. Aber ich tippe eher auf eine für uns gelegte Spur – wie die in der Rettenwänd-Hütte. Wir vergeuden nur Zeit, wenn wir uns mit diesem Mystik-Schmus eingehender beschäftigen.«

»So endgültig würde ich diesen Schmus, wie du ihn bezeichnest, aber nicht abhaken«, widersprach Jacobi.

Kotek richtete den Blick vielsagend nach oben. »Wie schon bei der Ermordung Schleißheimers dient der ganze Voodoo-Zauber vermutlich nur einem Zweck«, sagte sie gedehnt. »Die wahren Beweggründe zu verschleiern, um Q einen Zeitgewinn zu verschaffen.«

»Womit wir bei den Motiven wären«, klinkte sich Feuersang wieder ein. »Wenn der Täter so erpicht darauf ist, uns Beziehungs- oder Sexualkisten unterzujubeln, sind solche, wenn schon nicht ganz, so doch tendenziell auszuschließen. Bleiben also wieder einmal nur welche Kategorien übrig?«

»Gier oder Verlustangst?«, bot Kotek an.

»Wahrscheinlich beides«, vermutete Feuersang. »Fredl Schleißheimer hatte durch seine illegale Aktion in der Regenmandl'schen Villa Zugang zu Infos bekommen, über die Lotte Heinrich längst verfügte. Allem Anschein nach wurde der neu eingestiegene Player in Form von Schleißheimer dem Täter daraufhin zu gefährlich. Er handelte, und Lotte Heinrich, die bis dahin keine Gefahr für ihn dargestellt hatte, aber nun Aufschluss über den Mörder hätte geben können, musste ebenfalls sterben.«

»So könnte es gewesen sein«, pflichtete Jacobi seinem langjährigen Kollegen und Freund bei.

»Unsre Favoriten, die jetzt als Täter in Betracht kommen, wären also …« Kotek ließ den Satz unvollendet, um dann fortzusetzen: »Die Häuslschmied hat vier Personen übermäßige Gier vorgeworfen, wobei Lotte Heinrich schon einmal ausscheidet.«

»Bleiben abgesehen vom berühmten Unbekannten noch Regenmandl, Marageter und die Schleißheimer«, ergänzte Feuersang. »Die hatten wir schon vorher auf der Rechnung, wogegen die beiden Czerwenkas eher nicht in Frage kommen: der Senior wegen Gebrechlichkeit und der Junior wegen seines zementierten Alibis.«

»Ganz deiner Meinung«, sagte Jacobi. »Auch Julie Heinrich und Amanda Häuslschmied sehe ich als krasse Außenseiter. Sowohl das Mädchen als auch die Seniorin sind kaum in der Lage, die Morde so zu begehen, wie sie begangen worden sind. Selbst wenn beide irgendwann einmal gelernt hätten, ein Schlachtmesser zu führen. Außerdem müsste Julie nach Faktenlage eine irre Mutter- und Serienmörderin sein. Eine ziemlich extreme Einschätzung weitab von jeder Wahrscheinlichkeit.«

»Jean Pierre Regenmandl dagegen hat sich durch sein Abtauchen im Ranking weit nach vorn katapultiert«, stellte Kotek nachdenklich fest.

Jacobi sah im Rückspiegel, wie Feuersang den Kopf schüttelte.

»Mein Favorit ist nach wie vor der Exkollege Blaulicht-Pauli«, tönte es auch gleich darauf aus dem Fond. »Er passt einfach zu gut ins Täterprofil – eigentlich immer besser, wo sich doch Geld als Motiv herauskristallisiert und kein anderer unserer Kandidaten in der Lage wäre, jemanden so fachmännisch abzustechen.«

»Eine sehr einseitige und daher unzulässige Gewichtung«, widersprach Kotek, die tags zuvor noch selbst Marageter favorisiert hatte. »Regenmandl mag schon lange kein Schlachtmesser mehr in der Hand gehabt haben, wenn es aber um Sein oder Nichtsein geht, würde er das noch allemal hinkriegen. Dasselbe gilt für Salma Schleißheimer. Erstens wissen wir, dass sie Jägerin ist, zweitens steht in ihrem amtlichen Lebenslauf, dass sie nach ihrer Pflichtschulzeit eine Lehre in der Fleischhauerei Regenmandl absolviert hat, und anschließend muss ihr jemand den zweijährigen Hotelfach-Lehrgang für Erwachsene in der Tourismusschule Bischofshofen ermöglicht haben.«

»Wahrscheinlich ebenfalls Regenmandl«, mutmaßte Feuersang.

»Der hat sich übrigens noch gestern Abend telefonisch bei Rothmayer über dich beschwert, Leo«, hakte Jacobi ein.

»Du hast eins vergessen hinzuzufügen: Ehe er die Fliege gemacht hat«, konterte der Gerügte unbeeindruckt. »Hat man Vesna Simcits, die Haushälterin, denn schon einvernommen?«, fragte er gleich anschließend. »Die weiß bestimmt, wo er abgeblieben ist. Jetzt, wo der arme Johnny so in der Bredouille ist und sogar seine Geliebte Salma auf Distanz zu ihm geht, wett ich drauf, dass die geprügelte Vesna wieder regen Anteil an seinem Schicksal nehmen wird.«

»Leo, der Frauenversteher, ja?«, spottete Kotek.

»Leo hat vielleicht recht«, gab der Oberst seinem Chefinspektor Rückendeckung. »Jedenfalls ist es nicht die schlechteste Idee, bei der Simcits nachzuhorchen, vorausgesetzt natürlich, sie ist noch greifbar. Ruft mal gleich an. Sie hat Regenmandl geliebt oder liebt ihn immer noch, kennt ihn jedenfalls am besten –

wahrscheinlich noch besser, als die Schleißheimer ihn zu kennen glaubt. Wenn sie nicht gemeinsam mit ihm verschwunden ist, sollte man ihr entlocken können, wohin er sich eventuell verkrochen hat.«

In diesem Moment spielte Jacobis Handy die Melodie von »Brave Scotland«.

»Ja, Lenz? Hast du was Neues für uns?« Er stellte den Lautsprecher auf Mithören.

»In Regenmandls Hütte ist jemand – ich glaub, es ist das Mädchen«, meldete sich Major Redl. Sein gedämpfter knorriger Bariton war unverkennbar. »Eben wird eingeheizt, und der Kamin beginnt zu rauchen. Ein Fenster vorn neben der Tür steht offen, obwohl es regnet und ein eiskalter Wind bläst. Ich hab mich im Morgengrauen an die Hütte rangepirscht. Geht natürlich alles sehr, sehr langsam. In dieser Stille hörst du ja jedes Geräusch, das nicht hierher gehört. Ich melde mich dann wieder.«

»Einen Moment, Lenz, wir haben noch eine wichtige Info für dich: Die Mutter von Julie ist heut Nacht ermordet worden – auf dieselbe Art und Weise wie Fredl Schleißheimer.«

»Oh, Scheiße! Das arme Mensch. Ich nehm an, ich soll Julie das vorläufig noch verschweigen, wenn sie denn tatsächlich die Person in der Hütte ist.«

»Genau darum wollte ich dich bitten.«

»Geht klar. Bis später dann.«

Der Dreier-Konvoi fuhr eben in den ersten der beiden Pass-Lueg-Tunnel ein, und obwohl im Ofenauer und Hiefler Tunnel Handy- und Radioempfang möglich war, hörten sie vorerst nichts Neues mehr von Redl.

»Es ist einfach irr, wie Lenz das immer wieder im Handumdrehn hinkriegt«, meinte Feuersang achselzuckend. »Die Spusi hat Julie trotz Unterstützung durch die Gasteiner Kollegen gestern nicht gefunden, deshalb sollte ja heute eine Hundestaffel angefordert werden. Und er fährt allein auf die Alm und findet sie sofort. Wie macht der Mann das bloß?«

Er erwartete auf seine Frage keine Antwort. Redl hatte anderen Menschen eines voraus: untrüglichen Instinkt. Er spürte, wo, wie und wann an eine Sache heranzugehen war. Falls Julie sich überhaupt im Laderdinger Alpl aufhielt, konnte sie am Vortag die

Einsatzwagen schon von Weitem gehört, sich in die Büsche geschlagen und einige Kilometer zwischen sich und die Hütte gebracht haben. Erst nach dem Abzug des Suchtrupps und der Spusi, den sie durch ein Fernglas beobachtet haben könnte, war sie dann – nicht zuletzt durch die Witterung genötigt – zur Hütte zurückgekehrt.

Redl hatte seinen Pkw wahrscheinlich weit unten im Wald abgestellt und war noch in stockfinstrer Nacht zur Alm aufgestiegen, um sich schließlich der Hütte auf den letzten paar hundert Metern mit größter Vorsicht zu nähern, wie seine Beschreibung – »sehr, sehr langsam« – ja anschaulich nahegelegt hatte.

»Für solche Spezialaufgaben gibt es keinen Besseren als ihn«, stellte Kotek neidlos fest. »Das bringt mich auch gleich zur erforderlichen Arbeitsteilung. Sollte Lenz Julie tatsächlich gefunden haben –«

»Dann wird er sie zunächst zu Cornelia bringen, die ich für diese spezielle Aufgabe hereinbestellen werde«, fiel ihr Jacobi ins Wort. Sein Versprechen, sich nicht einzumischen, schien er schon wieder vergessen zu haben. »Das Mädel hat heut Nacht seine Mutter verloren und – egal, ob es nun Täter oder nur Opfer ist – braucht nichts nötiger als den Beistand einer erfahrenen Psychologin. Ein Opfer ist Julie in jedem Fall. Sie wird ganz sicher Polizeischutz bekommen.«

»Selbst ohne deinen ausdrücklichen Rat hätte ich nichts anderes angeordnet, Herr Oberst«, sagte Kotek mit einem Klirren in der Stimme, das Jacobi immer starkes Unbehagen verursachte. »Und Lenz soll auch nach Regenmandl suchen. Den müssen wir unbedingt finden, ehe die Ereignisse weiter eskalieren.«

»Du weißt aber, dass Lenz an seinem eigenen Fall dran ist?«, wandte Jacobi ein. »Er hat dir ohnehin schon Max abgetreten.«

»Den Zischlpfitzer hat er ja auch noch. Und sein Fall ist nicht so dringend wie unsrer. Die beiden Leichen, die von Halleiner Kindern in den Salzach-Öfen entdeckt worden sind, lagen dort bestimmt schon seit dem Frühjahr. Ich seh schon, ich muss ihn selbst darum bitten, wenn er sich wieder meldet. Leo, du und Max, ihr macht wie vereinbart den Tatort im Haus der Bachblüten-Lotte klar und überprüft bei den Marageter-Haussuchungen auch seine Alibis für die zwei Todeszeitpunkte. Dasselbe Programm bei der Schleißheimer. Die gute Salma soll nicht glauben, dass sie für uns schon außer Obligo ist. Sie hat mir ein bisschen zu oft gelogen und hält wahrscheinlich noch immer wichtige Hintergrundinfos zurück. Der Herr Oberst und ich fahren zur Häuslschmied, und während Oskar anschließend im ›Schlössl‹-Café seinen Schulfreund trifft, werde ich zunächst zu den Czerwenkas und dann zum Posten fahren. Vom Besuch beim Notar verspreche ich mir allerdings nicht besonders viel. Der Junior weiß vermutlich gar nichts, und der Senior wird sich entweder nicht erinnern wollen oder können, aber ich möchte mir hinterher nicht Nachlässigkeit vorwerfen lassen.«

Beide Männer verstanden, worauf sie anspielte, aber nur Feuersang war mit einer Entgegnung zur Hand: »Melanie, nicht *wir* haben die Bachblüten-Lotte umgebracht, sondern der Mörder oder die Mörderin war's.«

18 DER HIMMEL hatte noch immer nicht vor, seine Schleusen zu schließen. Seit Montagnachmittag goss es wie aus Kübeln im Gasteiner Tal. Was sich oben auf den Berghängen in puncto Schneefall tat, konnte man vom Tal aus gar nicht erst erkennen, so tief hingen die Wolken.

Jacobi hielt nur kurz vor dem Heinrich-Anwesen, um Feuersang abzusetzen. Der Chefinspektor, sein Kollege Haberstroh und die Spusi-Leute beeilten sich, ein Dach über den Kopf zu bekommen. Beim Wegfahren fiel Jacobis Blick zufällig auf den eigenartigen Blumenschmuck an der Silbertanne neben dem Blockhaus. Er konnte die Besitzerin nicht mehr fragen, was die Rosenköpfe an den tropfnassen Zweigen des Nadelbaums bedeuteten, aber vielleicht ihre Tochter – falls sie denn wieder auftauchte.

Das brachte ihn wieder auf Redl. Hatte er das Mädchen nun gefunden oder doch nicht? Sein Anruf war eigentlich überfällig.

Jacobi verdrängte die aufkeimenden Bedenken. Redl war sein bester Mann, warum sollte er plötzlich von einer nicht vorhersehbaren Situation überrascht worden sein?

Kotek kannte ihren Lebensgefährten zu gut, um an seiner Einsilbigkeit nicht zu merken, dass ihn etwas bedrückte. Außerdem fuhr er ohne Grund wie ein Henker – eine typisch Jacobi'sche Übersprungshandlung.

»Du musst dir keine Sorgen um Lenz machen«, sagte sie deshalb. »Wenn er nicht anruft, wird er schon seine Gründe haben. Ich wette, er hat bereits Kontakt zu dem Mädchen aufgenommen und will nun sein Vertrauen gewinnen, anstatt Julie durch eine diensteifrige Erfolgsmeldung vor den Kopf zu stoßen.«

Jacobi blickte kurz zu ihr hinüber. »Ich mag es nicht, wenn jemand meine Gedanken liest«, knurrte er.

Kotek zog die schönen Augenbrauen hoch. »So? Erstens bin ich nicht irgendjemand, und zweitens kann ich mich an Zeiten erinnern, da hattest du es ganz gern, wenn ich deine Gedanken las. Aber jetzt im Ernst: Redl braucht sicher etwas Zeit, um dem traumatisierten Mädchen Vertrauen einzuflößen. Auch wenn er mit seinem George-Clooney-Grinsen zweifellos bei jedem Eindruck schindet und ich mir auch vorstellen kann, dass Julie bei ihm ins Plaudern kommt, darf er doch keinen Fehler machen. Denk an Chrissie. Geduld bringt Rosen.«

»Apropos Rosen«, knüpfte Jacobi an dieser Stelle nachdenklich an. »Hast du die Rosenköpfe an der Silbertanne bei der Heinrich gesehen? Seltsam, oder? Passt eigentlich nicht zu dem übrigen Brimborium an den Hauswänden.«

Sie waren inzwischen wieder auf der Bundesstraße in Richtung Bad Hofgastein unterwegs.

»Was hältst du von folgendem Vorschlag, Oskar?«, ignorierte Kotek die Frage und kam zum Thema zurück. »Wir vernehmen erst einmal die alte Häuslschmied, und wenn sich Lenz danach noch immer nicht gemeldet hat, rufst *du* ihn an. Okay?«

Jacobi grunzte etwas Unverständliches, das man gegebenenfalls als Einverständnis interpretieren konnte.

19 DER GENDARMERIEMAJOR ließ sich Zeit. Nach dem Telefongespräch mit Jacobi umrundete er zunächst die ehemalige Almhütte, die auf einer kleinen Lichtung stand. Es war einfach, sich in der Deckung von Bäumen und Unterholz zu halten, denn der Almboden war wohl schon seit Jahrzehnten nicht mehr vom Bewuchs befreit worden und es schüttete nach wie vor ohne Unterlass.

Man konnte der Hütte ansehen, dass sich schon lange niemand mehr um die Instandhaltung gekümmert hatte, dabei musste sie früher ein Schmuckstück almwirtschaftlicher Zweckbauweise gewesen sein. Die händisch hergestellten Holzschindeln, nach alter Tradition mit großen Steinen beschwert, umrahmten zwei ins Dach integrierte Solarzellen-Paneele so selbstverständlich, als wäre die Fotovoltaik schon immer ein fixer Bestandteil von Almhüttendächern gewesen. Die balkenlosen Fenster an Front und Flanken der Hütte stellten dagegen keinen Tribut an die Moderne dar, ihr Design hatte sich über die Jahrhunderte hinweg nicht verändert. An der Hüttenrückseite, die zum Berg hin gewandt war, fehlten allerdings die kleinen Luken, sodass es nur eine Hintertür gab. Rechts und links davon waren lange Bloche als Brennholzreserve aufgeschichtet und mit Dachpappe vor Regen geschützt.

Redl nahm eines der Hölzer geräuschlos vom Stoß, verkeilte es unter der Türklinke und verharrte lange Zeit regungslos. Wieder horchte er, ob seine Anwesenheit bemerkt worden war, aber er hörte nur das stereotype Geräusch, das ein Büchsenöffner in Aktion verursacht. Immerhin konnte er so die Person orten, die das Gerät betätigte. Er schlich an der rechten Hüttenflanke entlang nach vorn und lugte kurz durch ein Seitenfenster.

Am Rand einer Sitzecke an einem Esstisch hockte ein etwa vierzehnjähriges dunkelblondes Mädchen in Jeans und rotem Sweater. Die Beschreibung passte auf Julie Heinrich. Lustlos stocherte sie in ihrem Dosenfrühstück herum und machte einen sichtlich deprimierten Eindruck. Dann und wann hob sie lauschend den Kopf und sah dabei zum offenen Fenster hinaus auf den Forstweg, der vom Tal herauf zur Hütte führte.

Beim Blick in die Stube hatte Redl den Innenriegel an der Eingangstür bemerkt. Er war zwar nicht vorgeschoben, aber in dem vorsintflutlichen Türschloss steckte ein Schlüssel. Die Überlegung, ob abgeschlossen war, machte der ehemalige MEK-Offizier mit einem wuchtigen Tritt gegenstandslos: Die Hüttentür flog auf und krachte an die dahinterstehende Kommode, das Mädchen am

Frühstückstisch zuckte wie von einem Schlag getroffen zusammen, und alle Farbe wich aus seinem Gesicht.

»Keine Angst, Julie, ich tu dir nichts«, versuchte Redl es zu beruhigen. Von seinem Anorak rann das Regenwasser in Bächen auf den Hüttenboden. »Ich bin Kriminalbeamter. Bitte, bleib sitzen.«

Die Angesprochene brachte mit offenem Mund keinen Pieps heraus. Stattdessen sprang sie taumelnd hoch, stieg auf die Eckbank, auf der sie gesessen hatte, und wollte durch das offene Fenster flüchten. Aber Redl war schon bei ihr und riss sie zurück. Der neuerliche Schock beendete die Stimmlosigkeit der Jugendlichen.

»Aua! Bist deppert, Alter?«, schrie sie hysterisch. »Lass mich sofort los! Du brichst mir ja den Arm!«

»Übertreib nicht so, Julie. Setz dich einfach wieder hin«, sagte Redl gelassen. Dass das Mädchen ihn duzte, kommentierte er nicht – vielleicht fiel es ihm als Pinzgauer auch gar nicht auf.

»Du bist doch Julie, oder?«

Die Gefragte antwortete nicht, folgte jedoch notgedrungen seiner Anweisung. Er schloss das Fenster, ohne die Halbwüchsige aus den Augen zu lassen, und wiederholte seine Frage.

»Ja, verdammt. Ich bin Julie«, bestätigte sie patzig. »Und wer bist du? Kannst du dich überhaupt ausweisen?«

»Ich heiße Lorenz Redl, Major beim Landesgendarmeriekommando Salzburg, Referat 112, Abteilung für Vergehen gegen Leib und Leben, und natürlich kann ich mich ausweisen.« Redl langte in die Innentasche seines Anoraks, um Marke und Ausweis herauszuholen. Da griff das Mädchen unvermittelt nach hinten auf die Anrichte neben der Sitzecke. Metall blitzte auf, aber wieder war der ehemalige Kommandooffizier schneller. Der harte Griff an ihrem Handgelenk ließ Julie abermals aufschreien, und das Messer fiel polternd auf den Tisch.

»Ein Schlachtmesser«, sagte er anzüglich, obwohl es sich nur um ein häufig geschliffenes Küchenmesser handelte. Während er es an sich nahm und demonstrativ in eine Asservatentüte steckte, fragte er streng: »Was sollte diese dumme Aktion?«

»Ich … ich weiß nicht.« Sie zuckte mit den Achseln. »Als Sie in Ihre Tasche griffen, hab ich plötzlich wieder die Panik bekommen.« Wohl eher aus Unsicherheit denn aus Höflichkeit hatte sie zur förmlichen Anrede gewechselt.

»Julie, das alles ist kein Spiel«, sagte er ernst. »Ein anderer Kollege an meiner Stelle hätte dich jetzt vielleicht an- oder gar erschossen. In Notwehr selbstverständlich. Jedes Gericht würde das genauso sehen, denn im Moment hält man dich für die Mörderin von Alfred Schleißheimer.«

Während er die Dienstmarke mit dem Bundesadler und den Ausweis vor sie auf den Tisch legte, hoffte er, sie mit dieser Provokation aus der Reserve zu locken. Er hatte das Glück des Tüchtigen.

»Das ist doch voll krass!« Ohne den Ausweis näher zu begutachten, brach Julie in Tränen aus. »Aber genau das hab ich erwartet. War ja klar, dass diese Sauerei in der Rettenwänd-Hütte an mir hängen bleibt.«

Ihre Stimme klang erstickt, von der präpotenten rotzigen Göre war nicht mehr viel übrig. Vor Redl saß nur noch ein Häufchen Elend mit starrem Blick. »So war es wahrscheinlich auch gedacht: Sowie ich wieder zu Bewusstsein komme, Fredls blutüberströmte Leiche sehe und das blutige Messer in meiner Hand, da sollte ich durchdrehen … und mich so als Mörderin anbieten!«

Die letzten Worte schrie sie schluchzend und verstummte dann. Redl hütete sich, sie in dieser Phase mit Zwischenfragen zu bedrängen.

»Nur – ich hab nicht durchgedreht«, setzte sie nach einer langen Pause leise fort, als wäre sie darüber selbst erstaunt. »Zunächst bin ich nah dran gewesen, das geb ich gern zu. Als ich dann aber kreuz und quer durch den Karteisenwald ins Angertal hinuntergestolpert bin, hatte ich Zeit nachzudenken. Ich bin die ganzen naheliegenden Klischees im Geist durchgegangen und hab sie alle als unlogisch abgehakt.«

»Welche Klischees? Was meinst du?«, fragte Redl, erstaunt über die erwachsene Ausdrucksweise der Vierzehnjährigen.

»Zum Beispiel Folgendes: Ich, eine durchgeknallte Minderjährige, hätte meinen erwachsenen Lover wegen Beziehungsstress massakriert. Oder: Ich hätte ihn im Drogenrausch abgestochen, schließlich war ich ja eine Zeit lang total weggetreten. Oder: Meine Mom hätte den sogenannten Kinderschänder durch den Mord endlich zur Verantwortung gezogen.«

Ihr Gesicht verzog sich wieder zu einer weinerlichen Grimasse. »Aber das alles ist doch Bullshit! Ich hätte Fredl nie was getan – und schon gar nicht als zugedröhnter Junkie! Von hartem Stoff hab ich immer die Finger gelassen. Aber nicht, weil ich so vernünftig bin, von wegen. Ich hab einfach Angst vor dem Zeug. Gut, Fredl und ich haben manchmal gutes Gras geraucht, das er aus Holland mitgebracht hat. Aber das war's dann auch schon, warum also hätte ich ihn abmurksen sollen? Er hat mir Freiheiten ermöglicht, die mir Mom noch in Jahren nicht zugestehen wird. Aber *sie* hat ihn erst recht nicht abgestochen, sie hat doch nicht die blasseste Ahnung von unsrer Beziehung, nicht die geringste. Ehrlich gesagt bin ich sowieso nicht gerade scharf drauf, ihr unter die Augen zu treten.«

»Ich nehm's dir ab, dass du Schleißheimer nicht umgebracht hast.« Redl überging bewusst ihre letzte Anmerkung.

Als er einen dankbaren Blick erntete, legte er rasch nach: »Auch einige von meinen Kollegen sind dieser Meinung, aber wenn wir deine Unschuld beweisen wollen, brauchen wir deine Unterstützung, um den wahren Täter aufzuspüren.«

»Was … was erwarten Sie von mir?«

Das ließ sich Redl nicht zwei Mal fragen: »Erzähl mir, was du seit Samstag erlebt und getan hast, und bemüh dich dabei um größtmögliche Genauigkeit und Vollständigkeit.« Er nahm einen Taschenrekorder aus seinem Rucksack. »Du hast doch nichts dagegen, wenn ich das Gespräch aufnehme und mir nebenher noch Notizen mache?«

Sie schüttelte den Kopf. Nein, sie hatte nichts gegen eine Aufzeichnung ihrer Erlebnisse der letzten drei Tage. Auf keinen Fall wollte sie das alles länger allein mit sich herumtragen.

Angesichts von so viel Bereitwilligkeit verspürte Redl nun doch Gewissensbisse. Das Mädchen vertraute ihm, während er ihm den Tod der Mutter verschwieg, um an Informationen zu kommen. Aber hätte er Julie jetzt mit der größten Katastrophe in ihrem jungen Leben konfrontiert, so wäre es mit den Infos sicher Essig gewesen.

20 HEISSINGFELDING am südlichen Rand von Bad Hofgastein hatte sich in den letzten Jahrzehnten zu dem gemausert, was für die Wiener der Bezirk Hietzing ist: eine Gegend für angesehene Alteingesessene, für wohlhabende Zugezogene und soziale Aufsteiger. Wer sich hier ein Haus leisten konnte, hatte es mehr oder weniger geschafft.

Unter all den stattlichen Anwesen von Managern, Steuerberatern, Anwälten, Ärzten, Maklern, Bankern und Architekten fiel die Häuslschmied-Villa hinter dem Heiß-Hügel nicht besonders auf, und trotzdem entdeckte Kotek schon von der Hügelkuppe aus den gut in Schuss gehaltenen weißen Jugendstilbau. Zielsicher dirigierte sie Jacobi dorthin.

Sie parkten den Audi vor der Doppelgarage, die sich, obwohl wesentlich später gebaut, stilistisch gut in das Gesamtensemble fügte.

Das Eingangsvordach, höchstens drei Meter entfernt, hätten sie ohne Schirme nur aufgeweicht erreicht. Die Intensität des Niederschlags nahm stetig zu, und da und dort mischten sich bereits Schneekristalle unter die Regentropfen.

Die Haustür öffnete sich, ehe Kotek anläuten konnte. Amanda Häuslschmied hatte die telefonisch angemeldeten Kriminalbeamten bereits erwartet. Sie trug ein schwarzes Kostüm über einer weißen Bluse mit geplättetem Kragen, wie sie in den vierziger und fünfziger Jahren des vorigen Jahrhunderts modern gewesen war, und schwarze Sämisch-Schnallenschuhe. Ihre silberweißen Haare hatte sie im Nacken zu einem schlichten Knoten zusammengesteckt.

Dem hageren Antlitz sah man das Alter an, aber der Blick aus den blauen Augen ließ Jacobi sofort an einen Falken denken. Es fiel ihm schwer, den wachen Gesichtsausdruck mit Demenz in Verbindung zu bringen, auch wenn das äußere Erscheinungsbild von Senioren oft täuschte.

Die rüstige Greisin erwiderte Koteks und seinen Gruß nicht allzu freundlich. »Bitte, kommen Sie mit in den Salon«, sagte sie kurz angebunden, wandte sich ruckartig um und ging den Gästen voraus.

Auch nachdem sie auf einer nicht ganz zum Jugendstil passenden, dafür aber bequemen Sitzgarnitur im Wohnzimmer Platz genommen hatten, wurde Amanda Häuslschmied nicht umgänglicher.

»Wenn ich ehrlich bin, kann ich mir nicht vorstellen, was Sie von mir wollen, Herr Oberst«, begann sie, während sie in einer abgewetzten Handtasche kramte. »Ich habe Höllteufel und seinen Leuten noch in der Nacht alles gesagt, was es zu sagen gab. Aber bitte – da Sie nun schon mal da sind: Was wollen Sie wissen?« Sie blickte bei ihrer Frage nur Jacobi an, seine Begleiterin schien sie nicht wahrzunehmen.

In Oskars Beisein verhalten sich Damen in fortgeschrittenem Alter immer gleich, dachte Kotek amüsiert und begann mit einer unverfänglichen Frage: »Leben Sie allein in diesem großen Haus, Frau Häuslschmied?«

Verwundert über die triviale Einleitung, noch mehr aber über die Vorwitzigkeit einer Untergebenen, hob die Greisin die dünnen Augenbrauen, bevor sie sich doch noch zu einer Antwort bequemte. »Ja, ich lebe allein hier. Zwei Mal die Woche kommt eine Haushaltshilfe, sie wäscht, putzt und kauft für mich ein. Das Essen lass ich mir kommen. Na ja, manchmal, wenn's mir Spaß macht, koch ich auch selbst. Und Sie sind also wirklich extra aus Salzburg hierhergefahren, um mir solche Fragen zu stellen?«

»Die wichtigen kommen noch«, beeilte sich Kotek zu erklären. »Die wichtigste betrifft übrigens Ihre Sicherheit. Die Person, die in Ihr Haus eingedrungen ist, könnte diesen Versuch wiederholen.«

»Das, Frau … äh?«

»Kotek, Melanie Kotek«, rief sich die Vergessene in Erinnerung.

»Also, Frau Kotek, das glaube ich, ehrlich gesagt, nicht«, widersprach die alte Dame gelassen. »Ich lag mit meiner Vermutung Lotte Heinrich betreffend zwar falsch, aber der wahre Täter wird bestimmt nicht so verrückt sein, es noch einmal zu probieren, wenn es hier von Polizei nur so wimmelt.«

»Derselbe Täter hat drei Tage nach dem ersten Mord den zweiten begangen, quasi vor unseren Augen«, gab die Ermittlerin zu bedenken.

»Nicht unbedingt ein Ruhmesblatt für Sie«, merkte Häuslschmied spitz an, aber Kotek ließ sich nicht provozieren.

»Sie wollen also nicht, dass wir Sie unter Polizeischutz stellen? Es wäre ja nur für ein paar Tage.«

Die Dreiundachtzigjährige zuckte mit den schmalen Schultern. »Tun Sie, was Sie nicht lassen können. Ich meine, ich habe nichts dagegen, halte es aber für … äh …«

»Überflüssig?«, sprang Kotek ein.

»Genau, für überflüssig. Ich fürchte mich jedenfalls nicht.«

»Haben Sie denn eine Vermutung, wer der Einbrecher gewesen sein könnte, nun, da Frau Heinrich nicht mehr in Betracht kommt? Sie haben ja mehrere Personen ziemlich unverblümt der schrankenlosen Gier bezichtigt.« Koteks sehr direkte Anspielung war Häuslschmied sichtlich unangenehm. Plötzlich wirkte sie wie eine ertappte Missetäterin, blieb aber stumm und zuckte nur wieder mit den Achseln.

Die Kriminalbeamtin beschloss, Klartext zu reden: »Frau Häuslschmied, wir haben Ihren Anruf bei Lotte Heinrich auf Band. Dass Ihre einstige Rivalin zu diesem Zeitpunkt –«

»Rivalin? Das ist eine ganz und gar unpassende Bezeichnung«, unterbrach Häuslschmied entrüstet.

»… zu diesem Zeitpunkt bereits tot war, tut dabei nichts zur Sache«, fuhr Kotek ungerührt fort. »Sie erwähnen einen Hort, also einen Schatz, auf den es vier Personen abgesehen haben sollen. Eine davon hat deshalb wahrscheinlich bereits zwei Mal gemordet. Sehen Sie es da nicht als Ihre Verpflichtung an, uns bei den Ermittlungen zu unterstützen?«

»Ermittlungen sind Aufgabe der Exekutive, nicht meine.« Die Greisin hatte ihre Sprache wiedergefunden. »Außerdem scheint der Ausdruck Hort Ihre Phantasie über Gebühr zu beflügeln. Gemeint war damit nur, was mein Mann und ich im Lauf eines langen Lebens erarbeitet und zusammengespart haben: drei Häuser, einige Grundstücke, Wertpapiere, Sparbücher und Schmuck. Da mein verstorbener Mann und ich keine Kinder haben, scheinen manche Leute zu glauben, sie hätten Zugriff darauf, sobald ich die Erdäpfel von unten anschau.«

»Frau Häuslschmied, nach Ihren eigenen Worten auf dem Anrufbeantworter ist Julie Heinrich die uneheliche Tochter Ihres verstorbenen Gatten«, leistete Jacobi seiner Lebensgefährtin jetzt Schützenhilfe. »Wenn das stimmt, dann hat sie ein Recht auf den

Pflichtteil seiner Hinterlassenschaft – und möglicherweise sogar auf mehr, falls ein diesbezügliches Testament existiert, aber darum ging es in Ihrem Telefonmonolog ohnehin nur am Rande.«

»Ja, am Ende des Gesprächs haben Sie gesagt, Sie würden das Versteck des Horts nie verraten und das Geheimnis mit ins Grab nehmen«, brachte es Kotek auf den Punkt. »So spricht man nicht über seine bewegliche und unbewegliche Habe, Frau Häuslschmied, so spricht man über einen verborgenen Schatz. Wenn Sie sich dazu nicht äußern wollen, können wir Sie natürlich vorläufig nicht dazu zwingen, aber halten Sie uns bitte nicht für Idioten.«

»Warum nur vorläufig?«, fragte die Seniorin misstrauisch und schob das Kinn energisch vor.

»Sollte sich herausstellen, dass dieser Schatz unmittelbar mit den Morden oder anderen Straftaten in Zusammenhang steht, dann können wir Sie in Beugehaft nehmen.« Kotek wusste, wie hanebüchen ihr Einschüchterungsversuch war und bekam dafür auch gleich die Quittung.

»Machen Sie sich nicht lächerlich«, pfiff Häuslschmied sie an. »Mein Anwalt knallt Ihnen sofort eine Haftunfähigkeitsbescheinigung auf den Tisch, was soll also diese Drohung? *Sie* halten mich doch hier für eine Idiotin! Ich habe zwar hie und da diese … diese Aussetzer, aber deshalb bin ich noch lange nicht debil. *Noch nicht!* Und falls keine triftigen Gründe für eine Fortsetzung dieses Gesprächs vorliegen, betrachte ich es jetzt als beendet.«

»Eine letzte Frage, Frau Häuslschmied«, probierte es Jacobi noch einmal. »Wer außer Regenmandl, Marageter und Salma Schleißheimer hat noch Kenntnis von der Existenz des Schatzes?«

»Der Schatz, Herr Oberst, existiert nur in Ihrer Einbildung, und jetzt darf ich Sie ersuchen zu gehen.«

21 »HM, DAS WAR ZWAR ganz offensichtlich eine Pleite, aber ich bin gar nicht so unglücklich darüber, dass sie uns rausgeworfen hat«, sagte Jacobi zufrieden, während er sein Handy einsteckte und auf der Beifahrerseite in den Wagen stieg. Der Regen hatte inzwischen etwas nachgelassen. Haberstroh würde in einigen Minuten an Ort und Stelle sein und vom Wagen aus ein Auge auf die Villa haben.

Kotek glitt hinter das Lenkrad des RS 4 und guckte Jacobi schräg an. »Und? Warum bist du darüber nicht unglücklich?«

»Weil sich die Nebel um die beiden Mordfälle nun doch ein wenig zu lichten beginnen. Und eben deshalb möchte ich dich bitten, nach der Vernehmung der Czerwenkas und dem kurzen Briefing am Posten noch einmal hierher zurückzukehren. Jetzt fahren wir erst mal über Gadaunern zum ›Schlössl‹ hinüber.«

»Das ist erstens keine Antwort, und zweitens lässt mich die Häuslschmied nie wieder zur Tür hinein.« Kotek startete den Wagen, während Jacobi den Kopf schüttelte.

»Das glaube ich nicht. Die tut bloß so widerborstig, weil sie Angst hat, obwohl sie gerade das heftig bestreitet. Aber nur ein Dummkopf oder ein Selbstmörder hätte in ihrer Lage keine Angst, und ich halte sie weder für das eine noch für das andere. Ist es dir nicht aufgefallen? Sie hat sich gegen den Polizeischutz nicht gewehrt, aber den Eindruck erweckt, als würde sie ihn nur notgedrungen dulden.«

»Warum verhält sie sich so widersprüchlich?«

»Ganz einfach: Einerseits hat sie Todesangst, andererseits hütet sie krampfhaft ihr Geheimnis, hinter dem ihrer Meinung nach nicht nur der Mörder, sondern auch wir als Vertreter des Staates her sind. Und was tut ein Einsiedlerkrebs, wenn ihm von zwei Seiten her Gefahr droht, na? Er zieht sich erst einmal in seinen schützenden Panzer zurück.«

»Sehr gut, Doktor Freud. Und was dabei ist jetzt mein Part?«

»Der ist mir schon auf der Fahrt hierher eingefallen. Bei einem zufälligen Blick in Richtung Bad Gastein habe ich mich erinnert, dass du dort Verwandte hast.«

»*Einen* Verwandten«, präzisierte Kotek, »Fritz Ostermeyer, den Cousin meiner Mutter, ja. Was soll mit ihm sein?«

»Der hat doch außer seinem Haus am Mozartplatz auch noch –«

»Stopp! Jetzt weiß ich, worauf du hinauswillst. Du meinst sein Landhaus im Naßfeld.«

»Naßfeld?«

»In Sportgastein. Naßfeld sagen eigentlich nur mehr die Alteingesessenen zu der Genossenschaftsalm. Der Vater von Fritz, ein Versicherungsmakler und Gewerkschaftsfunktionär, hat das Häuschen in den Sechzigern im Nationalparkgebiet bauen dürfen. Frag mich nicht, wie er die Baugenehmigung bekommen hat. Heut wär so was unmöglich, aber vor fünfzig Jahren scheint man das noch nicht so eng gesehen zu haben. Jahre später, als eine Lawine um zwei Uhr in der Nacht das Dach und das obere Stockwerk glatt wegrasiert hat, verhielt man sich schon anders: Eine Erneuerung des Stockwerks hatte zu unterbleiben.«

»Ah? Sieh mal einer an!«

»Ja, und hinterm Haus musste ein Schutzwall in Firsthöhe errichtet werden, sodass heute im Fall des Falles der Schnee übers Dach hinwegdonnern kann. Übrigens hat die Lawine damals eine Bekannte von Fritz, die im Haus untergekommen war, samt Schlafzimmer buchstäblich auf die Straße gesetzt. Aber, o Wunder: Abgesehen von schmerzhaften Quetschungen und Abschürfungen hat die Dame den Albtraum relativ unbeschadet überstanden.«

Jacobi grinste. »Wer weiß, ob sie jemals wieder eine so archaische Energie im Bett erlebt hat. Also, wie sieht's aus? Ist dein Cousin empfänglich für deinen Charme?«

Kotek fuhr eben am »Gasthof Ortenstein« vorbei und bog nach der Brücke über den Gadaunerer Bach nach rechts ab. »Red nicht um den heißen Brei herum. Du willst, dass er mir das Haus für ein paar Tage überlässt, oder? Aber warum bieten wir der Häuslschmied nicht eine der beiden Zeugenschutz-Wohnungen in Salzburg-Stadt an?«

»Abgesehen vom nicht eben berauschenden Komfort dieser Garçonnièren hätte ich diese Frage von dir auch aus einem anderen Grund nicht erwartet. Denk noch einmal scharf nach.«

»Du spielst auf Marageter an?«

»Bingo. Ein Typ wie er pflegt seine Kontakte zum Behördenapparat, dem er mal angehört hat. Und aus ehemaligen Kollegen eine Zeugenschutzadresse herauszukitzeln, das wäre für ihn kein Problem. Außerdem halte ich es generell für ausgeschlossen, dass sich die Häuslschmied nach Salzburg lotsen lässt.«

»Aber in ein ihr fremdes Landhaus im Nationalpark Hohe Tauern? Das glaubst du doch selbst nicht, oder hast du dir irgendwas eingeworfen?«

»Weder noch. Beantworte mir nur meine Frage: Kannst du deinen Cousin breitschlagen, damit er uns das Haus für ein paar Tage überlässt? Ja oder nein?«

»Ich denke schon. Ich werd ihn anrufen, aber die Häuslschmied davon zu überzeugen, sich auf dem Naßfeld zu verstecken, damit überforderst du mich ganz eindeutig.«

»Das glaube ich nicht, Katze. Du bist noch immer mit den Aufgaben gewachsen, was sage ich: über dich hinausgewachsen.«

»Verarschen kann ich mich selbst«, maulte Kotek. »Aber an mir soll's nicht liegen: Ich werd's versuchen. Wolltest du nicht Lenz anrufen? Jetzt hast du Zeit.«

Das Telefonat dauerte eine gute Viertelstunde. Jacobi hörte seinem besten Mann zunächst zu, ohne ihn auch nur ein Mal zu unterbrechen, und sagte dann: »Okay, ich schicke euch einen Wagen rauf. Kommst du anschließend zum Posten Hofgastein? Bis dahin wird auch Cornelia dort sein. Es ist höchste Zeit, dem Mädel reinen Wein einzuschenken, bevor es die Medien tun. Die werden spätestens bis zu den Ein-Uhr-Nachrichten Wind vom zweiten Mord bekommen haben, und dann geht der Wirbel richtig los. Meine nächste Bitte wird dich ebenfalls nicht besonders freuen, aber wie dir bekannt sein dürfte, ist der Bankier Regenmandl flüchtig – genauso wie seit heute Morgen auch seine Haushälterin Vesna Simcits, wie wir inzwischen erfahren haben.«

Er ging nicht weiter ins Detail. Redl wusste auch ohne nähere Instruktionen, was von ihm erwartet wurde. Seine Fragen beschränkten sich auf das Notwendigste, und die Auskünfte Jacobis waren nicht weniger restriktiv: »Infos, die Regenmandl und Simcits betreffen, erhältst du von Hans. Sollte er etwas noch nicht wissen, findet er es auf Melanies Schreibtisch. Man hört sich.«

Nachdem er aufgelegt hatte, wirkte er nicht nur zufrieden, sondern regelrecht aufgekratzt, wie Kotek mit einem Seitenblick feststellte.

Redl würde schon von der Alm aus oder spätestens auf der Fahrt ins Tal Weider anrufen, um nicht unnötige Zeit mit Recherche zu verlieren. Tempo war jetzt das Allerwichtigste – nicht nur, weil man schon demnächst die Medien im Nacken haben würde.

Wegen eines Baustellenstaus hatten sie erst jetzt den Kreisverkehr

Hofgastein-Süd passiert und steuerten auf die Ausfahrt Schlössl/Bergbahn-Parkplätze zu.

»Und? Brauchen Herr Oberst eine Extraeinladung?«, fragte sie schnippisch, obwohl er ihrer Bitte, was Regenmandl anlangte, entsprochen hatte.

Jacobi grinste schuldbewusst.

»Lenz hat's geschafft. Er hat Julie nicht nur gefunden, sondern sie auch dazu bewegen können, eine Sachverhaltsdarstellung für die Zeit von Samstag bis heute zu geben, die er auf Band aufgenommen hat. Die Kurzfassung: Das Mädel ist über ein E-Mail, das von Schleißheimer zu kommen schien, am Samstagmorgen aus dem Haus gelockt und auf dem Weg zur Postbus-Haltestelle gekidnappt worden. Ein Golf hat auf der Landstraße gehalten, eine mit Sturmmütze vermummte Person ist rausgesprungen, hat Julie gepackt, ihr ein Tuch vors Gesicht gedrückt, und dann ist sie bewusstlos geworden.«

»War die Person ein Mann oder eine Frau?«, fragte Kotek.

Jacobi schüttelte den Kopf. »Das kann sie nicht sagen. In dem Kofferraum eines Wagens ist sie dann wieder zu sich gekommen, gefesselt und geknebelt. Sie muss wohl sehr lange in dem geparkten Pkw gelegen haben, in dem es sehr heiß war. Irgendwann öffnete der oder die Unbekannte dann den Kofferraum und gab ihr Cola zu trinken, vermutlich mit Liquid Ecstasy versetzt, wodurch sie abermals das Bewusstsein verlor und erst wieder in der Rettenwänd-Hütte neben Schleißheimers Leiche zu sich kam. Sie war nun nicht mehr gefesselt, dafür hielt sie in ihrer rechten Faust den Griff eines noch blutigen Schlachtmessers. Die Person, die das alles arrangiert hatte, war natürlich längst verschwunden.«

»Die Leiche soll laut Pernauer zunächst zugedeckt gewesen sein. Demnach war es Julie, die die Decke entfernt hat?«, überlegte Kotek laut.

Jacobi nickte. »Du sagst es. Der Schock beim Anblick ihres ermordeten Sugardaddys hat sie wie ein Vorschlaghammer getroffen. Aber entgegen dem Kalkül des Kidnappers ist sie nicht in kopflose Panik verfallen, sondern hat sich relativ rasch gefasst. Ihr Handy steckte noch in ihrer Gürteltasche, was ihr nach dem Erlebten seltsam vorkam. Trotz der bizarren Situation überprüfte sie es und entdeckte ein SMS an Schleißheimer, von dem sie sicher ist, dass sie es nicht verfasst hatte: ›bin etwas klamm. komm um fünfzehn uhr zur r-hütte! werde auch ganz lieb sein. wie wär's mit neuem handy?‹ Schneller, als mancher Erwachsener es gecheckt hätte, begriff sie, dass ihr der Mord in die Schuhe geschoben werden sollte.«

»Bei aller Ungebärdigkeit scheint sie geistig sehr beweglich zu sein.«

»Jedenfalls verließ sie den Tatort so schnell wie möglich, warf die Tatwaffe irgendwo ins Farnkraut, stieg, in dem tragischen Irrtum befangen, sich niemandem anvertrauen zu können, ins Tal ab und fuhr per Autostopp nach Laderding. Von dort stieg sie noch am Abend ins Alpl auf und hat sich seither in Regenmandls Hütte versteckt gehalten.«

»Aber warum hat sie sich nicht wenigstens an ihre Mutter gewandt?«, warf Kotek ein. »Ihr muss doch klar gewesen sein, was wir erst seit heut Morgen wissen: dass Lotte Heinrich *nicht* die Mörderin von Fredl Schleißheimer ist.«

Jacobi wiegte verneinend den Kopf. »Julie hat zwar, wie du schon gesagt hast, eine rasche Auffassungsgabe, ist aber trotz aller Lolita-Allüren noch ein Kind. Wahrscheinlich hat sie sich sofort eine Teilschuld an den Ereignissen gegeben und wegen der Begleitumstände die Konfrontation mit der Mutter gescheut. Erst am Sonntagnachmittag hat sie die Isolation nicht mehr ausgehalten und Chrissie angerufen, aber mitten im Gespräch abgebrochen –«

»Und zwar ungefähr zur selben Zeit, als Resi Neuhuber uns zur Rettenwänd-Hütte lotste.«

»So ist es. Übrigens: Auch wenn Julie in ihrer verständlichen Panik zunächst das Falsche getan hat, so war ihre Flucht auf das Laderdinger Alpl für uns durchaus von Nutzen. Sonntagnacht hat sie dort nämlich eine wichtige Beobachtung gemacht. Regenmandl ist mit dem Range Rover ins Alpl heraufgekommen.«

»Ah, da schau her!«

»Ja, auch Julie war ziemlich überrascht. Aber sie hat den Wagen früh genug gehört und noch Zeit gefunden, die Hütte so zurückzulassen, dass ihre Anwesenheit nicht gleich bemerkt werden würde. Diese Befürchtung war übrigens grundlos. Regenmandl hat sich nur Pickel und Schaufel aus einem Verschlag im Scherm geholt und sich darangemacht, ein in Ölpapier eingeschlagenes Päckchen unweit der Hütte zu vergraben.«

»Er hat seinen Laptop und diverse Unterlagen vergraben, jede Wette!«

»Das werden wir sehen. Jedenfalls hat er viel Zeit und Mühe aufgewendet, um die Spuren der Grabung zu verwischen, weshalb die Spusi sie gestern auch glatt übersehen hat. Lenz ist in diesem Moment mit Julie auf dem Weg dorthin und wird dann auch Regenmandl und die Simcits suchen. Zufrieden?«

»Hat er nicht gemeckert, dass er seinen Fall einstweilen zur Seite legen muss?«

»Das würde Lenz nie tun, und das weißt du. Ohne einen sehr triftigen Grund hätte er dir seine Hilfe nie verweigert.«

»Du meinst wohl, *dir* hätte er sie nie verweigert. Aber zu deiner Frage: Ja, ich bin zufrieden.«

22 LÄNGST HATTEN SIE vor dem Gastgarten des »Weitmoser-Schlössls« gehalten. Jacobi stieg aus, Kotek wendete und fuhr zur Auffahrt Bundesstraße zurück, nicht ohne noch einmal einen Blick nach links zu werfen, auf die Zwillingsrundtürme mit den kegelförmigen Dächern, die dem früheren Gewerkenanwesen sein unverwechselbares Gepräge gaben.

Trotz des Herbstregens ließ Jacobi das weiß gekalkte wuchtige Gebäude mit den typischen rot-weiß-roten Fensterbalken kurz auf sich wirken, ehe er den Eingang ansteuerte. Die Gasteiner Bergherren hatten es verstanden zu repräsentieren. Jacobi war schon bei Recherchen in einem früheren Fall auf sie gestoßen. Sie hatten zu Beginn der Neuzeit für das Tal jene Bedeutung, die heute dem Sport- und Wellness-Tourismus zukommt – eine sehr große. Neben der Hofgasteiner Marienkirche, die ihr imposantes Erscheinungsbild übrigens ebenfalls den Gewerkenfamilien verdankt, war das »Schlössl« eine Hauptattraktion im Tal, was auch schon Filmproduzenten das eine oder andere Mal hergelockt hatte.

Vor dem Eingang wartete ein rundgesichtiger kleiner Mann mit grauem Bürstenhaarschnitt auf Jacobi. Es war nicht der Schlossherr, Landtagspräsident Dr. Johann Schwertfeger, den Jacobi aus den Medien kannte, sondern sein Schulfreund Schorsch Grahammer, der den RS 4 vom Fenster der Lobby aus gesehen hatte.

»Sag ja nicht: ›Du schon wieder!‹«, flachste Jacobi anstelle einer Begrüßung. »Immerhin ist es schon drei Jahre her, seit ich zum letzten Mal deinen Rat eingeholt habe.«

»Hätte ich mir sicher verkniffen«, sagte Grahammer grinsend, »obwohl deine zugegeben seltenen Besuche immer Aufregung bedeuten. Grüß dich, Oskar.«

»Grüß dich, Schorsch. Ich kann mir zwar vorstellen, warum du diese Location als Treffpunkt ausgesucht hast, muss aber eine Schlossführung wegen Zeitdrucks bedauernd ablehnen.«

»Ich hatte nicht vor, mich dir als Guide anzudienen. Führungen finden übrigens nur für angemeldete Gäste statt, und die werden dann von Angehörigen der Familie Schwertfeger betreut. Aber nach deiner Anfrage heute Morgen habe ich diesen Treffpunkt mit historischem Lokalkolorit tatsächlich nicht zufällig gewählt, das geb ich gern zu. Lass uns nach hinten in die Knappenstube gehen. Für einen Plausch im Garten eignet sich das Wetter heute wirklich nicht besonders.«

Den Räumlichkeiten im Schloss und den extrem dicken Mauern sah man an, dass ihre Erbauer in erster Linie den Schutz der Bewohner im Auge gehabt hatten und nicht so sehr die Repräsentation, wie Jacobi zunächst unterstellt hatte. So stattlich das Gebäude nach außen hin auch wirkte: Die Flure waren schmal, die Stiegenaufgänge eng und die verschiedenen Gaststuben nicht übermäßig groß. Möbel, Türen, Vertäfelungen, Bilder und Gobelins befanden sich mehrheitlich im Originalzustand oder waren fachmännisch restauriert.

An die Knappenstube schloss ganz hinten noch ein kleines Extra-Stüberl an, in das Schorsch Grahammer den Schulfreund führte. Ein halber Liter Rotwein und zwei Gläser standen bereits auf einem der beiden Tische.

»Ein slowenischer Merlot, etwas ganz Exquisites.« Grahammer kannte die Vorlieben Jacobis. »Also, Oskar, wo drückt der Schuh?«, fragte er geradeheraus, nachdem sie Platz genommen hatten.

Auch sein Gegenüber hatte nicht vor, lange um den heißen

Brei herumzureden. »Hier auf dem Land sprechen sich ungewöhnliche Ereignisse rasch herum, deshalb verrate ich dir sicher weder Dienstgeheimnisse noch etwas Neues, wenn ich dir sage, dass seit Samstag zwei Menschen in eurem Tal ermordet worden sind.«

»Zwei?« Grahammers Augen wurden so rund wie sein Gesicht. »Bisher weiß ich eigentlich nur vom Mord an Fredl Schleißheimer, und der reicht mir eigentlich schon.«

»Heute Nacht ist auch noch Lotte Heinrich, die Heilpraktikerin, in ihrem Häuschen in Luggau erstochen worden, vermutlich vom selben Täter«, klärte ihn Jacobi auf. »Ein dritter Anschlag, der der Witwe Häuslschmied galt, ist glücklicherweise fehlgeschlagen. Einzelheiten erspare ich dir. Mich interessiert jetzt nur ein bestimmter Aspekt an allen drei Kapitalverbrechen, die offensichtlich zusammenhängen.«

Er berichtete, was Amanda Häuslschmied auf den Anrufbeantworter ihrer Intimfeindin Lotte Heinrich gesprochen hatte und dass Letztere nichts mehr auf die Vorwürfe hatte entgegnen können, weil sie zu diesem Zeitpunkt bereits eine Leiche gewesen war.

»Wahrscheinlich fragst du dich jetzt, was die Erwähnung eines Schatzes mit dir zu tun haben soll, Schorsch«, schloss er seine Ausführungen. »Ich werd's dir sagen: Schon als mir meine Leute das Band in aller Herrgottsfrühe vorgespielt haben, sind mir ad hoc ganz spezielle Nachkriegsgerüchte eingefallen, die sich zugegebenermaßen nicht nur auf die Hohen Tauern beziehen. Ich weiß, meine Vermutung ist ziemlich schräg, aber ich kann mich des Eindrucks einfach nicht erwehren, dass da was dran sein könnte.«

»Du hast ja schon am Telefon so eine Andeutung gemacht«, warf Grahammer ein. »Gastein und Gold – das wäre ein zu komplexes Thema, als dass wir es zwischen Tür und Angel erschöpfend behandeln könnten –«

»Und deshalb hast du das ›Weitmoser-Schlössl‹ als Treffpunkt ausgesucht, nehme ich an?«, unterbrach ihn Jacobi seinerseits. »Aber wie gesagt: Als die Häuslschmied einen Schatz erwähnte, habe ich eigentlich weniger an das Edelmetall gedacht, das die Gasteiner Gewerken aus den Tauern geholt haben, sondern eher

»Wenn überhaupt, dann halte ich deine dritte Variante für überlegenswert. Die mit den Goldreserven der Nazi-Marionetten aus dem pannonischen und illyrischen Raum, die in West-Sektoren geschafft werden sollten. Wenn ich mich richtig erinnere, gab es da mehrere dubiose Fälle.«

»Mehrere? Ich weiß definitiv nur von *einem* solchen Fall, der Anlass zu Spekulationen gab und daher denkbar wäre.«

»Nämlich welcher?«

»Am sechzehnten Mai fünfundvierzig, also eine Woche nach der deutschen Kapitulation, verließ ein Goldtransport der ungarischen Nationalbank, getarnt als stinknormaler Lastenzug, die Stadt Györ mit Zielbahnhof Rosenheim im deutschen US-Sektor. Russische Einheiten, die damals noch in der Steiermark standen, ließen die mit Spanplatten beladenen Waggons anstandslos durch, und der Zug erreichte ohne Zwischenfälle den Bahnhof Bischofshofen. Wie sich später herausstellte, wurde dort ein Waggon abgehängt. Wohin er verschwand, ist nie aufgeklärt worden.«

»Ein ganzer Waggon soll spurlos verschwunden sein? Das klingt aber schon sehr nach Landser-Latein.«

»Das Drunter und Drüber, das am Ende des Zweiten Weltkriegs und am Beginn der Besatzungszeit herrschte, ist eine traurige, aber unbestrittene Tatsache«, verwahrte sich Grahammer gegen Jacobis bewusst geäußerte Zweifel. »Außerdem war das Gold sozusagen inkognito unterwegs, niemand durfte offiziell darüber Bescheid wissen. Noch heute berichten amerikanische Quellen darüber ziemlich diffus und widersprüchlich. Angeblich wollte ein Vier-Sterne-General das Gold für sich abzweigen und hat deshalb die State-Department-Meldung lanciert, eine Werwolf-Organisation habe vorgehabt, den Transport im Pass-Lueg-Tunnel zu überfallen. Seine Ordonnanz, ein unbekannter Captain, soll wiederum beauftragt worden sein, die Umleitung über Schwarzach-St. Veit und Zell am See für ihn zu bewerkstelligen.«

»Lass mich raten. Der Captain spann die Idee weiter – nach der Devise: Was der General kann, kann ich schon lange – und sackte das Gold selbst ein.«

Grahammer hob abwehrend die Hände. »Mag sein. Aber jetzt bewegen wir uns wirklich längst auf der Ebene von Hörensagen. Stichhaltige Beweise für den Verbleib des Goldes gibt es nicht, nur etwas, das man entfernt als Indiz bezeichnen könnte: Bis weit in die achtziger Jahre hinein hat sich hartnäckig das Gerücht gehalten, Hans Häuslschmied hätte sich seinen Wohlstand in den Nachkriegswirren auf illegale Weise erworben.«

Jacobi starrte so lange schweigend vor sich hin, dass Grahammer unruhig wurde. »Is' was, Oskar? Schmeckt dir der Wein nicht?«

»Der Wein ist so gut wie deine Infos, Schorsch. Und wenn es auch noch so abgefahren klingt: Ich glaube, das ist es! Noch ist es zwar nur eine Hypothese, aber für mich bereits eine sehr konkrete. Entschuldige, aber ich muss jetzt telefonieren.«

Während sich der Oberst per Handy mit Kotek über den Ermittlungsstand austauschte und sie drängte, Amanda Häuslschmied beim nächsten Treffen mit seiner Vermutung zu konfrontieren, hatten drei Neuankömmlinge, alle etwa in Jacobis und Grahammers Alter, im vorderen Teil der Knappenstube an einem Tisch Platz genommen.

Dr. Schwertfeger, der in seiner Eigenschaft als Landtagspräsident oft in seiner Heimatstadt zugange war, kannte Jacobi vom Sehen. Der Hausherr trug einen gepflegten Salzburger mit der obligaten rosa Krawatte, seine beiden Begleiter waren leger, aber ebenfalls bodenständig gekleidet.

Jacobi hatte sein Telefongespräch beendet. »Wer ist denn die Lederhose mit der Dschingis-Khan-Visage und den blonden Schnittlauchlocken?«, fragte er Grahammer leise.

Der Gefragte grinste und antwortete ebenso flüsternd: »Der Bürgermeister von Hofgastein, Ferdinand Zederhauser. Er sieht zwar verwegen aus, ist aber ein ganz umgänglicher Typ. Nicht nur die politischen Gegner nennen ihn Vergelt's-Gott-Ferdl, weil er es mit der professionellen Höflichkeit manchmal übertreibt. Kritiker mokieren sich darüber, dass er bei jedem Sauschneiden dabei sein muss und sein Konterfei omnipräsent in den lokalen Medien ist. Neulich hat er allen Achtzehnjährigen zur Musterung ein Abendessen spendiert, was den Sparfüchsen in der Kommune sauer aufgestoßen ist. Na ja, in dem Job kann man es nie allen recht machen, aber abgesehen davon, dass er sich manchmal vor den Karren noch ambitionierterer Gasteiner Selbstdarsteller spannen lässt, finde ich ihn persönlich ganz in Ordnung.«

»Und der distinguierte Beau im Kärntner Sommerloden-Anzug ist wer?«

»Dr. Alexander Czerwenka, unser Notar und wie Zederhauser ein Parteifreund von Schwertfeger. Ein sehr integrer Bürger, schon sein Vater war jahrzehntelang Notar im Gasteiner Tal.«

»Dschingis-Khan« hatte Grahammer durch die offene Tür zum Hinterzimmer erblickt und winkte ihm leutselig zu. Grahammer grüßte ebenso freundlich zurück. Bürgermeister und Notar hatten sich offensichtlich mit dem Landtagspräsidenten zu einer Besprechung getroffen, aber die Männer schienen nicht recht bei der Sache zu sein. Immer wieder blickten sie zu Jacobi und Grahammer hinüber.

Schließlich stand Ferdinand Zederhauser auf und kam ins Hinterzimmer.

»Grüß euch, Leutln, grüß dich, Schorsch!« Er klopfte mit den Fingerknöcheln auf den Tisch, an dem Grahammer und Jacobi saßen.

»Grüß dich, Ferdl, was hast du auf dem Herzen?« Der Lehrer ahnte, dass der Kommunalpolitiker nicht aus reiner Liebenswürdigkeit ihre Gesellschaft suchte.

»Herr Oberst Jacobi, richtig?«, wandte sich Zederhauser an Grahammers Gast, ohne auf die Frage einzugehen.

»Ja. Was kann ich für Sie tun, Herr Bürgermeister? Wollen Sie sich nicht setzen?«

»Nein danke, ich hab nur zwei Beschwerden weiterzuleiten, und das erledige ich gern im Stehen. Sie betreffen das Vorgehen Ihrer Beamten, Herr Oberst. Das ganze Tal ist wegen der Morde in Aufruhr, und jeder versteht natürlich, dass die Ermittler angesichts eines so brutalen Täters nervös sind. Aber das kann nicht entschuldigen, wie sich Chefinspektor Feuersang dem Leiter der Linzer Sparkasse Jean Pierre Regenmandl gegenüber verhalten hat. Sie wissen, was ich meine. Regenmandl ist einer der angesehensten Bürger der Gemeinde und hat eine so rüde, brachiale Behandlung wirklich nicht verdient. Wir erwarten von Ihnen Konsequenzen für Chefinspektor Feuersang.«

»Und die zweite Beschwerde?«, fragte Jacobi knapp.

»Die betrifft Oberleutnant Kotek«, erklärte Zederhauser, ein wenig irritiert durch Jacobis dürftige Reaktion. »Ihre Mitarbeiterin ist vor einigen Minuten unangemeldet in das Haus meines Freundes«, er deutete nach hinten, »des Notars Dr. Czerwenka in der Absicht geplatzt, dessen neunzigjährigen Vater zu sprechen.«

»Und? Was ist daran so schrecklich?«

»Was daran so schrecklich sein soll? Von der Gattin meines Freundes gefragt, worum es denn ginge, hielt sich Frau Kotek erst einmal bedeckt und verschwieg den wahren Grund ihres Besuchs. Stattdessen entlockte sie der arglosen Evelyn Czerwenka, dass ihr Schwiegervater es vor Jahrzehnten auf der Hütte seines Jagdfreundes Häuslschmied oft so richtig hat krachen lassen.«

»Aber das entspricht den Tatsachen«, unterbrach Jacobi neuerlich.

»... so richtig hat krachen lassen«, wiederholte Zederhauser unbeirrt. »Und zwar mit minderjährigen Jungen und Mädchen, wie Frau Kotek dreist behauptete. Dann fragte sie im selben Atemzug noch unverfroren nach Alexanders Alibi für die vergangene Nacht. Evelyn fiel aus allen Wolken. Derartige ehrenrührige und noch dazu völlig unbewiesene Anwürfe, Herr Oberst, sind ungeheuerlich und können die Reputation selbst der seriösesten Familie arg beschädigen oder gar zerstören. Außerdem –«

»Außerdem«, stoppte Jacobi noch einmal seinen Redefluss, »wären solche Vergehen ohnehin längst verjährt, wollten Sie sagen und haben damit natürlich recht. Uns geht es auch gar nicht um die Strafverfolgung eines Neunzigjährigen, obwohl wir einen Augenzeugen haben. Aber die Vorkommnisse auf dem Alpl könnten in unmittelbarem Zusammenhang mit den beiden Morden stehen, und deshalb werden sich die Czerwenkas schon die eine oder andere Frage gefallen lassen müssen.«

Dr. Czerwenka war inzwischen ebenfalls näher gekommen und hatte Jacobis letzte Worte gehört. »Ich bin Dr. Alexander Czerwenka, Herr Oberst«, sagte er reserviert, »und ich möchte Ihnen gleich sagen, dass wir Ihnen bei Ihren Ermittlungen nur sehr bedingt weiterhelfen können. Von den unterstellten Vorfällen habe ich heute zum ersten Mal gehört – ebenso wie meine Frau. Mein Vater hat etwas Derartiges nie auch nur andeutungsweise erwähnt –«

»Das überrascht mich jetzt aber«, konnte Jacobi sich nicht enthalten einzuwerfen.

»Heute ist er ohnehin völlig dement«, fuhr Czerwenka ungerührt fort. »Wollen Sie trotzdem Ihr Glück versuchen, dann müssen Sie das im Seniorenheim tun – natürlich im Beisein unsres Anwalts.«

»Wir werden die Möglichkeit in Erwägung ziehen«, sagte Jacobi, hakte sie jedoch im Stillen bereits als Zeitverschwendung ab. Doch für den Notar war das Gespräch immer noch nicht beendet.

»Ich denke, die testamentarischen Verfügungen von Charlotte Heinrich sollten Sie eigentlich mehr interessieren als irgendwelche verstaubten Gerüchte«, lenkte er angelegentlich ein. »Nach Vorlage einer richterlichen Anordnung stünde der Sichtung dieser Dokumente nichts im Weg.«

Der Oberst war von der plötzlichen Bereitwilligkeit nicht wirklich überrascht. Das Anbieten einer Gefälligkeit für ein Entgegenkommen auf anderer Ebene war eine durchaus gängige Praxis in Österreich.

»Die Sichtung der Dokumente würde uns in der Tat weiterhelfen«, räumte er ein. »Meine Kollegin Oberleutnant Kotek wird die richterliche Anordnung demnächst beibringen. Was aber die Beschwerde über den Kollegen Feuersang betrifft, Herr Bürgermeister«, wandte sich Jacobi nun wieder an Zederhauser, »so scheinen Sie, mit Verlaub, nicht auf dem letzten Stand der Dinge zu sein. Herr Regenmandl rangiert nach Indizienlage als möglicher Mörder Schleißheimers auf der Liste der Verdächtigen ganz oben. Dessen ungeachtet hat er sich meinen Beamten gegenüber alles andere als kooperativ gezeigt, ist rotzfrech aufgetreten und hat heut Nacht, nachdem auch Lotte Heinrich bestialisch hingemetzelt worden ist, das Weite gesucht. Dass Ihr Freund bei einer derartigen Darbietung für beide Morde unter Kardinalverdacht steht, dürfte Sie eigentlich nicht überraschen.«

»Das … das wusste ich tatsächlich nicht«, trat Zederhauser den geordneten Rückzug an.

»Die Fahndung nach ihm und seiner Haushälterin wurde bereits eingeleitet«, fuhr Jacobi fort. »Wenn wir ihn haben, bleibt es ihm unbenommen, seine Beschwerde zu konkretisieren. Allerdings werden sich für die von ihm behaupteten Übergriffe kaum Zeugen finden lassen, im Gegensatz zu den Vorkommnissen auf dem Laderdinger Alpl.«

Zederhauser nickte etwas betreten. »Nun, Herr Oberst. Man sieht sich dann.«

»Immer zu Diensten, Herr Bürgermeister.«

23 KOTEK WAR am Treffpunkt Gendarmerieposten Hofgastein eingetroffen. Sie war nicht eben erfreut über den zweiten Flop des Tages, den ihr der Besuch bei den Czerwenkas in der Ortschaft Gadaunern beschert hatte. Sie hätte ihre Ungeduld zügeln und nicht mit der Tür beziehungsweise dem Laderdinger Alpl ins Haus fallen sollen. Die Notarsgattin hatte sofort ihren Mann angerufen, und das umgehend vorgelegte ärztliche Attest über Kajetan Czerwenkas psychischen Zustand hatte keine Zweifel offengelassen. Der Alte war hoffnungslos dement, daran war nicht zu rütteln. Im Befund war ausdrücklich angeführt, dass Czerwenka senior kaum mehr sprach und, wenn überhaupt, dann nur zwei Worte repetierte: »erste Kreuzung«. Das allerdings tat er unter Umständen stundenlang.

Dann hatte Hans Weider auch noch hereingemeldet, der aus der Art geschlagene achtzehnjährige Sohn von Czerwenka junior habe mit dem Vater gebrochen, aber als Spur konnte dieser Hinweis kaum dienen. Ein Schulabbrecher, der aus Protest gegen die bourgeoisen Eltern seine Berufung zum Klosterbruder entdeckt hatte, wies nur wenige Gemeinsamkeiten mit dem Rettenwänd-Schlächter auf. Niemand aus der gut situierten bürgerlichen Familie Czerwenka passte ins Täterprofil. Wenn auch der junge Notar per Gerichtsbeschluss für zwei Jahre zum Vormund der damals noch minderjährigen Charlotte Heinrich eingesetzt worden war, machte ihn dieser Umstand doch nicht automatisch zum Verdächtigen. Und um zweckdienliche Infos über die Vergangenheit seines Vaters zu erhalten, fehlte dem Referat erst recht jedes legale Druckmittel. Die Bereitschaft von Czerwenka junior zur Zusammenarbeit würde man in Anspruch nehmen, sobald die richterliche Verfügung vorlag. Darüber hinaus aber war der Besuch bei den Czerwenkas als Pflichtübung abzuhaken, denn die Akteneinsicht würde, wenn überhaupt, bestenfalls die Ermittlungsergebnisse bestätigen, jedoch kaum neue Erkenntnisse bringen.

Trotzdem war Kotek guter Dinge und längst nicht mehr so schlechter Stimmung wie noch zu Beginn des Tages. Sie hatte sich vom Optimismus ihres Lebensgefährten anstecken lassen. Der etwas riskante Vorschlag, den er ihr bei seinem letzten Anruf gemacht hatte, ging ihr nicht mehr aus dem Kopf. Er betraf unter anderen eine der interessantesten Figuren im Reigen der Zeugen: Amanda Häuslschmied. Vorerst zeigte ihnen die Witwe des verstorbenen SS-Scharführers zwar noch die kalte Schulter, aber das konnte sich schnell ändern. Jacobi hielt den Text auf dem Anrufbeantworter von Lotte Heinrich für den Schlüssel zu beiden Mordfällen, daran hatte er schon am Morgen während der Fahrt von seiner Wohnung zum Franz-Hinterholzer-Kai keinen Zweifel gelassen.

Nicht zuletzt deshalb wollte Kotek diesmal keine Zeit verlieren. Noch vor ihrem Besuch bei den Czerwenkas hatte sie Fritz Ostermeyer angerufen, den Cousin ihrer Mutter. Die Vermietung des Landhauses in Sportgastein an das LGK ging in Ordnung, obwohl der Badgasteiner das elitäre Objekt gerade um diese Jahreszeit oft wochenlang an Alpintouristen vermietete. Kotek hatte ihm die Dringlichkeit ihres Anliegens und die damit verbundene Diskretion so nachdrücklich vor Augen geführt, dass er gar nicht anders konnte, als einzuwilligen. Außerdem: Wer wollte es sich schon ernstlich mit der Tochter einer Gräfin verscherzen, mit der man noch dazu verwandt war?

Am Posten Bad Hofgastein hatten sich wegen der kühlen Witterung die Fenster beschlagen. Drinnen herrschte Hochbetrieb, und in den kommenden Minuten würden sich die Exekutivbeamten wahrscheinlich vollends auf die Füße treten. Neben Postenkommandant Höllteufel, Gendarmerieschülerin Tina Hohenauer und dem diensthabenden Revierinspektor hatten sich bereits Feuersang und Dr. Cornelia Wächter eingefunden. Auch Jacobi war angekündigt, er würde von seinem Schulfreund zum Posten chauffiert werden, und Redl war mit Julie Heinrich ebenfalls auf dem Weg hierher.

Nicht allzu überrascht war Kotek über Feuersangs Meldung, Paul Marageter sei untergetaucht. Dessen Frau Leila, die Inhaberin der »Konditorei Punschkrapferl«, hätten Haberstroh und er in Tränen aufgelöst vorgefunden. Sie beteuerte, keine Ahnung zu haben, wo sich ihr Mann aufhielt und warum er nicht an sein Handy ging. Seit er tags zuvor um sechzehn Uhr zur Jugendherberge Simandl in seiner Heimatgemeinde Bad Gastein aufgebrochen war, habe sie nichts mehr von ihm gehört. Ihre Aussage wurde von den Ermittlern nicht angezweifelt. Sie hatten in ihrem Berufsleben zu viele Vernehmungen durchgeführt, um nicht zu erkennen, wann eine Ehefrau log und wann nicht.

Kotek sah ebenfalls keinen Grund, die Einschätzung ihrer Kollegen anzuzweifeln. Immerhin ging es mittlerweile um die Existenz einer ganzen Familie. Dass Leila Marageter, die Gattin von Paul und Mutter zweier Kinder, in dieser Situation noch irgendwelche Spielchen spielte, war nur schwer vorstellbar.

Feuersang schien mit seiner Meinung über Marageter recht zu behalten: Sollte Letzterer sich nicht gerade aus Kummer über die jüngsten Ereignisse in einem abseits gelegenen Berggasthof die Kante geben, avancierte er durch sein Abtauchen neben Regenmandl zum Hauptverdächtigen, denn auch sein Alibi für den Schleißheimer-Mord hatte der näheren Überprüfung nicht standgehalten.

Jaja, den Pauli habe man am Samstagnachmittag immer wieder mal in der Rotkreuz-Zentrale Hofgastein gesehen – so lautete zunächst der Tenor jener Gruppe, die den Erntedankwagen hergerichtet hatte. Aber schon nach wenigen gezielten Fragen Feuersangs und Haberstrohs war klar geworden, dass der gute Pauli an jenem Nachmittag auch stundenlang ganz woanders hätte sein können – wie an so vielen Nachmittagen, an denen ihm die Rotkreuz-Kollegen Standardalibis für seine amourösen Abenteuer hatten geben müssen. Doch jetzt ging es nicht mehr um delikate, strafrechtlich aber vernachlässigbare Angelegenheiten: Ebenso wie Regenmandl hatte nun auch Marageter für beide Morde kein Alibi.

Kotek hatte auf dem für sie frei gehaltenen Stuhl Platz genommen. Vor ihr auf dem Schreibtisch lag die eben gefaxte richterliche Verfügung zur Einsicht in Charlotte Heinrichs Nachlass. Sie blickte in die Runde.

»Weitere Fragen nach den Alibis für die vergangene Nacht erübrigen sich dann wohl, oder?«

Feuersang zuckte mit den Schultern. »Logischerweise konnten wir nur Salli Schleißheimer erreichen – als Einzige der Hauptverdächtigen. Sie ist übrigens auch Linkshänderin – wie Marageter. Das ist mir aufgefallen, als sie das Protokoll unterschrieben hat. Gestern Abend ist ihre Tochter Chrissie sehr früh zu Bett gegangen und hat nach zwei schlaflosen Nächten zehn Stunden durchgeschlafen. Damit hat auch die Witwe kein echtes Alibi, von den beiden Abwesenden mal ganz zu schweigen.«

Von den beiden Abwesenden! Die Erkenntnis, dass die untergetauchten Verdächtigen jetzt mehr denn je eine Bedrohung für die neue Schlüsselfigur Amanda Häuslschmied darstellten, durchzuckte Kotek wie ein elektrischer Schlag. Da musste frau sich schon fragen, was frau eigentlich noch hier zu suchen hatte. Die Direktiven waren schließlich erteilt, Feuersang und Haberstroh waren auf Marageter angesetzt und sollten die Spusi-Ergebnisse im Tierpräparator-Häusl auswerten, und Redl hätte sich ohnehin jeden Kiebitz verbeten, der ihm sagen wollte, wie er seine Arbeit zu machen hatte.

Die Vernehmung Julie Heinrichs konnte noch warten. Kotek versprach sich von ihr keine neuen bahnbrechenden Erkenntnisse, jedenfalls nicht nach derzeitigem Ermittlungsstand. Abgesehen davon verspürte sie nicht die geringste Lust, dabei zu sein, wenn Julie mitgeteilt wurde, dass ihre Mutter bestialisch ermordet worden war. Redl und Cornelia Wächter eigneten sich viel eher dafür, und Jacobi war ebenfalls schon im Anrollen. Der würde ihr dann auch weiterhin das Chef-Auto überlassen können, da er mit Redl oder der Wächter zurück nach Salzburg fahren könnte.

»Matthias, kann ich dich einen Augenblick sprechen – draußen?«

Der Postenkommandant war nicht der Einzige, der über diese Geheimnistuerei befremdet die Stirn runzelte, schließlich befanden sich nur Kollegen im Raum. Kommentarlos folgte er Kotek hinaus auf den Parkplatz vor dem Gebäude.

»Was ist denn so heikel, dass du es nicht vor unseren Leuten besprechen willst?«, fragte er, sowie sie außer Hörweite der Kollegen waren.

Kotek versuchte sein Misstrauen zu beschwichtigen: »Es geht um ein Zeugenschutzprogramm, das für ein paar Tage laufen soll, deshalb will ich den Kreis der Eingeweihten möglichst klein halten.«

Sie erklärte, wer in das ZSP genommen werden sollte, verriet aber weder die in Frage kommenden Örtlichkeiten, noch machte sie konkrete Zeitangaben.

Schließlich bat sie Höllteufel noch, jemanden für diese Aufgabe abzustellen.

»Nur bis morgen oder übermorgen, bis ich mich frei machen kann«, fügte sie hinzu, »dann übernehme ich den Job auch selbst.«

»So wichtig ist dir das?«, entfuhr es Höllteufel. »Aber wie auch immer: Natürlich stelle ich euch jemanden zur Verfügung.«

»Nicht *uns*, *mir* soll jemand zur Verfügung stehen, Matthias. Je weniger Leute den Aufenthaltsort der Zeugin kennen, desto geringer ist die Gefahr einer Indiskretion, egal, ob diese absichtlich oder aus Unachtsamkeit erfolgt.«

»*It's your turn*, Melanie«, winkte Höllteufel reserviert ab. »Aber ich glaube, ich habe da die geeignete Person für dich. Tina Hohenauer wird nicht nur bald eine sehr tüchtige Beamtin abgeben, sondern ist auch eine Großnichte der alten Häuslschmied. Wenn überhaupt jemand dieses starrsinnige Fossil von der Notwendigkeit eines ZSP überzeugen kann, dann Tina.«

»Nun gut, vielleicht stellt sie sich ja als Glücksgriff heraus«, gab sich Kotek unvoreingenommen, obwohl sie eigentlich damit gerechnet hatte, einen erfahrenen Kollegen zur Seite gestellt zu bekommen. »Wenn es dir recht ist, fährt sie jetzt gleich mit mir und meldet sich zurück, wenn ich sie morgen ablöse. Seit Oskar und ich vor einer Stunde von der Villa Häuslschmied weggefahren sind, bin ich so verdammt kribbelig. Mich plagt der Gedanke, etwas übersehen zu haben. Die Villa wird zwar von Haberstroh observiert, aber er kann nicht ewig dort bleiben, und der Teufel schläft nicht, wie uns diese Nacht vor Augen geführt hat.«

In diesem Moment fuhr ein Landrover Freelander auf dem Parkplatz vor. Jacobi stieg aus und verabschiedete sich von Schorsch Grahammer.

»Vielleicht sehe ich Frau Kotek und dich ja auch wieder einmal, ohne dass gleich jemand ermordet werden muss«, verabschiedete sich der Schulfreund, dann wendete er den Wagen, winkte ihnen zu und fuhr davon.

»Ich mach mich jetzt auch auf den Weg, Oskar«, sagte Kotek, während sie Grahammer nachwinkte. »Ich fahr mit der Praktikantin Hohenauer zunächst zum Notar und dann zur Häuslschmied hinaus. Ich versuche noch einmal mein Glück bei ihr, und vielleicht ergibt sich zwischendurch ja sogar die Gelegenheit, eine Kleinigkeit zu essen. Ich nehm deinen Wagen, dann fährst du mit Lenz oder Conny nach Hause, geht das?«

Es war eine rhetorische Frage, denn erfüllbare Gefälligkeiten pflegte Jacobi seinem Lebensmenschen nicht zu verweigern. Außerdem hatte er noch etwas gutzumachen.

»Geht klar«, sagte er sofort. »Den Weg zu Czerwenka könnte ich dir allerdings abnehmen, falls du das Angebot nicht wieder als Einmischung betrachtest. Sein Büro ist quasi gleich um die Ecke.«

»Sei nicht so empfindlich, Katzenbär. Natürlich bin ich dir dankbar, wenn du mir das abnimmst. Auf ein zweites Date mit Czerwenka bin ich nach heute Vormittag ohnehin nicht scharf.«

»Okay, dann warte ich jetzt noch auf Lenz, springe dann zu Czerwenka hinüber und fahr anschließend mit Conny heim. Auf dem Laptop, den Lenz geborgen hat, ist übrigens alles gelöscht, was jemals drauf gespeichert war, und die CDs sind stark beschädigt.«

»War ja nicht anders zu erwarten«, kommentierte Kotek trocken. Jacobi nickte.

»Ich hoffe trotzdem, dass Hans wenigstens auf dem Laptop ein paar Daten wiederherstellen kann. Aber das ist noch nicht alles, was Lenz in dem von Regenmandl gebuddelten Loch gefunden hat.«

»Spiel jetzt nicht Katz und Maus mit mir, sondern klär mich auf.«

»Unter dem Loch befindet sich ein Grab. Die Spusi ist gerade dabei, die Gebeine eines erwachsenen Mannes zu bergen. Näheres werden wir dann von Pernauer erfahren, allerdings erst in einigen Tagen.«

»Wirklich typisch für dich, die Bombe erst am Schluss hochgehen zu lassen, mein Schatz.«

24 DIE BLUTJUNGE Gendarmerieschülerin, sie zählte zwanzig Lenze, machte kein Geheimnis daraus, wie stolz sie darauf war, von Frau Oberleutnant Kotek für ein geheimes Zeugenschutzprogramm herangezogen zu werden. Sie bewundere Kotek und fühle sich zu diesem Job geboren, versicherte sie ihr und verriet ihr dann verschämt, ihr Lieblingsfilm sei der Thriller »Bullit« mit Steve McQueen und der legendären Autoverfolgungsjagd durch San Francisco. Dass Kotek darauf verzichtet hatte, ihr die Notwendigkeit absoluter Diskretion unter die Nase zu reiben, schien ihr besonders zu schmeicheln.

Kotek auf der anderen Seite war einigermaßen beruhigt. Tina Hohenauer hatte von sich aus beteuert, zu schweigen wie ein Grab und niemandem auch nur ein Sterbenswörtchen über ihren Auftrag zu erzählen, nicht einmal ihrem Freund.

Für ihre erste Aufgabe benötigte sie noch keine besonderen Fähigkeiten: Nachdem Kotek bei der Villa der Zielperson ausgestiegen war, durfte sie mit dem Dienstwagen von Oberst Jacobi zu einem Supermarkt an der Kreuzung Hofgastein-Süd fahren, dort Proviant für mehrere Tage und einen Snack für die Frau Oberleutnant kaufen und dann zur Villa zurückkehren – was sie prompt erledigte.

Ohne dass es ihr von Kotek besonders nahegelegt worden wäre, hatte sie auf der Rückfahrt fortwährend nach möglichen Verfolgern Ausschau gehalten, aber niemand schien sich für den anthrazitgrauen RS 4 zu interessieren. Und letztlich war da ja auch noch Bezirksinspektor Haberstroh, der ihr über Funk »keine besonderen Vorkommnisse« meldete und seinen Beobachtungsposten vor der Villa erst dann verließ, als sie die Treppe zur Eingangstür hinaufging.

Häuslschmied ließ ihre Großnichte nicht warten. Kaum hatte Hohenauer die Klingel gedrückt, öffnete sich auch schon die Haustür.

»Komm rein, Tini. Lange nicht gesehen. Wie geht's dir, Schätzchen? Siehst ja blendend aus – wie der blühende Frühling und nicht wie dieses grässliche Herbstwetter da draußen.«

»Grüß dich, Mandi-Tant. Danke, aber du übertreibst mal wieder. Außerdem stünde es wohl eher mir zu, dir Komplimente zu machen. Kaum jemand in deinem Alter ist noch so fit wie du.«

»Jetzt übertreibst *du* aber. Dass ich dich lange nicht gesehen habe, war übrigens nicht übertrieben, sondern durchaus ernst gemeint: Du solltest mir deinen Anblick öfter gönnen. Bist ein wirklich attraktives Mädel geworden, mindestens so attraktiv wie diese Kripo-Tussi da drinnen. Das ist vielleicht eine raffinierte Person.«

Tina Hohenauer lachte. »Aber Mandi-Tant, wie kommst du denn auf so was? Warum hältst du Frau Kotek für eine raffinierte Person?«

»Na, weil sie dich als Schützenhilfe mitgebracht hat. Wahrscheinlich glaubt sie, ich könnte mich in deinem Beisein eher für ihren Zeugenschutz-Zinnober erwärmen.« Häuslschmied war ihrer Großnichte vorausgegangen und öffnete die Tür zum Salon.

»Das ist kein Zinnober, Mandi-Tant«, sagte die junge Frau. »Ich will dich wirklich nicht beunruhigen, aber nach den Ereignissen heut Nacht wär es einfach dumm, die offensichtliche Gefahr zu leugnen oder gar zu ignorieren.«

»Na, du bist wenigstens ehrlich.«

»Aber so war's doch nicht gemeint«, beeilte sich Hohenauer zu versichern. »Außerdem wär der Aufenthalt da oben sowieso nur für ein paar Tage. Betrachte es einfach als Abwechslung vom Alltagstrott.«

Kotek im Salon hatte die letzten Sätze mitbekommen und fügte nach einer wohl bemessenen Pause hinzu: »Sie sollten den Vorschlag wirklich nicht als unwillkommene Schikane einer Behörde betrachten, Frau Häuslschmied, sondern nur als Vorsichtsmaßnahme. Außerdem würde Ihnen zunächst einmal Ihre Großnichte die Langeweile dort oben vertreiben, ich käme erst morgen oder übermorgen hinauf nach Sportgastein.«

Es dauerte noch eine geschlagene Stunde, bis Häuslschmied einwilligte. Und das, obwohl Kotek die ganze Zeit über das Gefühl gehabt hatte, als hätte sich die Greisin bereits nach dem ersten Appell ihrer Großnichte entschlossen, sich schlussendlich überreden zu lassen.

25 WÄHREND HOHENAUER ihrer Großtante beim Packen half, erreichte Kotek der erwartete Anruf von ihrem Lebensgefährten.

Die am Notariat hinterlegten Dokumente hatten bestätigt, was die Ermittler vermutet hatten: Julie Heinrich war als Alleinerbin ihrer Mutter Charlotte eingesetzt worden. Und sollte ihre Tante Stefanie eines Tages nach Gastein zurückkehren und die Hälfte des Tierpräparator-Häusls einfordern, so bedeutete das für Julie keinen Beinbruch, denn sie hatte zudem noch Anspruch auf einen Pflichtteil der Hinterlassenschaft von Hans Häuslschmied. Der beglaubigte Nachweis seiner Vaterschaft war in einem von ihm selbst handschriftlich verfassten und an die Kindsmutter gerichteten Brief ausdrücklich anerkannt worden und damit unanfechtbar.

Dr. Czerwenka hatte sogar noch zeitlich länger zurückliegende Verfügungen vorgelegt, ohne dazu aufgefordert worden zu sein. Ehe Karl Heinrich, vulgo Wuschzn-Charly, und seine jüngere Tochter Stefanie Österreich ohne Angabe eines Reiseziels verlassen hatten, waren tags zuvor noch die Hypothek auf dem Tierpräparator-Häusl mit dem Erlös aus dem Innviertler Erbe getilgt und die Besitzrechte auf beide Töchter übertragen worden.

»Als Vormund wurde Alexander Czerwenka eingesetzt«, kam Jacobi schließlich zum Ende, »nachdem klar gewesen war, dass zumindest Karl Heinrich nicht nach Gastein zurückkehren würde. Zeugen waren der alte Czerwenka und Regenmandl. Beide waren auch zwei Jahre später anwesend, als die verwaltete Habe statutengemäß an die volljährige Charlotte ausgefolgt wurde. Alles hieb- und stichfest. Julie ist zwar jetzt Vollwaise, aber mit ihren jungen vierzehn Jahren immerhin ein wohlhabender Teenager. Ich werd anregen, dass Czerwenka auch ihre Vormundschaft übernimmt, er hat ja immerhin schon Übung darin. Das war's von meiner Seite. Und, hast du bei der Häuslschmied Erfolg gehabt?«

»Hab ich«, bestätigte Kotek kurz. »Wir fahren gleich los. Das bewusste Thema hab ich allerdings noch ausgespart, ich wollte den Bogen nicht überspannen.«

»Völlig in Ordnung. Du bestimmst den richtigen Zeitpunkt. Also, halt die Ohren steif und melde dich im Naßfeld, auch dann, wenn du dich wieder auf den Weg machst. Versprichst du's? Und willst du dir das Ganze nicht überhaupt noch einmal durch den Kopf gehen lassen?«

»Warum denn jetzt so plötzlich? Das Ganze war doch deine Idee.«

»Schon, aber das miese Wetter beunruhigt mich. Genau solche Unwägbarkeiten haben uns früher schon in haarige Situationen gebracht.«

»Uns? Du meinst wohl eher, dich haben sie in haarige Situationen gebracht.«

»Das sind doch Wortklaubereien. Außerdem muss ich spätestens morgen früh in Wien bei diesem blöden Kongress sein. Vielleicht nehme ich auch lieber den Intercity heut Abend. Ich könnte jedenfalls ruhiger schlafen, wenn du die Aktion ›Mäusespeck‹ um ein paar Tage –«

»Du? Angst? Du, Oskar Jacobi? Das muss ich mir direkt aufschreiben. Mit Datum! Wer war denn in früheren Jahren für seine Alleingänge berüchtigt, und wer predigt denn immer, die ersten drei Tage seien für den Erfolg von Ermittlungen entscheidend?«

Jacobis Schnaufen war deutlich zu hören. »Ich hab doch nicht Angst um mich, Melli, sondern davor, dass du in Versuchung gerätst, auch so einen Alleingang zu wagen.«

»Soll ich etwa einen Zug Alpingendarmen nach Böckstein bestellen, willst du das? Nur ein Mörder mit der Intelligenz einer Amöbe würde dann noch anbeißen.«

»Aber auf der anderen Seite besteht auch kein Grund, Lara Croft oder sonst irgendeine Kampfkatze raushängen zu lassen. Ich habe das ungute Gefühl, dass dich das Jagdfieber gepackt hat. Vergiss bitte nicht, dass du es hier nicht mit einem Hasen zu tun hast. Der Mörder von Schleißheimer und Lotte Heinrich ist ein Wolf, den zu unterschätzen weitere Leben kosten könnte. Und das ist bei Gott keine Floskel.«

»Okay, Katzenbär, ich verrate dir jetzt mal etwas, damit du meinetwegen nachts keine Albträume haben musst: Ich werde heute Abend zwar keine Hundertschaft in Böckstein postieren, aber immerhin zwei Typen, auf die auch du dich blind verlassen würdest. Leo und Lenz werden sich in Böckstein einquartieren und abwechselnd ein Auge auf die Naßfelder Straße haben – die ganze Nacht hindurch.«

»Puh, Überstunden für zwei so teure Leute. Das kostet wieder.«

Doch Kotek merkte seiner Stimme an, wie erleichtert er war. »Ich hoffe doch sehr, dass ich dir die paar Euro wert bin«, sagte sie. »Es war übrigens wirklich nicht einfach, die beiden zu bezirzen. Besonders Lenz hat rumgemotzt, er sei nicht der Marathon-Dodel vom Dienst.«

»Wundert dich das etwa? Schließlich ist der Herr Major schon seit drei Uhr morgens unterwegs, um dir zur Hand zu gehen.«

»Ich weiß. Erst mit der Bemerkung, dass ich morgen bei diesem Wetter mit Tourenskiern zum Landhaus reintraben würde, konnte ich die Herren bei ihrer Ehre packen. Sie haben sogar versprochen, für den Fall der Fälle ihre eigenen Tourer mitzunehmen.«

»Apropos Wetter: Weißt du, wie groß die Lawinengefahr im Naßfelder Tal bei diesen Verhältnissen ist? Die Straße wird nicht umsonst gesperrt.«

»Lass es einfach sein, Oskar. Du wirst mich nicht umstimmen können, aber ich verspreche dir, auf mich aufzupassen, und einen Lawinenpiepser werd ich morgen auch dabeihaben.«

»Und du meldest dich noch, ehe du heimfährst?«, erinnerte er sie ein zweites Mal.

»Mach ich. Ich fahre auf alle Fälle noch heute nach Salzburg, auch wenn du dann schon nach Wien unterwegs sein solltest.«

Sie wusste, es war nicht der Kongress allein, der Jacobi davon abhielt, an vorderster Front dabei zu sein. Birnbaum, der Generaldirektor für öffentliche Sicherheit, hatte ihn wegen einer Zeugenaussage bei einem Untersuchungsgericht in die Hauptstadt zitiert. Die Aussage sollte dabei helfen, eine Ministerklage zu untermauern.

Jacobi war das Wiener Parkett schon immer zuwider gewesen – man rutschte darauf nur allzu leicht aus –, aber er fühlte sich dem GÖS noch von früher her zu Dank verpflichtet.

Inzwischen hatten die beiden anderen Damen das Notwendigste für einen mehrtägigen Aufenthalt auf der Hochalm im RS 4 verstaut, und Kotek fand nach dem Telefongespräch sogar noch Zeit, ihren Snack zu verdrücken.

Wesentlich länger dauerte es, bis Amanda Häuslschmied endlich im Wagen Platz genommen hatte. Für betagte Personen nicht untypisch fiel ihr immer wieder etwas ein, das sie noch vergessen haben könnte: Ob der Strom überall abgeschaltet war, ob das Wasser nicht einfrieren könnte und so weiter und so fort, so als würde sie die Villa für Monate verlassen.

Den Schlüssel für das Landhaus bei Fritz Ostermeyer in Bad Gastein abzuholen bedurfte dagegen nur eines kleinen Abstechers und war eine Angelegenheit von Minuten. Koteks Cousin, ein distinguierter Herr mittleren Alters, versicherte ihr noch einmal seine vollste Diskretion.

26 »UND? Hast du schon was, Hans? Kannst du mir was anbieten?«

Redl hatte eben die Kurznummer seines Spezis, Chefinspektor Weider, in die Freisprechanlage seines Audi getippt, während er hoch über Bischofshofen auf die A 10 fuhr. Er war wegen des miserablen Wetters langsamer als sonst unterwegs, aber nicht etwa, weil ihm die auf dem Laderdinger Alpl entdeckten Gebeine Kopfzerbrechen bereiteten, für die Leiche war Dr. Pernauer zuständig, das war nicht sein Kaffee. Stattdessen machte ihm der Nervenzusammenbruch der vierzehnjährigen Julie zu schaffen. Ihr Blick, als sie aus seinem Mund von der Ermordung der Mutter erfahren hatte, ging ihm nicht mehr aus dem Kopf. Ihre Ohnmacht war so blitzartig gekommen, dass nur eine so gestandene Psychologin wie Dr. Wächter sie vorausgeahnt und das Mädchen aufgefangen hatte. Sie und Jacobi hatten Julie dann auch gleich im Wagen mitgenommen, um sie nach Salzburg in die Christian-Doppler-Klinik zu bringen.

»Ich vermute Regenmandl nicht wirklich in seiner Villa in Rovinj«, ertönte die Stimme von Hans Weider durch den Lautsprecher aus der Mittelkonsole. »Und auf seinem Weingut bei Heiligenbrunn im Südburgenland hält er sich auch nicht auf, ich habe mich bei den zuständigen Kollegen im Bezirk Güssing bereits erkundigt. Allerdings kann ich mich auch nicht wirklich mit der

Idee anfreunden, dass er in irgendeinem Hotel abgestiegen sein soll.«

»Jetzt spann mich nicht auf die Folter, Hans. Du weißt, dass ich in Melanies Fall nicht eingearbeitet bin. Sag mir nicht, wo du ihn *nicht* vermutest, sondern lieber, wo er deiner Meinung nach *sein* könnte.«

»Das ganze Sechserpack, mich ausgenommen natürlich, besteht aus unsensiblen ruppigen Klötzen«, seufzte Weider.

Redl grinste und wartete geduldig, wusste er doch, dass sein Kumpel immer dann einen Trumpf im Ärmel hatte, wenn er sich und seine Arbeit als zu wenig gewürdigt sah.

»Aber zufällig hab ich da so eine Idee, wo er sich verkrochen haben könnte«, drang es prompt nach einigen Sekunden aus dem Lautsprecher. Redl machte nicht den Fehler, sofort nachzufragen, um sich dann einen langen Vortrag über unprofessionelle Ungeduld anhören zu müssen, sondern hielt sich weiterhin vornehm zurück. Derartige Disziplin wurde belohnt.

»Karl Heinrich hat vor etlichen Jahren eine Innviertler Erbschaft seiner Töchter versilbern lassen, und zwar von Regenmandl«, gab Weider Bescheid. »Ein Geldmann seines Kalibers wickelt einen solchen Deal allerdings nicht um Gottes Lohn ab, sondern schneidet dabei kräftig mit. Also hab ich ins Grundbuch geschaut, hab den damaligen Käufer der Liegenschaft ausgehoben und mir das Geschäft angesehen.«

»Du und deine Nase«, streute Redl heuchlerisch Rosen, kannte er doch Weiders Schwäche für Schmeicheleien nur allzu gut.

»Du sagst es«, bestätigte Weider selbstgefällig. »Der Käufer war ein Landwirt aus Sankt Radegund im Bezirk Braunau. Er hat den verwaisten Hof und den Wald im Schwabenlandl zu einem sehr moderaten Preis bekommen, denn Regenmandl hat sich als Provision ein Blockhaus samt Fischwasser auf einem landwirtschaftlich wertlosen Grundstück in der Ettenau überschreiben lassen und – aus welchem Grund auch immer – auf den Namen seiner achtzigjährigen Mutter eingetragen. Wie der Name schon sagt, ist die Ettenau ein Augebiet am rechten Salzach-Ufer, unweit von Tittmoning auf der bayrischen –«

»Ich weiß schon, wo die Ettenau liegt«, warf Redl ein, »meine Frau hat Verwandte dort. Und der Deal leuchtet mir auch ein. Im

Überschwemmungsgebiet herrscht absolutes Bauverbot, nur Häuser oder Hütten, die vor diesem Verbot jenseits der Schutzdämme errichtet wurden, dürfen bei Bedarf renoviert werden.«

»Exakt um ein solches Blockhaus handelt es sich«, bestätigte Weider. »Wegen der ständig wiederkehrenden Salzach-Überschwemmungen wurde es einst in Pfahlbauweise errichtet und steht am Fuß des Radegunder Bergs. Nicht einmal das Hochwasser vor drei Jahren konnte ihm etwas anhaben. Die Preisgabe dieses mückenumschwirrten Fleckens samt Hütte hat dem Radegunder Bauern sicher nicht wehgetan, aber Regenmandl hat, wie ich den Unterlagen entnehme, ein ebenso romantisches wie diskretes Refugium daraus gemacht, von dem bisher kaum jemand wusste.«

»Und was lässt dich vermuten, dass er und seine Haushälterin ausgerechnet dort sein könnten?«

»Wie wir inzwischen wissen, ist die Simcits nicht so überstürzt verduftet wie Regenmandl heut Nacht, sondern erst am Morgen in ihrem eigenen Golf. Ein Zeuge hat sie gesehen.«

»Sie hatte also noch Zeit und Gelegenheit, Vorbereitungen für den Ortswechsel zu treffen.«

»Du sagst es, und genau darauf stützt sich auch meine Vermutung. Regenmandls und Simcits' Handys werden seit heute Morgen überwacht, und siehe da: Um acht Uhr fünfundvierzig ging ein Anruf von seinem Handy über eine Relaisstation bei Ostermiething ein, der Besorgungen betraf. Und wo, mein lieber Lenz, liegt Ostermiething seit der Jungsteinzeit?«

»Unmittelbar vor Tittmoning und der Ettenau«, spielte Redl die gönnerhafte Oberlehrer-Attitüde des Freundes mit. »Danke, Hans. Ich denke jetzt auch, es könnte sich auszahlen, jemanden dorthin zu schicken. Ich werde mich aber vorher noch mit dem LGK Oberösterreich kurzschließen, damit alles seine Ordnung hat.«

Der letzte Satz diente vor allem der Beruhigung von Weiders Beamtengewissen. Chefinspektor Hans Weider verfügte über Fähigkeiten und Eigenschaften, die von allen im Sechserpack hoch geschätzt wurden, doch die nötige Chuzpe und Kaltschnäuzigkeit im Job gehörten nicht dazu. Aber Redl dachte gar nicht daran, die oberösterreichischen Behörden zu diesem frühen Zeitpunkt zu benachrichtigen, sondern stellte sich als Angehöriger des LGK Salzburg gewissermaßen selbst außer Dienst, um sich anschließend als Privatperson ins Innviertel zu schicken.

27 BEI DER AUSFAHRT Salzburg-Mitte fuhr er von der A 10 ab, dann weiter über die Münchner Bundesstraße nach Freilassing und von dort auf der S 20 nach Laufen und Tittmoning.

Die düstere Witterung am späten Nachmittag machte Redl nicht sehr empfänglich für die Schönheit des mittelalterlichen Städtchens, er konzentrierte sich ausschließlich auf seinen Auftrag und ließ den A4 langsam über den bezaubernden Marktplatz von Tittmoning rollen. Unmittelbar nach dem nördlichen Stadttor bog er nach rechts ab und wechselte zurück ans österreichische Ufer der Salzach.

Der Landstrich Ettenau war ihm mehr als vertraut, nicht zuletzt deshalb, weil die Mutter seiner Frau von hier stammte. Als Marianne und er vor mehr als zehn Jahren – sie waren damals noch verlobt gewesen – das Elternhaus der Mutter besuchten, befand sich der Onkel von Marianne gerade im Clinch mit einem Anrainer, einem der größten Au-Bauern. Ausgerechnet dessen jüngster Sohn hatte einige Monate zuvor im Nachbardorf bei einer Wirtshausrauferei einen Mann erschlagen und Mariannes Cousine, die dort kellnerte und Zeugin der Bluttat geworden war, musste gegen ihn aussagen, was das Nachbarschaftsverhältnis nicht eben verbesserte.

Redl hatte zwar im gebirgigen Pinzgau seine Wurzeln, aber er mochte diesen von der Eiszeit geformten Landstrich der Voralpen mit seinen Schilffeldern, den Weiden- und Erlenwäldern und den von mächtigen Dämmen geschützten Wiesen und Äckern. Und zwar nicht nur, weil er so unglaublich romantisch war und er mit seiner Frau hier schöne Stunden verbracht hatte, sondern weil er auch fest daran glaubte, in einem früheren Leben mit der Au verbunden gewesen zu sein.

Bei heiterem Wetter war um diese Jahreszeit die Luft voll von späten Schmetterlingen und anderen Fluginsekten, doch an diesem Tag zeigte sich die Ettenau von ihrer unwirtlichen, tristen Seite.

Nach dem Jarl-Bauern und der Schwaig endeten die bewirtschafteten Flächen am kilometerlangen Salzachdamm. Der mit Schlaglöchern übersäte, ungeteerte Feldweg, dem die Bezeichnung »Landstraße« eindeutig schmeichelte, führte über die Dammkrone in die eigentliche Au hinunter.

Der ehemalige MEK-Beamte benötigte keine detaillierte Ortsangabe oder gar ein Navi, um Regenmandls Blockhaus zu finden. Von der Ostermiethinger Au bis hinunter zur Gemeindegrenze von Ach bei Burghausen gab es nur ein einziges derartiges Gebäude im Au-Schwemmland innerhalb des Schutzdamms, und dessen Standort war ihm bekannt.

An der Abzweigung dorthin fuhr er vorbei und ließ den Wagen ein Stück weiter vorn stehen, kurz vor einer Holzbrücke über die Enzerling, einen Zufluss zur Salzach. Bedenken, frühzeitig aufzufallen, hatte er nicht, denn in der Au waren immer wieder mal Jäger, Fischer, Naturschutzbeauftragte und nicht zuletzt Beamte der Fremdenpolizei unterwegs.

Wie schon im Morgengrauen auf dem Laderdinger Alpl näherte er sich trotz des starken Regens zu Fuß seinem Ziel.

Ehe er ins Sichtfeld des Blockhauses geriet, verließ er den Trampelpfad und bahnte sich zwischen den dicht stehenden Weiden im meterhohen Schilf den Weg. Bereits nach den ersten Schritten war seine Outdoor-Hose bis zum Gürtel durchweicht, aber solche Kleinigkeiten berührten einen Naturburschen wie Redl nur am Rande.

Der erste freie Blick auf das einem Bungalow ähnelnde Holzhaus ließ ihn allerdings auf weiteres umständliches Heranpirschen verzichten, und er kehrte wieder auf den Trampelpfad zurück.

Ein roter Golf parkte vor dem Gebäude. Redl zückte sein Handy und gab eine Kurznummer ein. Kotek, die eben im Begriff war, mit Amanda Häuslschmied und Tina Hohenauer ins Gasteiner Naßfeld zu fahren, hob sofort ab.

»Ja, Lenz?«

»Ich bin jetzt in der Ettenau nördlich von Ostermiething und stehe vor dem Blockhaus von Regenmandl. Die Spur ist heiß. Der Golf seiner Haushälterin steht vor dem Haus, aber seinen Range

Rover kann ich nicht entdecken. Ich gehe jetzt rein und melde mich später.« Er legte auf.

Als er mit der Glock 34 in der rechten Hand die Stufen zur umfriedeten und überdachten Holzveranda hinaufstieg, öffnete sich die Haustür. Eine gut gebaute brünette Enddreißigerin mit Pagenfrisur trat heraus und verwehrte ihm den Zutritt.

»Er ist nicht hier, und Ihre Kanone können Sie gleich wieder einstecken«, sagte Vesna Simcits unaufgeregt, doch ihre Stirn war nachdenklich gerunzelt.

Redl zog überrascht die Augenbrauen hoch, steckte aber die Pistole tatsächlich in das Holster zurück. »Aha? Aber eigentlich kann nur der Mörder wissen, dass ich nicht der Mörder bin«, gab er sich sophistisch, während er seinen Ausweis aus einer Innentasche der Windjacke nestelte.

Vesna Simcits winkte ab. »Lassen Sie stecken. Seit dem Bürgerkrieg in Bosnien weiß ich, wann ich einem von den Guten gegenüberstehe und wann nicht. Dass Sie ein Kiwerer sind, das sieht man doch auf den ersten Blick. Und dass ich der gesuchte Killer sein könnte, das ist einfach nur Blödsinn.«

Inzwischen hatte es Redl geschafft, den Ausweis herauszuziehen. »Ich bin Gendarmeriemajor Lorenz Redl und suche Jean Pierre Regenmandl, den flüchtigen Filialleiter der Linzer Sparkasse Bad Hofgastein.«

»Er ist nicht flüchtig«, korrigierte Simcits ihn. »Jemand hat ihm nahegelegt, für einige Tage von der Bildfläche zu verschwinden – so hab ich's jedenfalls verstanden. Seit neun Uhr vormittags bin ich schon hier und warte auf ihn. Erst dachte ich ja, er wäre ins Dorf hinaufgefahren, also nach Sankt Radegund. Dort oben kennt man ihn allerdings, und wenn jemand – wie er sich am Handy ausdrückte – aus der Schusslinie verschwinden will, dann wird er sich nicht ausgerechnet bei den Einheimischen sehen lassen, wenn er klug ist.«

Ihre Stimme zitterte. Also ist sie doch nicht so cool, wie sie sich gibt, dachte Redl. Das spricht eigentlich für sie, weniger jedoch für den Gesuchten.

»Frau … äh …?«

»Simcits«, half die Bosnierin seinem Gedächtnis auf die Sprünge.

»Gut, Frau Simcits, haben Sie etwas dagegen, wenn ich mich im Haus mal ein wenig umsehe? Nicht aus Misstrauen gegen Sie«, fügte er rasch hinzu, »ich möchte nur gewisse Eventualitäten ausschließen. Vielleicht findet sich dabei ja auch irgendein Hinweis auf Herrn Regenmandls Verbleib.«

»Das glaube ich zwar nicht, aber solange ich dabei sein darf, bitte – nur zu.« Sie trat zur Seite, um ihn einzulassen.

»Haben Sie sich bei den Anrainern in der Schwaig schon nach dem Range Rover erkundigt?«, fragte er, während er den Lärchenparkettboden in der rustikal gestalteten Blockhaus-Maisonette Zentimeter für Zentimeter in Augenschein nahm. »An denen muss doch jeder Au-Besucher vorbei.«

Sie schüttelte den Kopf. »Nein, ich habe mich an Jean Pierres Anweisungen gehalten und mich bei niemandem sehen lassen.«

Weder am Boden noch sonst wo in der Wohnung deutete irgendetwas auf eine Gewalttat hin, das war jedenfalls Redls erster Eindruck.

»Wie lange sollen Sie hier auf ihn warten?«, wollte er wissen, als er mit ihr aus einem der beiden Bäder zurückkehrte. Wieder war die Antwort eine energisch verneinende Geste.

»Von Warten war nie die Rede. Ich sollte Essen für drei Tage kaufen und möglichst unauffällig herkommen. Nach dem, wie das Gespräch verlaufen war, musste ich annehmen, ihn bei meiner Ankunft hier vorzufinden.«

»Hm.« Redl hielt es nicht für nötig, die Frau an seinen Überlegungen teilhaben zu lassen.

Für Regenmandls Fernbleiben kamen mehrere Möglichkeiten in Betracht. Vesna Simcits selbst konnte ihn zum Beispiel ermordet und seine Leiche versteckt haben. Eine Theorie, die ziemlich weit hergeholt war, wie sich Redl selbst eingestand. Wesentlich wahrscheinlicher war doch, dass Regenmandl mit der Order an seine Haushälterin eine falsche Spur gelegt hatte, entweder aus Angst, oder weil er der zweifache Mörder war. Dass Regenmandl von Dritten ermordet und seine Leiche irgendwo im Altwasser versenkt worden war, noch ehe Simcits die Ettenau erreicht hatte, war eine weitere Theorie. Die harmloseste Möglichkeit, er könnte in St. Radegund beim Dämmerschoppen sitzen, schloss Redl umgehend durch Anrufe bei den zwei Dorfwirtshäusern aus. Anschließend kontaktierte er noch einmal die Kollegin Kotek und stellte den Lautsprecher seines Handys auf Mithören.

»Hallo, Melanie, willst du erst die gute Nachricht oder die schlechte hören?«

»Spann mich nicht auf die Folter, Lenz. Sag, was du für mich hast. Halt, warte, eine Minute noch, ich hab noch was zu erledigen.«

Kotek hatte auf der Naßfelder Alpenstraße eben die Abzweigung zum Gasteiner Heilstollen passiert und hielt nun an der Mautkontrolle. Erleichtert nahm sie zur Kenntnis, dass der korpulente Kassier weder sie noch ihre beiden Beifahrerinnen zu kennen schien. Sie war sehr vorsichtig vorgegangen, hatte bewusst nicht die Direttissima von Hofgastein nach Böckstein genommen, sondern war von Bad Bruck aus einen Umweg über den Laterndl-Wald in Richtung Kötschachtal gefahren und hatte sogar Zwischenstopps eingelegt, um etwaige Beobachter oder Verfolger auszumachen, hatte allerdings niemanden entdeckt, der auch nur ganz entfernt als Spion in Frage gekommen wäre.

Das Handicap lauerte woanders: Aufgrund des starken Schneefalls hatte die Straßenverwaltung die Gasteiner Alpenstraße gesperrt, sodass der Kassier eben im Begriff gewesen war, sein Kontrollhäuschen dichtzumachen.

Kotek musste ihren Ausweis zücken und ein vorgedrucktes Formular über eigenverantwortliche Sonderfahrten unterschreiben, die nur Angehörigen von Behörden und Gemeindebediensteten gestattet waren, erst dann durfte der Audi den Posten passieren.

Bald ging es steil bergan, und bereits zwei Minuten später brach sich das Motorengeräusch in den Kolonnaden der ersten Lawinengalerie.

»So, jetzt bin ich wieder dran. Lenz?«

»Wie zu erwarten war, hab ich Frau Simcits im Blockhaus angetroffen«, gab Redl Auskunft, während er den Blick nicht von der Genannten wandte. »Aber Regenmandl ist nicht hier – obwohl er eigentlich hier sein müsste.«

Der Nachsatz nach der wohl kalkulierten Pause verfehlte die erwartete Wirkung nicht: Simcits' Augen füllten sich mit Tränen. Ein derartiger Gefühlsausbruch konnte einfach nicht gespielt sein.

»Du meinst, er hat uns aufs Eis geführt? Oder könnte er selbst umgebracht worden sein?«, ertönte Koteks Stimme aus dem auf Mithören gestellten Handy, und Vesna Simcits schluchzte laut auf.

»Nein, nein, nicht Johnny! Nicht Johnny!« Sie tastete nach einem Sessel und musste sich setzen.

Obwohl Redl mit einer ähnlichen Reaktion gerechnet hatte, war er nun doch überrascht. Diese Frau hatte nach eigener Aussage den jugoslawischen Bürgerkrieg miterlebt, und jetzt wurden ihr die Knie weich? Entweder liebte sie Regenmandl trotz aller erlittenen Demütigungen noch immer abgöttisch, oder sie war eine verkannte Schauspielerin.

»Ich melde mich später wieder, Melanie.« Er legte auf und wandte sich nach einer exakt bemessenen Pause an die Haushälterin. »Frau Simcits, können Sie uns wirklich nicht weiterhelfen?«

Seine Stimme klang einschmeichelnder als die von Julio Iglesias, als er ihr ein Papiertaschentuch reichte. Sie schnäuzte sich geräuschvoll und knüllte es dann krampfhaft zusammen. Schließlich deutete sie fahrig auf eine Schwarzwälder Kuckucksuhr, die an der vertäfelten Wand über einer Sitzgruppe aus Ahornholz hing.

»An der Rückseite ist eine CD angeheftet.« Redls fragender Blick veranlasste sie weiterzusprechen: »Schon vor zwei Jahren hat Johnny mir in einer schwachen Stunde gesagt, ich soll die CD den Behörden übergeben, falls ihm eines Tages etwas Ernstes zustößt. Auf dem Datenträger soll eine Art Vermächtnis gespeichert sein – für den Fall, dass er seine Angelegenheiten nicht mehr selbst regeln kann.«

»Sie kennen den Inhalt?«, fragte Redl.

Vesna Simcits errötete und senkte den Blick. »Nur in sehr groben Zügen«, flüsterte sie. »Nach … nach dem Tod von Johnnys Frau habe ich mir tatsächlich Hoffnungen gemacht, eine größere Rolle in seinem Leben zu spielen als nur die der Gelegenheitsmatratze und kostengünstigen Haushälterin. Aber ich hatte nicht mit Sallis wiedererstarktem Einfluss gerechnet.«

»Sie meinen Salma Schleißheimer, die Witwe des ermordeten Bankangestellten Schleißheimer?«, vergewisserte sich Redl, der die Namen in Melanie Koteks Fall nach wie vor noch nicht verinnerlicht hatte.

»Ja, genau die Schnalle«, bestätigte Simcits gehässig. »Zu Lebzeiten von Edda, Johnnys Frau, hatte sie nicht viel zu melden gehabt. Im Gegenteil: Da schien sich Johnny des Gspusis mit ihr sogar zu schämen. Und mittlerweile weiß ich auch, warum. Egal, jedenfalls verfiel er Salli nach Eddas Tod wieder mit Haut und Haaren, obwohl er auch Angst vor ihr zu haben schien. Hätte er die nicht gehabt, hätte er mir nicht ausgerechnet zu jener Zeit diesen vertraulichen Hinweis gegeben.«

»Nämlich welchen?«

»Er verriet mir, wo der Zugangscode für die CD im Fall der Fälle zu finden ist: Der Code ist die Produktnummer am hintersten Barrique-Fass im Kellergewölbe seines Weinguts bei Heiligenbrunn.«

»Bei Heiligenbrunn? Warum denn nicht gleich bei Bordeaux?«, entfuhr es Redl.

»Johnny traut niemandem«, erklärte Vesna Simcits, und bei der Erinnerung an ihren eigenen Verrat stiegen ihr erneut die Tränen in die Augen. »Auch mir nicht. Deshalb war er ja im Umgang mit dieser CD so übervorsichtig, hat immer nur Andeutungen gemacht. Der alte Czerwenka und der verblichene Häuslschmied haben seine Karriere vor Jahrzehnten sehr gefördert, dafür soll er, Johnny, ihnen nicht nur minderjährige Sexsklaven auf dem Alpl zugeführt haben, sondern auch …« Sie stockte, erschrocken über sich selbst.

Aber Redl blieb dran. »Sondern?«, drängte er sanft, aber unmissverständlich.

»Er soll gemeinsam mit ihnen, mit Lotte, Salli und Pauli, auch einen Doppelmord vertuscht haben.«

»Einen Doppelmord? Das ist ziemlich harter Tobak. Um wen ging es da?«

Sie schüttelte den Kopf. »Ich weiß keine Namen. Ich weiß ja nicht einmal, ob dieses Verbrechen tatsächlich stattgefunden hat. Und wegen Johnnys Paranoia, was die CD anbelangt, kam ich gar nicht auf den Gedanken, die Aufklärung der Geheimnisse könnte auch auf dem PC in Hofgastein zu finden sein. Deshalb habe ich Fredl Schleißheimer unwissentlich und blind vor Eifersucht den Zugriff darauf erlaubt.«

»Was ihm aber nicht besonders gut bekommen ist«, kommentierte Redl prosaisch.

Simcits zuckte mit den Achseln. »Sie glauben doch nicht im Ernst, Johnny könnte dieser irre Schlitzer sein?«

»Ob er es ist oder nicht, das werden wir wahrscheinlich nach der Auswertung der CD wissen.« Und die muss möglichst schnell von Weider vorgenommen werden, dachte Redl, während er aber zunächst noch einmal Melanie Koteks Nummer wählte.

28 DIE DREI FRAUEN hatten den Naßfelder Almboden erreicht. Kotek wusste, dass die meisten Almhütten bereits vor dem angekündigten Wettersturz dichtgemacht hatten. Laut Höllteufel war auch die Genossenschaftsalm nur mehr bis zum Monatsende bewirtschaftet.

Langsam rollte der RS 4 mit hektisch hin und her zuckenden Scheibenwischern rechts an der Talstation der Sportgasteiner Gondelbahn vorbei, dann über den großen Parkplatz die leichte Steigung hinauf zum winterfest verriegelten »Restaurant Valerie-Haus«, das ebenfalls rechts passiert wurde, bis es nur noch im Schritttempo in das diffuse weiße Nichts hineinging, weiter in Richtung Siglitztal, einem kleinen Seitental des Naßfelder Almbodens.

Zu Koteks nicht unbeträchtlicher Erleichterung erfassten die Scheinwerfer bald den nächsten optischen Anhaltspunkt: einen Weidezaun mit offenem Viehgatter. Während der Wagen einige hundert Meter weiter am seit Jahrzehnten stillgelegten Gesellschafterhaus der Zweiten Gewerkschaft Radhausberg vorüberrollte, rekapitulierte sie, was ihr von der Geschichte des Gasteiner Bergbaus noch von einem früheren Fall her geläufig war.

Sie wusste, dass schon in der Antike aus den Gasteiner Bergen Gold und Silber gewonnen worden war, hauptsächlich durch Tagbau. Mit Abstand am meisten wurde jedoch Mitte des sechzehnten Jahrhunderts von den sogenannten freien Gewerken gefördert, zunächst von süddeutschen wie Fugger, Baumgartner und Wieland, dann aber auch von heimischen wie Weitmoser, Strasser und Zott. Unter den Fürsterzbischöfen von Salzburg und dem österreichischen Kaiserstaat wurde das Gold immer weniger, und

Mitte des neunzehnten Jahrhunderts wurde der staatliche Abbau dann ganz eingestellt. Auch mehrere private Gewerkschaften mussten wegen zu geringer Ausbeute aufgeben, etwa die Zweite Gewerkschaft Radhausberg, gegründet von einem Dr. Karl Imhof, der den gleichnamigen Stollen vom Naßfeld aus durch das Kolmkar-Massiv bis ins Rauriser Tal durchschlagen ließ und so die meisten Querstollen, Schächte und Horizonte miteinander verband, die vom Siglitztal her im Laufe der Jahrhunderte angelegt worden waren.

Kotek kehrte von ihrem gedanklichen Ausflug in die Geschichte des Gasteiner Bergbaus zurück in die prosaische Realität einer vor Schneefall kaum noch sichtbaren Fahrbahn.

Wenigstens nahmen es die Conti-Cross-Reifen des RS 4 ziemlich souverän mit den widrigen Verhältnissen auf, was nicht zuletzt Jacobis Umsicht der Reifenwahl zu verdanken war, wie Kotek freimütig eingestand.

Im Übrigen war sie mit sich und der Situation zufrieden, denn nicht nur der Quattro vermittelte ihr ein Gefühl der Sicherheit, sondern auch der Wettersturz, der von ihren Beifahrerinnen so bejammert wurde. Unter solchen Bedingungen konnte Häuslschmied und Hohenauer hier oben in der kommenden Nacht und am nächsten Tag kaum etwas passieren, selbst wenn sich der Kassier an der Mautstelle als Leck in ihrem Zeugenschutzprogramm und Plaudertasche erweisen sollte.

Kotek hatte nicht vor, sich länger als nötig im Landhaus ihres Cousins aufzuhalten, sie wollte wieder hinaus nach Böckstein, solange die Gasteiner Alpenstraße noch einigermaßen befahrbar war.

Und wenn es tagelang weiterschneite? Umso besser! Waren die zwei Frauen erst einmal eingeschneit, würde das den Mörder – vorausgesetzt, er wusste über den Aufenthaltsort der Häuslschmied Bescheid – zwar nicht unbedingt vom Naßfeld fernhalten, aber seine Möglichkeiten verringern, während das Wetter die Chance seiner Ortung erhöhte.

Kotek wusste, es war eine Milchmädchenrechnung, die sie da anstellte, aber gleichzeitig erregte sie die Vorstellung, mit dem Serientäter in einen makabren Wettstreit zu treten, auf seltsame Weise. Jacobi hatte ihr Jagdfieber attestiert – nicht zu Unrecht.

Während der Fahrt strahlten die Scheinwerfer zufällig die Viehauser-Almhütte an. Sie wirkte verschlossen und winterfest – wie es vermutlich die meisten Naßfelder Hütten um diese Zeit waren. Durch die kleine Ablenkung hätte Kotek beinahe die Rechtskurve hinauf zum Ostermeyer-Landhaus übersehen.

Dann endlich hatte sie nach der anschließenden kurzen Steigung das Ziel erreicht. Sie wendete den Quattro auf einem leicht abschüssigen kleinen Plateau oberhalb des Landhauses und zweier verfallener Gewerkschaftsgebäude und parkte ihn in Falllinie vor der Gittertür in der steingemauerten Gartenumfriedung.

Der massive Dachgiebel war tatsächlich nicht höher als die aufgeschüttete Erdrampe dahinter. Als Ersatz für das wegrasierte Obergeschoss hatte man vom Beschauer aus rechts einen flachen, barackenähnlichen Seitentrakt angebaut, in dem sich nun zwei Schlafzimmer befanden.

»Ich denke, wir tragen zunächst das Gepäck und die Lebensmittel ins Haus«, schlug Kotek vor. »Danach zeig ich euch die Räumlichkeiten, wir kontrollieren Wasser, Strom und die Gasflaschen und versuchen dann ein Feuer im Ofen zu machen. Wenn alles verstaut ist, keine Fragen mehr offen sind und ihr es euch gemütlich gemacht habt, werde ich wieder fahren. Hoffentlich schaffe ich es noch bis ins Tal und anschließend hinaus nach Salzburg. Ach ja, und vielleicht sollten wir vorher auch noch den Handyempfang überprüfen.«

Vom schmalen Flur in der Mitte des eingeschossigen Hauses aus führte links eine Tür in eine Wohnküche im Stil der fünfziger Jahre mit gusseisernem Herd und rustikalen Möbeln aus Lärchenholz. Typisch für diese Zeit: die Anrichte mit den Eisenbeschlägen, die Kredenz mit den Butzenscheibenfenstern, die sehr einfach ausgeführte Sitzecke mit Herrgottswinkel und das bequem aussehende Kanapee.

Durch die rechte Tür gelangte man in eine gemütliche Bauernstube. Unter den beiden Frontfenstern standen jeweils eine bemalte Gewandtruhe und ein weiteres Sofa. Vor der hinteren Wand ragte ein Specksteinofen mit gemauertem Kamin tief in die Mitte des Wohnzimmers hinein, und zwischen der Tür zum Flur und dem Ofen schmiegte sich eine üppig gepolsterte Sitzecke in den verbleibenden Raum, während ein mächtiger Bauernkasten den

Platz zwischen Ofen und rechter Seitenwand vollkommen ausfüllte. Nur wenige Zentimeter davor führte die zweite Stubentür zu den beiden Schlafzimmern im Anbau.

Zuletzt gab es noch zwei hintere Räume zur Erdrampe hinaus, die als Speicher für alles Mögliche gedacht waren, hauptsächlich aber für Gerätschaften und zur Speisenaufbewahrung, genauso wie auch der aus den Felsen geschlagene niedrige Keller Stauzwecken diente.

29 HOHENAUER SAH den sich entfernenden Scheinwerferlichtkegeln durchs Fenster der warmen Stube nach, bis sie vom Schneetreiben verschluckt wurden, bevor sie noch einmal probierte, Oberst Jacobi auf dem Handy zu erreichen. Nach etlichen vergeblichen Versuchen gab sie schließlich auf – wie schon Melanie Kotek ein paar Minuten zuvor.

»Na ja, bei diesem Wetter …«, murmelte die junge Gasteinerin achselzuckend.

»Ich muss wirklich plemplem gewesen sein, als ich mich zu diesem … äh … Abenteuer hab überreden lassen«, sagte die alte Frau hinter ihr. Amanda Häuslschmied saß an der Stirnseite des massiven Eichentisches neben der Stubentür und nestelte nervös an ihrer Handtasche herum.

Ihre Großnichte verließ den Fensterplatz und ging in die Küche hinüber, um ein kaltes Abendbrot herzurichten. Dabei ließ sie im Geist noch einmal alle vorhandenen Öffnungen Revue passieren, durch die ein Mensch ins Innere des Landhauses gelangen könnte. Kotek hatte sie wiederholt auf alle denkbaren Eventualitäten hingewiesen.

»O nein, Mandi-Tant, du bist nicht plemplem«, widersprach sie, als sie mit Holztellern und Besteck zurückkam. »Im Gegenteil! Du weißt sehr genau, dass wir das Richtige getan haben. Der Mörder kann verdammt gut mit dem Messer umgehen, das hat er schon zwei Mal auf grausige Weise demonstriert. Liegt da der Verdacht nicht nahe, dass er auch andere Waffen handhaben kann? Außerdem ist er schon in dein Haus eingebrochen, eine weitere

Attacke kann jederzeit folgen – auch aus der Ferne. Dem *mussten* wir einfach Rechnung tragen. In deiner Villa warst du nicht mehr sicher.«

Häuslschmied warf den Kopf in den Nacken und lachte ärgerlich auf. »Tja, die Kotek, diese Schnepfe, hat dich anscheinend mächtig beeindruckt, oder wie sonst soll ich mir erklären, dass du ihr nach dem Mund redest? Glaubst du etwa im Ernst, der Killer – möglicherweise auch *die Killerin* – würde mich mit einer Fernwaffe wegputzen, ohne vorher von mir das erfahren zu haben, was auch der Anlass für die zwei bisherigen Morde war?«

Tina Hohenauer blickte die Großtante verblüfft an und öffnete schon den Mund zur Entgegnung, überlegte es sich dann aber doch anders und ging zurück in die Küche, aus der das durchdringende Pfeifen eines Teekessels zu hören war.

Häuslschmied legte den Verzicht auf eine Erwiderung durchaus nicht falsch aus. »Du hast deine Meinung, was meinen Geisteszustand betrifft, also doch geändert, was?«, rief sie der jungen Frau hinterher.

»Ehrlich gesagt, ich weiß wirklich nicht, was ich von dieser Äußerung halten soll!«, rief Hohenauer zurück, während sie in der Küche hantierte. »Die Kotek hat mir nur gesagt, dass du Zeugenschutz erhalten sollst, und mich gefragt, ob ich ihr dabei behilflich sein könne. Hintergründe bräuchte ich nicht zu wissen, so würde ich später auch nicht der Indiskretion verdächtigt werden können.«

Sie kam mit dem Tee und einer kalten Platte zurück. »No na! Natürlich hab ich Ja gesagt«, setzte sie fort. »Erstens ist so eine Aufgabe eine Auszeichnung für mich, die später auch in meiner Personalakte aufscheint, und zweitens bist du ja nicht nur irgendeine entfernte Verwandte für mich, wir stehen uns doch nahe – oder etwa nicht?«

Der Blick aus den Falkenaugen wurde einen Moment lang weich, und auch das sonst ständig wache Misstrauen darin war vorübergehend verschwunden. »Meinst du das ernst, Tini?«

»Was?«

»Dass wir uns nahestehen?« Häuslschmied vermied es, die Jüngere bei der Frage anzusehen und griff stattdessen nach dem Besteck.

»Aber natürlich, Mandi-Tant, das weißt du doch. Wir verstehen uns und freuen uns, wenn wir uns sehen, da spielt es auch keine Rolle, dass wir altersmäßig Jahrzehnte auseinander sind.«

Tina Hohenauer ging noch einmal in die Küche und holte den Toast. Sie hatte ihn nur schwach geröstet, um der Großtante eine möglichst seniorengerechte Mahlzeit zu servieren.

Während des Essens verzichtete Häuslschmied auf Konversation, aber ihrer bewegten Miene konnte die Gendarmerieschülerin unschwer entnehmen, dass etwas in ihr rumorte.

Als sie fertig gegessen hatten und bis auf die Teetassen alles abgeräumt war, brach die Greisin ihr Schweigen.

»Sei nicht zu sparsam mit dem Vogelbeer im Tee, Tini. Ich möchte dir einiges erzählen, aber dazu muss ich vorher noch meine Zunge ein bisschen lockern, du verstehst?«

Hohenauer erhob sich sofort, holte eine Flasche Vogelbeerschnaps aus der Küche und schenkte ihrer Großtante nicht zu knapp ein.

»Was ich dir jetzt berichte, Kind, muss unbedingt unter uns bleiben«, begann Häuslschmied, aber Hohenauer schüttelte gleich den Kopf.

»Das kann ich nur versprechen, wenn es nichts mit den beiden Morden zu tun hat, Tante.«

»Wenigstens bist du ehrlich. Ich glaube, meine Geschichte hat sehr wohl mit diesen Gräueltaten zu tun, und genau deshalb möchte ich sie dir erzählen. Aber nur dir. Was du damit machst, ist deine Sache. Also, hör zu. Vor fast sechzig Jahren, nur ein paar Tage nach dem Ende des Zweiten Weltkriegs, hat sich hier ganz in der Nähe im Anlauftal Folgendes zugetragen …«

30 DER NACHTHIMMEL über dem Talschluss von Gastein war am sechzehnten Mai neunzehnhundertfünfundvierzig nur spärlich bewölkt. Ein fast voller Mond unterstützte die dürftige Beleuchtung des Böcksteiner Bahnhofs, sodass die beiden Männer am Perron durchaus mehr als die obligate Hand vor Augen sehen konnten.

Seit einer Woche war der Zweite Weltkrieg nun Geschichte, resümierte Hans Häuslschmied. Admiral Dönitz, so war in den letzten Tagen pausenlos im US-Funk Radio Salzburg zu hören gewesen, hatte die Kapitulationsurkunde von seiner Ordonnanz in Berlin unterzeichnen lassen. Die Vernünftigen in der Bevölkerung hatten jedoch schon lange vorher in der Fortführung des Krieges keinen Sinn mehr gesehen, und Häuslschmied zählte sich durchaus zu den Vernünftigen. Aber jetzt im Frühjahr die Paradoxie des Krieges einzusehen, das war keine große Kunst, sondern nur mehr die Ultima Ratio.

Dennoch gab es immer noch eine kleine Schar von bornierten Fanatikern, für die rationales Denken gleich in mehrfacher Hinsicht ein Fremdwort war. Nicht zu Unrecht wurde ihnen vorgeworfen, mit allen möglichen Organen zu denken, nur nicht mit dem Gehirn. Zu ihnen zählten vor allem eingeborene SS-Angehörige, die vorgehabt hatten, die Eisenbahnbrücke über dem Angertal, einem Gasteiner Seitental, zu sprengen, um dadurch die Besetzung Gasteins durch die Amerikaner hinauszuzögern. Zwei Tage vor der Kapitulation! Ein hirnrissiges Unternehmen, das nur die Diskreditierung der Bevölkerung zur Folge gehabt hätte.

Zum Glück für die Einheimischen hatten die Widerstandskämpfer einen Tipp erhalten und in sprichwörtlich letzter Minute die Sprengung verhindert. Die Saboteure wurden mit vorgehaltener Waffe zum Rückzug veranlasst und vier Tage später verhaftet.

»Gott sei Dank«, dachte Hans Häuslschmied laut. Sein Kamerad Siegfried Röck und er saßen auf einer Bank am Perron. Der kleine Verladebahnhof war die letzte Station vor dem Tauernhauptkamm und dem elf Kilometer langen Tauerntunnel, dessen nördliches Portal nur einige hundert Meter von ihnen entfernt war.

Siegfried Röck blickte auf das Leuchtzifferblatt seiner Junghans-Armbanduhr. Dreiundzwanzig Uhr zehn. Der Lastenzug musste jeden Augenblick kommen.

Obwohl Häuslschmied das schwarze Loch der Tunnelröhre aufgrund der fortgeschrittenen Tageszeit kaum erkennen konnte und er den Zug letztlich aus der anderen Richtung erwartete, ging sein Blick immer wieder zum Portal. Doch sogar, wenn er nicht hinsah, war die Assoziation mit einer Pistolenmündung ständig präsent.

»Warum Gott sei Dank?«, fragte Siegfried Röck.

»Gott sei Dank hat man die Brücken-Saboteure noch rechtzeitig erwischt«, sagte Häuslschmied. »Sonst hätten wir uns die Nummer hier glatt schenken können.«

Die beiden Männer waren kaum älter als Mitte zwanzig, sahen aber aus wie vierzig. Sie wirkten unterernährt und trugen Wehrmachtsuniformen, an denen allerdings die Rangabzeichen fehlten.

Röck und Häuslschmied schienen die einzigen Personen am Bahnhof zu sein. Abgesehen vom Haltesignal vorn am Stellwerk und vom Büro des Fahrdienstleiters brannte nirgendwo Licht.

Die schroffen Glimmerschiefer-Felswände beiderseits des Talschlusses wirkten sehr beklemmend – beklemmender noch als das schwarze Loch.

»Wer hat die Saboteure eigentlich verpfiffen?«, wollte Häuslschmied wissen.

»Ich natürlich«, sagte Röck völlig emotionslos. »Oder glaubst du etwa, ich lass mir so ein Ding von ein paar verrückten SSlern vermasseln?«

»Aber wir waren doch selbst welche von denen«, entfuhr es Häuslschmied.

Röck streckte die Beine von sich. Die Absätze seiner Wehrmachtsstiefel schrammten dabei über den Asphalt.

»Ich habe immer schon gesagt: Es gibt solche SSler und solche. Und wir haben zur zweiten, zur pragmatischen Kategorie gehört.«

»Keine falsche Bewegung!«

Der amerikanische Akzent der Stimme hinter ihnen war unverkennbar. Häuslschmied zuckte zusammen, nahm aber aus den Augenwinkeln heraus wahr, dass Röck sich wenig überrascht zeigte.

»Nicht umdrehen!«

Die beiden hinter ihnen stehenden Männer durchsuchten sie nach Waffen.

»Okay, no weapons, Captain«, sagte einer von ihnen.

»*All right.* Wo steht der Lastwagen?«, fragte der mit »Captain« Angesprochene.

»Da hinten, Richtung Anlauftal – wie abgesprochen«, sagte

Röck nach Süden deutend. »Direkt vor den alten Gewerkenhäusern.«

Sie wandten sich zu den GIs um. Der Captain war mittelgroß und hager, sein Gesicht erinnerte an einen Habicht. Der zweite Mann war ein Afroamerikaner, dessen Rangabzeichen ihn als Sergeant auswiesen. Er überragte den Captain um Hauptеslänge und hatte die Figur eines Preisringers. Die MP in seiner Rechten hätte er sicher nicht nötig gehabt, um im Fall des Falles mit den ausgemergelten »Krauts« fertigzuwerden. Beide GIs trugen Uniformen, aber keine Helme.

Der Captain nickte. »Okay, dann holt ihn und stellt ihn da vorn neben die Laderampe. Mein Begleiter wird mit euch gehen.«

Aha, bei dem, was er jetzt vorhat, sind Zeugen also unerwünscht, dachte Häuslschmied, konnte sich jedoch eine Frage nicht verkneifen. »Dort im Büro brennt Licht, aber ich sehe niemanden. Was ist mit dem Fahrdienstleiter?«

»Halt die Klappe, Hans!«, unterbrach ihn Röck brüsk. »Es war vereinbart, keine überflüssigen Fragen zu stellen.«

»Sehr vernünftig«, sagte der Captain. Er klang eiskalt und mindestens so abgebrüht wie Röck.

Der Sergeant ging zwei Schritte hinter ihnen – mit entsicherter MP im Anschlag. Er ließ keine Zweifel aufkommen, dass er den Krauts nicht traute.

Röck und Häuslschmied lauschten angespannt in die Nacht hinaus.

Dann war es so weit: Durch das hin und her pendelnde Echo zwischen Geierwänden und Gamsstubenwand hörten sie den Lastenzug schon lange, ehe er heranrollte und in den Bahnhof einfuhr. Inzwischen waren sie fast bei dem alten Ford angelangt.

Das schrille Kreischen der Bremsen bestätigte ihnen, dass alles nach Plan lief. Der Lokführer musste ein Eingeweihter sein, sonst hätte der Transport kaum an dieser Wald- und Wiesenstation gehalten.

Röck und Häuslschmied blieben einige Schritte vor dem Lastwagen stehen, während der Sergeant das Fahrzeug peinlich genau nach versteckten Waffen untersuchte. Erst als er sicher sein konnte, keine bösen Überraschungen zu erleben, ließ er die beiden einsteigen.

Röck setzte sich ans Volant, Häuslschmied in die Mitte und der Sergeant an seine Seite. Die Mündung der MP zeigte auf Häuslschmieds rechte Niere.

Als Röck den Anlasser und den Handgashebel betätigte, fiel ein Schuss. Wieder zeigte er sich nicht überrascht. Der Sergeant musterte ihn argwöhnisch. *»Let's go! To the loading ramp!«*

Der Captain klappte die Heckplanke der Ladefläche herunter und wies Röck ein, der den Ford im Standgasmodus rücklings auf die Laderampe an einen bestimmten Waggon heranfuhr.

»Stopp!«

Röck stellte den Motor ab.

»Aussteigen und an die Arbeit.« Der Captain nahm dem Sergeant die MP ab.

Die eiserne Schiebetür an der Flanke des Waggons stand einen Spaltbreit offen, sodass Licht herausdrang. Ein Mann konnte durch die Öffnung bequem aus- und einsteigen, zudem befanden sich die Ladefläche des Lastwagens und der Boden des Waggons annähernd auf gleicher Höhe.

Häuslschmied kletterte hinter dem Sergeant auf der eisernen Leiter bis zur Waggonschiebetür. Seine Nackenhaare sträubten sich. Im vorderen Drittel des Wagens lagen drei Leichen auf dem rauen Bretterboden. Drei Männer in Zivil, zwei davon neben einem Tisch, an dem sie noch vor Minuten eine Brotzeit eingenommen hatten. Über ihnen baumelte eine nackte Glühlampe. Die dritte Leiche lag grotesk verrenkt neben der Schiebetür, offensichtlich hatte der Captain das lästige Hindernis beim Einsteigen mit dem Fuß notdürftig zur Seite geschoben.

Alle drei Männer waren erschossen worden. Kopfschuss aus nächster Nähe. Nach sechs Kriegsjahren stachen Häuslschmied ihre gepflegten Anzüge ins Auge. Vermutlich Geschäftsleute oder höhere Beamte, vielleicht aber auch Politruks oder Geheimdienstler.

Der hintere Teil des Waggons war bis auf Achselhöhe mit unverdächtigen Heraklith-Platten beladen.

Häuslschmied war von Röck nicht im Detail über das Unternehmen informiert worden. Bisher hatte er nur gewusst, dass ein Goldtransport aus Györ in Ungarn, als stinknormaler Baumaterialtransport getarnt, vor der Nase der Russen in die US-Zone nach Salzburg und von dort nach Rosenheim unterwegs war. Wie der Captain, dessen Namen sie nicht kannten, es geschafft hatte, den Zug im Bahnknotenpunkt Bischofshofen nach Gastein umzuleiten, entzog sich seiner Kenntnis. Wahrscheinlich war neben dem ausgetauschten Lokführer auch jener Transportbegleiter, dessen Leiche jetzt neben der Waggontür lag, ein Komplize gewesen. Er musste seine zwei ahnungslosen Kollegen auf der Strecke Schwarzach-Böckstein in einem der vier Tunnel erschossen haben und war nun seinerseits vom Captain getötet worden, als er in Böckstein die Schiebetür von innen geöffnet hatte.

Häuslschmied gab sich keinen Illusionen hin. Der Captain ließ nur Leute leben, die er noch brauchte, etwa den Sergeanten und den Lokführer. Der Zug musste schließlich noch nach Kärnten weiterfahren – in den englischen Sektor, um Verwirrung zu stiften und die Spuren zu verwischen. Er, Häuslschmied, und sein Kamerad Röck waren im Moment noch relativ ungefährdet, brenzlig würde es für sie dann werden, wenn das Gold sicher im Versteck lag und sie, die Krauts, nicht mehr benötigt wurden.

»Wir bringen dem Lokführer drei Barren, damit uns der Bursche nicht nervös wird«, ordnete der Captain jetzt an, als hätte er die Gedanken Häuslschmieds gelesen.

Der Sergeant zog die beiden Leichen zur Stirnseite des Waggons und begann dann die vordersten Heraklith-Platten abzutragen und zur Seite zu stellen. Sein unmissverständlicher Wink mit dem Kinn machte Häuslschmied und Röck Beine. Schleunigst beteiligten sie sich an der Arbeit.

Nachdem die ersten beiden Lagen Platten entfernt worden waren, kam eine Persenning zum Vorschein. Erst nach einem Nicken des Captains schlug der Sergeant sie zurück.

Den Männern wurden die Knie weich. Ein Stapel Goldbarren, das Stück zu zwölf Kilogramm und fünfzig Gramm, leuchtete ihnen entgegen. Hundert verwaiste Goldbarren in einem einsamen Dorfbahnhof in den Hohen Tauern! So etwas war auch nur nach dem Chaos des Weltkriegs möglich.

»*Hurry up!* Träumen könnt ihr später noch.« Die Stimme des Captains holte sie in die Wirklichkeit zurück. Der Sergeant und die beiden ehemaligen SS-Angehörigen griffen sich jeweils einen

Barren – und waren beeindruckt von seinem Gewicht. Bis zur Lokomotive des Lastenzugs war es ziemlich weit, denn der Goldwaggon war der drittletzte des Zuges.

Als der Lokführer auf dem Führerstand die drei Barren vor sich sah, wichen Angst und Misstrauen in seinem Ausdruck augenblicklich der Gier.

»Wie viel sind die wert?«, wollte er wissen. Sein weicher Dialekt verriet seine Kärntner Herkunft.

»Sehr viel, wenn du vorsichtig bist und ein paar Jahre Geduld hast«, sagte der Captain, der ihn richtig eingeschätzt hatte.

Der Eisenbahner wagte nicht mehr, nach dem Gesamtumfang der Beute zu fragen, er hatte den Schuss zuvor richtig gedeutet.

»Wie lange werdet ihr zum Umladen brauchen?«, wollte er nun beiläufig wissen.

»Etwa eine Viertelstunde. So viel ist es nicht. Wir werden uns beeilen. Wenn ich pfeife, kannst du fahren.«

Der Lokführer hatte die Aufgabe, den Zug vor dem Stellwerk des Bahnhofs Spittal in Oberkärnten abzustellen und dann ungesehen zu verduften. Sie trennten sich grußlos. Man hatte nicht vor, sich in diesem Leben noch einmal wiederzusehen.

Die Plackerei des Umladens war schweißtreibender, als die zwei Gasteiner befürchtet hatten. Jeder von ihnen, auch der Sergeant, hatte pro Weg zwei Barren zu schleppen, während der Captain die Aktion vom Bahnsteig aus überwachte.

Die ersten vierzig hatten sie relativ rasch auf die Ladefläche des Ford hinübergeschafft, aber dann wurde das Gold – so Glück verheißend es auch sein mochte – schwerer und schwerer.

»Ich … ich muss mal austreten«, japste Röck schließlich.

»Sag doch gleich, dass du dich ausruhen willst, du Schwächling«, knurrte der Captain ungehalten, deutete aber mit der MP zustimmend zur Seite. »Aber mach schnell, sonst wird der Lokführer doch noch nervös.«

Röck sprang von der Ladefläche des Ford und ging zu dem Strommasten hinüber, der sich unmittelbar neben der Bahnstation befand. Das Geräusch des Urinierens war bis in den Waggon zu hören.

»He, Sergeant!«, rief Häuslschmied. »Kann ich auch einen Augenblick verschnaufen?«

Der Sergeant war gerade im Begriff gewesen, mit zwei Barren vom Waggon auf den Lastwagen hinüberzusteigen. Er hielt inne und blickte über die Schulter zurück in den Waggon. Der Captain wäre kein Mensch gewesen, hätte er nicht in dieselbe Richtung geblickt.

Der erste Schuss traf den Sergeant in den Hals, der zweite fast zeitgleich den Captain seitlich in den Kopf. Während der US-Offizier sofort zusammensackte, wankte sein Untergebener noch zwei Schritte zurück, ehe er die Goldbarren fallen ließ und rücklings auf den Waggonboden stürzte.

Röck hatte die Nullacht schon vor Stunden mit Isolierband am Strommasten befestigt, an der Innenseite eines der breiten Eisenträger. So umsichtig die beiden GIs auch sonst vorgegangen sein mochten: Es war ein entscheidender Fehler gewesen, die Umgebung der Rampe nicht zu überprüfen.

Röck sah auf den ersten Blick, dass der Captain tot war, und ging zum Waggon zurück. Der Sergeant war ebenfalls tödlich getroffen, Blut quoll ihm aus dem Mund. Seine rechte Hand nestelte noch fahrig am Halfter seiner Armeepistole. Häuslschmied schob die Hand zur Seite und nahm die Pistole an sich. Eine überflüssige Vorsichtsmaßnahme, denn der Mann hatte nur noch wenige Minuten zu leben.

Röck sah den bekümmerten Gesichtsausdruck seines Komplizen und rümpfte die Nase. »Was denkst du denn, was die mit uns gemacht hätten, sowie das Gold gebunkert gewesen wäre?«

»Schon gut, wahrscheinlich hab ich in letzter Zeit nur zu viele Tote gesehen«, beeilte sich Häuslschmied zu erklären.

»Was ist los?«, brüllte der Lokführer vorn. »Was waren das für Schüsse?«

»*Only warning shots! Keep cool!* Einer der Zugbegleiter hatte sich befreit!«, rief Röck mit täuschend echtem amerikanischen Akzent zurück. »Keine Sorge, alles läuft wieder nach Plan. Du kannst gleich fahren.«

»Spinnst du?«, zischte Häuslschmied. »Da drinnen liegen noch fast zwanzig Barren. Die müssen wir doch –«

»Die bleiben, wo sie sind.« Die Stimme Röcks wurde nicht um ein Dezibel lauter. »Oder willst du einen Achsenbruch riskieren? Der Ford hält sicher was aus, aber achtzig Barren sind trotz Verstärkung der Ladefläche der absolute Grenzwert. Und vergiss die fünf Leichen nicht. Die müssen auch weg. Mehr als eineinhalb Tonnen sind dem alten Karren nicht zuzumuten. Schon damit müssen wir sehr vorsichtig fahren, und du weißt ja, wohin wir wollen.«

Häuslschmied fror, dabei war die Nacht vom sechzehnten auf den siebzehnten Mai eher mild. Röck dachte und handelte wie eine Maschine, die auch der Glanz des Goldes nicht beeindrucken konnte, und er traf punktgenau. Unmittelbar nach der Plackerei mit den Goldbarren hatte er dem Sergeant aus einer Entfernung von acht Metern in den Hals geschossen – bei miserabelsten Lichtverhältnissen.

Auch der GI hatte inzwischen den letzten Atemzug getan. Fünf Minuten später lagen alle Leichen auf der Ladefläche des Ford, und die restlichen Goldbarren waren wieder von unverdächtigen Heraklith-Platten bedeckt. Röck steckte zwei Finger in den Mund und pfiff schrill. Sekunden später setzte sich der Zug in Bewegung.

31 »UND WEITER? Was geschah dann?«, fragte Tina Hohenauer mit hochrotem Kopf, nachdem ihre Großtante den Bericht offensichtlich nicht mehr fortsetzen wollte. »Wohin haben Onkel Hans und Siegfried Röck das Gold gebracht? Von diesem Siegfried Röck hab ich übrigens noch nie was gehört, auch wenn Röck ein recht häufiger Name im Tal ist. Was ist aus ihm geworden?«

»Ich kann dir weder die eine noch die andere Frage beantworten«, dämpfte Amanda Häuslschmied die Wissbegier ihrer Großnichte, »und das ist auch besser so, Tini. Falls irgendetwas schiefläuft, bin ich die einzige Anlaufstation für diverse Begehrlichkeiten, diese Bürde will ich nicht mit dir teilen. Mich aber kann so schnell nichts mehr in Panik versetzen, denn mein Leben ist gelebt. Es war zwar nicht immer schön, Glück kam darin überhaupt nur so selten wie Sternschnuppen vor, aber wenigstens verlief es materiell sorgenfrei. Und du weißt jetzt, warum Fredl Schleißheimer und Lotte Heinrich sterben mussten: aus demselben Grund, der damals den Goldtransportbegleitern und den GIs den Tod gebracht hat. Mehr musst du nicht erfahren.«

»Du hast ja kaum was getrunken«, stellte die Jüngere fest.

Häuslschmied lächelte. »Und wenn du mir noch so viel Tee mit Vogelbeer einflößt: Ich kann dir nicht mehr sagen, weil ich einfach nicht mehr weiß. Hans hat mich diesbezüglich immer kurz gehalten und viele seiner Geheimnisse mit ins Grab genommen.« Sie gähnte herzhaft. »Der Schnaps hat mich zwar zunächst munter gemacht, aber nun beginnt sich die Wirkung umzukehren. Ich denke, ich sollte schlafen gehen.« Und kryptisch fügte sie hinzu: »Heute können wir das ja noch unbesorgt tun. Wer weiß, wofür es gut ist, richtig ausgeschlafen zu sein.«

32 NOCH IMMER schneite es gleichbleibend stark. Kotek wollte kein Risiko eingehen: Sie fuhr langsam, der Fahrbahnbeschaffenheit angemessen, und erhöhte auch in den schneefreien Tunneln und Kolonnaden die Geschwindigkeit wegen möglicher Glatteisgefahr nicht. Ohne nennenswerte Schwierigkeiten erreichte sie so die Ortschaft Böckstein.

Am Ortseingang, auf der andern Seite der Achenbrücke, parkte ein mausgrauer A4. Kurz blitzten seine Scheinwerfer auf, als Kotek an der Brücke vorbeifuhr.

»Vielen Dank, Jungs, ihr tut mir wirklich einen Riesengefallen«, richtete sie Feuersang per Handy aus. Die Verbindung funktionierte jetzt wieder tadellos.

»Riesengefallen? Was du mit uns abziehst, ist reine Erpressung«, antwortete Feuersang prompt. »Redl ist noch auf dem Weg hierher und nicht sehr *amused*. Er sagt, er kommt sich vor wie ein ständig hin und her sausendes Weberschiffchen: eben noch in der Ettenau und im Referat – jetzt schon wieder zurück nach Gastein. Und Marianne ist ebenfalls stocksauer, weil er schon wieder Überstunden macht. Du bist doch Major und schiebst Nachtdienst wie ein Gruppeninspektor, schimpft sie.«

»Ich lade euch alle nächste Woche zum ›Döllerer‹ ein, passt das?«

»Das ist ein Wort, und glaub ja nicht, dass du da billig wegkommst.«

Ab der Postauto-Haltestelle am Ortsausgang schnürte der RS 4 wie auf Schienen auf der zwar verschneiten, aber relativ ebenen Bundesstraße dahin, sodass Kotek die nächste Kurzwahl aufrufen konnte. In der Zentrale des Referats 112 im LGK Salzburg wurde sofort abgehoben.

»Melanie, endlich!«, meldete sich Hans Weider. »Wir dachten schon … Nein, eigentlich dachten wir gar nichts, wir sind nur froh, dich zu hören.«

»Verstehe, aber im Moment ist alles in Ordnung, das ZSP steht. Mein Handy hat nur eine Zeit lang keine Relaisstation gefunden. Und jetzt möchte ich von euch hören, dass ihr vorangekommen seid. Was sagen die Kollegen vom Posten Hofgastein? Haben sie Marageter schon aufgestöbert oder wenigstens eine Spur von ihm entdeckt?«

»Weder noch. Er scheint sich in Luft aufgelöst zu haben. Auch die Haussuchungen haben keine neuen Erkenntnisse gebracht – weder in seiner privaten Bleibe noch in seiner Hotelwohnung noch in den von ihm gepachteten alten Bettenburgen. Leo und Max fahren morgen in aller Herrgottsfrühe wieder hinein.«

Kotek verzichtete darauf, ihn aufzuklären, dass Leo Feuersang ebenso wie Redl bereits wieder Gasteiner Luft schnupperte.

»Sie haben am Nachmittag das ganze Tal abgesucht«, fuhr Weider fort, »und allen möglichen Leuten die Daumenschrauben angesetzt – umsonst. Ich bin mit meinem Latein genauso am Ende wie sie. Nach Durchsicht aller verfügbaren Unterlagen konnte ich ihnen nicht einen heißen Tipp geben.«

»Du meinst, keinen so stichhaltigen, wie ihn Lenz von dir erhalten hat?«

»Du sagst es – abgesehen von der Tatsache, dass wir Regenmandl nach wie vor nicht gefunden haben. Apropos Regenmandl: Seine Geliebte – und nein, ich meine nicht die Simcits, sondern Salma Schleißheimer – ist ebenfalls verschwunden.«

»Was! Seit wann denn das?«

»Nun, etwa seit einer Stunde. Erst hat sie noch ihre Tochter Christine mit ihrem VW Polo zur Oma Thame in die Bürgerberg-Siedlung gebracht – der RAV4 ihres Mannes ist ja noch nicht freigegeben –, dann ist sie ohne Angabe eines Reiseziels einfach davongefahren.«

»Das sind ja Nachrichten wie Zahnweh. Wohin die sich verdrückt haben könnte, dazu fällt mir im Augenblick wirklich nichts ein, aber ich hätte eine Idee, wie wir Marageter vielleicht finden.«

»Die da lautet?«

»Sie ist noch nicht ganz spruchreif, ich werde erst mal Leo anrufen. Was anderes: Konntet ihr irgendwelche brauchbare Daten auf Regenmandls Laptop restaurieren?«

»Wir konnten etwas viel Besseres, Liebling.«

»Hans, wie oft hab ich dir schon klarzumachen versucht, dass ich nicht dein Liebling bin, sondern bestenfalls und bei günstigem Wind der Liebling deines Freundes Oskar, der zufällig auch der Patenonkel deiner Kinder ist.«

»Okay, du herber Zahn, ich werd's mir von jetzt an merken. Also: Nach Redls Anruf hab ich noch einmal die Kollegen im Südburgenland kontaktiert. Sie haben sich unverzüglich auf den Weg zu Regenmandls Weingut gemacht und mir – höre und staune! – innerhalb einer Stunde den Code für jene CD durchgegeben, die Vesna Simcits in der Ettenau herausgerückt hat.«

»Donnerwetter, da bin ich jetzt aber gespannt.«

»Heißt das, ich soll dir die Quintessenz aus Regenmandls Aufzeichnungen jetzt vorlesen?«

»Wie du das wieder erraten hast! Noch lieber wäre mir allerdings, wenn du mir das Wichtigste kurz und bündig in eigenen Worten mitteilen würdest – *bitte!*«

»Hm, das Wichtigste ist tatsächlich mit wenigen Worten gesagt: Regenmandl kam als verhältnismäßig junger Bankangestellter nach Hofgastein, trotzdem eilte ihm bereits der Ruf eines abgebrühten Hundes voraus, da er kurz zuvor den Ski-Fabrikanten Moosrieder ans Messer geliefert hatte –«

»Hans, könntest du den Bericht auch etwas straffen?«

»Gemach, gemach«, wies Weider die Ungeduld der Kollegin genussvoll zurück. »Bei diesem Wetter brauchst du bis Salzburg ohnehin eineinhalb Stunden. Also: Durch Jagd-, Golf-, Vereins- und sonstige Freunde lernte Regenmandl rasch jene Leute kennen, die ihm nützlich sein konnten.«

»Einen Moment, ich fahr eben am Bahnhof Bad Gastein vorbei, da ist eine Baustelle … Okay, jetzt geht's wieder. Erzähl weiter.«

»Kurz und gut, es lief alles so, wie Salma Schleißheimer es schon berichtet hat: Kajetan Czerwenka, Hans Häuslschmied und andere einflussreiche Gasteiner, die freilich nichts mit dem Laderdinger Kreis zu tun hatten, ermöglichten Regenmandl den raschen Aufstieg in der Linzer Sparkasse. Im Handumdrehn war er Filialleiter der Zweigstelle Bad Hofgastein, wofür er sich mit nicht ganz astreinen Gegengeschäften bei ihnen revanchiert haben soll. Alles lief leicht und diskret dahin – auch die Sauereien auf dem Laderdinger Alpl –, bis Karl Heinrich, jener unsägliche Wuschzn-Charly, den Kinderschändern auch noch seine jüngere Tochter zuführte.«

»Ein wirkliches Dreckschwein«, machte Kotek ihrer Empörung Luft.

»Du sagst es. Steffi verkraftete den Missbrauch nicht, sosehr ihre ältere Schwester Lotte auch immer wieder versuchte, ihr Stütze und Halt zu sein. Nach zwei missglückten Suizidversuchen war absehbar, dass ihr der Selbstmord irgendwann gelingen würde. Gerade in dieser für die Mädchen so kritischen Zeit wickelte Regenmandl die Erbschaft im Innviertel für sie ab.«

»Und von da an gestalteten sich die Ereignisse wesentlich anders, als Salma Schleißheimer sie uns geschildert hat?«, vermutete die Zuhörerin, die schneller am Badgasteiner Mozartplatz vorbeifuhr, als im Ortsbereich erlaubt war.

»So ist es. Als gesetzlicher Vormund der noch minderjährigen Töchter sah sich Karl Heinrich bereits im Besitz dieses Geldes und damit im Zocker-Schlaraffenland. Er besann sich keineswegs im letzten Moment eines Besseren, wie bisher immer kolportiert wurde. Im Gegenteil! Er begann das Erbe der Töchter zu verzocken und zu versaufen, ließ es so richtig krachen, während Lotte und Steffi nach wie vor auf dem Alpl dem Missbrauch ausgesetzt waren.«

»Die armen Würmer«, murmelte Kotek leise, doch Weider hörte es trotzdem.

»Schon, aber auch Würmer krümmen sich.« Er legte eine Kunstpause ein. Kotek ahnte, dass danach ein ganz dicker Hund folgen würde.

»An einem Augustmorgen«, fuhr er fort, »fand Lotte die Schwester ausgeblutet in der Badewanne. Steffi hatte es endlich geschafft, sich die Pulsadern der Länge nach aufzuschneiden und sich aus ihrem unerträglichen Leben davonzustehlen. Etwa um dieselbe Zeit kam ihr Rabenvater aus einem illegalen Club mit Casino- und Bordellbetrieb nach Hause und fiel stockbesoffen in sein Bett. Lotte nahm eine Axt, erschlug ihn und rief dann seelenruhig Regenmandl an. Sie drohte damit, den Laderdinger Kreis auffliegen zu lassen, wenn ihr nicht geholfen würde.«

»Und natürlich wurde ihr geholfen«, sagte Kotek sofort, »das beweisen die Gebeine auf der Laderdinger Alm.«

»Richtig. Der willfährige Marageter beseitigte zunächst die sichtbaren Spuren der Bluttat im Tierpräparator-Häusl, und in der darauffolgenden Nacht bestattete er Steffis Leiche nach Lottes Wunsch neben dem Blockhaus und pflanzte auf dem gut getarnten Grab eine kleine Silbertanne.«

»Ah, deshalb also die Rosenköpfe in den Ästen«, warf Kotek ein. »So konnte Lotte das Grab, das man als solches nicht erkennen durfte, von Zeit zu Zeit schmücken.«

»So wird es wohl gewesen sein. Jedenfalls hatten Regenmandl, Kajetan Czerwenka und Lotte Heinrich die Leiche von Charly mittlerweile auf die Laderdinger Alm geschafft und dort verscharrt, wo Regenmandl vorgestern auch seinen Laptop vergraben hat.«

Kotek schüttelte den Kopf. »Warum ein so schlauer Fuchs wie Regenmandl dieses unnütze Risiko eingeht und sich für diesen Zweck ausgerechnet das geheime Grab von diesem Charly aussucht, ist mir ehrlich gesagt schleierhaft.«

Weider behob ihre Verständnislosigkeit: »Die Simcits behauptet, er habe zunächst vorgehabt, die Gebeine von dort zu entfernen. Nicht zu Unrecht befürchtete er, die Spusi würde bald auf dem Laderdinger Alpl aufkreuzen. Als er aber vor Ort war und schon zu graben begonnen hatte, erkannte er dies als Risiko und beließ es bei einem kleinen Loch für den Laptop. Klar, auch ein bisschen Rumbuddeln verursacht Spuren, doch er hoffte, sie verwischen zu können.«

»Heute hätte er nicht mehr so vorsichtig sein müssen«, meinte Kotek, denn der Schneefall hatte zwar nachgelassen, aber noch immer nicht aufgehört. Inzwischen hatte sie den Talboden erreicht und nahm das Tempo vor der berüchtigten Leimböck-Kurve noch weiter zurück.

»Und die Schenkungsurkunde, laut der das Tierpräparator-Häusl auf Lotte und Steffi Heinrich überschrieben worden sein soll, ehe der Vater nach landläufiger Meinung mit der jüngeren Tochter außer Landes geflüchtet ist, was ist mit der? Die muss doch auch von vorn bis hinten getürkt sein, oder?«

»Natürlich. Kajetan Czerwenka hat sie aufgesetzt, Lotte hat die Unterschrift des Vaters gefälscht – wie auch den Brief, den Heinrich angeblich für den Notar hinterlegt hat –, und Marageter und Regenmandl haben als Zeugen unterzeichnet. Letzterer hat dann auch die Tilgung der Hypothek in Übereinstimmung mit den übrigen Papieren abgewickelt. Niemand schöpfte Verdacht, umso weniger, als die aufkommenden Gerüchte hauptsächlich um den zu Recht unterstellten Kindesmissbrauch kreisten. Dazu passte die Flucht des Rabenvaters wie die Faust aufs Auge, aber dahingehende Ermittlungen verliefen ja, wie wir wissen, ebenfalls im Sande.«

»Und der andere Brief, den Steffi in Las Palmas aufgegeben haben soll?«

»Lotte selbst hat ihn unter Tränen geschrieben – behauptet Regenmandl jedenfalls. Eine Woche nach der Tragödie sei er nach Las Palmas geflogen und habe ihn dort aufgegeben. Zur Sicherheit, schreibt er. Ihn irgendwo vorzuweisen, sei nie notwendig geworden.«

»Die Spusi hat einen solchen Brief in Lotte Heinrichs Haus nicht gefunden«, merkte Kotek an. »Privatkorrespondenz war überhaupt Mangelware. Schon seltsam, findest du nicht? Und noch was: Mir fehlt in deinem Bericht der Name Salma Schleißheimer.«

»Tja, ich dachte mir schon, dass du das sagen würdest. Ob Regenmandl ihren Namen absichtlich nicht erwähnt oder ob man sie tatsächlich nicht eingeweiht hat, das herauszufinden ist wohl der Job für *Oskars* Liebling.«

»Danke, du alter Chauvi! Also kein Doppelmord, wie Vesna Simcits glaubt, gehört zu haben, sondern die Selbsttötung von Steffi und der dadurch initiierte Vatermord haben den Laderdinger

Kreis auf Gedeih und Verderb aneinandergekettet. Ist sonst noch was für unseren Fall Relevantes auf der CD?«

»Willst du wissen, wie Regenmandl an seine Immobilien gekommen ist?«

»Mich würden eher Häuslschmieds Immobilien interessieren. Werden die nicht erwähnt?«

»Nur indirekt. Aber Regenmandl streift an einer Stelle die finanzielle Situation der Czerwenkas unmittelbar nach dem Zweiten Weltkrieg.«

»Du meinst den Coup, den Salma Schleißheimer schon angesprochen hat? Dass sich Alexander Czerwenkas Großvater gleichen Namens damals in Schulden gestürzt hat, um an Immobilien zu ergattern, was nur irgendwie möglich war?«

»Genau darauf nimmt Regenmandl Bezug. Dass der altvordere Czerwenka im Sommer fünfundvierzig astronomisch hohe Schulden in Reichsmark angehäuft hatte, wusste damals schon jeder. Niemandem war dagegen bekannt, dass er nach der im Dezember erfolgten Umstellung auf den Schilling und nach den wiederholten Abwertungen die verbliebenen, immer noch hohen Verbindlichkeiten bereits neunundvierzig tilgen konnte und darüber hinaus ein ansehnliches Guthaben besaß. Regenmandl war bei der Sichtung alter Aufzeichnungen im Archiv der Bank zufällig darauf gestoßen.«

»Aber woher hatte Alexander Czerwenka senior plötzlich Geld in harter Währung?«

»Wer von den Einheimischen hatte am Ende des Zweiten Weltkriegs und kurz danach überhaupt solches Geld?«, stellte Weider die Gegenfrage. »Wenn wir von den paar zurückgekehrten Vertriebenen und Flüchtlingen absehen, kommen nur Kriegsgewinnler, Nazi-Bonzen und ähnliche Gestalten in Frage.«

»Oskar hat also mit dir über seine diesbezüglichen Vermutungen gesprochen?«

»Hat er. Aber keine Angst, ich habe nicht vor, mit eurer abenteuerlichen Hypothese hausieren zu gehen. Allerdings ist tatsächlich kaum vorstellbar, dass Häuslschmied schon am Beginn der fünfziger Jahre mit Erlösen aus seinem ersten Friseurgeschäft an der Börse spekuliert und hohe Gewinne abgesahnt hat. Noch seltsamer aber ist, dass er anschließend ausgerechnet die Hälfte jener

Immobilien kauft, die der altvordere Czerwenka nach Kriegsende auf höchst dubiose Weise erworben hat.«

»Du tippst also auf einen Scheinkauf, der durch ordnungsgemäße Versteuerung legalisiert wurde?«, spann Kotek den Gedanken weiter. Während sie das auf einer flachen Hügelkuppe gelegene »Weitmoser-Schlössl« passierte, begann zu ihrer Rechten das romantisch illuminierte Bad Hofgastein an ihr vorbeizugleiten. »Czerwenka soll Häuslschmied also nur das zurückgegeben haben, was ihm der halb so alte SS-Scharführer zwischen fünfundvierzig und neunundvierzig vorgestreckt hatte?«

»Bingo, ein klassischer Fall von Geldwäsche – wenn es denn wirklich so war.«

»Ja, wenn es denn wirklich so war«, wiederholte Kotek. »Leider ist dieser Punkt bis dato immer noch reine Hypothese. Übrigens ist mir vorhin bei der Erwähnung von Salma Schleißheimer noch was aufgefallen.«

»Ja?«

»Regenmandl und seine ihm in Hassliebe verbundene Salli können nicht zum inneren Kreis gehört haben, sonst würde er über *Fakten* schreiben und nicht über *Vermutungen*.«

»Damit könntest du recht haben. Wenn du im Moment keine anderen Fragen mehr hast, tust du mir einen Gefallen?«

»Welchen?«

»Ruf endlich Oskar an. Weil er dich mit seiner Besorgnis nicht nerven will, liegt er mir alle zehn Minuten in den Ohren und fragt, ob du dich schon bei mir gemeldet hast.«

»Mach ich«, versicherte Kotek. »Ich fahr ohnehin noch zur Discount-Tankstelle ›Posauner‹, von da ruf ich ihn dann an, versprochen.«

33 EINE VIERTELSTUNDE SPÄTER hatte sie das Gasteiner Tal verlassen und hielt ein Stück außerhalb des Klammtunnels an der Tankstelle »Posauner Wirt« unterhalb des bekannten Restaurants.

Trotz vorgerückter Tageszeit standen etliche Kunden an den Zapfsäulen und an der Kasse. Als Kotek endlich an die Reihe kam und den RS 4 betankte, befand sie sich längst im Zentrum nicht nur männlicher Aufmerksamkeit. Der Pongau ist bekannt für seine hübschen Mädchen, aber einen so steilen Feger mit kaum zu bändigender Haarmähne bis zum knackigen Po und einer Jeans, die enger anlag als ein Neoprenanzug, sah man selbst an dieser stark frequentierten Tankstelle nicht alle Tage.

Doch Kotek war es gewohnt, angestarrt zu werden. Sie ignorierte die Blicke und nutzte die Wartezeit für den längst überfälligen Anruf.

»Endlich, Katze!«

Kotek hörte Jacobis erleichtertes Aufatmen am Handy so deutlich, als stünde er neben ihr. Es verursachte ihr gemischte Gefühle: Einerseits freute es sie wie jeden Menschen, der sich geliebt und vermisst fühlt, andrerseits ärgerte sie Jacobis pingeliges Beharren auf Pünktlichkeit.

»Wo bist du gerade?«

»An der Tankstelle ›Posauner‹. Bisher ist alles paletti. Und wo bist du?«

»In Wien. In meinem Zimmer im ›Marriott‹ liegt bereits der Terminplan für morgen. Um neun bin ich zur Zeugenaussage am Bezirksgericht Innere Stadt Wien bestellt, dann fahre ich zurück ins Hotel und sollte noch was vom ersten Europol-Vortrag mitkriegen. Für heute Abend habe ich mir Kopien aller deiner Berichte über den aktuellen Fall als Bettlektüre bereitgelegt, vom Missbrauch angefangen bis zu deinem ZSP. Hans hält mich darüber übrigens schon auf dem Laufenden.«

»Soll ich das so interpretieren, dass ich mit meinen Meldungen säumig bin?«

Jacobi schnaufte unwillig. »Das war doch kein Vorwurf. Ich wollte dir nur ersparen, noch einmal alles herunterzubeten, was du vor einer Viertelstunde mit Hans besprochen hast, der sich zwischenzeitlich schon wieder gemeldet hat. Apropos: Du hast ihm gegenüber so eine Andeutung gemacht, als wüsstest du, wo sich Marageter aufhält?«

»Ich sagte, ich habe eine Idee. Von wissen kann keine Rede sein. Wir müssen morgen noch einmal Marageters Bergrettungskollegen und auch gewisse andere Leute dazu interviewen. Vielleicht können wir …«

»Was ist? Warum sprichst du nicht weiter?«

Kotek hatte die Tankpistole wieder eingehängt. Weil es doch empfindlich kalt war, hatte sie den Anorak aus dem Wagen nehmen wollen, um ihn auf dem Weg zur Kasse überzuziehen. Zufällig war ihr Blick dabei auf die Autos vor der äußeren Zapfsäulenreihe gefallen.

»Das … das wirst du jetzt nicht für möglich halten: Aber vor mir ist eben ein dunkelblauer Range Rover weggefahren – in Richtung Gasteiner Tal. Ich habe das Nummernschild nicht mehr lesen können, weil ich zu überrascht war, aber ich bin mir fast sicher, dass es der Wagen von Regenmandl war. Ich bilde mir sogar ein, diesen Kratzer an der D-Säule gesehen zu haben.«

Jacobi kam nicht mehr dazu, etwas zu erwidern, da seine Lebensgefährtin schon aufgelegt hatte. Drei, vier Stufen auf einmal nehmend sprang sie zum Buffet hinauf, in welchem sich auch die Kasse befand, und hielt der Kassiererin ihren Ausweis unter die Nase.

»Gendarmerieoberleutnant Kotek! Ich verfolge einen flüchtigen Verbrecher und komme später zurück, um zu bezahlen. Meine Autonummer haben Sie?«

Das Mädchen starrte sie mit offenem Mund an. Ob es die Nummer notierte, sah Kotek nicht mehr, sie saß bereits wieder hinter dem Lenkrad, knallte das Blaulicht auf das Wagendach und schoss davon.

Noch ehe sie die Auffahrt zum Klammtunnel erreicht hatte, hatte sie die Gasteiner Kollegen benachrichtigt, und kaum war sie im Tunnel, trat sie das Gaspedal voll durch. Zwei vor ihr fahrende SUVs wichen diszipliniert zur Seite, einen Range Rover konnte sie allerdings nirgendwo erblicken.

Auch als die Klamm längst hinter ihr lag und sie unter der Burg Klammstein hindurchgebraust war, zeigte sich vor ihr auf der kaum befahrenen Straße noch immer kein großer Geländewagen.

Wenn sie auch das Potenzial des RS 4 nicht so ausschöpfen konnte wie Jacobi – erst recht nicht unter den gegebenen Verhältnissen –, so fuhr sie doch bis an die Grenze dessen, was sie gerade noch für vertretbar hielt. Umsonst!

Spätestens nach der langen Geraden zwischen Dorfgastein und Harbach hätte sie Regenmandl eingeholt haben müssen. Aber weit und breit keine Spur von ihm. Entweder war er schon in Dorfgastein abgebogen, oder er hatte sich sonst wo in eine Seitenstraße verkrümelt.

Ein Anruf bei den Kollegen in Hofgastein brachte dasselbe negative Ergebnis. Der diensthabende Beamte schloss sogar aus, dass der Range Rover weiter als bis zur Achenbrücke am Bahnhof gekommen sein könnte. Unmittelbar vor der Kreuzung habe nämlich der Frankenburger Bascht, ein ortsbekannter Sandler, mitten auf der Straße gelegen – sturzbetrunken und im Begriff einzuschlafen. Wäre Regenmandl in der letzten Minute hier vorbeigekommen, hätte er den Mann todsicher überfahren. Der Bascht weise aber außer einem Vollrausch, den er sich beim »Branntweiner« zugezogen hatte, und totalem Orientierungsverlust keine weiteren Beeinträchtigungen auf.

»Sehr beruhigend«, ätzte Kotek, total frustriert über den Fehlschlag. Auf der Rückfahrt zur Tankstelle rief sie noch einmal Jacobi an.

»Und?«, fragte er knapp.

»Die volle Pleite!«, rief Kotek verzweifelt. »Er ist mir entwischt. Entweder ist er irgendwo abgebogen, oder er war's gar nicht. Dann könnte der Fahrer auch in Richtung Zell am See gefahren sein.«

»Könnte er.« Wenn Jacobi so wortkarg wurde, bedeutete das meist, dass er anderer Meinung war.

»Also, du Oberguru, dann sag mir eben, wie du die Sache siehst.« Kotek war müde und wurde ungeduldig.

»Noch genau so wie gestern«, begann Jacobi, ohne auf den Fahrer des Range Rovers einzugehen. »Der Mörder versteht was vom Töten und braucht dringend Geld. Würde er sich sonst auf eine so blutige Jagd nach einem Schatz einlassen, dessen Existenz nicht einmal gewährleistet ist?«

»Also fällt für dich Regenmandl weg – auch als Fahrer des Range?«

»Du bist immer so kategorisch: Eure Rede sei ja, ja – nein, nein! Alles andere ist schlecht. Aber so kategorisch ist das Leben nun mal nicht, häufig heißt es: sowohl als auch. Jederzeit können sich Verdachtsmomente und Motive ergeben, die wir noch nicht kennen. Theoretisch könnte zum Beispiel Regenmandls ganzer

Besitz verpfändet worden sein und er vor dem Offenbarungseid stehen, was bei Lebemenschen schon mal vorkommt. Wie gesagt: theoretisch. Aber er ist nicht der Typ, der sich die Butter vom Brot nehmen lässt. Nein, Regenmandl kommt für mich als Mörder eher nicht in Frage, mit oder ohne Alibis.«

»Also stehen für dich nur noch Marageter und Salma Schleißheimer in der vordersten Reihe?«, vergewisserte sich Kotek, die durchaus große Stücke auf Jacobis Instinkt hielt. »Und wer von beiden ist dein Favorit?«

»Wenn Geld das Motiv ist, kommt auch die Schleißheimer kaum in Frage. Hans hat die Buchhaltung ihres Mannes gecheckt und abgesehen von einer Hypothek auf dem Haus nichts gefunden, das Anlass für einen Amoklauf hätte geben können. Außerdem hat sie, was Geld betrifft, seit Jahren einen Fachmann an der Hand: Regenmandl. Das alles ist natürlich kein Beweis für ihre Unschuld, wahrscheinlich würde sie sich jederzeit prostituieren, um einen lukrativen Coup zu landen, aber diese apokalyptische Tour – nein, die würde sie nicht abziehen, Metzgerausbildung hin oder her.«

»Und ihr plötzliches Verschwinden?«

»Könnte wie bei Regenmandl auf Anregung des wahren Mörders hin erfolgt sein. Wie leicht es Q fällt, besorgte Mütter zu manipulieren, hat er uns ja schon auf makabre Art und Weise gezeigt.«

»Dann wäre das letzte Negerlein Blaulicht-Pauli.«

»Die Parameter passen, andererseits verdächtigen wir mit ihm einen integrierten Bürger und ehemaligen Beamten, der noch dazu jahrelang unentgeltlich als Rettungsfahrer tätig war –«

»Unentgeltlich vielleicht, aber nicht uneigennützig«, unterbrach Kotek ihren Partner, der offensichtlich den Verteidiger Marageters spielen wollte. »Er hat aus diesen Connections ebenso Vorteile gezogen – wie Regenmandl eine Liga höher.«

»Aber kannst du dir einen Serienmörder vorstellen, den die Leute ganz locker flockig Blaulicht-Pauli nennen?«

»Warum denn nicht? Ich erspare mir jetzt mal das Klischee, wie rasch sich biedere Bürger in wahnhafte Würger verwandeln, und verweise auf die tägliche Schlachtplatte in den Medien.«

Jacobi lachte leise auf. »Eins zu null für dich. Dann bleiben wir also an Marageter dran, denn wer auch immer der Täter ist: Er scheint ähnliche Probleme wie Blaulicht-Pauli zu haben. Weißt du, was mir gerade noch auffällt? Q scheint es wichtig gewesen zu sein, dass wir Regenmandl nicht eingehender verhören konnten. Vesna Simcits sagte, man habe ihm nahegelegt, sich für ein paar Tage zurückzuziehen. Für ein paar Tage! Das bedeutet doch, dass danach für Q alles gelaufen sein sollte.«

»Was demnach auf Marageter nicht zutrifft. Die wahrscheinlich post mortem gefakte Unterschrift von Schleißheimer hat ihm ja die Verlängerung des Kredits ermöglicht. Er hat also wieder Luft für Monate, nicht nur für Tage.«

»Aber so gesehen hätte er nach dem Mord an Schleißheimer, der für ihn ja noch Sinn machte, nicht auch gleich Lotte Heinrich erstechen müssen.«

»Trotzdem ist Zeit für unseren Täter ein Faktor«, bekräftigte Jacobi, während Kotek am Handy das Ploppen eines Korkens hörte. »Und was fällt uns bei Marageter nach einem Seitenblick auf Regenmandl und Salma Schleißheimer noch auf?«

»Auch er ist verschwunden, obwohl er im Moment weder die Bank noch eine Erpressung zu fürchten hat. Du meinst doch nicht, dass auch er …?«

»Nein, ich glaube nicht, dass er ermordet worden ist. Viel eher hat ihn Q ebenso wie die Randfigur Salli dazu gezwungen, für ein paar Tage unterzutauchen.«

»Und was ist nun die Quintessenz aus deinen Überlegungen?«

»Wir müssen nach einem anderen Mörder suchen. Die bisherigen Favoriten sind vermutlich alle aus dem Rennen.«

»Gut, dass du nicht bei mir im Auto sitzt! Ich wäre sonst versucht, meine Hände vom Lenkrad zu nehmen und dich zu erwürgen, und dann würden wir gemeinsam in die Gasteiner Klamm stürzen. Aber was sollen wir dann machen? Wieder bei der Missbrauchskiste anfangen?«

Im Handylautsprecher ertönte das verhaltene Lachen, das Kotek so an Jacobi liebte.

»Jetzt komm mal wieder runter, Katze, und lass den Laderdinger Kreis außen vor. Der hat Q nur als Paravent gedient, um dahinter seine wahren Absichten zu verbergen und Zeit zu gewinnen. Trotzdem glaube ich, dass wir schon ganz dicht dran sind. Es braucht nur eine kleine Kurskorrektur, dann steuern wir genau aufs Ziel zu.«

»Eine Kurskorrektur in welche Richtung? Moment, ich fahre gerade durch den Tunnel, ich melde mich gleich wieder.«

Als sie nach dem kleineren zweiten Tunnel auf die B 311, die Salzachtal-Bundesstraße, auffuhr, stellte sie die Verbindung wieder her: »Also noch mal: eine Kurskorrektur in welche Richtung?«

»In Richtung Revision. Wir sind nicht konsequent genug an der Prüfung der Hofgasteiner Sparkassenfiliale drangeblieben, weil wir dachten, sie sei nur für Marageter relevant. Die sogenannte Missbrauchskiste und die Ereignisse rund um den Laderdinger Kreis haben uns die Sicht auf das Wesentliche verstellt, obwohl natürlich alles zusammenhängt.«

»Du meinst, die Fragestellung muss daher lauten: Wer ist pleite wie Marageter und hat ein Konto bei der Linzer Sparkasse? Wer hatte Zugang zu den intimsten Geheimnissen des Laderdinger Kreises? Wer kann mit einem Schlachtmesser umgehen wie ein Profi, und wer von den Personen, auf die das alles zutrifft, hat für die Zeiträume der Morde kein Alibi?«

»So ist es.«

»Tja, leider hat uns die Bank, wie nicht anders zu erwarten war, die Auskunft über problematische Kreditnehmer verweigert. Sei also ein lieber Katzenbär, ruf morgen deine alte Freundin Zehentner an und beantrage eine richterliche Verfügung zur Öffnung diesbezüglicher Konten. Ich fahr jetzt noch einmal zur Tanke zurück und melde mich dann von zu Hause aus vor dem Schlafengehen bei dir. Trink nicht zu viel Merlot im ›Marriott‹ und lass dir ja nicht einfallen, so spät noch eine Jause zu bestellen. Möglicherweise brauche ich morgen deinen kühlen Kopf.«

»Du lässt dich also nicht davon abbringen, morgen Mittag diese junge Kollegin im Landhaus deines Cousins abzulösen? Musst du denn wirklich unbedingt selbst auf deinen Köder aufpassen? Dich könnte eine pfeilschnelle Neuschneelawine erwischen.«

»Du hast es schon ganz richtig gesagt: Ich muss. Also, ich küsse dich, alter Brummbär, bis später!«

34 UM ACHT UHR DREISSIG klingelte das Handy von Weider. Er war in seinem Golf gerade auf dem Weg zum Franz-Hinterholzer-Kai.

»Oskar? Was gibt's so Dringendes in aller Herrgottsfrühe?« Hans Weider war ein Morgenmuffel, vor neun Uhr war er nur bedingt ansprechbar, und dass Jacobi ihn jetzt schon wieder von Wien aus wegen seiner jungen Alten anrief, ging ihm ziemlich aufs Gemächt.

»Versuch doch mal bitte Oliver zu erreichen. Seine Kathi hat mich gestern spätabends noch angerufen und mir ganz aufgeregt mitgeteilt, dass er noch immer nicht zu Hause sei. Sie hat Angst, dass er sich was antut.«

»Warum denn das?«

»Weil er doch mit der Rückzahlung der Haushypothek so im Verzug und mit dem Fremdwährungskredit auf die Nase gefallen ist.«

»Das mit dem Fremdwährungskredit wusste ich nicht, aber die Rückzahlung der Hypothek läuft doch schon seit Jahren ziemlich holprig. Warum musste er auch so riesig bauen und warum in Dreiteufelsnamen streicht er seinen längst erwachsenen Kindern nicht endlich das Hotel Mama und vermietet ein Stockwerk?«

»Mit dem Haus hat er sich zweifellos übernommen, aber bisher hat die Bank auch noch nie damit gedroht, darauf zuzugreifen.«

»Welche Bank?«, fragte Weider, obwohl er bereits eine Ahnung hatte.

»Die Linzer Sparkasse, Hans. Wahrscheinlich nur ein blöder Zufall. Ich habe Werner heut schon sehr früh zu Hause angerufen, ob er was weiß. Tatsächlich hat ihn Stubi gestern Nachmittag besucht, wie er das bei kranken Kollegen immer macht. Er habe bedrückt gewirkt, sagt Werner, der sich selbst noch immer ziemlich bedient anhört. Auf die Frage, welche Laus ihm über die Leber gelaufen sei, habe Stubi nur ausweichend geantwortet und sei dann gleich wieder gegangen.«

»Ich werde das Nötige veranlassen und melde mich, sowie ich etwas erfahren habe, Oskar.« Weider klang betroffen, war er sich doch mauernsicher, dass Stubenvoll weder in einem Lokal versumpft war noch aus Verzweiflung über seine finanzielle Situation bei einer Freundin Trost gesucht hatte. Jeder andere, aber nicht

Stubi, der treuste, katholischste Ehemann und Familienvater unter österreichischer Sonne.

»Soll ich Melanie darüber informieren, oder hast du das schon gemacht?«

»Ehrlich gesagt kann ich mir nicht wirklich vorstellen, dass Stubi unser Mann ist, aber ich habe Melli trotzdem benachrichtigt. Durchaus möglich, dass er über die Nachtwache von Leo und Lenz Bescheid weiß, und ich möchte mir nicht für den Rest meines Lebens vorwerfen, ich hätte meinen Lebensmenschen aus falscher Loyalität zu Kollegen ins offene Messer rennen lassen. Sie ist übrigens schon unterwegs nach Gastein und wird in circa einer Stunde in Böckstein eintreffen.«

»Ich weiß. Ich stehe ja in ständiger Verbindung mit Leo und Lenz.«

»Gut. Und dann ist da noch was, Hans. Tu mir den Gefallen und ruf den alten Vorrath von der Asservatenkammer an. Er soll die beschlagnahmten Koksbestände auf das Gramm genau überprüfen –«

»Warum denn das? Doch nicht etwa, weil man Stubis Ältesten mit selbst erzeugten Tabletten erwischt hat?«

»Und lass dir die Besucherliste der letzten vierzehn Tage rüberfaxen«, setzte Jacobi unbeirrt fort. »Dann rufst du die Verrechnungsabteilung an, Helga soll dir die Gehaltsvorschuss- und Darlehensbezieher des Referats samt ihren Verbindlichkeiten durchgeben.«

»Du … du willst unsre Kollegen bespitzeln, Oskar? Das hätt ich nie und nimmer von dir gedacht. Ich hab auch schon mal einen Gehaltsvorschuss genommen.«

»Wann?«

»Na ja, vor …«

»Genau, vor zwanzig Jahren, Hans. Als du angefangen hast, dein Häuschen in Parsch zu bauen, als dein erstes Kind gekommen ist und sich deine Eltern haben scheiden lassen. Das war das einzige Mal, Hans, und ich will hier niemanden bespitzeln, sondern nur Melanie und uns alle schützen.«

»Schon gut, Oskar. Was ist denn da für ein Lärm im Hintergrund? Bist du nicht mehr im Hotel?«

»Nein, ich bin schon in Schwechat am Flughafen und komme mit der nächsten Maschine nach Hause.«

35 KOTEK HIELT SICH nicht lang am Posten Hofgastein auf. Nachdem sich Haberstroh mit Postenkommandant Höllteufel über die neuerliche Suche nach Marageter kurzgeschlossen hatte, fuhr sie weiter nach Böckstein.

War Höllteufel am Vortag noch etwas verschnupft gewesen, als sich Kotek in puncto Zeugenschutzprogramm nicht sehr mitteilsam gezeigt hatte, so hatte er Haberstroh nun sofort zwei Gendarmen zur Seite gestellt, ohne sich erst lange bitten zu lassen. Mehr Leute hätte er ohnehin nicht entbehren können.

Haberstroh hatte mittlerweile eine sehr konkrete Vorstellung davon, wo und wie Marageter aufzuspüren war. Den Tipp hatte er von Melanie, die ihn wiederum von Resi Neuhuber beziehungsweise von Leo Feuersang bekommen hatte.

Am Vorabend war Kotek auf der Heimfahrt blitzartig klar geworden, warum so erfahrene Ermittler wie Feuersang und Haberstroh den ehemaligen Kollegen Marageter nicht hatten finden können. Die Distanz zwischen ihnen und den Einheimischen war zu groß. Letztere dachten nicht im Traum daran, irgendetwas Aktuelles über Blaulicht-Pauli preiszugeben, die Männer vielleicht aus Neid oder weil sie sich schämten, und die Frauen …

Die Kumpels vom Roten Kreuz hielten jetzt besonders dicht, nachdem sie zuvor beim Alibi umgefallen waren, und um ein geeignetes Vertrauensverhältnis zu jenen anderen Gasteinern aufzubauen, die etwas über die Lebensgewohnheiten von Blaulicht-Pauli hätten aussagen können, wären wohl Tage nötig gewesen. Aber ein ganz spezielles Vertrauensverhältnis konnte Kotek sich sofort zunutze machen: die Sympathie, die Resi Neuhuber für Leo Feuersang empfand.

Plötzlich war alles recht einfach gewesen. Sie hatte zum Handy gegriffen, Leo hatte seinerseits Resi Neuhuber angerufen und war dabei tatsächlich auf eine Goldader gestoßen.

Paul Marageter war weit über das Gasteiner Tal hinaus als Don Juan berühmt-berüchtigt.

Natürlich wusste Resi Neuhuber über fast alle Damen zwischen sechzehn und sechzig Bescheid, durch deren Betten er im Lauf der Jahre gehüpft war oder die sich zumindest gern in diese lange Liste eingetragen hätten. Mit dem feinen Instinkt der Geschlechtsgenossin filterte sie für ihren Leo all jene Kandidatinnen heraus, die Pauli jederzeit auch für mehrere Tage Unterschlupf gewährt hätten.

»Für eine so heikle, ins Kriminelle hineingehende Angelegenheit bleiben natürlich nicht mehr viele übrig«, sagte sie schließlich sehr bestimmt. »Es macht nämlich durchaus einen Unterschied, ob man sich vom nimmermüden Pauli hie und da … äh, beglücken lässt, weil einem grad danach ist, oder ob man seinetwegen gleich die eigene Existenz aufs Spiel setzt.«

»Aber warum sollte eine Bettgefährtin die eigene Existenz aufs Spiel setzen, wenn sie Paul Marageter Unterschlupf gewährt?«, gab sich Feuersang blauäugig.

»Glaubst du, ich bin deppert?«, entrüstete sich Resi Neuhuber. »Ich weiß doch, dass ihr Pauli im Visier habt. Wer sonst sollte der Mörder von Fredl gewesen sein? Es wurde immer schon gemunkelt, er sei der Vater von Chrissie, und wenn Fredl – was ich zwar nicht glauben kann, man aber jetzt allenthalben hört – auf kleine Mädchen stand, dann –«

»Okay, Resi, ich sehe schon, du bist im Bilde, aber sei mir nicht bös, wenn ich aufs Tempo drücke, wir stehn nämlich mächtig unter Zeitdruck. Möglicherweise hängen weitere Menschenleben von deinen Infos ab. Wer also könnte Pauli Unterschlupf gewähren?«

Dass ihr heimlicher Schwarm sie so brüsk unterbrach, schlug Resi Neuhuber doch ein wenig aufs Gemüt, und so ließ sie sich trotz nochmaliger Aufforderung mit der Antwort Zeit.

»Hm, da wär zum einen Hildegard Taxbacher«, fuhr sie nach einer vielsagenden Pause schließlich fort, »die würde sich für Pauli sogar vierteilen lassen, ohne von ihm jemals eine Gegenleistung zu verlangen, außer natürlich, dass er es ihr dann und wann besorgt. Pauli schätzt diese Selbstlosigkeit bei Damen. Wenn sie ihm nicht den geringsten Druck machen, hält er ihnen sogar über Jahre hinweg die Treue – auf seine Schmetterlingsart natürlich. In Hildes Frühstückspension ist er schon des Öfteren tagelang abgetaucht. Hildes Mann, ein Ingenieur am Kraftwerks- und Straßenbau, schiebt einen Dekadendienst mit zehn Tagen Arbeit und vier Tagen Heimurlaub, und die beiden Töchter studieren in Salzburg und lassen sich nur manchmal am Wochenende zu Hause blicken.«

»Also könnte Pauli bei dieser Hilde sein?«, drängte Feuersang. »Wo –«

»Nein, da kann er diesmal eben nicht sein«, unterbrach ihn seine Informantin. »Hilde ist im Spital – eine Frauensache –, also kann sie ihm diesmal unmöglich helfen, was sie andernfalls sicher getan hätte.«

»Und wer käme noch in Frage?«, fragte Feuersang nun wieder ganz beiläufig. Er wollte Resi Neuhuber nicht noch einmal darauf hinweisen, dass ihm Kollegin Kotek im Nacken und er selbst auf Nadeln saß.

»Ich sehe da nur mehr Salli, die Mutter seiner Tochter Chrissie. Die Beziehung zwischen ihnen ist all die Jahre hindurch eigentlich nie ganz eingeschlafen, aber das dürfte euch ja nicht neu sein, oder?«

Jetzt war es Feuersang, der nicht sofort antwortete. Die Aussage hatte ihn doch etwas überrumpelt. »Doch ja, das hat Salli Schleißheimer bei der Vernehmung am Posten auch gesagt«, beeilte er sich nach einer Gedenksekunde zu bestätigen, »obwohl wir eigentlich davon ausgegangen sind, dass Regenmandl der Platzhirsch ist.«

»War er ja auch – soweit es ihre bürgerlichen Sehnsüchte betraf. Sie hätte ihn sogar geheiratet, wenn er gewollt hätte, aber er hat sich ja lieber an die reiche Edda Andrássy gehalten und Salli geraten, Fredl Schleißheimer zu nehmen, was sie, ohne mit der Wimper zu zucken, ja auch getan hat. Ihre kleine Hochzeitsfeier hat übrigens der Herr Direktor ausgerichtet.«

»Und welche Rolle spielt für Salli nun Marageter?«, fragte Feuersang sichtlich ratlos.

»Der Pauli ist immer der sentimentale Favorit im Hintergrund geblieben. Er und Salli gehen miteinander bergsteigen, klettern und jagen. Muss ich noch weiterreden? Salli ist und bleibt eine wilde Katze. Man sagt ihr sogar nach, dass sie das Blut von frisch erlegtem Wild trinkt und dabei einen Orgasmus hat. Wenn also irgendein Mannsbild zu ihr passt, dann der Pauli. Warum wohl war er der Einzige, von dem sie sich ein Kind hat machen lassen, obwohl sie angeblich schon mit dreizehn die Pille genommen hat, na?«

»Gut und schön, aber Paul Marageter wird doch nicht im Haus

der Schleißheimer unterkriechen – nicht bei derart aufmerksamen Nachbarn.«

Resi Neuhuber gackerte vor Vergnügen. »Natürlich nicht! Muss er doch auch nicht. Pauli ist beim Roten Kreuz, bei der Bergrettung, beim Alpenverein und bei zig anderen Vereinen und Grätzeln. Allein der Alpenverein besitzt und betreut mehrere Schutz- und Almhütten, die Pauli bisher nicht nur ein Mal zweckentfremdet hat. Deshalb bin ich auch fest davon überzeugt, dass er nicht irgendwo weit entfernt abgetaucht ist, sondern sich hier in den Bergen versteckt hält. Da kennt er sich aus, und wenn ein Versteck nicht mehr sicher genug erscheint, wechselt er einfach ins nächste.«

»Und wozu braucht er dann Salli Schleißheimer? Warum sollte er sie da mit hineinziehen? Noch dazu, wo sie selbst zu den Verdächtigen zählt?«

»Ist sie denn zur Fahndung ausgeschrieben – so wie er?«, kam postwendend die Gegenfrage.

»Nein«, musste Feuersang einräumen. »Als ihr Mann ermordet wurde, war sie sehr wahrscheinlich bei der Bachblüten-Lotte. Für deren Todeszeit hat sie allerdings kein hieb- und stichfestes Alibi.«

»Tja, warum sollte er sie da mit hineinziehen?«, wiederholte sie seine Frage. »Salli könnte ihm zum Beispiel einen Zwanzig-Kilo-Rucksack in die verschneite Hochalm schleppen. So ein Bravourstück könnten zwar einige der Frauen hier im Tal zustande bringen, aber wie viele von denen würden das für einen von der Polizei gesuchten Flüchtling tun?«

»Wenn ein Hofgasteiner ›Hochalm‹ sagt, meint er damit die Gadaunerer Hochalm, oder? Du vermutest den Blaulicht-Pauli also dort oben?«

»Wie viel willst du wetten? Einer meiner Buben, der Hubsi, hat die beiden gestern am frühen Abend ins Angertal hineinfahren sehen. Er ist gerade aus dem letzten Bus, der zu uns herauffährt, an der Haltestelle ausgestiegen, da ist sie ganz knapp an ihm vorbeigebraust. Hubsi hat sie und ihren roten VW Polo im Licht der Straßenlaterne trotz Dämmerung erkannt. Er ist ein Autofreak und merkt sich unzählige Kennzeichen, außerdem hat Salli einen Ruf wie Donnerhall in Gastein – schon bei Halbwüchsigen. Und er hat noch etwas gesehen: einen schweren Rucksack und Tourenski im Kofferraum des Polo. Ich sag's noch mal: jede Wette, dass Salli den Wagen im Parkhaus Angertal abgestellt hat und dann mit Tourenskiern, Kopflampenhelm und Rucksack zur Hochalm aufgebrochen ist.«

»Und wohin in die Hochalm?«, fragte Feuersang, von Resis Selbstsicherheit mitgerissen.

»Zur Wolkerl-Hütte, würde ich vermuten. Das ist eine Schutzhütte des Alpenvereins, und Pauli hat sicher einen Schlüssel. Wenn er nicht dort sein sollte, kannst du dir ein Jahr lang jeden Monat ein Kilo Butter bei uns am Hof abholen.«

»Ein wirklich verlockendes Angebot. Da weiß ich echt nicht, ob ich hoffen soll, den Blaulicht-Pauli in der Wolkerl-Hütte zu finden.«

Zum Abschied musste Feuersang der mitteilsamen Resi noch hoch und heilig versprechen, persönlich am Neuhuber-Hof vorbeizuschauen, ehe das Referat Leib und Leben Gastein wieder verließ.

36 AN DER BERGBAHN-TALSTATION Angertal trafen Max Haberstroh und die Gasteiner Gendarmen auf Xandl Vranek, den Firmeninhaber der »Vranek Erdbewegung«, der auch einen Wintersport-Equipment-Verleih betrieb. Zwei Ski-Doos standen schon bereit. Vranek hatte sie sofort nach Höllteufels Anruf mit dem Kleinlaster ins Angertal transportiert, um Zeit zu sparen.

Der rote VW Polo von Salma Schleißheimer stand in der hintersten Ecke des zweiten Parkdecks, sodass sich die Vermutung Resi Neuhubers nun zur Wahrscheinlichkeit verdichtete.

Den beiden Gendarmen war die Handhabung der motorisierten Kufengleiter mehr als geläufig. Nach einer knappen Stunde hatten die drei nach einer traumhaften Fahrt durch den verschneiten Karteisenforst die Waldgrenze erreicht und kurvten durch die letzten Kehren vor der Hochalm.

Inspektor Josef Hofstätter pilotierte nicht nur den Ski-Doo souverän, sondern hatte sich zu Beginn der Fahrt auch schon als wichtige Informationsquelle für seinen Beifahrer Haberstroh erwiesen.

Auf dessen Frage erklärte er ohne Wenn und Aber, dass ein konditionsstarker Tourengeher von ihrem Standort aus über zwei Routen ins Naßfeld gelangen könnte – auch bei den derzeitigen Witterungsbedingungen: entweder vom Angertal hinauf zur Miesbühelscharte und hinüber in die Bockartsee-Senke oder von der Gadaunerer Hochalm aus über Erzwies und Baukarlscharte ebenfalls zum Bockartsee.

»Von dort gibt es bei diesem Wetter nur mehr eine Möglichkeit: durch den kurzen Bockartsee-Tunnel hinunter ins Naßfeld. Der war seinerzeit die einzig sinnvolle und logistisch notwendige Transportverbindung vom Naßfeld hinauf zum Bockartsee-Wehr.«

Er hatte tatsächlich »logistisch« gesagt, und Max Haberstroh war tief beeindruckt.

»Üblicherweise benutzen nur Befugte den Tunnel, aber zurzeit finden Wartungsarbeiten an der Staumauer statt, weshalb er manchmal oft tagelang offen steht. Während also der Abstieg von der Bockartsee-Hütte über den verschneiten Wandersteig eine Option für Selbstmörder wäre, stellt die Route durch den Tunnel eine bequeme und relativ sichere Abkürzung dar.«

37 KOTEK WAR EBEN an der Ortschaft Böckstein vorbeigefahren und hatte noch einmal Redl und Feuersang kontaktiert. Abgesehen von den Anrainern des »Hotels Evianquelle« hatten die beiden niemanden in Richtung Naßfeld fahren oder touren gesehen, und von ihrem Beobachtungsposten aus hätten sie jeden Pkw und jeden Passanten spätestens an der hell erleuchteten Brücke bemerkt.

Feuersang hatte am Handy ziemlich übernächtigt geklungen, was ja auch kein Wunder war. Kotek hatte nicht zu fragen gewagt, ob einer von ihnen auf der Wache eingeschlafen war.

Die alte Naßfelder Straße war bis zum Parkplatz hinter dem »Hotel Evianquelle« geräumt. Von dort war an ein Weiterkommen auch mit einem Allrad-Pkw nicht mehr zu denken. Kotek ließ den Wagen stehen und bereitete sich auf die Tour nach Sportgastein vor.

Noch immer schneite es – zwar nicht mehr ganz so stark wie am Vortag, aber dennoch dicht genug, um die Sicht auf zwanzig bis dreißig Meter zu begrenzen. Auf der schmalen Trasse zwischen buschbestandenem Hang und Gasteiner Ache stach Kotek nichts Verdächtiges ins Auge. Nur jungfräulicher Schnee – keine zugeschneiten Reifenspuren in Richtung Asten-Almen und auch kein noch so kleiner Hinweis auf einen nächtlichen Tourengeher.

Da erreichte sie der Anruf von Max Haberstroh und machte ihr augenblicklich Beine. Schnell verständigte sie noch Redl, Weider und Jacobi und versprach, sich sofort zu melden, wenn sie das Landhaus erreicht hatte.

38 AUF DER GADAUNERER HOCHALM standen etliche Almhütten. Die erste nach der Waldgrenze und der Hochalm-Straße am nächsten gelegene gehörte dem Stubner Bauern. Nur wenige Meter dahinter stand eine zweite, auf deren Höhe die Ski-Doos hielten.

Haberstroh und die beiden Gendarmen hätten blind und vom Geruchssinn verlassen sein müssen, wäre ihnen trotz des Schneefalls nicht der dicke Qualm aufgefallen, der aus dem gemauerten Kamin quoll. Anders als bei den umliegenden eingeschossigen Almhütten handelte es sich bei dieser um einen atypischen schmalbrüstigen Holzbau mit steilgiebligem Dach und zweitem Stockwerk.

»Die Wolkerl-Hütte«, erklärte Hofstätter. »Gehört dem Alpenverein. Wie man sieht, ist sie belegt.«

Haberstroh nickte. »Drinnen müssten sie die Motoren längst gehört haben. Komisch, dass niemand vor die Hütte tritt, was in dieser Einöde eigentlich zu erwarten wäre. Wahrscheinlich hatten wir mit unserer Vermutung wirklich recht. Kollege Hofstätter, du fährst noch ein Stück weiter hinauf und näherst dich dann der Hütte von oben. Und Herr … äh …«

»Gruber, Inspektor Philipp Gruber«, half der Beamte Haberstroh.

»Danke, also der Kollege Gruber bleibt hier bei seinem Gerät – zur Sicherheit, falls etwas Unvorhergesehenes passiert und ein Kontakt mit dem Tal notwendig werden sollte.«

»Die Handys funktionieren hier oben übrigens nur an bestimmten Stellen und heute wahrscheinlich noch seltener als sonst«, informierte Hofstätter.

»Okay, sobald du auf Position bist, versuchst du mich anzurufen. Und wenn du nicht durchkommst –«

»Dann pfeife ich auf den Fingern. Ich denke, das werdet ihr auch bei Schneefall noch aus zweihundert Meter Entfernung hören.«

Die Handyverbindung war zwar miserabel, aber der Ruf ging durch. Haberstroh stapfte auf die Wolkerl-Hütte zu, immer darauf gefasst, dass sich eine Tür oder ein Fenster öffnete.

Und tatsächlich – als er nur noch zehn Meter von der Hütte entfernt war, flog mit einem Mal ein Fenster auf. Ein Schuss knallte, Haberstroh warf sich reflexartig in den Schnee und rollte sofort zur Seite.

»Frau Schleißheimer, Herr Marageter!«, rief er tief auf den Boden vor der Hütte hingeduckt und zog seine Dienstwaffe. »Das hat doch alles keinen Sinn mehr. Durch solche Aktionen setzen Sie sich nur noch stärker ins Unrecht. Soll wirklich noch weiteres Blut fließen?«

Keine Reaktion von drinnen. Haberstroh rappelte sich langsam hoch und achtete darauf, sich ja nicht hastig zu bewegen.

»Wer sind Sie, und was wollen Sie?«, ertönte schließlich doch von drinnen eine Frauenstimme.

»Bezirksinspektor Haberstroh vom Landesgendarmeriekommando Salzburg, Frau Schleißheimer. Wir suchen in erster Linie nicht Sie, sondern Paul Marageter.«

»Ach ja? Mit dem Pauli wollen Sie sprechen? Da hätten Sie früher kommen müssen.«

Haberstroh durchlief es heiß und kalt. »Dürfen wir trotzdem reinkommen?«

39 KOTEK HATTE DEN ALMBODEN von Sportgastein erreicht. Die Tour wurde durch den dichten Schneefall erschwert und hatte ihr fast alles abverlangt. Sie war zwar durchtrainiert, aber in dieser Disziplin nicht so geübt wie etwa ein Lorenz Redl, der bei Tourengehern wegen seiner Zähigkeit und Ausdauer als Begleiter gefürchtet war. Von ihm hieß es, er mache jeden hin.

Von der »Evianquelle« bis kurz hinter die Asten-Almen war es vergleichsweise noch ein Spaziergang gewesen, aber ab Kesselfall und Russenbrücke nahm die Steigung spürbar zu. Vorteilhaft wirkte sich hier nur die dicke Schneedecke aus, die aus dem sonst so steinigen und schrundigen Steig eine glatte weiße Fläche machte. Der Schnee war zum Glück fest und kompakt, was die Lawinengefahr möglicherweise noch für ein paar Stunden hinausschob.

Das steilste Stück begann nach dem Schleierfall. Dort wechselte Kotek über die romantische Holzbrücke zurück auf die rechte Seite der Ache, die hier noch Naßfelder Bach hieß. Trotz Grätschschritt und Fellen auf ihren Skiern war sie immer wieder in Gefahr geraten zurückzurutschen. Die Anstrengung und die Angst, jeden Moment eine Lawine auszulösen, ließ ihr den Schweiß in Bächen am Körper hinabrinnen. Die Steigung schien kein Ende nehmen zu wollen, sodass sie in immer kürzeren Abständen rasten musste.

Mit zitternden Beinen erreichte sie schließlich die Scheitelhöhe des Naßfelder Kraftwerks. Während sie sich mit einer Hand am Absperrungsgitter zur Staumauer festhielt, griff sie mit der anderen zum Handy: der zweite Anruf von Max Haberstroh!

Die neuen Nachrichten von der Gadaunerer Hochalm ließen ihre Kräfte zurückkehren, und zwanzig Minuten später schnallte sie die Tourenski vor dem Landhaus ab, wobei sie dessen Front keine Sekunde aus den Augen ließ.

Mit großer Erleichterung sah sie Tina Hohenauer an einem Stubenfenster stehen und ihr von drinnen zuwinken. Tina schien genauso erleichtert zu sein wie sie. Nun musste sie die Verantwortung nicht mehr allein tragen.

Kotek klaubte ihr Handy aus dem Anorak, wählte Weiders Nummer und gab Entwarnung: »Also, damit Oskar zufrieden ist: Batrachomyomachia. Hier im Landhaus ist noch alles an seinem Platz. Melde mich in zwei Stunden wieder.«

Kotek stellte die Ski neben der Haustür ab, während sie hörte, wie sich der Bartschlüssel im vorsintflutlichen Schloss drehte. Sie war kein heuriger Hase, und professionelle Vorsicht bedeutete ihr wesentlich mehr als die Angst, sich lächerlich zu machen, also zog sie ihre Neunzehner Glock, um bösen Überraschungen vorzubeugen.

Die Tür öffnete sich, und der Kussmund von Tina Hohenauer formte beim Anblick der Pistole ein rundes »Oh!«.

Kotek lachte. »Kein Grund zur Besorgnis. Ich wollte nur auf Nummer sicher gehen. Keine besonderen Vorkommnisse bisher?«

Sie steckte die Glock ins Holster zurück und trat ins Vorhaus, dann explodierte die Welt um sie herum.

40 ALLMÄHLICH kam Melanie Kotek wieder zu sich, aber ihre Umgebung konnte sie vorerst nur wie durch einen Nebel wahrnehmen. Rechts oben an ihrem Kopf pochte der Schmerz gewaltig. Sie spürte, dass die Haut dort aufgeplatzt war und Haare an- und zusammenklebten. Aus einem Reflex heraus wollte sie mit der rechten Hand dorthin fassen, konnte aber nicht. Auch nicht mit der linken.

Trotz des Dämmerzustands, in dem sie sich befand, begriff sie, dass sie in der Stube von Ostermeyers Landhaus mit dem Rücken an etwas Weiches gelehnt auf dem Fußboden saß und ihre Handgelenke rücklings fixiert waren mit … mit ihren eigenen Handschellen?

Möglich war es. Sie hatte vorsichtshalber zwei Paar mitgenommen, weil mit Situationen zu rechnen gewesen war, die sie notwendig gemacht hätten.

Nun, eine solche Situation schien jetzt eingetreten zu sein – doch leider nicht so, wie sie es geplant hatte.

Die Erkenntnis, sich in einer ziemlich prekären Lage zu befinden, brachte ihren Kreislauf in Schwung. Sie blickte sich um. Das zweite Paar Handschellen war Hohenauer angelegt worden. Sie saßen Rücken an Rücken, waren kreuzweise aneinandergefesselt und lehnten mit jeweils einer Schulter am Specksteinofen.

Koteks Blick wanderte weiter zur Sitzecke, wo zwei Personen am Tisch saßen. Eine davon war Amanda Häuslschmied. Ihr Gesicht war eingefallen, sie sah mitgenommen aus. Von der rechten Wange hing ein breites Klebeband herunter, das wohl als Knebel gedient hatte, und ihre Handgelenke waren ebenfalls mit Handschellen versehen. Zusätzlich hatte man sie an den schmiedeeisernen Schirmständer gekettet, der zwischen Stubentür und Sitzecke am Boden festgeschraubt war.

Die Person auf der anderen Tischseite war ein dunkelhaariger Mann Anfang dreißig, der anscheinend für das dritte Paar Handschellen verantwortlich war. Kotek kannte ihn.

»Werner, du? Darauf wär ich im Leben nicht gekommen.«

Das Eingeständnis seiner langjährigen Kollegin nötigte Werner Wegener, dem Stellvertreter von Spusi-Chef Oliver Stubenvoll, ein zufriedenes Lächeln ab.

»Endlich munter geworden, Frau Oberleutnant?«, sagte er aufgeräumt. »Ich dachte schon, ich hätte ein wenig zu fest zugeschlagen.«

»Es tut mir so leid, Frau Kotek«, meldete sich jetzt zerknirscht die Praktikantin zu Wort. »Heut Vormittag beim Kochen sind zwei alte Schmelzsicherungen durchgebrannt. Zufällig wusste ich, dass drüben in der Genossenschaftsalm noch eine so vorsintflutliche Sicherung installiert war.«

»Und weil wegen des dichten Schneefalls keine Gefahr von außen zu fürchten war, haben Sie trotz ausdrücklicher Weisung das Haus verlassen und sind zur Genossenschaftsalm gegangen, um diese blöden Schmelzsicherungen zu schnorren«, ergänzte Kotek ungehalten.

Wegener grinste. »Ich würde nicht zu streng über die junge Kollegin urteilen. Ja, ich bin in der Früh mit den Tourenskiern über die alte Naßfelder Straße heraufgewandert, aber es war purer Zufall, dass ich gerade in dem Moment am alten Gewerken-Gesellschafterhaus vorbeikam, als ich jemanden über die Brücke des Siglitzbaches gehen hörte.«

»Eine oder zwei Brückenbohlen sind seit Jahren lose«, glaubte Hohenauer erklären zu müssen. »In der Stille hört man das Poltern ziemlich weit.«

Doch die Beschaffenheit der Brücke beschäftigte Kotek im Augenblick wesentlich weniger, als wie Wegener ins Naßfeld gelangt sein wollte. Blitzartig fiel ihr die gestrige nächtliche Begegnung an der Tankstelle beim »Posauner Wirt« ein. Der dunkelblaue Range Rover! Wenn nicht Regenmandl selbst am Volant gesessen hatte, konnte nur sein Mörder mit dem schweren Geländefahrzeug gefahren sein – und zwar so weit, wie es damit möglich war, also vermutlich bis in die Nähe der Asten-Almen. Dort hatte er dann irgendwo abseits der alten Naßfelder Straße im Wagen übernachtet und war am Morgen mit den Tourenskiern losgezogen.

Aber warum hatte sie weder vom Wagen noch von ihm selbst die geringste Spur im Naßfelder Tal entdeckt? Und wie war es ihm nur geglückt, unbeobachtet an der Böcksteiner Brücke vorbeizufahren? Dort hätte jeder vorbeimüssen, der ins Naßfelder Tal wollte, egal, ob er später auf Höhe »Evianquelle« die neue oder die alte Naßfelder Straße wählte.

Wegener nickte grinsend. »Du sagst es, ich habe das Poltern gehört. Natürlich sah ich mich gezwungen, auf der eigenen Spur zurückzulaufen, um zu sehen, wer bei diesem extremen Wetter unterwegs war. Zu meiner freudigen Überraschung erkannte ich die junge Kollegin, die mir bereits von Pauli avisiert und bis ins Detail beschrieben worden war. Von ihm wusste ich, dass man sie zum ZSP abkommandiert hatte, und auch, dass sie eine Bettgenossin von Pauli war.«

Eine reife Tomate aus dem burgenländischen Seewinkel hätte neben Hohenauer blass ausgesehen.

»Ich habe Pauli nichts gesagt!«, beteuerte sie.

»Aber er hat Sie angerufen oder angesimst?«, wollte Kotek wissen. Ihr war kotzübel, und das war nicht allein die Folge der Gehirnerschütterung.

»Mehrmals«, bestätigte Hohenauer. »Heut früh hat er es so lange probiert, bis ich rangegangen bin. Das war so gegen neun Uhr, als der Schneefall vorübergehend nachließ. Er hat mich sofort nach dem Zeugenschutzprogramm ausgefragt. Ich tat, als wüsste ich von nichts, und als ich ihm auch nicht sagen wollte, wo ich mich im Augenblick befand, hat er überraschend schnell aufgelegt.«

»Kollegin Tina hat kein einziges Mal gefragt, *wer* denn überhaupt ins ZSP genommen werden sollte«, erklärte Wegener weiter, »deshalb erriet Marageter natürlich gleich, dass sie eingeweiht war. Und dass Fritz Ostermeyer mit dir verwandt ist und ein Landhaus in Sportgastein besitzt, war ihm ebenfalls bekannt. Gastein hält schließlich etwas auf seine Beziehungen zum alten Adel. So fügte sich eines zum andern. Wir mussten diese Spur also nur weiterverfolgen.«

»Wir? Paul Marageter ist doch nicht etwa dein Komplize, oder?«

Wegener ließ sich mit der Antwort Zeit. »Sagen wir es mal so: Mit dem Material, das ich in den Wohnungen von Schleißheimer und Heinrich gefunden hatte, konnte ich ihm ein wenig Druck machen. Pauli sollte auskundschaften, wo das ZSP stattfindet oder wenigstens einen wichtigen Tipp dazu liefern, und sich gleichzeitig irgendwo verstecken, um Verwirrung zu stiften. Ich brauchte schließlich Zeit.«

»Um dir das Nazigold von Hans Häuslschmied zu krallen«, platzte es aus Kotek heraus. »Aber warum? Du bist doch wohlhabend und brauchst kein Geld.«

»Außerdem klebt ohnehin schon so viel Blut an diesem Gold«, meldete sich plötzlich wieder Hohenauer fast beschwörend zu Wort.

Die naive, für Kotek aber nicht überraschende Äußerung veranlasste Wegener, die Luft verächtlich durch die geschlossenen Lippen zu blasen. »Spielt das jetzt noch irgendeine Rolle, Häschen?«

»O ja, natürlich spielt es eine Rolle«, stellte Kotek klar. »Wir wissen, dass du auf dem Weg zum Gold schon zwei Mal über Leichen gegangen bist, wahrscheinlich sogar drei Mal! Regenmandl ist ja auch verschwunden. Was hast du mit ihm gemacht?«

Wegener nahm einen Schluck aus der vor ihm stehenden Kaffeetasse, und Kotek registrierte, was ihr unterschwellig längst bekannt war: Ihr Kollege war Linkshänder.

Während er die Tasse absetzte, sagte er entschieden: »Jetzt lass mal die Kirche im Dorf. Das mit Fredl Schleißheimer und Lotte Heinrich war ich nicht. Ich bin schließlich nicht der Einzige, der von Häuslschmieds Gold wusste. Und wo Regenmandl sich versteckt, weiß ich erst recht nicht.«

Amanda Häuslschmied schüttelte energisch den Kopf. »Niemand außer mir hatte Kenntnis von dem Gold«, behauptete sie.

Wegeners Antwort war zunächst nur eine wegwerfende Handbewegung. »Mach dich nicht lächerlich, du Gruftassel, und denk mal an deinen Anruf bei Lotte Heinrich zurück. Dein verblichener Hans hat ihr die Aussicht auf das Gold in einem Brief geradezu aufgedrängt, um sie zur Rückkehr aus Amerika zu bewegen, wobei es ihm natürlich in erster Linie um das Kind ging.«

»Unsinn! Totaler Unsinn!«, rief die alte Frau.

»Unsinn? Ich habe den Brief selbst in der Hand gehabt. Ja, ich habe ihn neben anderen Infos bei der Haussuchung gefunden und einbehalten, aber die Bachblüten-Lotte habe ich nicht angerührt. Wenn man weiß, was sich im Laderdinger Alpl abgespielt hat und wie zugedröhnt dein Mann dort oft war, dann kann man sich durchaus mehrere Mitwisser vorstellen.«

Warum Wegener die Morde so konsequent leugnete, ahnte Kotek inzwischen. Vorsichtshalber ließ sie das Thema fallen.

»Erklär mir eins: Wie konnte es überhaupt so weit kommen?«, bog sie den Diskurs ins Allgemeine ab. »Und was sollte die ironische Anmerkung über alten Adel? Soviel ich weiß, stammst du doch selbst von einem pannonischen Grafen ab und hättest es gar nicht nötig gehabt, in den Staatsdienst zu gehen.«

»Du hast ganz richtig gesagt: ›Soviel du weißt‹, und das, was du weißt, ist eben nicht besonders viel. Euch vom Referat 112 reichten ja schon immer die paar Eckdaten über mich. Dass ich zwei Villen am Wörthersee und Zinshäuser in Graz und Salzburg besaß und es eigentlich nicht nötig gehabt hätte zu arbeiten, war alles, was bei euch hängen geblieben ist. ›Doch die Verhältnisse sind nicht so‹, heißt es, glaub ich, bei Brecht. Das alles war einmal.«

Er starrte durchs Fenster hinaus ins weiße Nichts. Erst nach etlichen quälend dahintropfenden Sekunden fuhr er fort: »Aber ja, eins stimmt. Mein heute so prinzipientreuer Vater ist Arthur Graf von Hofstetten-Wilfersdorf aus einer Seitenlinie derer von Lockenhaus-Pannoneia. Seit zwei Jahrzehnten managt er vom Stammschloss Mannersdorf aus die Hofstetten-Wilfersdorf'schen Besitzungen von Köszeg bis hinunter nach Pornoapati. Außerdem ist er mit Crossover-Unternehmen aus Agrarindustrie, Weinbau, Touristikbetrieben und Solartechnologie in Südburgenland und Westungarn erfolgreich.«

»Deiner ambivalenten Diktion entnehme ich, dass zwischen dir und deinem Vater nicht das beste Einvernehmen herrscht«, klopfte Kotek auf den Busch.

Wegener bleckte die Zähne. »Als Student der Agrarwissenschaften hat er meine Mutter geschwängert und sie sogar geheiratet – gegen den Willen seiner gesamten Verwandtschaft. Mama musste allerdings einen Ehevertrag unterschreiben, und als schließlich die erste Brunst verflogen war, wollte er nichts mehr von ihr wissen.«

»Scheidung und Abfindung?«, vermutete Melanie Kotek.

»Ja, Mama bekam die zwei Villen am Wörthersee, die Mietskasernen in Graz-Liebenau und die in Salzburg-Wals, in der ich noch immer wohne.«

»Immerhin eine nicht gerade mickrige Abfindung, oder hat deine Mutter das anders gesehen?«

Wegener winkte verächtlich ab. »Mama ging es nie um Geld. Sie hat die Scheidung nicht verkraftet, bekam wie aus dem Nichts Magenkrebs, eine sehr aggressive Form, und starb innerhalb weniger Jahre.«

»Wie alt warst du da?«

»Ich war gerade schulpflichtig geworden. Mein wiederverheirateter Vater nahm mich zwar zu sich nach Mannersdorf, aber ich konnte ihm von Anfang an nie was recht machen. Weder war er mit meinen schulischen Leistungen zufrieden noch mit meinem Benehmen im Allgemeinen. Ich wiederum konnte ihm den Tod meiner Mutter nicht verzeihen, und meine neue Stiefmutter tat ein Übriges, um ja ihre Bälger in Position zu bringen und mich ins Abseits zu drängen.«

»Was ihr schließlich auch gelang?«, vermutete Kotek.

Wegener nickte versonnen. »Als ich mit fünfzehn sogar die Schule schmiss, war es so weit. Mein Vater setzte mich entnervt vor die Tür und gab mich zu meiner alleinstehenden resoluten Großmutter mütterlicherseits nach Salzburg in Kost und Logis. Die Fini-Oma schaffte es immerhin, dass ich die Gendarmerieschule auf Burg Hohenwerfen besuchte, und brachte mich danach im Staatsdienst unter. Nach ein paar Jahren im Außendienst bin ich dann zur Spusi gegangen, aber das weißt du ja. Die Arbeit als kriminaltechnischer Ermittler hat mir immer schon sehr gut gefallen, aber der Verdienst … Tja, der war als Äquivalent zu meiner pathologischen Spielsucht nur ein Tropfen auf einem allzu heißen Stein.«

»Ah, das also ist des Pudels Kern«, bemühte Kotek ihr Lieblingszitat, »du bist ein Spieler.«

»Ja«, bestätigte Wegener völlig emotionslos. »Als ich Mitte zwanzig war, versuchte Von Hofstetten-Wilfersdorf zum ersten Mal, mich für erbunwürdig erklären zu lassen, was aber nicht so einfach ist.«

»Klar, du hattest damals schon einen Beruf, einen Wohnsitz und konntest seit einigen Jahren über die Hinterlassenschaft der Mutter verfügen.«

»Und ich war trotz meiner Zockerei nie straffällig geworden«, ergänzte Wegener. »Außerdem stellte Jacobi gerade in meinen ersten Jahren beim Referat für mich eine Art Vaterfigur dar. Ohne dass er selbst es geahnt hat, hat er mich zwischendurch immer wieder stabilisiert.«

»Aber leider nicht ausreichend, wie man sieht«, merkte Kotek trocken an.

»Von Hofstetten-Wilfersdorf hat es acht Jahre später noch einmal versucht, und diesmal mit Erfolg«, mischte sich da Häuslschmied ein.

Wegener zeigte sich nicht im Geringsten überrascht, während Kotek über die Äußerung ihrer Schutzbefohlenen umso verblüffter war. Ihr fragender Blick nötigte Wegener zu einer Erklärung: »Amanda war eine Jugendfreundin meiner Großmutter, sie gingen beide in Salzburg ins Ursulinen-Gymnasium. Nicht wahr, Amanda? Fini und Mandi, die beiden Unzertrennlichen, so nannte man euch doch.«

»Mein Gott, das hat vielleicht irgendeine Lehrerin in grauer Vorzeit mal so gesagt«, sagte die Angesprochene, sichtlich bemüht, ihre Beziehung zur Großmutter des Verbrechers herunterzuspielen. »Tatsache ist, dass wir uns schon unmittelbar nach dem Gymnasium aus den Augen verloren hatten.«

»Das kann nicht ganz stimmen, Amanda, nach allem, was mir Oma vor einigen Jahren kurz vor ihrem Abgang gesagt hat«, widersprach Wegener. »Sie wusste ja über meine Achillesferse Bescheid und hatte meine verkorkste Jugend hautnah miterlebt. Vor ihrem Tod hat sie mir eingeschärft, dich aufzusuchen, wenn ich einmal nicht mehr weiterwüsste. Du seiest im Besitz eines geheimnisumwobenen Goldschatzes, von dem du mir *notgedrungen* etwas abgeben würdest, wenn ich dich *nachdrücklich* darum bitte. Mit der Zeit vergaß ich das märchenhafte Vermächtnis allerdings und war deshalb freudig überrascht, als ich dem Gold in den Unterlagen von Fredl Schleißheimer und Lotte Heinrich wiederbegegnete.«

Den Entschluss, ihn dir anzueignen, hast du aber schon Wochen zuvor gefasst, dachte Kotek, während Häuslschmied gehässig keifte: »Deine Oma hat dir Unsinn erzählt. Wahrscheinlich hat sie schon deliriert!«

»Halt bloß den Rand, du altes Fossil!«, fuhr Wegener sie an und ließ die Maske der Umgänglichkeit wieder fallen. »Du bekommst schon noch Gelegenheit, dein Maul aufzumachen, und zwar bald. Die Fini-Oma empfahl mir, dich *nachdrücklich* um die Herausgabe des Goldes zu bitten, und genau das werde ich jetzt tun.«

»Mich bringst du nicht zum Reden, du Nichtsnutz, mich nicht«, giftete Häuslschmied zurück. »Es ist dir vorgestern Nacht nicht gelungen und wird dir auch jetzt nicht gelingen.«

Wegener sah sie ausdruckslos an und verzichtete auf eine Entgegnung. Kotek versuchte ebenfalls schleunigst das Thema zu wechseln.

»Aber auch, wenn du weitgehend enterbt worden bist, so hattest du doch immer noch das Erbe deiner Mutter, oder?«

»Ja, jedenfalls bis vor zwei Jahren. Da geriet ich in einen regelrechten Spielrausch. Ich hab nicht nur wochenlang am Roulettetisch gezockt, sondern mein Glück auch an der Börse versucht.«

»Was dich in den Ruin getrieben hat?«

»Allerdings. Die ohnehin schon belasteten Baumgartner-Villen am Wörthersee waren dank taffer Berater von einem Tag auf den anderen futsch. Bei den Wohnblöcken in Salzburg und Graz dauerte es etwas länger.«

»Du … du wohnst also heute nur noch als Mieter in einem Haus, das …«

»… das früher mir gehört hat. Du sagst es, Melanie.«

Kotek war bewusst, dass ihre nächste Frage platt war wie eine Flunder, doch sie konnte nicht anders. »Tut mir leid, aber ich muss dich das einfach fragen: Was hat dich dazu getrieben? Gut, dein Vater hat dich verstoßen, aber damit warst du immerhin noch weit besser dran als neunzig Prozent aller Europäer.«

Wegener grinste müde. »In der Tat eine blöde Frage. Ich hab mich nicht anders verhalten als die meisten neoliberalen Luschen: Ich hatte viel, wollte aber mehr, und heute lebe ich auf Pump. *That's it.* Alle zocken doch, Melanie. Es geht nicht um Besitz, sondern um den Kick, noch mehr bekommen zu können.«

»Und dabei wird weder nach links noch nach rechts geschaut?«

»Richtig. Auch nicht nach vorn und hinten. Nur der Augenblick zählt.«

»Wie ging es dann weiter?«

»Da mich meine Stiefmutter zeitweise von Privatschnüfflern hat beobachten lassen, war ihr meine Katabasis nicht verborgen geblieben. Angesichts der verzockten Immobilien fiel es den Anwälten meines Vaters nun leichter als früher, die Notbremse zu ziehen, und ich wurde in erster Instanz tatsächlich für erbunwürdig erklärt.«

»Und als es in den letzten Wochen hieß: *rien ne va plus*, bist du Amok gelaufen?«, wagte sich Kotek weit vor. Wegener musterte sie kalt. Vermutlich überlegt er, wofür er mich überhaupt noch braucht, dachte sie.

»Ich bin nicht Amok gelaufen«, sagte er ruhig. »Ich habe – wie Paul Marageter auch – unseren gemeinsamen Jugendfreund Schleißheimer nur um eine weitere Stundung meiner Kreditzinsen ersucht. Aber dieser Spießer hatte ja wegen der anstehenden Revision totalen Schiss.«

»Aus seiner Sicht nicht ganz unverständlich. Wie hoch sind denn deine Verbindlichkeiten?«

Keine Antwort.

Kotek versuchte es anders: »Hat Schleißheimer das Kundengespräch mit dir auch heimlich aufgezeichnet – so wie die mit Marageter und Regenmandl?«

»Hat er«, gab Wegener nun wieder bereitwillig Auskunft. »Während Leo und du unten im Wohnzimmer seine Witwe vernommen habt, bin ich im ersten Stock in seinem Büro auf die Regenmandl-CDs und die Kassetten gestoßen. Die CD und die Kassette, die mich betrafen, hab ich gleich eingesteckt. Ich musste nicht einmal reinhören, außen stand sorgfältig mein Name drauf. Abends bin ich dann ein zweites Mal nach Hofgastein gefahren und ins Haus eingestiegen, um Nachlese zu halten. Hätte ja sein können, dass Fredl noch irgendwo irgendeinen Hinweis hinterlegt hatte. Aber es war unnötig, mich der Aufmerksamkeit der Nachbarn auszusetzen.«

»Hast du Schleißheimer gedroht?«

»Ja, aber nicht damit, ihm etwas anzutun. Weil er so ein Angsthase war, hab ich ihn zunächst an seine Rentner-Sparbuch-Nummer erinnert, die er in Zell am See geschoben hat. Als das allein nicht mehr zog, hab ich ihm die Bloßstellung als Defraudant und Stecher minderjähriger Mädchen in Aussicht gestellt. Das war alles. Außerdem: Ich *war* ja bereits am Boden, warum also hätte ich ihn noch umbringen sollen? Paul dagegen steht der tiefe Sturz noch bevor. Er hat deshalb darauf bestanden, Schleißheimer aus dem Verkehr zu ziehen, was er ja letztlich auch getan hat.«

Auch diese Behauptung ließ Kotek unkommentiert, aber die Frage, weshalb Wegener die Morde nach wie vor abstritt, versetzte sie in Alarmzustand. Es ging schließlich um ihr Leben – und das ihrer Mitgefangenen.

Doch sie hatte jetzt keine Zeit, solchen Gedanken noch länger nachzuhängen. Wegener nahm aus einer Innentasche seines Parkas, der neben ihm auf der Sitzbank lag, ein Messer und zog es aus der Schweinslederscheide. Es hatte einen stabilen Griff aus orangefarbenem Hartplastik und sah aus wie ein oft geschliffenes Küchenmesser. Kotek wurde nicht nur als Folge der Gehirnerschütterung flau im Magen. Sie hatte die Tatortbesichtigung in der Rettenwänd-Hütte vor Augen, wo Pernauer ein Schlachtmesser mit exakt diesen Attributen beschrieben hatte.

»Tja, für einen kleinen Plausch sollte immer Zeit sein«, sagte der abgehalfterte Adelsspross, während er die Schärfe der Klinge mit der Daumenkuppe prüfte. »Besonders dann, wenn man dadurch erfährt, was man wissen will. Aber irgendwann ist auch Schluss mit lustig. Ich habe nicht drei Nächte hintereinander fast kein Auge zugetan, nur um am Ende den kleinen Vorsprung, den ich mir in letzter Minute erarbeitet habe, wieder zu verspielen.«

Ruckartig erhob er sich, ging zu den am Boden sitzenden Frauen und postierte sich so neben Hohenauer, dass Häuslschmied sowohl sie als auch ihn im Blickfeld hatte.

»Ich mache es kurz«, sagte er an die alte Frau gewandt. »Wenn du mich nicht zum Schatz führst, der sich nach Lotte Heinrichs Notizen hier ganz in der Nähe in irgendeinem der alten Stollen befinden soll, dann schneide ich Tina die Finger ab. Einen nach dem anderen.« Unangenehm nachdrücklich demonstrierte er, wie er dabei vorgehen würde, bevor er ohne Hast wieder zur Sitzecke zurückging.

Ohne Hast? Nein, viel eher war der Mann todmüde, fertig und hatte sicher nicht nur mutwillig darauf hingewiesen, tagelang kaum geschlafen zu haben. Jetzt bemerkte Kotek auch Wegeners gerötete Nasenflügel – eine Beobachtung, die sie durchaus schon früher gemacht, aber noch nie kritisch hinterfragt hatte, man war ja schließlich unter Kollegen. Jetzt aber fiel es ihr wie Schuppen von den Augen: Wegener war also nicht nur Spieler, sondern auch Kokser. Kein Wunder, dass er nichts als Schulden hatte.

In Zeitlupentempo steckte er das Messer in den Parka zurück, setzte sich neben Häuslschmied und zog aus einer Hosentasche eine kleine Alu-Dose mit Stecknadeln hervor. Er nahm eine heraus und hielt sie der Greisin unter die Nase.

»Vorher treibe ich der Tina allerdings sukzessive eine von diesen Nadeln unter die Fingernägel, bis hinein ins Nagelbett. Das tut unerträglich weh. Mit dieser Methode haben sich im Vietnamkrieg die Vietkong und die GIs gegenseitig gefoltert, um Infos zu bekommen. Sie wirkt immer, und ich glaube kaum, dass du das Geheul von Tina aushalten wirst. Sollte das wider Erwarten doch der Fall sein oder Tina zu früh ohnmächtig werden, dann kommst du selbst dran.«

»Und warum veranstaltest du diese Sauereien nicht mit der Kripo-Tussi?«, fragte Häuslschmied scheinbar ungerührt.

»Weil dir das bei der Kripo-Tussi, wie du sie nennst, wurscht wäre. Deine Ausdrucksweise verrät dich ja. Du hast zwei Stunden Zeit, dir zu überlegen, wie du dich entscheidest. Leider kann ich die Dosis Pentetrazol nicht mehr erhöhen, um munter zu bleiben. Ich habe ja jetzt schon verdammte Krämpfe.«

Er musste Atem holen, um weitersprechen zu können. »Ich

brauche wirklich eine Mütze voll Schlaf. Andererseits wird Jacobi Himmel und Hölle in Bewegung setzen, wenn Melanie sich nicht zur vereinbarten Zeit über ihr Spezialhandy meldet. Der nächste Anruf sollte um vierzehn Uhr erfolgen, also jetzt gleich.«

Er lachte kurz auf. »Heut Morgen hat mir Weider am Telefon noch ganz unbefangen erzählt, der Chef habe Kontrollanrufe im Zwei-Stunden-Takt verlangt. Also, Melanie, du wirst Hans gleich folgenden Text aufsagen: ›Bei uns ist noch immer alles in Ordnung, keine besonderen Vorkommnisse. Gibt's bei euch was Neues?‹ Nur das! Keine Grüße oder sonst irgendwas, und vermeide alle Codewörter, die andeuten könnten, dass etwas faul ist. Beim geringsten Verdacht erschieße ich dich.«

»Und was sage ich, wenn Hans tatsächlich etwas Neues zu berichten hat?«

»Dann lass ihn reden und verabschiede dich anschließend mit: ›Okay, dann bis später.‹. Aber es wäre besser für euch, wenn der Anruf ohne Komplikationen vonstattenginge.«

Er wählte eine Kurznummer auf ihrem Handy und hielt es ihr ans Ohr.

Wie erwartet hob Weider ab. Kotek sagte folgsam ihren Text auf, Weider hatte nichts zu berichten, und Wegener legte danach ohne Hast auf.

»Wenn er nichts gemerkt hat, haben wir jetzt weitere zwei Stunden gewonnen. Trotzdem sollten wir bis spätestens sechzehn Uhr oder besser sechzehn Uhr dreißig von hier verduftet sein, denn Jacobi hat meistens noch einen Joker im Talon. Aber selbst, wenn Hans was gemerkt hätte: Sogar Urviecher wie Leo und Lenz bräuchten auf Tourenskiern immer noch gute zwei Stunden von Böckstein bis hierher, vorausgesetzt, dass sie noch in Gastein sind. Es ist jetzt knapp nach zwei. Um vier wirst du über drei Leben befinden, Amanda: über das der beiden jungen Damen und dein eigenes.«

Er nahm aus der Stecknadeldose zwei kleine Schlüssel, zeigte sie den Frauen und sagte: »Mein eigener und deiner, Melanie.« Sie waren für die Handschellen. »Fluchtversuche sind also unnötig und vor allem nutzlos. Selbst wenn es euch gelänge, das Haus zu verlassen, würdet ihr nicht weit kommen. Sämtliche Tourenski stehen drüben im Schlafzimmer, mit denen hole ich euch schnell ein. Also versucht es erst gar nicht. Ihr erspart euch eine Menge Schmerzen – zumindest vorerst.«

Er verließ die Stube und schloss im Schlafzimmer hinter sich ab, wohl um nicht durch irgendeine Verzweiflungsattacke überrascht zu werden. Spätestens ab diesem Zeitpunkt war klar: Wegener hatte tatsächlich vor, sich hinzulegen, sein Schlafbedürfnis musste im wahrsten Sinne des Wortes überwältigend sein.

Kotek hatte Todesangst, und gerade deshalb arbeitete ihr Gehirn auf Hochtouren. Wegener war durch den extremen Schlafmangel oder seinen Medikamentenmissbrauch zwar platt, aber Gefangene – und mochten sie auch angekettet sein – unbeaufsichtigt sich selbst zu überlassen, das hätte auch in seiner Lage wohl kaum ein Schwerverbrecher getan. Und da er kein hundertäugiger Argus war, musste er andere Augen haben, die für ihn wachten.

Es dauerte keine fünf Minuten, da ertönte aus dem Nebenraum lautes Schnarchen. Trotzdem ließ Kotek es vorsichtig angehen.

»Wo sind die Handys?«, fragte sie leise.

»Sämtliche Handys, Ihr Lawinenpiepser und unsre Glocks liegen drüben bei ihm im Schlafzimmer«, gab Hohenauer ebenso leise Auskunft.

»Wie und wo hat er Sie letztlich erwischt?«

»Es war so, wie er erzählt hat. Er hat mich auf der Brücke gehört und dann hinterm Valerie-Haus auf mich gewartet. Als ich von der Genossenschaftsalm kam und nah genug heran war, stand er plötzlich da und hielt mir die Pistole unter die Nase. Anschließend hat er mich vor sich hergehen lassen und sich hier neben die Tür gestellt, ehe mir Amanda öffnete.«

Kotek horchte auf das Schnarchen im Nebenzimmer. Sie wusste, sie hatte nur diesen einen kleinen Trumpf in der Hand, und der musste stechen. Aber dazu musste sie ihn erst ausspielen.

»Hm, Tina«, begann sie verhalten, »das ist leider schwer zu glauben, ebenso wenig wie die anderen Zufälligkeiten.«

Hohenauer drehte ihren Oberkörper zur Seite und versuchte der Mitgefangenen ins Gesicht zu blicken. »Ich glaube, ich verstehe nicht ganz.«

»Frau Häuslschmied saß sicher ständig am Fenster, während Sie weg waren«, fuhr Kotek fort, »und hätte Wegener bemerken müssen, wenn der sich in Ihrer Spur dem Haus genähert hätte.«

»Tini ist allein zurückgekommen«, stellte Häuslschmied klar. »Ich hab sie schon von Weitem gesehen. Sie hat mir von draußen etwas zugerufen. Aber als ich öffnete, war plötzlich dieser Mensch da und hat uns ins Haus gescheucht.«

Hohenauer blickte verärgert zu ihrer Großtante hinüber. »Das stimmt doch nicht, Mandi-Tant! Vielleicht hast du ja nicht immer hinausgeschaut. Der Mann war die ganze Zeit hinter mir. Ich musste am Gartentor stehen bleiben, erst dann ging er voraus, während er auf mich zielte, und stellte sich schließlich neben die Haustür, wo du ihn nicht sehen konntest.«

Kotek schüttelte den Kopf, was man bei einer Gehirnerschütterung eigentlich tunlichst unterlassen sollte. Sofort wurde ihr schwindlig, und auch die Übelkeit verstärkte sich.

»Zweifeln Sie nicht die Glaubwürdigkeit Ihrer Großtante an, Tina«, sagte sie ächzend. »Hätten Sie Ihre Aufgabe ernst genommen, dann hätten Sie sie gar nicht erst allein gelassen. Aber Sie mussten ja raus, um Frau Häuslschmied abzulenken und Ihrem Komplizen das Näherkommen zu ermöglichen. Das Geräusch Ihrer Schritte sollte das von seinen überdecken. Deshalb auch die Show mit den Schmelzsicherungen.«

Die so Beschuldigte zerrte aufgebracht an ihren Handschellen. »Was … was reden Sie denn da für ein wirres Zeug?«

»Seien Sie leise, ich bitte Sie! Es geht hier nämlich nicht nur um Frau Häuslschmieds und mein Leben, sondern auch um Ihres«, mahnte Kotek, und sie meinte ihre Worte durchaus ernst.

»Natürlich geht es um unser aller Leben«, pflichtete ihr das Mädchen achselzuckend bei.

»Aber Ihnen ist um Ihres nicht bange, Tina. Sie träumen davon, die Früchte dieses Coups gemeinsam mit Ihrem Liebhaber irgendwo fernab der Heimat genießen zu können. Aber, und jetzt hören Sie mir mal ganz genau zu: Er kann es sich nicht leisten, auch nur eine von uns leben zu lassen, nicht einmal eine nützliche Freundin.«

Der Schuss saß. Hohenauer lief ebenso rot an wie vorhin, als Wegener behauptet hatte, sie sei die Geliebte Marageters. Dass beides zutraf, dessen war sich Kotek sicher.

Sie bemühte sich, sachlich zu bleiben, und wählte ihre Worte mit Bedacht: »Tina, nicht Marageter hat Fredl Schleißheimer und Lotte Heinrich erstochen, sondern Wegener. Er hat den Brief, mit dem Hans Häuslschmied Lotte Heinrich aus den USA zurücklocken wollte.«

»Aber ist jemand, der das Briefgeheimnis verletzt, denn gleich ein Mörder?«, protestierte Hohenauer schwach.

»Wer sonst als der Mörder hätte riskiert, dieses wichtige Schreiben in Anwesenheit eines so erfahrenen Kriminaltechnikers wie Bezirksinspektor Stubenvoll an sich zu nehmen? Marageter jedenfalls ist kein Hasardeur, der alles auf eine Karte setzt. Übrigens hat man ihn vor Kurzem mit einem seiner Betthasen in der Wolkerl-Hütte gefunden – volltrunken und aufgelöst in Selbstmitleid.« Sie verschwieg bewusst, dass es Salma Schleißheimer war, die dem Gesuchten in der Stunde der Not beigestanden hatte.

»Mit einem seiner Betthasen«, wiederholte Hohenauer prononciert. Dann konnte sie nicht mehr an sich halten, und es platzte grimmig aus ihr heraus: »Ja, dafür ist ihm unsereins gut genug, dem Pauli: fürs Bett! Aber wenn frau etwas mehr will – nein, o Gott, kein Eheversprechen oder sonst was Schwerwiegendes! –, nein, nur ein wenig mehr Zeit, Aufmerksamkeit und Zuwendung – ja doch: Zuwendung! –, dann zieht der coole Pauli nicht nur sein bestes Stück, sondern gleich sämtliche Antennen ein.«

»Und genau diese Enttäuschung«, unterstellte Kotek, »hat Sie empfänglich für Wegeners Avancen gemacht, nicht wahr?« Als sie keine Antwort erhielt, fuhr sie fort: »Jedenfalls hat Marageter heute haarklein erzählt, womit er bis dato erpressbar war. Vor fast zwanzig Jahren hat er die Aufklärung eines Mordes behindert beziehungsweise ihn verschleiert. Schlimm für ihn, wenn er noch Beamter wäre, ist er aber nicht mehr. Marageter mag ein Windhund sein, aber davon, ein kompromissloser Serienmörder zu sein, ist er ebenso weit entfernt wie wir drei, und er hat Sie, Tina, heute Vormittag auch ganz bestimmt nicht angerufen oder angesimst.«

Die Ermittlerin hielt einen Moment inne. Die nächsten Sätze waren entscheidend. »Tina, glauben Sie mir: Ihr aktueller Liebhaber ist ein psychopathischer Spieler, der vor nichts zurückschreckt. Ihn interessiert nur das Spiel, und deshalb liebt er auch nicht Sie, sondern bestenfalls Ihre Funktion in seinem Spiel. Nur wegen dieses Coups hat er sich an Sie herangemacht und wird, wenn er Häuslschmieds Gold erst einmal hat, Sie ebenso kalt lächelnd entsorgen wie Amanda und mich oder wie jene drei, die er bereits entsorgt hat, nämlich Schleißheimer, Lotte Heinrich und wahrscheinlich auch Regenmandl. Jeder Zeuge stellt für ihn bis an sein Lebensende eine ständige Gefahr dar und kann für ihn Gefängnis oder die Einweisung in eine geschlossene Anstalt bedeuten. Ich weiß, das ist starker Stoff«, fuhr sie hastig fort, als sie spürte, wie sich der Rücken der Jüngeren versteifte, »aber vielleicht denken Sie einen Moment lang über meine Worte nach. In der Zwischenzeit werde ich ein paar Takte mit Ihrer Großtante reden.«

Hohenauer erwiderte nichts, und die Blicke Koteks und Häuslschmieds trafen sich. Kotek sah unendliche Traurigkeit und Resignation in den Augen der älteren Frau.

»Bezirksinspektor Haberstroh und ich, Frau Häuslschmied, waren heute Morgen am Posten Hofgastein«, begann sie, »um die weitere Suche nach Marageter mit den hiesigen Kollegen zu koordinieren. Höllteufel erwähnte dabei, dass Ihre Großnichte sich bereits unmittelbar nach dem Einbruch in Ihre Villa für ein Zeugenschutzprogramm stark gemacht hätte. Natürlich wurde angenommen, dass Tina das aus Sorge um Sie tat, und deshalb schenkten Haberstroh und ich der Äußerung Höllteufels zunächst auch nicht jene Beachtung, die sie verdient gehabt hätte.«

Häuslschmied schaute zu ihrer Großnichte hinüber, die starr geradeaus blickte. »Wenn das stimmt, erlebe ich eben die zweite große Enttäuschung meines Lebens«, sagte die alte Frau. »Es ist wirklich schwer zu glauben. Aber würde Tini dann auch hier gefesselt am Boden sitzen?« Sie wurde unwillkürlich lauter. »Das ist doch unlogisch!«

Kotek wiegte den Kopf vorsichtig hin und her. »Nein, ist es leider nicht. Das ganze Theater hier gilt Ihnen, Frau Häuslschmied. Wegener setzt den Hebel bei Ihrer Zuneigung zu Tina an. Indem er Ihnen droht, Ihre Großnichte zu foltern, sollen Sie dazu bewegt werden, das Goldversteck preiszugeben. Darüber hinaus bietet ein trojanisches Pferd dem, der sich seiner bedient, immer nennenswerte Vorteile.«

Wieder hielt sie inne, um dem Schnarchen im Nebenraum zu lauschen. Wegener schlief tief und fest. »Selbst wenn er Tinas Rolle enttarnt sieht«, flüsterte sie, mit dem Kinn auf die Schlafzimmertür deutend, »wird er seine Strategie nicht ändern, geschweige denn Rücksicht auf irgendjemanden nehmen. Er wird erst Tina foltern, dann mich und dann Sie, Frau Häuslschmied, wenn Sie ihm nicht vorher sagen, was er wissen will.«

Wieder suchte die Greisin den Blickkontakt zu ihrer Großnichte. »Tini, sag doch auch einmal was dazu. Das sind schwere Anschuldigungen. Ist da was dran?«

Die Angesprochene zuckte nur mit den Achseln.

»Sag, liebst du diesen Mann?«, bohrte Häuslschmied weiter. »Anders kann ich mir dein Verhalten nämlich nicht erklären. Vor wenigen Monaten war noch dieser verheiratete Hallodri, der Blaulicht-Pauli, die Nummer eins bei dir, wie du ja selbst zugegeben hast und was ohnehin halb Hofgastein weiß. Es können nur die Hormone sein, die eine Frau so verblöden lassen, und ich spreche leider aus Erfahrung.«

»Ja, ich liebe Werner«, bestätigte Hohenauer trotzig, um dann nach einer langen Pause seufzend hinzuzufügen, »aber ich bin auch nicht lebensmüde.«

Sie richtete ihren zusammengesunkenen Oberkörper auf und rückte dichter an die Beamtin heran. »Frau Kotek, greifen Sie an meiner rechten Hüfte unter den Hosenbund der Jeans. Etwa auf Höhe der rechten Gürtelschlaufe befindet sich innenseitig ein Täschchen. Darin habe ich einen Handschellenschlüssel versteckt – für alle Fälle. Zum Glück passt der für die ganze Serie.«

Genau darauf hatte Kotek gehofft. »Ich nehme nicht an, dass Wegener davon weiß?«, fragte sie, während ihre Hand unter Hohenauers Hosenbund glitt und nach dem kleinen Gegenstand tastete.

»Nein«, versicherte Hohenauer. »Ich trage ihn schon bei mir, seit Werner gestern diese Scharade vorgeschlagen hat. Ohne diese Rückversicherung hätte ich mich nie von ihm fesseln lassen. Ich geb's ja zu: Ich fühle mich zu diesem Mann hingezogen, er fasziniert mich. Aber rückhaltlos vertraue ich ihm nicht. Davon abgesehen können immer Situationen eintreten, in denen man über so einen Schlüssel froh ist.«

Kotek verkniff sich zu sagen, was Wegener bei einer Entdeckung des Schlüssels vermutlich mit ihr getan hätte, und schloss stattdessen beide Handschellen auf.

»Wir sind tatsächlich froh, Tina – vor allem über Ihre Entscheidung, die Ihnen sicher nicht leichtgefallen ist. Was war es denn, was letztlich die Vernunft über Ihr Gefühl hat siegen lassen?«

Hohenauer stieß wieder einen tiefen Seufzer aus, ehe sie antwortete. »Ich kenne Werner erst seit wenigen Wochen. In dieser Zeit habe ich ihn bereits mehrmals beim Lügen ertappt, aber das war noch nichts gegen das, was er mir seit ein paar Tagen auftischt. Vorgestern hat er sich krass verplappert, als er meinte, die dumme Göre hätte ihm die Inszenierung auf der Rettenwänd-Hütte beinahe vermasselt. Von da an hab ich versucht nicht mehr genau hinzusehen und -hören. Ich wollte weiterhin glauben, er sei nur ein Trittbrettfahrer, der wie andere auch vom mythenumwobenen Häuslschmied-Gold weiß und dem Mehrfachmörder Pauli zuvorkommen will.«

»Verletzt und zornig, wie Sie waren, haben Sie Ihren fahnenflüchtigen Liebhaber mir nix, dir nix als Mehrfachmörder akzeptiert – wider jede Vernunft?«

Hohenauer schwieg. Was hätte sie darauf auch antworten sollen?

Der Schnarchrhythmus hatte sich verlangsamt, die Atemzüge Wegeners waren ruhiger geworden, er schlief tief und fest.

»Wie lange wird er wohl noch schlafen?«, erkundigte sich Kotek. »Ich weiß, eine blöde Frage, aber die Antwort kann für uns lebenswichtig sein.«

»Er wird kaum aufwachen, ehe sein Handywecker um halb vier klingelt, er ist ziemlich erschöpft.«

Und er muss sich deiner ziemlich sicher sein, obwohl du über Marageter noch nicht hinweg bist, dachte Kotek.

»Apropos Handy …«

»Leider nein, meins ist auch da drinnen.« Hohenauer, die die Frage erwartet hatte, zeigte auf die bewusste Tür.

Kotek nickte. »Wäre wohl auch zu viel verlangt gewesen.«

Sie gab ihr den Handschellenschlüssel zurück und deutete mit dem Kinn auf Häuslschmied. »Ich finde, Sie sollten das machen.«

»Vielleicht kannst du mir ja eines Tages verzeihen, Mandi-Tant?«, sagte Hohenauer kleinlaut, während sie die alte Frau befreite.

»Wir werden später darüber reden, Tina«, erwiderte Amanda Häuslschmied, und ihre Großnichte registrierte sehr wohl, dass sie nicht mehr das vertraute »Tini« verwendet hatte.

»Haben wir denn überhaupt eine Chance, ins Zimmer zu gelangen und Wegener zu überwältigen?«, fragte Kotek.

Hohenauer schüttelte den Kopf. »Kaum. Er hat nicht nur abgesperrt, sondern sicher auch einen Stuhl unter die Klinke gestellt, und von außen durch ein Fenster einzusteigen wäre Harakiri. Nach draußen zu gelangen wäre sowieso schon schwierig genug. Werner hat auch die Haustür abgesperrt, und die Fenster klemmen und knarren furchtbar.«

»Das werden wir nicht riskieren«, sagte Kotek sofort, »wir gehen übers Dach.«

»Werner hat auch den Schlüssel zum Vorhängeschloss der Dachbodenklappe bei sich«, wandte Hohenauer ein.

»Auch den, der unter der Treppe zum Dachboden versteckt ist?«

Die junge Frau stutzte. »Als Sie mir gestern das Haus zeigten, haben Sie gar nichts von einem zweiten Schlüssel erwähnt?«

»Hab ich wahrscheinlich vergessen. Aber damit werden wir es aufs Dach hinauf schaffen. Und sind wir erst mal draußen, versuchen wir die Genossenschaftsalm zu erreichen und zu telefonieren.«

Hohenauer blickte betroffen zu Boden. »Wir können dort weder über ein Festnetz noch über Mobilfunk telefonieren.«

Kotek blickte sie schräg an. »Aber die Wirtschafterin lebt noch, oder?«

Das Mädchen nickte. »Sie ist gefesselt, kann aber durch einen Strohhalm in ihrem Knebel aus einer Wasserflasche trinken.«

»Wie tröstlich. Also bringt eine Flucht zur Genossenschaftsalm nichts, trotzdem müssen wir von hier auf jeden Fall verschwinden. Wir müssen Zeit gewinnen, bis Hilfe aus dem Tal kommt. Aber wohin verschwinden? Die Möglichkeiten sind ziemlich begrenzt.«

»Wir sollten versuchen den Imhof-Stollen zu erreichen«, schlug Häuslschmied vor. »Wenn wir erst drinnen sind und die Kreuzungen der Siglitz-Stollen mit ihren unzähligen Fahrten und Schächten erreicht haben, möchte ich denjenigen sehen, der uns durch dieses Gewirr von Gängen folgen kann. Die Nachschlüssel für beide Tore befinden sich an meinem Schlüsselring, und der ist dort in meiner Handtasche.«

»Für beide Tore?«, entfuhr es Kotek fast zu laut. In wesentlich gedämpfterem Ton vergewisserte sie sich: »Also auch für das Tor im Nachbartal, in Kolm-Saigurn?«

Die Greisin nickte. »Wie ich schon sagte: Die Schlüssel befinden sich seit dem Tod meines Mannes in meiner Handtasche – und wie sich nun herausstellt, durchaus nicht umsonst.«

Kotek überlegte ein paar Sekunden, dann hatte sie einen Entschluss gefasst. »Okay, wir versuchen es. In der Kommode müssten zwei Taschenlampen sein, es sei denn, Wegener hat auch die einkassiert.«

Diesmal konnte Hohenauer beruhigen: »Nein, nur die Waffen, die Handys und die Tourenski, aber er hat selbst eine Stablampe in seinem Rucksack, soviel ich weiß.«

In der Kommodenschublade befanden sich neben den starken Stablampen auch Kugelschreiber und Papier.

»Weil Sie den Rucksack erwähnen«, sagte Kotek, während sie eine kurze Notiz schrieb und in den Aschenschuber steckte. »Oben im Speicher ist einer von meinem Cousin, sogar mit Verbandszeug und Reservewäsche. Aber jetzt machen wir uns draußen im Flur erst mal winterfest.«

41 REDLS HANDY läutete um zehn nach zwei. Es war Jacobi.

»Ja, Oskar?«

»Schnallt eure Ski an und dann rein mit euch ins Naßfeld«, sagte die Stimme, die ihnen seit Jahren so vertraut war wie kaum eine zweite. »Es geht um Melanies Leben und das der beiden anderen Frauen, Wegener ist unser Mann.«

»Unser Wegener?«

»Ganz genau. Unser Werner Wegener, die rechte Hand von Stubi. Den haben wir übrigens wiedergefunden. Aber jetzt sputet euch! Die Alpingendarmerie ist ebenfalls informiert. Hubschrauberflug ist leider noch immer nicht möglich, alles andere erfahrt ihr unterwegs.«

Redl und Feuersang stürmten aus der Pension, warfen ihre Tourenausrüstung in den A4, rasten an dem unermüdlich fahrenden Schneepflug vorbei hinauf zum Parkplatz hinter der »Evianquelle« und parkten neben Koteks RS 4. Nach zwei Minuten waren sie marschbereit, Redl steckte den Kopfhörer an sein Handy, und schon trabten sie los.

»Oskar? Wir sind jetzt auf dem Weg. Erzähl!«

»Ich hatte Melli gegenüber auf ein Codewort bei ihren Meldungen an Hans oder mich bestanden, es war: Batrachomyomachia.«

»Batra … – was?«

»Das heißt Froschmäusekrieg, und dass das Wort ein Zungenbrecher ist, tut jetzt nichts zur Sache. Entscheidend ist, dass sie das Codewort immer dann sagen soll, wenn wirklich alles in Ordnung ist. Grad eben hat sie Hans angerufen, ohne es zu sagen.« Hinzuzufügen, dass sich Kotek in höchster Gefahr befinden musste, war überflüssig.

»Aber wie bist du ausgerechnet auf Wegener gekommen?«

»Ich hab ihn doch heute Morgen auf seinem Hausanschluss angerufen – wegen Stubi, ihr erinnert euch? Irgendwas passte mir dabei nicht, aber ich kam vorerst nicht drauf, mein Unterbewusstsein wollte die Info einfach nicht freigeben.«

»Jetzt mach's nicht so spannend, sag's endlich.«

»Im Hintergrund waren Lawinensprengungen zu hören. Und wo, bitte, finden in Salzburg-Wals Lawinensprengungen statt? Außerdem war mir bei dem Gespräch das Näseln von Werner aufgefallen. Nicht zum ersten Mal, aber bisher hatte ich dem noch nie besondere Beachtung geschenkt.«

»Ehrlich gesagt ich auch nicht«, gestand Redl, der sonst Flöhe husten hörte. »Allerdings hat er oft gerötete Nasenflügel, wenn ich so darüber nachdenke. Komisch, bei Außenstehenden wäre mir das garantiert aufgefallen.«

»Schon unmittelbar nach dem zweiten Mord war mir der Gedanke an einen Profi nicht mehr aus dem Kopf gegangen«, setzte Jacobi fort. »Warum wohl hat der Typ beim Einbruch in die Häuslschmied-Villa das Heulen der Alarmanlage ganz lässig ignoriert? Weil er wusste, wo sich die Streife gerade befand! Und so agierte er auch bei anderer Gelegenheit ungeniert vor unsrer Nase, während unseren Favoriten die Stiefel eines ausgebildeten Killers partout nicht passen wollten. Eventuell am ehesten noch Marageter, aber der sitzt nachweislich mit einem Mordskater in der Wolkerl-Hütte und wird dort wohl noch etliche Stunden bleiben, bewacht und umsorgt von Salma Schleißheimer.«

»Und warum hat sich der Pauli niedergesoffen? Das soll doch sonst nicht seine Art sein.«

»Weil die Unterschrift Schleißheimers auf der Kreditbewilligung gefälscht ist, sodass sein Umschuldungskonstrukt nun doch noch Gefahr läuft zusammenzubrechen. Marageter ist also aus dem Rennen, und nach Regenmandls Leiche suchen bereits die oberösterreichischen Kollegen in den Salzachauen zwischen Ostermiething und Burghausen. Aber erst die Verdachtsmomente, die sich gegen Stubi richteten, haben mich auf die richtige Spur gebracht. Ich zog die Asservatenkammer und die Rechnungsabteilung zurate und: Volltreffer! Wegeners Gehaltskonto ist hoffnungslos überzogen, seine Häuser gehören mittlerweile den Banken, und er ist Stammgast in der Asservatenkammer, wo er immer wieder mal Koks durch Staubzucker ersetzt. Zu guter Letzt hat er sich letzte Woche einen Peilsender von der Technik geholt – mit von mir unterzeichnetem Anforderungsformular. Vermutlich hat er ihn an Regenmandls Range Rover angebracht, um schneller zu sein als wir.«

»Ein frecher Hund! Und was ist jetzt mit Stubi?«

»Seine penetrante Fürsorglichkeit wäre ihm beinahe zum Verhängnis geworden. Er wollte Werner, den er ja für krank hielt, besuchen und sah ihn ausgerechnet mit Regenmandls Range Rover vor seinem ehemaligem Zinshaus auf den Parkplatz fahren.«

»Du sagtest ›beinahe‹, also lebt Stubi noch?«

»Ja, er wollte Werner zur Rede stellen, aber der hat ihn erst zusammengeschlagen und dann mit Paketband verschnürt in seinem Kellerabteil zurückgelassen.«

»Hauptsache, er ist noch am Leben.«

»Ist er. Ehe Werner abgehauen ist, hat er Stubi sogar noch genüsslich den Grund für dessen rätselhafte Magenverstimmung genannt. Um die Haussuchung bei den Schleißheimers allein durchführen zu können, hat er Stubis geliebte Gorgonzola-Jausensemmel schon tags zuvor mit einer Schimmelpilzkultur geimpft, also noch ehe er nach Gastein gefahren ist, um Schleißheimer zu ermorden. Für den Samstag glaubte er, Stubi damit außer Gefecht gesetzt zu haben, doch dessen Pflichtbewusstsein gab erst am späten Nachmittag w.o. und hätte ihm so fast noch einen Strich durch die Rechnung gemacht. Stubi ist übrigens auch jetzt wieder auf dem Weg ins Krankenhaus.«

42 DER SCHLÜSSEL steckte tatsächlich in einer Fuge unter der Holztreppe, sodass die drei Frauen unbehelligt den Dachboden erreichten. Dem Vorschlag Hohenauers, auf die wenig Erfolg versprechende Flucht zu verzichten und stattdessen die sich nach oben öffnende Bodenfalltür mit zwei massiven Pfosten zu beschweren und danach auf Hilfe zu warten, erteilten sowohl Kotek als auch Häuslschmied eine Absage.

»Dein Liebhaber würde nicht zögern, das Haus abzufackeln«, sagte die alte Frau. »Dabei entginge ihm zwar das Gold, das ihm beliebig viele Menschenleben wert ist, aber ein Spieler, wie er einer ist, würde in einer derartigen Pattsituation sicher nicht tatenlos auf seine Verhaftung warten.« Damit war diese Variante vom Tisch.

Das Haus durch die Dachluke zu verlassen entpuppte sich nicht als so einfach wie geglaubt, weil die Luke nur nach und nach hochgestemmt und vom darauf lastenden Schnee befreit werden konnte. Dann aber gestaltete sich der Abgang der drei Frauen dank der bergseitigen Hangaufschüttung als Kinderspiel. Mit zwei, drei Schritten Anlauf sprang sogar Häuslschmied in ihren Winterstiefeln vom Dach in den fast hüfthohen Schnee auf der Erdrampe.

Und so schlecht waren ihre Karten auch wieder nicht: Sie waren alle drei mit Winterkleidung ausgerüstet, hatten den Rucksack samt Inhalt und zwei Stablampen mit starken Batterien zur Verfügung, und das Paar Schneeschuhe, das sie auf dem Dachboden gefunden hatten, betrachteten sie als einen echten Wink des Schicksals.

Doch schon nach den ersten hundert Schritten nach Osten in Richtung Bockartsee-Straße verflog die leichte Euphorie, die sie nach dem Verlassen des Hauses erfasst hatte. Zwar kam die Greisin dank der Schneeschuhe zunächst so gut voran, dass die beiden jüngeren Frauen ihr im Tiefschnee kaum zu folgen vermochten, erlahmte aber unter den extremen Bedingungen schnell. Ein weiteres Problem war die Orientierungslosigkeit. Ohne ihr Handy bedauerte Kotek nun, dass sie ihre Taucheruhr mit Kompassfunktion, ein Geschenk von Jacobi, so ungern am Handgelenk trug.

Solange die Flüchtenden hinter sich die Umrisse der Gewerkschaftsgebäude und des Landhauses sahen, gelang es ihnen noch einigermaßen, die angepeilte Richtung beizubehalten, dann aber blieb das Hanggefälle am Fuß des Kolmkar-Massivs ihr einziger diffuser Anhaltspunkt.

Nicht nur Hohenauer wusste, wie leicht sich sogar einheimische Alpinisten bei winterlichen Bedingungen im Hochgebirge verirren konnten. Schweigend schritten die Frauen voran.

Irgendwann tauchten aus dem weißen Flockenvorhang Nadelhölzer vor ihnen auf, Fichten, Lärchen, vereinzelt auch Zirben, die für die auf gut Glück Dahinstapfenden zu richtungsweisenden Leuchttürmen wurden. Inzwischen wurde der Abstand zwischen den Rastpausen immer kleiner und die Gefahr, dass sich der Verfolger bereits an ihre Fersen geheftet hatte, immer größer.

Umso erleichterter waren die Kotek und Hohenauer, als die Dreiundachtzigjährige nach einem kräfteraubenden Anstieg durch unwegsame Latschenfelder plötzlich sagte: »Dort unten ist die Pokorny-Jagdhütte. Links und noch ein Stück tiefer unten davon befindet sich der Eingang zum Imhof-Stollen, direkt am Talboden neben der Naßfelder Ache.«

»Ganz unten also? Und warum haben wir uns dann bitte hier herauf gequält?«, fragte Kotek grantig.

»Um uns nicht zu verirren, und damit uns Wegener nicht gleich auf die Schliche kommt. Er soll glauben, dass wir hinauf zur Bockartsee-Hütte wollen. Unten am Almboden hätte er uns mit seinen Tourenskiern ja im Nullkommajosef eingeholt.«

»Und was ist, wenn Werner sich früher als angenommen hat

wecken lassen und unser Ziel erraten hat?«, gab Hohenauer zu bedenken. »Dann könnte er schon unten am Stolleneingang auf uns warten.«

Häuslschmied wiegte zweifelnd den Kopf hin und her. »Wegener ist zwar ein Zocker und hält die Stollen sogar für das Goldversteck, trotzdem bleibt ihm nichts anderes übrig, als unsrer Spur zu folgen. Frau Kotek meinte, unsre Fluchtmöglichkeiten seien begrenzt, aber die Ansicht teile ich nicht.« Sie keuchte und rang angestrengt nach Atem. Erst nach einiger Zeit konnte sie weitersprechen. »Wir hätten uns in mindestens fünf Richtungen absetzen und uns zu einer der vielen Naßfelder Hütten Zutritt verschaffen können, ja, wir hätten uns sogar trennen können. Frau Kotek hätte mit den Schneeschuhen in Richtung Böckstein laufen können, während wir beide in eine Hütte eingebrochen wären.« Wieder musste sie Atem holen. »Vielleicht wäre die eine oder andere sogar noch bewohnt gewesen, und wir hätten die Chance bekommen, zu telefonieren oder einen Funkspruch abzusetzen. O nein, Wegener setzt nicht alles auf eine Karte und wartet wie eine dumme Katze vor ein und demselben Mauseloch. Schließlich ist er ein strategischer Spieler.«

»Ihr Wort in Gottes Ohr«, sagte Kotek. »Also, gehen wir.«

Bergab kamen die drei Frauen trotz der winterlichen Verhältnisse flott voran, und schon Minuten später näherten sie sich entlang der Naßfelder Ache dem Stolleneingang.

Sie waren nur mehr einige Meter vom Tor entfernt – Häuslschmied hatte sich bereits ihrer Schneeschuhe entledigt –, als sie im Schneegestöber hinter sich einen Skiläufer hörten. Das typische Knirschen des Stockeinsatzes im Tiefschnee war eindeutig, es erfolgte in schnellem Takt und näherte sich rasch.

Zum Glück hatte Amanda Häuslschmied den Inhalt ihrer Handtasche, also auch ihren Schlüsselbund, schon im Landhaus Melanie Kotek übergeben, die als Trägerin des einzigen Rucksacks für das Gepäck zuständig war. Die Beamtin sprintete nun zum Tor, während sie den Schlüsselbund aus einer Anoraktasche zerrte.

»Schnell, er kommt«, flüsterte sie hektisch. »Wir müssen von drinnen zugesperrt haben, ehe er am Tor ist. Welcher Schlüssel?« Die Frage war an Häuslschmied gerichtet.

»Der mit der roten Markierung.«

Ein Schloss mit einem dazu passenden dosischen Schlüssel aufzusperren ist unter normalen Umständen die einfachste Sache der Welt. Wenn aber das Leben davon abhängt, wird oftmals der primitivste Handgriff zu einer komplizierten Puzzelei.

»Die Tür klemmt ein bisserl«, warnte Häuslschmied und starrte nervös hinter sich ins Schneegestöber. »Sie müssen sie mit Nachdruck aufreißen.«

Endlich drehte sich der Schlüssel, Kotek riss wie ein Berserker an der Klinke, die Tür flog auf, und eiskalte Luft strömte ihnen entgegen.

In derselben Sekunde war das Geräusch vom Skistockeinsatz hinter ihnen verstummt.

»Wahrscheinlich beobachtet er uns und will schießen!«, rief Hohenauer und duckte sich instinktiv. »Rein in den Stollen, Mandi-Tant!«

Zwei Schüsse knallten. Die Gendarmerieschülerin schubste die Greisin durchs Tor, einen Wimpernschlag später warf Kotek die Tür ins Schloss und sperrte ab. Keine Sekunde zu früh. Schon wurde von draußen an der stählernen Klinke gerüttelt.

»Wir müssen weiter, los«, flüsterte Kotek und ließ eine Taschenlampe aufflammen. »Gehen Sie, Frau Häuslschmied, so gehen Sie doch. Wegener hat das Schloss in fünf Minuten geöffnet. Ich hab den Schlüssel stecken lassen, aber auch das wird ihn nicht viel länger hinhalten.«

Am Stollenboden verliefen schmale Grubengleise, und weiter vorn war ein abgestellter Grubenhund zu sehen.

»Vorläufig geht es ohnehin nur geradeaus, etwa eineinhalb Kilometer«, erklärte die Alte, die bereits voranschritt. »Dann kreuzt der Imhof-Stollen zunächst die Zubringer zum Geisslergang, später den Dyonis- und schließlich den Kuppelwiesergang. Vom Geisslergang gehen bald nach der Kreuzung zu beiden Seiten einige Schächte und Fahrten weg auf andere Horizonte. Wenn wir es bis dorthin schaffen, haben wir schon bessere Karten. Wer sich nämlich nicht verdammt gut auskennt oder wenigstens anhand von Plänen orientieren kann, wird vom Schall garantiert in die Irre geführt, denn das Kolmkar-Massiv ist durchlöchert wie der sprichwörtliche Schweizer Käse.«

»Aber mit diesem Waggon kann er uns nicht auf den Pelz rücken, oder?«, fragte Kotek, während sie das Gefährt passierten.

»Nein, das ist keine Draisine, sondern ein ausrangierter Grubenhund, der hier nur zu Demonstrationszwecken steht.«

»Aha.« Kotek holte eben die zweite Stablampe aus ihrem Rucksack und wollte sie der jüngeren Kollegin reichen. »Hier, die andere Lampe.« Sie tippte ihr damit leicht auf die rechte Schulter.

Hohenauer stieß einen spitzen Schrei aus. Wie angewurzelt blieben ihre Begleiterinnen stehen, Kotek leuchtete das Mädchen an und sah in sein schmerzverzerrtes Gesicht. Dann trat sie einen Schritt zurück und bemerkte das Loch in der Rückseite von Hohenauers Anorak.

»Verdammt! Er hat Sie getroffen?« Es war eigentlich keine Frage.

»Ist nicht so schlimm, nur ein Steckschuss in der Schulter«, versuchte Hohenauer die Katastrophe herunterzuspielen.

Kotek öffnete sofort den Rucksack und entnahm ihm Verbandszeug. »Wird ziemlich wehtun, aber ich muss die Wunde wenigstens notdürftig desinfizieren und die Blutung stillen. Später machen wir dann einen ordentlichen Druckverband.« Sie wollte Hohenauer den Anorak ausziehen, aber diese wehrte ab.

»Nein, wir müssen jetzt weiter, die Desinfektion und der Verband haben bis später Zeit. Sie hören doch, dass er schon dabei ist, das Türschloss zu knacken.«

Tatsächlich hörten sie, wie sich jemand am Tor zu schaffen machte, obwohl sie bereits etliche Meter zwischen sich und den Eingang gebracht hatten. Wider besseres Wissen fügte sich Kotek dem Wunsch der Verwundeten.

»Lassen Sie mich wenigstens die Mullbinde mit Jodtinktur auf Ihre Schulter legen«, sagte sie, wobei sie sich ihrer rapide sinkenden Chancen, Wegener zu entkommen, nur allzu bewusst war. Hohenauer presste die Lippen zusammen und verkniff sich tapfer jeden Schmerzenslaut, als ihr Kotek den Verbandsmull auf die Einschusswunde legte und ihn mit Leukoplast fixierte.

»Tja, damit können wir uns wohl abschminken, ihn für längere Zeit auf Distanz zu halten«, sagte Häuslschmied. »Also müssen wir eine andere Möglichkeit ins Auge fassen.«

Wieder machten sie sich auf den Weg: die Greisin mit der zweiten Stablampe eilig voraus, dann ihre Großnichte, die sich mit großer Selbstbeherrschung auf den Beinen hielt, und hinter ihr Kotek, die immer darauf gefasst war, die vor ihr dahinstolpernde Hohenauer auffangen zu müssen.

43 NACH ETWAS MEHR als einem halben Kilometer spürten sie den stärker werdenden Luftzug. Wegener hatte die Tür also geöffnet.

Kotek schalt sich eine Idiotin. Was hatte sie denn erwartet? Schließlich war der Mann seit Jahren Kriminaltechniker und hatte alle Kniffe drauf. Ein simples dosisches Schloss konnte er im Schlaf knacken. Liebend gern hätte sie Tina Hohenauer huckepack genommen, um rascher voranzukommen, aber die Verwundete hätte das Geschüttel nicht ausgehalten, und sie zurückzulassen kam natürlich ebenso wenig in Frage – was nicht hieß, dass sich Kotek solche Gedanken nicht aufdrängten. Ein Heuchler, der in einer so lebensbedrohlichen Situation nur an die edle Selbstaufopferung für andere denkt.

Hohenauer blieb stehen. »Wenn ich hier bleibe, kommt ihr schneller –«

»Vergessen Sie es«, schnitt ihr Kotek das Wort ab. »Allein bleiben Sie auf keinen Fall zurück. Ich bleibe bei Ihnen, und Sie, Amanda, gehen weiter und verstecken sich in den Seitenstollen. Unsre Retter sollten schon unterwegs sein.«

»Und werden dann zwei Leichen finden«, schaltete sich Amanda Häuslschmied trocken ein, ging dabei aber weiter. »Wegener hat doch nur noch einen kleinen Trumpf in der Hand«, sagte sie. »Er kann sein Inkognito noch für ein paar Stunden wahren, aber er wird keine Sekunde zögern, euch im Vorbeigehen zu erschießen. Dann wird er mich einholen, mir das Goldversteck aus dem Fleisch schinden und mit ein oder zwei Barren über Kolm-Saigurn abhauen. Also, reißt euch gefälligst zusammen!«

Während dieses Appells hatte sie sich nicht einmal nach ihnen umgewandt. Kotek hasste sie dafür und sah in ihr – nicht von ungefähr – wieder die Gattin des SS-Scharführers. Aber auch dieses

Bild änderte nichts daran, dass die alte Frau recht hatte. Die Idee, auf Wegener zu warten wie ein Schaf auf den Schlächter, war ebenso grotesk, wie ihm weismachen zu wollen, Jacobi & Co. wüssten über seine Identität Bescheid. Wahrscheinlich würde er sie dann erst recht umbringen.

Hohenauer taumelte wie eine Betrunkene vorwärts. Es half nur wenig, dass Kotek sie am linken Arm stützte. Hinter sich im Stollen sahen sie immer wieder Taschenlampenlicht aufblitzen, und keine Minute später konnten sie bereits hören, wie Wegener näher kam.

Das Stöhnen der Verwundeten wurde lauter, ihre Atemzüge hektischer. Kotek spürte, dass Hohenauers Zusammenbruch unmittelbar bevorstand. Just in diesem Augenblick tat sich eine Kreuzung vor ihnen auf.

»Die Verbindung zu den Geisslergängen«, erklärte Häuslschmied lakonisch. »Wir gehen nach links in Richtung Siglitztal. Rasch! Nach ungefähr fünfzig Metern fahren wir dann rechts einen Schacht in Richtung Georg-Stollen hoch.«

Aufgrund ihrer Formulierung auf einen Fahrstuhl zu hoffen wäre ziemlich realitätsfern gewesen, wie Kotek wusste. »Fahren« stand in der Bergmannssprache leider auch für andere Fortbewegungsarten.

»Nicht ganz hinauf allerdings«, schränkte die ortskundige Seniorin ein, »vorher biegen wir in einen aufgelassenen Zwischengang ab.«

Kotek hörte nur mit halbem Ohr zu, der größte Teil ihrer Aufmerksamkeit galt nach wie vor der verletzten Kollegin und den Geräuschen in ihrem Rücken.

Häuslschmied erriet ihre Gedanken. »Es hilft nichts. Tina muss allein die morschen Sprossen raufklettern, oder wir können uns freiwillig erschießen lassen.«

Wider Erwarten schaffte es Hohenauer, Dutzende Höhenmeter auf der glitschigen, aber nicht allzu steilen Knappenleiter hinaufzusteigen. Im von Häuslschmied genannten Seitengang verließen sie allerdings die Kräfte. Ihre Knie gaben nach, und sie brach lautlos zusammen. Wie eine Marionette, die vom Puppenspieler fallen gelassen wird, dachte Kotek mitleidig.

Häuslschmied richtete den Lichtstrahl erst auf ihre Großnichte, dann auf Kotek. »Sie ist bewusstlos. Können Sie sie noch ein paar Meter tragen?«

»Wenn Sie mir dabei helfen?«

Kotek hob Tina Hohenauer mit dem Rautengriff hoch, und die schmächtige, aber zähe Greisin fasste bei den Füßen an. Gemeinsam trugen sie Hohenauer bis zu einer Gabelung, von der neben zwei horizontalen Gängen jeweils ein Schacht steil nach oben und einer in flacherem Winkel nach unten wegführte.

Um zu verschnaufen, blieb Kotek, die die Hauptlast trug, kurz stehen, aber Häuslschmied verlangte, ihre Großnichte noch ein Stück weit in einen der Stollen hineinzutragen. Kotek erfüllte ihr den Wunsch. Kaum aber hatten sie ein paar Schritte getan, da kehrte die Alte wieder um, und als das Dreiergespann wieder die Weggabelung erreicht hatte, bestand sie darauf, noch etliche Meter weiter zurückzugehen. Traute sie der Stabilität des Stollens nicht, der an dieser Stelle vergleichsweise breit war?

»Und wozu soll das jetzt gut gewesen sein?«, fragte Kotek erschöpft.

Häuslschmied ließ ein Bein Hohenauers los, um die Stablampe besser handhaben zu können. »Sehen Sie die Blutstropfen? Unsre Spur führt nun bis zur Gabelung und dann in den linken Gang hinein.«

Die Kriminalbeamtin wurmte es ein bisschen, nicht selbst auf diesen Gedanken gekommen zu sein, aber nicht nur das: Die Greisin, der von ihren Mitmenschen Demenz nachgesagt worden war, schien während der letzten Minuten das Kommando in ihrer Gruppe übernommen zu haben.

»Und jetzt helfen Sie mir, das Versatzmaterial hier beiseitezuräumen«, ordnete sie an, nachdem sie Tina Hohenauer auf den Boden gesetzt und mit dem Rücken gegen die Stollenwand gelehnt hatten.

Kotek glaubte, einmal gelesen zu haben, dass man unter Versatzmaterial taubes Gestein verstand. Zu allen Zeiten hatten Bergknappen es aus Gründen der Bequemlichkeit in aufgegebenen Hohlräumen deponiert, obwohl die verbreitete Unsitte – ebenfalls zu allen Zeiten – streng verboten gewesen war.

Und plötzlich begriff die Ermittlerin. An ihrem Standort, etwa zwanzig Meter von der Weggabelung entfernt, befand sich linker

Hand ein solcher Hohlraum. Er war bis zu seiner Scheitelhöhe von etwa einem Meter fünfzig mit Steinen zugeschüttet. Erst bei genauerem Hinsehen fiel auf, dass es sich nicht nur um abgelegtes Geröll handelte, sondern um sorgfältig aufeinandergeschichtete quaderartige Brocken, die exakt zusammenpassten. Was hier eventuell einen Gang verbarg, war keine Aufschüttung, sondern eine Art Trockenmauer.

Die exponierte Lage innerhalb des Stollengewirrs würde sich bestens für ein Versteck eignen, schoss es Kotek durch den Kopf. Selbst bei einer allfälligen touristischen Nutzung des aufgelassenen Bergwerks oder einer Wiederaufnahme des Erzabbaus auf anderen Horizonten wäre die Gefahr einer Entdeckung minimal gewesen.

Die Dreiundachtzigjährige griff in eine nischenartige Felsspalte neben dem Seitenstollen und entnahm ihr einen Schürhaken.

»Sie kennen sich hier aber gut aus«, stellte Kotek fest.

Häuslschmied bedeutete ihr, den Taschenlampenstrahl woandershin zu richten. »Wir entfernen die obersten sechs«, erklärte sie und steckte den Schürhaken in eine Fuge zwischen den Quadern. Dann drehte sie den Schaft um annähernd neunzig Grad und zog mit dem Hakenfuß den ersten Stein heraus.

»Ich werde durch das Loch kriechen, wenn es groß genug ist. Auch Tina muss da hinein. Und ja, ich weiß, dass es schwierig wird«, schnitt sie den zu erwartenden Einwand ab. »Sie werden mir dann die Steine durchreichen und anschließend selbst nachkommen.«

»Ich verstehe. Und zum Schluss setzen wir von drinnen die Steine wieder an ihren Platz.«

»Kluges Mädchen«, lobte Häuslschmied. Kotek nahm es hin, von der Alten gefoppt zu werden, dann fasste sie mit an. Ihre Nerven waren zum Zerreißen gespannt, immer wieder blickte sie über ihre Schulter in die Richtung, aus der sie gekommen waren.

»So schnell wird er hier nicht auftauchen«, meinte Häuslschmied. »Anfangs hat er zwar rasch aufgeholt, aber ab der Kreuzung Geisslergänge hat er es nicht mehr so leicht.«

Kotek nickte. »Ja, von da ab wird er es langsamer angehen lassen, aber wenn er den Blutstropfen folgt, wird er uns sicher finden, wenn wir nicht schnell genug sind.«

Häuslschmied zuckte mit den Achseln.

Nach einer Minute war die Öffnung groß genug, und die Greisin kroch hindurch, als wäre sie an Turnerei solcher Art gewohnt. Noch einmal schien ihnen die Schicksalsgöttin wohlgesonnen zu sein: Hohenauer kam, weil Kotek ihr brutal den Finger auf die Einschusswunde drückte, wieder so lange zu sich, um sich auf die Beine helfen und durch das Loch bugsieren zu lassen. Die Aktion ging nicht ohne Ächzen und Stöhnen vonstatten und kostete Zeit. Zu viel Zeit, fürchtete Kotek.

Sie leuchtete in das Loch hinein. Der taube Gang war nur etwa zehn Meter weit begehbar und dahinter bis zum Scheitel mit Geröll gefüllt. Diesmal allerdings mit echtem Geröll und keiner Trockenmauer, die als Versatzmaterial getarnt war.

Die Ermittlerin ließ den Lichtkegel an den anderen Frauen vorbei in dem engen Raum hin und her huschen – und glaubte plötzlich, Skelette gesehen zu haben. Ja, doch, da waren menschliche Skelette, in vermoderte Anzüge oder Overalls gehüllt, die an die linke Stollenwand gelehnt am Boden saßen, eines hinter dem anderen.

Häuslschmied, die auf die Steine wartete, mahnte zur Eile, trotzdem ließ Kotek den Lichtstrahl noch einmal über die Gerippe wandern. Drei davon steckten in Anzügen von vormals guter Qualität, andernfalls wären sie in dem feuchtkalten Stollenklima längst vollständig zerfallen. Die Gebeine der anderen drei waren jedoch nicht in Overalls gehüllt, wie Koteks erster Eindruck bei flüchtigem Hinschauen gewesen war, sondern trugen Uniformen, genauer gesagt: zwei US-Uniformen und eine der Wehrmacht.

Die Anzugträger wiesen tödliche Schusswunden auf der Stirn auf, und auch den Träger der Captains-Uniform zierte ein glattes Loch im Schläfenbein, nur an den Schädeln des GIs und des Wehrmachtssoldaten waren keine Einschusslöcher zu sehen.

Schließlich riss Kotek sich von dem makabren Anblick los und beeilte sich, die gewichtigen Quader aus Gneisschiefer durch das Loch zu befördern. Als sie den letzten vom Stollenboden hochhob, spürte sie einen kühlen Luftzug.

Sie erstarrte mitten in der Bewegung. Die Schritte waren nicht laut gewesen, aber ganz nah. Sie hob den Blick und wurde von einem Lichtstrahl geblendet.

44 »DU HAST RECHT, es erübrigt sich, den Stein wieder einzusetzen«, sagte Wegener und ließ den Schein seiner Stablampe kurz auf seine linke Hand fallen. Kotek sah ihre eigene Glock auf sich gerichtet.

»Jedenfalls für euch«, schränkte er dann ein. »Leg ihn wieder hin und setz dich auf den Boden.«

Kotek tat, was er verlangte.

Rasch trat er hinter sie. »Hände zurück.«

Wieder gehorchte sie, und schon klickten die Handschellen.

Wenigstens hat er nicht vor, mich gleich zu erschießen, dachte sie erleichtert, sonst hätte er sich die Mühe sicherlich erspart. Trotzdem hing ihr Leben an einem äußerst dünnen Faden. Aus Sicht des flüchtigen Mörders stellte sie nur unnützen Ballast dar – ebenso wie Hohenauer. Einzig und allein Häuslschmied konnte damit rechnen, nicht sofort umgebracht zu werden.

Ohne Gegenwehr ließ sie es über sich ergehen, dass Wegener sie eingehender als nötig nach Waffen und Schlüsseln abtastete und dabei auch nicht davor zurückschreckte, in ihre Unterwäsche zu langen. Wenigstens tat er es schnell und ohne Ambition, um dann gleich an das Loch in der Mauer zu treten und den toten Stollen auszuleuchten.

»Ist sie das, Amanda? Ist das die geheime Kammer, von der im Brief deines Alten die Rede war?«

Er erhielt keine Antwort, was Wegener aber nicht zu stören schien. Er war in bester Stimmung, geradezu euphorisch – wie ein Schachspieler, der weiß, dass er dem Gegner um den ultimativen Zug voraus ist.

»Und was haben wir denn da? Die Überreste von sechs der sieben Zwerge, die einst das Gold geliefert haben? Und der in der Wehrmachtsuniform war der Busenfreund deines Nazi-Gatten, nicht wahr? Hans Häuslschmied ist Siegfried Röck in jener Nacht zuvorgekommen, weil er Angst hatte, ihm könnte es sonst ebenso wie den beiden Amis ergehen. Danach war *er* der Herr des Schatzes, der *alleinige* Herr! Hab ich recht?«

Wieder blieb Amanda Häuslschmied die Antwort schuldig. Ruhig trat Wegener zur Seite. »Kommt raus! Wenn nicht, schieße ich Frau Kotek in den Oberschenkel.«

So weit wollten es die Frauen im Stollen nicht kommen lassen.

Zuerst kroch Hohenauer heraus. Sie war derartig hinfällig, dass sie es ohne die rüde Unterstützung ihres ehemaligen Liebhabers nicht geschafft hätte.

»Warum tust du das, Werner?«, murmelte sie kaum verständlich. »Dabei wäre ich sogar mit dir gegangen.« Die Anstrengung, die Schmerzen und die schwere Verletzung ließen ihre Beine nachgeben. Wieder sackte sie zusammen und verlor das Bewusstsein. Immerhin blieb ihr so wenigstens Wegeners Antwort erspart.

»Das wärst du sicher nicht, Mädchen«, sagte er, wobei er der Ohnmächtigen zunächst den Handschellenschlüssel aus der Hosentasche zog, sie dann ein paar Meter vom Loch wegschleppte und auf derselben Gangseite mit Kopf und Schultern an die Stollenwand lehnte. Anschließend wandte er seine Aufmerksamkeit wieder Häuslschmied zu.

»Falls du noch Interesse an deiner Großnichte hast, Amanda, solltest du mir das Gold möglichst rasch übergeben«, sagte er, während er ihr aus dem Loch heraushalf und ebenfalls Handschellen anlegte. »Ohne medizinische Hilfe wird sie das nicht mehr lang durchstehen.«

Allein schon für den pseudo-teilnahmsvollen Tonfall hätte ihm Kotek am liebsten die Zähne eingeschlagen.

»Sollte nur deine Habgier das Problem sein, kann ich dich beruhigen«, setzte Wegener fort. »Mehr als fünf Barren können wir ohnehin nicht tragen, auch wenn wir alle mit anpacken. Also, sag: Wo ist das Gold? Es ist doch hier, nicht wahr? Wir schaffen es nach Kolm-Saigurn zu meinem Fluchtwagen, und schon seid ihr mich los.«

Jetzt endlich begriff Kotek. »Du bist also gestern mit dem Range gar nicht nach Gastein gefahren, sondern ins benachbarte Rauriser Tal bis Kolm-Saigurn. Dort hast du dir Zugang zum Imhof-Stollen verschafft und bist einfach durch das Kolmkar-Massiv ins Naßfeld herübergegangen. Warum bin ich da nicht früher draufgekommen? Deshalb hab ich auf der alten Naßfelder Straße auch vergeblich nach Spuren Ausschau gehalten.« Dass auch Redl und Feuersang sich die Nacht in Böckstein vergeblich um die Ohren geschlagen hatten, behielt sie lieber für sich.

Wegener weidete sich an ihrer Niedergeschlagenheit. »Tja, Melanie, das hätte dir eben früher einfallen sollen. Aber jetzt ist

Amanda an der Reihe: Wo ist das Gold? Es *muss* ja hier in diesem Gang irgendwo sein!«

»Ich habe es schon Frau Kotek gesagt: Ich bin alt, aber nicht debil«, antwortete Häuslschmied ohne ein Zittern in der Stimme. »Glaubst du, ich weiß nicht, warum du Tina vorhin angeschossen hast? Mit ihr als Klotz am Bein konnten wir dir nicht mehr davonlaufen und sollten gezwungen sein, uns in einem Versteck zu verkriechen. Und welches läge da näher als das des Goldes?«

»Nicht schlecht, altes Fossil.« Der Mörder Wegener applaudierte zynisch, aber das alte Fossil war noch lang nicht fertig.

»Von Anfang an hast du Tina wie eine Schachfigur eingesetzt – bis zu diesem Augenblick. Das zeigt nur, wie viel sie dir wert ist: nämlich nichts! Sie hat ihre Schuldigkeit als Informantin und Lockvogel getan und kann jetzt gehen oder auch sterben – wie auch immer. Dabei hat sie nur den Fehler begangen, den Millionen junger Frauen tagtäglich begehen: Sie hat sich in den Falschen verliebt. Und aus Liebeskummer ist sie dann gleich in die nächste, ungleich fatalere Beziehung geflüchtet. Wenn ich dir jetzt sage, wo das Gold ist, hat aber nicht nur Tina ihre Funktion erfüllt. Du erschießt uns alle drei, versteckst unsre Leichen hier oder anderswo, nimmst ein, zwei Barren mit, um die Gier der Hehler zu wecken, und wenn nach ein paar Monaten ein wenig Gras über die Sache gewachsen ist und die Aufmerksamkeit nachgelassen hat, kehrst du kaltschnäuzig zurück und holst dir den Rest.«

»Und dann?«

»Dann hast du sechs Menschen ermordet, genauso viele, wie 1945 in einer Maiennacht wegen dieses verfluchten Goldes sterben mussten. Und sechs – das wird dir ja bekannt sein – ist die Zahl des Teufels.«

»Soll ich deine Predigt so verstehen, dass du mir das Versteck nicht verraten willst?«

»Lass Frau Kotek mit Tina in den Imhof-Stollen hinuntersteigen und ins Naßfeld zurückgehen«, schlug Häuslschmied vor. »Nach einer Viertelstunde werde ich dir dann das tatsächliche Versteck nennen. Es ist nicht hier, aber ganz in der Nähe.«

»Ein schlechtes Gambit«, sagte Wegener. »Schlecht für mich. Jacobi sollte schon auf dem Weg hierher sein, und seine Jagdhunde sind vermutlich längst irgendwo da draußen am Almboden. Er hat übrigens vor wenigen Minuten ein SMS an Melanie gesendet. Darin heißt es, er würde ihren Mörder bis ans Ende der Welt hetzen und zur Strecke bringen. Allerdings nennt er keinen Namen.«

»Ah, und deshalb lebe ich noch?«, meldete sich Kotek prompt. »Weil er keinen Namen genannt hat? Ich habe mich schon gewundert.«

»Das kann sich rasch ändern, Melanie«, sagte Wegener kalt. »Wie lange ich dich im Talon behalte, das hängt von Amanda ab. Glaubt ihr ernsthaft, ich lasse mich von euch hinhalten, nachdem ich schon den Fredl abgestochen habe, dann die Bachblüten-Lotte und schließlich auch noch den Regenmandl?«

Kotek lief es eiskalt den Rücken hinunter. In ihrer Todesangst war sie nahe dran hinauszuschreien, dass Jacobis Leute ihre geschriebene Nachricht, die seinen Namen enthielt, ganz sicher im Specksteinofen finden würden.

»Wie hast du Lotte Heinrich nur dazu gebracht, dir zu nachtschlafender Zeit zu öffnen, obwohl sie solche Angst hatte?«, fragte sie stattdessen.

Wegener lachte kurz auf. »Ganz einfach: Ich habe ihr meinen Ausweis durch das Parterrefenster gezeigt und gesagt, im Tagebuch von Julie sei ein weiteres loses Parkettbrett unter ihrem Bett erwähnt worden, unter dem sich das Schlachtmesser befände. Sie war erschüttert, dass ihre Tochter nun – ebenso wie sie selbst – eine Mörderin sein sollte, und hat darüber wohl ihre Angst vergessen. Sie hat mich sofort in Julies Zimmer geführt.«

»Aber warum? Warum hast du sie getötet? Sie konnte dir doch nicht gefährlich werden.«

»O doch! Sie wusste nicht nur vom Gold, sondern kannte als Einzige neben Amanda auch das Versteck, jedenfalls wird das in Häuslschmieds Brief indirekt angedeutet.«

»Und wegen einer blöden indirekten Andeutung ermordest du einfach einen Menschen?«

»Die Leute vom Laderdinger Kreis vermuteten von Anfang an, dass es ums Gold ging. Auch wenn man sich zunächst gegenseitig verdächtigte, hätte mir die clevere Lotte mit ihrem Wissensvorsprung doch gewaltig in die Suppe spucken können.«

»Und weshalb musstest du Regenmandl beseitigen?«

Kotek konnte Wegener im Gegenlicht der Taschenlampe nicht

sehen, er dagegen beobachtete jede Regung in ihrem Gesicht und weidete sich an ihrer Bestürzung.

»Tja, ihn hab ich ebenso angerufen wie Marageter, er möge doch für eine Weile abtauchen, andernfalls würden die Schweinereien auf dem Laderdinger Alpl und die geheimen Gräber publik werden.«

»Aber Regenmandl war schlauer als Marageter, nicht wahr?«

»Wie man's nimmt. Möglicherweise hat ihn Schleißheimer auf mich aufmerksam gemacht, ich habe keine Ahnung. Noch vorgestern Nacht, als er in die Ettenau abgehauen ist, hat er mir brühwarm erklärt, er würde sich weder als Köder für die Polizei auf der Landkarte herumschicken noch sonst wie erpressen lassen, denn er wisse genau, mit wem er es zu tun hätte. Die Bemerkung war natürlich nicht sonderlich schlau von ihm, umso weniger, als an seinem Range längst ein Peilsender klebte, den ich mir aus der Asservatenkammer besorgt hatte.«

Kotek glaubte plötzlich zu wissen, was Regenmandl auf Wegeners Spur gebracht hatte. Um das behördliche Prozedere abzukürzen, hatte sie schon am Montag in der Zentrale der Linzer Sparkasse nach Kunden mit problematischer Bonität an der Zweigstelle Bad Hofgastein gefragt. Natürlich hatte man ihr keine Auskunft erteilt, vermutlich aber Regenmandl über die Anfrage informiert, der daraufhin selbst alle Kunden überprüft hatte, die von Schleißheimer betreut worden waren und finanzielle Probleme hatten.

»Du bist ihm in die Ettenau nachgefahren und hast ihn ebenso erstochen wie die beiden anderen«, sagte sie ihrem Kollegen auf den Kopf zu. »Wo hast du übrigens gelernt, mit einem Schlachtmesser umzugehen? Bei uns sicher nicht.«

»Nein, diese Fertigkeit verdanke ich den Erziehungsmethoden meines Vaters. Jedes Mal, wenn ich in der Schule oder zu Hause was verbockt hatte, musste ich den Fleischergesellen in der hauseigenen Schlachterei zur Hand gehen. Damals haben wir ja nicht nur Schweine und Rinder aus eigener Zucht verarbeitet, sondern auch die Tiere anderer Betriebe. Nach besonders arbeitsintensiven Tagen wachte ich manchmal nachts neben meinem Bett stehend auf und versuchte mein Kopfkissen zu erstechen.«

»Und wo liegt jetzt Regenmandls Leiche? Irgendwo im Altwasser?«

»Allmählich langweilst du mich mit deiner Fragerei«, sagte Wegener. »Und Amanda, ich warte nicht länger. Ich zähle bis drei, wenn ich dann noch immer nichts höre, dann erlebst du von der ersten Reihe fußfrei aus mit, wie viel mir Tina wert ist. Eins … zwei … drei.«

Er zielte auf die Stirn der noch immer ohnmächtigen Gendarmerie-Praktikantin, blickte dabei aber Häuslschmied an. »Also, was ist? Hör ich was?«

Kotek glaubte nicht, dass er schießen würde. Bisher hatte er immer mit dem diskreten Schlachtermesser gemordet, außerdem konnte ein Schuss von etwaigen Verfolgern gehört werden.

Vielleicht zögerte auch Häuslschmied deshalb eine Spur zu lang, vielleicht hatte sie aber auch – bedingt durch den Stress – einen ihrer rätselhaften Aussetzer, oder Wegener hatte ohnehin vorgehabt abzudrücken. Jedenfalls knallte es, und im Schein der Stablampe war auf der Stirn von Hohenauer plötzlich ein kleines schwarzes Loch zu sehen.

Der Schock war so gewaltig, dass die Frauen krampfhaft nach Luft rangen.

Wegener, hinter dem Strahl der Taschenlampe nach wie vor unsichtbar, sagte ruhig: »So, die Nächste ist Frau Kotek, und dann, Amanda, bist du selbst dran. Jeder redet unter Folter, glaub mir. Willst du dir eine solche Tortur auf deine alten Tage wirklich noch antun?«

In Koteks Ohren klangen die Worte so beiläufig, als würde ein mäßig interessierter Angehöriger seine greise Oma fragen, ob sie nicht doch auf eine anstrengende Reise verzichten wolle.

Man merkte förmlich, wie Häuslschmied innerlich zusammenbrach. Sie hatte es Wegener wohl tatsächlich nicht zugetraut, dass er ernst machen würde. Sie presste die faltigen Lippen noch fester aufeinander als gewöhnlich, aber Kotek konnte in ihren hellen Falkenaugen keine Tränen erkennen. Ihr selbst liefen sie in Bächen die Wangen hinunter.

Die alte Frau blickte zu Wegener hoch. »Ist ja gut, du hast gewonnen.«

Als der vierfache Mörder den Pistolenlauf von der Stirn der nächsten Todeskandidatin wegschwenkte, merkte Kotek, dass ihr Schließmuskel versagt hatte.

»Ja, Amanda?« Wegener wirkte vollkommen entspannt. Dass er eben einen wehrlosen Menschen erschossen hatte, schien ihn nicht im Geringsten zu belasten.

»Das Gold ist tatsächlich da drinnen«, bestätigte Häuslschmied leise, »ganz hinten unter dem Versatzmaterial. Man muss nur die obersten Steine abtragen und eine Plane zur Seite ziehen, dann kommen die Barren zum Vorschein.«

»Warum nicht gleich so? Wie viele Barren lagern da noch?« Seine Stimme klang heiser vor erwartungsvoller Aufregung, er wähnte sich am Ziel.

»Alle habe ich noch nie gesehen. Überhaupt hat mein Mann nur ein einziges Mal mit mir über dieses Geheimnis gesprochen. Als Lotte mit ihrem Bankert nach Amerika ging, hatte er kurzfristig eine sentimentale Phase und empfand so etwas wie Solidarität mir gegenüber. Später bereute er seine Mitteilsamkeit wieder, aber da hatte ich den Lageplan längst kopiert und verinnerlicht.« Die alte Frau sprach rasch und monoton wie ein Automat, ihr Monolog war die klassische Übersprungsreaktion.

»Die Chemie zwischen dir und deinem Mann interessiert mich nicht die Bohne«, sagte Wegener unwirsch, »ich will wissen, wie viele Barren es noch gibt.«

»Es dürften noch sechzehn sein«, antwortete sie kontrolliert, doch ihre Lippen zitterten. »Die meisten wurden in den Jahren nach dem Krieg in US-Dollar oder Schweizer Franken umgewandelt und dienten so dem Kauf von Immobilien, Wertpapieren, Schmuck und teuren Autos. Vor achtzehn Jahren wurden wieder einige flüssig gemacht, um die Schweinereien im Laderdinger Alpl unter dem Teppich zu halten. Eltern und ein allzu eifriger Kriminalbeamter mussten bestochen werden, aber danach griff Hans diese Reserve nicht mehr an, genauso wenig wie ich nach seinem Tod.«

»Na, dann wollen wir mal.«

Wegener zog die Ermordete ein Stück weit von der Trockenmauer weg und zwang die Gefangenen, sich zu beiden Seiten des Leichnams auf den feuchten Stollenboden zu setzen. Dann kettete er die zwei Frauen mit jeweils einer Handschelle an die Handgelenke der Toten.

»Alle Schlüssel für eure Handschellen sind jetzt ausschließlich bei mir verwahrt.« Er klopfte auf eine Tasche seines Parkas. »Natürlich könnt ihr versuchen, Tina mit euch zu schleifen, solange ich da drinnen bin«, sagte er gelassen, »aber nebeneinander und mit einer Leiche als Ballast einen engen Schacht hinunterzuklettern, das dürfte nicht ganz einfach sein.«

Ohne sich weiter um sie zu kümmern, ging er zu dem Durchbruch und kroch in den tauben Gang. Sekunden später umgab die Frauen fast vollständige Dunkelheit, nur ein kaum wahrnehmbarer Widerschein zeigte ihnen, wo sich die Trockenmauer befand. Dass der Körper der ermordeten Tina Hohenauer noch immer so warm war, als würde sie leben, verstärkte die Unwirklichkeit der Situation.

»Bleibt uns denn was anderes übrig, als mit dem Leichnam möglichst weit weg zu laufen, solange er da drinnen ist?«, flüsterte Kotek und tastete über die Ermordete hinweg nach ihrer Leidensgenossin.

»Wenn Sie sich lieber den Hals brechen, als erschossen zu werden, nur zu. Aber ohne mich«, erwiderte Häuslschmied in einem Anflug von grimmigem Galgenhumor.

Kotek zahlte es ihr mit gleicher Münze zurück. »Was schlagen Sie denn vor? Sollen da drinnen in Zukunft vielleicht neun Skelette sitzen anstatt sechs? Apropos: Haben die Gebeine in der Landser-Uniform wirklich jenem Siegfried Röck gehört, den Wegener erwähnt hat?«

Amanda Häuslschmied antwortete erst nach langem Zögern – und vermutlich auch nicht aus dem Bedürfnis heraus, sich mitzuteilen, sondern wohl eher, weil sie glaubte, demnächst nicht mehr am Leben zu sein und deshalb ohne Skrupel aus der Schule plaudern zu können.

»Ja. Mein Mann hat mir gegenüber zwar nie ein Wort darüber verloren, aber er hatte die Angewohnheit, im Schlaf zu sprechen. Außerdem habe ich in seinem Nachlass ein Schreiben gefunden, das an die Angehörigen des Kriegskameraden adressiert war. Aus dem Inhalt geht hervor, dass Röck den Brief in einer Almhütte seiner Familie hinterlegt hatte. Eltern oder Geschwister sollten ihn im Falle seines Todes dort vorfinden, aber Hans muss vorher drauf gestoßen sein.«

Aus dem aufgelassenen Stollen drangen Geräusche, wie sie beim Umschlichten von Steinen verursacht werden.

»Geht es auch etwas konkreter?«, bohrte Kotek weiter, den Blick gebannt auf den schwachen Lichtschein gerichtet, der aus dem schicksalhaften Loch drang.

Wieder legte die Greisin eine Pause ein, ehe sie weitersprach: »Röck schrieb, seine Eltern oder Geschwister würden dieses Schreiben nur dann zu Gesicht bekommen, wenn er am siebzehnten Mai neunzehnhundertfünfundvierzig nicht nach Hause zurückkehrte. Dann wäre er ermordet worden: entweder von zwei Amerikanern – in diesem Fall würde auch sein Freund und Kriegskamerad Hans Häuslschmied vermisst werden – oder von Hans selbst, der dann wahrscheinlich nach einiger Zeit wieder allein in Gastein auftauchen würde. Würde das passieren, so hätte Hans ihn wegen eines Goldschatzes in den Siglitz-Stollen im Naßfeld erschossen und seine Leiche dort versteckt. Nun frage ich Sie: Welche Schlüsse würden Sie ziehen, wenn Sie im Nachlass Ihres Gatten einen solchen Brief gefunden hätten?«

Wieder herrschte Schweigen zwischen den beiden Frauen. Nur die dumpfen Geräusche im Stollen und manchmal auch das laute Atmen Wegeners waren zu hören.

»Hat Ihr Mann in seinen Albträumen ausdrücklich gesagt, er habe Röck erschossen?« Während Kotek die Frage stellte, galt ihre Aufmerksamkeit nach wie vor dem Seitenstollen, wo Wegener der Entdeckung des Goldschatzes entgegenfieberte – ebenso wie sie selbst, sie jedoch voller Angst, denn dieser Moment würde für sie den Tod bedeuten.

»Immer wieder«, bestätigte Häuslschmied. »Er hat Siegi von hinten in den Kopf geschossen, noch ehe alle Barren hier gebunkert waren. Wegener hat die Wahrheit erraten: Mein Mann hatte große Angst, es könnte ihm ebenso ergehen wie den beiden Amis, denen sie das Gold abgenommen hatten. Deshalb wollte er seinem Kumpel zuvorkommen und hat zur Pistole gegriffen. Die könnte in jener Nische versteckt gewesen sein, in der vorhin der Schürhaken lehnte.«

Drinnen im Seitenstollen ertönte ein unartikulierter Schrei. Die

Frauen hörten Wegener nach vorn zum Loch stürmen, er beugte sich mit dem Oberkörper heraus und leuchtete die Dreiergruppe am Boden an.

»Das Gold … es ist da! Es ist wirklich da!« Er schrie so laut, dass sich das Echo in den verzweigten Gängen brach.

»Es ist da«, wiederholte er noch einmal leiser, jetzt mit fester Stimme, so als wolle er vor sich selbst die Morde rechtfertigen, die er dieses Schatzes wegen begangen hatte – und noch begehen wollte.

Kotek nahm allen Mut zusammen und fragte: »Und? Willst du uns nicht die Handschellen abnehmen, damit wir helfen können, die Barren hinauszutragen?«

Wegener ließ sie einige furchtbare Augenblicke lang schmoren, ehe er sagte: »Weißt du, Melanie, die alte Schabracke neben dir kapiert tatsächlich schneller als du, was abgeht. Sie hat den weiteren Verlauf dieses Tages schon exakt beschrieben: Ich nehme jetzt nur zwei Barren mit. Damit bin ich mobiler als mit mehreren und mit euch als Trägerinnen. Wenn ihr hier bleibt, werden Jahre vergehen, bis man eure Leichen hinter der Mauer findet.«

»Du brichst die Brücken hinter dir ab?«, fragte Kotek, nur um irgendetwas zu sagen und nicht vollständig ihrer Todesangst zu verfallen.

Wegener lachte verächtlich. »Was denkst *du* denn? Natürlich wird Jacobi demnächst dahinterkommen, dass ich der Mörder bin. Nach zehn Jahren Arbeit beim Referat 112 weiß ich schließlich, wie er und das Sechserpack ticken. Der Mord an Schleißheimer wäre vielleicht noch eine Zeit lang als Beziehungskiste durchgegangen, aber die folgenden keinesfalls. Und die Zeit wurde auch immer knapper, weil Jacobi nach Amandas Anruf bei der toten Lotte Heinrich viel zu früh auf das Nazigold aufmerksam geworden ist und die richtigen Schlüsse gezogen hat. Mir war sofort klar, dass ich das Land verlassen muss, und ebenso wusste ich, dass man Stubenvoll spätestens am nächsten Tag finden würde.«

»Stubi? Was hast du mit ihm gemacht?«, fuhr Kotek auf und vergaß einen Augenblick lang die eigene aussichtslose Lage.

Wegener blies die Atemluft hörbar durch die Nasenlöcher aus, um seiner Missbilligung Ausdruck zu verleihen. »In seiner fürsorglichen Art wollte er mir verdammt noch einmal genau zu dem

Zeitpunkt einen Krankenbesuch abstatten, als ich mit Regenmandls Wagen von der Ettenau zurückkam. Aber anstatt mich blass geschminkt im Bett vorzufinden, ist er mir vor dem Zinshaus begegnet, als ich einparkte.«

»Du bist mit einem zur Fahndung ausgeschriebenen Wagen am helllichten Tag durch die Gegend gefahren?«

»Natürlich nicht mit Regenmandls Nummernschildern.«

»Aber du hast Oliver nicht …?«

»Nein, ich hab ihm nur eins übergezogen, weil zum Glück niemand in der Nähe war. Dann hab ich ihn gut verpackt in meinem Kellerabteil abgelegt, bevor ich nach Kolm-Saigurn gefahren bin. Genau wie du jetzt sollte er meine Versicherung sein, falls nicht alles so laufen würde wie vorgesehen. Aber nun, meine Liebe, habe ich dank Tinas Unterstützung den kleinen Vorsprung so ausgebaut, dass mich auch Jacobi nicht mehr einholen wird. Dich und Amanda brauche ich nicht mehr. Im Vergleich zu euch hat Oliver Glück, ihn wird man lebend finden.«

45

FEUERSANG HATTE das Landhaus erreicht. Auch wenn er Kräfte hatte wie ein Stier, bei einer so anspruchsvollen Tour querfeldein konnte er mit Redls Schnelligkeit und Zähigkeit nicht mithalten. Sein Kollege war bereits seit zehn Minuten vor Ort und hatte von der Gartenmauer aus die Lage gecheckt.

Längst befanden sich auch Alpingendarmerie und MEK von Böckstein her im Anmarsch, und da inzwischen auch der Schneefall nachgelassen hatte, wartete zusätzlich ein Hubschrauber in St. Johann auf die Starterlaubnis.

Redl nahm das StG 77 von der Schulter und drückte es dem nach Luft ringenden Feuersang in die Hände.

»Gib mir Feuerschutz, wenn ich schau, ob ich die Tür aufkriege.«

Kommentarlos nahm Feuersang das Sturmgewehr und brachte sich und die Waffe in Position. Trotz seiner Erschöpfung wäre ihm nie eingefallen, Redl vorzuschlagen, doch besser auf das MEK zu warten. Melanie, die Partnerin Jacobis und ihre langjährige Kollegin und Freundin, war in Lebensgefahr – vorausgesetzt, sie lebte überhaupt noch! –, da gab es kein Zögern.

Sie hatten Fehler gemacht. Sogar der Chef, der bereits im Flugzeug nach Salzburg saß, hatte gepatzt. Wohl hatten sie dem Mörder, dessen Identität erst seit Kurzem feststand, mit dem Zeugenschutzprogramm eine Falle gestellt, hatten dabei aber nicht berücksichtigt, dass eine handwerklich geschickte Person durch den Imhof-Stollen ins Naßfeld gelangen und sich auf dem gleichen Weg auch wieder zurückziehen konnte.

Einer der demnächst eintreffenden Alpingendarmen, der sich leidlich im Siglitz-Stollen-Gewirr auskannte, hatte jetzt den Auftrag bekommen, diese Möglichkeit abzuklären. Lenz und er, Leo Feuersang, hatten den Naßfelder Stolleneingang rechts liegen lassen, obwohl sie glaubten, über die Ache hinweg Spuren vor dem Tor gesehen zu haben. Natürlich hatten sie Meldung gemacht, aber die Spuren zu verfolgen war ein Job für Ortskundige, ihr Job war das Landhaus.

Noch immer war unklar, warum sich Melanie hatte überrumpeln lassen. Um zwölf Uhr, als sie beim Landhaus angekommen war, hatte sie noch relativ entspannt am Handy bestätigt, dass alles in Ordnung sei, obwohl zu diesem Zeitpunkt nicht nur Regenmandl, sondern – eine haarsträubende Vorstellung! – auch noch Stubi als Q in Frage gekommen war. Zwei Stunden später hatte sie das Codewort jedoch nicht mehr gesagt, sodass Jacobi das Team unverzüglich auf Trab gebracht hatte. Wie Wegener ins Haus hatte gelangen können, blieb trotzdem rätselhaft. Melanie hätte nie eine Person ins Landhaus gelassen, die nicht angemeldet war, nicht einmal Angehörige des Referats. Dazu war sie viel zu sehr Profi.

Redl hatte inzwischen neben der Haustür des Landhauses Stellung bezogen. Ein kurzer Blick zu Feuersang, ein Tritt gegen die Tür, und sofort wich er wieder an die Hauswand zurück.

Nichts passierte. Feuersang ging mit dem StG im Anschlag und die Fenster im Auge behaltend auf das Haus zu. Wieder tat sich nichts.

Nachdem sie auch das Vorhaus geentert hatten, lief die Untersuchung der übrigen Räume nach hundertfach gedrilltem Schema ab – mit negativem Erfolg: Das Gebäude war verlassen. Redl meldete den Status sofort an alle befassten Dienststellen und an Jacobi, der gerade in Salzburg gelandet war.

Unmittelbar danach schickte Jacobi ein SMS auf Melanies Handy, in dem ebenso ohnmächtigen wie verzweifelten Versuch, den Mörder von einer finalen Tat abzuhalten. Feuersang ahnte, dass sich Jacobi für die misslungene Zeugenschutzaktion mitverantwortlich fühlte. Auch sich einzureden, mit einem Insider habe man nicht rechnen können, half nichts, wenn man neben dem verzweifelten Schuldner Marageter nicht von Anfang an auch andere Schuldner in Betracht gezogen hatte.

Sie begannen die systematische Spurensuche im Vorhaus, wo Redl auf einem alten Kokosläufer einige frische Blutspritzer fand – eine besondere Leistung, da er die winzigen Flecken auf dem staubigen dunkelroten Hintergrund trotz leichter Rotgrün-Blindheit bemerkte.

»Jemand, sehr wahrscheinlich Melanie, ist hier attackiert worden«, vermutete der Pinzgauer. Schweigend suchten sie nach weiteren Hinweisen, immer in dem Bewusstsein, dass sich das Schicksal der Gesuchten bereits in diesen Minuten entscheiden konnte – oder schon entschieden hatte.

46 »ICH HOL JETZT die Barren, dann schleppe ich Tinas Leiche zum nächsten Schacht, werfe sie hinunter, und anschließend werden wir drei uns voneinander verabschieden«, sagte Wegener beiläufig. Der Lichtstrahl der Stablampe schwenkte von den am Boden liegenden Frauen weg und verschwand im Mauerloch. Im Hauptstollen war es wieder stockdunkel, und die Schritte im tauben Stollen entfernten sich nach hinten, dorthin, wo sich das Abraummaterial befand – und das Gold.

»Ich habe nicht vor, mich wie ein Schaf ohne Gegenwehr abschlachten zu lassen«, zischte Kotek ihrer Leidensgenossin zu. »Jetzt packen Sie schon an. Sie müssen mir behilflich sein, die –«

»Vergessen Sie es! Ich habe es Ihnen schon mal gesagt: Ohne Licht brechen wir uns hundertprozentig den Hals – mit oder ohne Tini! Und genau das will er, dass wir uns von hier wegbewegen und irgendwo hinunterstürzen. Unsre Leichen hier im Goldstollen abzulegen wäre aus seiner Sicht nicht sehr zielführend. Suchhunde würden uns dort aufspüren, und das wäre nun überhaupt nicht in seinem Sinn.«

»Aber wir können doch nicht einfach hier bleiben und uns von ihm abstechen oder erschießen lassen.« In ihrer Ohnmacht vermochte Kotek die Anspannung kaum noch zu ertragen. Sie spürte den kalten Schweiß auf ihrer Stirn. Ihr kam die ermordete Lotte Heinrich in den Sinn, die ihre Ermordung vorausgeahnt – nein, *vorausgefühlt* hatte. Um ihrer beider Tod vorauszusehen, benötigte Kotek jetzt wahrlich keinerlei hellseherische Fähigkeiten. Plötzlich lachte sie so schrill auf, dass Häuslschmied zusammenzuckte.

Ein ohrenbetäubender gewaltiger Knall ließ das hysterische Gelächter abrupt verstummen. Und ohrenbetäubend war die Detonation im wahrsten Sinn des Wortes: Schall und Luftdruck nahmen den beiden Frauen nicht nur den Atem, sondern ließen ihre schmerzenden Ohren auch vorübergehend taub werden.

Vor dem zu erwartenden Gesteinsregen duckten sie sich instinktiv auf den harten Stollenboden und versuchten ohne Rücksicht auf den Leichnam Hohenauers ihren Kopf mit beiden Händen zu schützen.

»Was … war … das?«, fragte Kotek benommen. Ihre Gehirnerschütterung schmerzte wieder stärker.

»Eine Explosion«, sagte Häuslschmied hustend. Sie hatte aufs Geratewohl geantwortet, verstanden hatte sie die Frage nicht. In ihren Ohren war nur noch ein penetrantes Rauschen. Und wenn sie es auch nicht sehen konnte, so merkte sie an der akuten Atemnot doch sehr rasch, dass der Stollen von dichtem Staub erfüllt war. Steine aus der Trockenmauer hatten wie Schrapnells in die gegenüberliegende Wand eingeschlagen und waren nach allen Seiten geflogen – einige auch in ihre Richtung. Zum Glück hatten die Gneisschieferbrocken weder sie noch ihre Leidensgenossin verletzt.

Trotz Sauerstoffmangels und Benommenheit begriff Kotek, dass die Explosion im Seitenstollen erfolgt sein musste. Konsequenzen konnte ihr malträtiertes Gehirn daraus allerdings noch nicht ableiten.

»Jetzt, Frau Kotek!«, krächzte Amanda Häuslschmied, krampfhaft nach Luft ringend. »Jetzt macht es Sinn, ein Stück in die Richtung zu gehen, aus der wir gekommen sind.«

Sie rappelten sich auf und spürten dabei, wie der Staub, den sie einatmeten, auch an ihrer Haut und ihren Kleidern haften blieb. Beide fassten sie den erschlafften Körper Tina Hohenauers mit der jeweils nicht angeketteten Hand unter einer Achsel und setzten sich so als makabrer Kondukt in Bewegung.

Tatsächlich schafften sie es, den gruseligen Ballast in vollkommener Finsternis so weit zu schleifen, bis die Luft besser wurde. Entkräftet setzten sie sich wieder auf den Boden, und Kotek wurde die Paradoxie von Situation und Befindlichkeit schlagartig bewusst: Eben noch vom Erstickungstod bedroht, vollkommen desorientiert im stockdunklen Labyrinth eines aufgelassenen Bergwerks und an eine Leiche gefesselt, ergab sie sich jetzt ihrer Erleichterung und ließ ihren Tränen, die ohnehin niemand sehen konnte, freien Lauf. Nur ganz allmählich konnte sie sich zwingen, in die triste Realität zurückzukehren.

»Ich wiederhole jetzt meine Frage von vorhin«, nahm sie den Faden wieder auf. »Und kommen Sie mir bloß nicht wieder mit der lapidaren Erklärung einer Explosion. Das allein reicht mir nicht.«

»Aber alles, was ich jetzt sage, kann gegen mich verwendet werden, so ist es doch, oder?«

Die Gegenfrage Häuslschmieds, als typisches Zitat aus amerikanischen Krimis formuliert, wäre in einer weniger ernsten Lage vielleicht sogar als missglückter Scherz durchgegangen, doch Kotek ahnte, woher der Wind wehte.

»Erstens sind wir nicht in den USA«, hielt sie fest, »zweitens warte ich auf eine Erklärung für das, was da gerade passiert ist«, das Klimpern der Handschellen verriet, dass sie mit der angeketteten Hand irgendwohin zeigen wollte, »und drittens gilt ein durch Unterlassung herbeigeführtes Ereignis, das einen Amok laufenden Mörder stoppt, sicher als Notwehr.«

»Können Sie mir das garantieren?«

»Sagen Sie mir einfach, was Sache ist, dann kann ich Ihnen auch konkret antworten.«

Wieder ließ sich Häuslschmied so lange Zeit mit der Antwort, dass Kotek schon gar nicht mehr damit rechnete.

»Mein Mann hat die obersten Barren mit einem Bewegungszünder versehen«, begann sie langsam. »Schon vor circa zwei Jahrzehnten. Er misstraute Kajetan Czerwenka. Das alte Schlitzohr glaubte zu wissen, wo sich das Gold befand, hat aber schließlich doch nie gewagt, Hans übers Ohr zu hauen. Der chemische Zünder war an acht Stangen Dynamit gekoppelt. Wäre einer dieser Barren bewegt worden – so wie gerade eben –, wäre es augenblicklich zur Zündung gekommen …«

»… und dem unbefugten Schatzsucher wäre – so wie eben – das halbe Kolmkar-Massiv um die Ohren geflogen«, ergänzte Kotek. Ihre Euphorie überlagerte im Moment nicht nur die jüngsten Ereignisse, sondern auch das Grauen vor Hans Häuslschmieds Vorgangsweise.

»So ist es«, bestätigte die Witwe eines Monsters. »Aber das ist noch nicht alles: Direkt hinter dem aufgeschichteten Absatzmaterial befand sich ein mehrere hundert Meter tiefer Schacht. Wohlgemerkt: Er befand sich dort. Jetzt dürfte er zugesprengt sein, und das Gold liegt an seinem Boden mit einigen Tonnen Gestein darüber. Hans wollte für den Fall der Entdeckung sämtliche Spuren vernichten, die zu ihm führen konnten.«

Wegener und die Skelette sind wohl eher samt der Trockenmauer in den Hauptstollen geblasen worden, dachte Kotek und konnte sich des Schauderns nicht erwehren. Vielleicht waren sie beide sogar schon auf Fleisch- oder Knochenteile ihres Peinigers getreten, als sie Hohenauers Leiche am Seitenstollen vorbei hierher geschleppt hatten.

»Tja, letztlich war er doch kein so guter Spieler«, sagte Häuslschmied, ohne ihre tiefe Befriedigung zu verhehlen. »Im entscheidenden Moment hat ihn die Gier übermannt, und er ist unvorsichtig geworden. Ein richtiger Zocker wäre auch in Erwartung des Jackpots kühl und besonnen geblieben und hätte uns die Barren holen lassen.«

Kotek fiel Leo Feuersangs Spruch über die Gier ein, der sich allerdings auf die Dohlen vor der Rettenwänd-Hütte bezogen hatte. »Ja, Wegener war ein pathologischer Spieler, deshalb hatte er ja schon die sorgenfreie Zukunft, die er hätte haben können, mutwillig verzockt«, pflichtete sie der Älteren bei. »Er war überhaupt ein mieser Charakter, ein amoralischer Mensch ohne jede Empathie und Wertvorstellung. Es wirft kein gutes Licht auf uns als seine Kollegen, dass wir jahrelang nichts davon bemerkt haben.«

»Apropos Licht«, merkte Häuslschmied an, »die Gänge scheinen wieder relativ gut durchlüftet zu sein. Wir könnten wieder zum Abraumstollen zurückkehren und versuchen, einen der Rucksäcke zu ertasten.«

»Warum? Um eine Taschenlampe zu finden? Was nützt uns das Licht, wenn wir die Handschellen nicht abmachen können?«

»Vielleicht finden wir ja auch irgendwo die Schlüssel«, wandte die Seniorin ein.

»Wegener hatte alle drei in einer Tasche seines Parkas, sie können weiß Gott wo sein.«

»Nun, immerhin stehen die Chancen gut, die Lampen zu finden, und außerdem haben wir jetzt jede Menge Zeit, um nach den Schlüsseln zu suchen.«

»Da können wir genauso gut auf meine Leute warten, die kommen sicher bald. Sie müssen einfach den Brief im Landhaus gefunden haben und uns finden.«

»Sie kommen bald? Und wann soll dieses ›bald‹ sein?« Häuslschmied sprach aus, was Kotek dachte.

Doch gerade, als Angst und Ungewissheit wieder zurückkehren und die Oberhand gewinnen wollten, hörten sie in der Ferne Hundegebell.

»Gott sei Dank haben sie uns nicht früher gefunden. Wegener hätte uns in diesem Fall ganz bestimmt erschossen, solange er dazu noch in der Lage war«, sagte die alte Frau trocken in die unbeschreibliche Freude hinein.

47 AM NÄCHSTEN TAG präsentierte sich der Himmel über Schwarzach-St.Veit in unverschämtem Blau, und wären nicht die dicke Schneedecke und die zahllosen geknickten Bäume und Sträucher im Salzachtal gewesen, man hätte den frühzeitigen Wintereinbruch in den Zentralalpen für einen frostigen Spuk halten können.

Melanie Kotek setzte sich im Krankenbett auf der Internen im

Kardinal-Schwarzenberg-Krankenhaus auf. Die Untersuchungen hatten sowohl bei Amanda Häuslschmied als auch bei ihr zu keinen beunruhigenden Diagnosen geführt. Abgesehen von der Gehirnerschütterung und der Platzwunde am Hinterkopf, die ihr einen turbanartigen Kopfverband beschert hatte, und einer leichten Erkältung war sie okay. Frau Häuslschmied waren ebenfalls nur Antibiotika gegen die Erkältung verabreicht worden, ansonsten ging es der alten Frau erstaunlich gut.

Da Kotek Besuch erwartete, stand sie entgegen der strikten ärztlichen Order, im Bett zu bleiben, auf, schlüpfte aus ihrem Babydoll und stakste auf wackeligen Beinen in die Dusche neben dem großen Fenster des Krankenzimmers. Nur mit BH und Slip bekleidet stellte sie sich vor den Badezimmer-Spiegel.

»Sie sind selbst mit Verband und blauen Flecken noch eine außergewöhnlich schöne Frau, Melanie«, sagte Häuslschmied, die im zweiten Bett des Zimmers lag und in die Dusche sehen konnte. »Jacobi kann sich wirklich glücklich schätzen. Aber so, wie er Sie manchmal ansieht, tut er das wohl auch.«

Kotek lachte leise auf. »Ja, ich bin auch ganz zufrieden mit ihm. Die Idee mit dem Zeugenschutzprogramm im Landhaus stammte übrigens von ihm – ursprünglich zumindest. Vorgestern wollte er mich allerdings zum Abbruch bewegen, hauptsächlich wegen des Wetters, das unsre Mobilität einschränkte, aber leider nicht die von Wegener.«

»Also war ich doch der Lockvogel, wie ich es von Anfang an vermutet hatte?«

»Amanda, es war wirklich nicht vorgesehen, Sie oder uns in Gefahr zu bringen, aber mit Insidern haben wir leider überhaupt nicht gerechnet.«

»Tinis tragische Leidenschaft zu diesem Scheusal und ihr noch tragischeres Ende gehen mir wirklich nahe«, sagte Amanda Häuslschmied leise. »Mir war gar nicht bewusst, wie sehr sie mir ans Herz gewachsen war. Ihre Mutter ist vor zwei Jahren gestorben, und einen Vater hatte sie nie. Ich war ihre einzige noch lebende Verwandte und hatte sie insgeheim bereits als Haupterbin vorgesehen.«

Die Stimme der Greisin war brüchig geworden. Kotek wollte den Moment nicht ungenutzt verstreichen lassen.

»Auch Julie, die Tochter Ihres Mannes, hat niemanden mehr. Mir läuft es jetzt noch eiskalt über den Rücken, wenn ich daran denke, dass Wegener sie noch am Alpl hätte erwischen können. Für sie wäre es gerade jetzt ungeheuer wichtig, eine Bezugsperson zu haben. Vielleicht könnte man mal darüber nachdenken?«

»Sie meinen wohl, *frau* könnte darüber nachdenken?«

»Ja, und auch über die tragische Rolle, die Julies Mutter spielen musste. Amanda, Lotte Heinrich hatte Ihren Hass in keinem Augenblick ihres bemitleidenswerten Lebens verdient. Und jetzt, da sie tot ist, braucht sie ihn noch weniger.«

»Schon gut, ich weiß, dass der einzige Schuldige mein Mann war, und ich gebe auch zu, dass ich meinem jahrelangen Frust der Einfachheit halber das Gesicht von Lotte gegeben habe. Ich werde mir Ihren Vorschlag durch den Kopf gehen lassen.«

Es klopfte an der Tür.

»Moment«, rief Kotek, »ich bin noch nicht fertig!«

48 DER BESUCHERANSTURM war beachtlich, und er hätte noch wesentlich größere Ausmaße angenommen, hätten die Ärzte ihm nicht einen Riegel vorgeschoben. So meldeten sich die Ausgesperrten, die auf später vertröstet wurden, per SMS oder telefonisch mit Genesungswünschen. Neben dem vollzähligen Sechserpack, Jacobis Tochter Nadine, deren Freund Alexander und Dr. Wächter hatte sich auch Oberstaatsanwalt Dr. Ewald Rothmayer eingefunden.

Koteks Appell, keine Blumen mitzubringen, war natürlich ignoriert worden, sodass sie eine Pflegerin bat, sämtliche Gerberasträuße und Orchideen zu versorgen. Letztlich waren es doch so viele Besucher, dass Nadine, Alex und Cornelia Wächter das Krankenzimmer wegen Platzmangels vorübergehend wieder verließen.

Zunächst begann Dr. Rothmayer, die Zeugenaussagen von Kotek und Häuslschmied zu den Begebenheiten im Naßfeld und in den Siglitz-Stollen per Rekorder zu protokollieren.

Die alte Frau schilderte den Ablauf der Ereignisse aus ihrer Sicht weitgehend emotionslos, Kotek musste kaum korrigieren oder ergänzen. Feuersang und Redl, die Koteks Nachricht im Aschenschuber gefunden hatten, bestätigten den Bericht, soweit sie die Aktionen im Landhaus nachvollziehen konnten.

Erst als die Rede auf die brutale Ermordung der Gendarmerieschülerin Tina Hohenauer kam, wurden Häuslschmieds Augen feucht.

»Ich weiß nicht, warum ich gezögert habe, Wegener das Versteck des Goldes zu nennen, aber ich weiß sehr wohl, dass ich es mir für den Rest meines Lebens nicht verzeihen werde.«

»Das ist doch Unsinn, Amanda«, hielt Kotek sofort dagegen und dachte dabei an Lotte Heinrich. »Sie sind nicht schuld daran, dass Tina tot ist. Wegener war ein Irrer, und hätte ihn nicht die eigene Gier getötet, dann wären wir die Nächsten gewesen, die er umgebracht hätte.«

»Wegener war tatsächlich seelisch krank«, bestätigte Jacobi. »In Regenmandls Range Rover, der in Kolm-Saigurn sichergestellt worden ist, haben wir unter anderem starke Psychopharmaka gefunden.«

Wie von Kotek vorhergesagt worden war, stellte Häuslschmieds Verschweigen der Sprengfalle, die den Tod von Gruppeninspektor Werner Wegener herbeigeführt hatte, kein Problem dar. Kotek und Häuslschmied waren Zeugen der Ermordung Tina Hohenauers gewesen, und Wegener hatte bereits angekündigt gehabt, auch sie zu töten. Der Tatbestand der Notwehr war dadurch einwandfrei gegeben, daran ließ der Oberstaatsanwalt keinen Zweifel. Trotzdem würden die Umstände, die zu Wegeners Ableben geführt hatten, Gegenstand einer Gerichtsverhandlung sein – wie in jedem anderen vergleichbaren Fall auch.

»Was nun dieses dubiose Nazigold betrifft«, wechselte Rothmayer das Thema, »so hat das ja keiner der hier anwesenden Zeugen im Stollen je gesehen. Auch Sie nicht, Frau Häuslschmied, oder irre ich mich da?«

»Nein, Sie irren sich nicht. Mir war die Lage des Verstecks bekannt, im Nachlass meines Mannes befand sich ein genauer Plan und ich war auch zwei Mal vor Ort. Ich wusste sogar, wie viele Barren noch vorhanden sein mussten, aber die Sprengfalle hat meine Neugier immer im Zaum gehalten. Was nicht heißt, dass ich nie etwas von dem Gold gesehen hätte. Auch Frau Kotek weiß inzwischen, wofür mein Mann einen Teil des Schatzes verwendet hat. Ehe Hans damals nach Liechtenstein fuhr, um über seinen Hehler Schweigegeld zu beschaffen, hab ich heimlich einen Blick auf einen Barren geworfen, den er bei uns daheim zwischenlagerte. Er trug den Prägestempel der königlich-ungarischen Nationalbank –«

»Königlich-ungarisch?«, unterbrach Rothmayer ungläubig. »Aber die österreichisch-ungarische Monarchie gibt es doch schon seit neunzehnhundertachtzehn nicht mehr.«

Jacobi räusperte sich. »Das gilt nur für Österreich, Ewald«, soufflierte er dezent. »Nach ein paar Monaten der Räterepublik wurde in Ungarn neunzehnhundertzwanzig die Monarchie wieder eingeführt und von Vizeadmiral Miklós Horthy als Reichsverweser bis zum Oktober vierundvierzig verwaltet. Prägestempel der Monarchie auf ungarischen Goldbarren sind im Frühjahr fünfundvierzig also durchaus noch möglich gewesen.«

»So? Nun, man kann nicht alles wissen, und wir von der Internetgeneration erst recht nicht, haha!« Aber nur Rothmayer selbst schien sich über sein Bonmot zu amüsieren. »Wie auch immer: Das Innenministerium hat uns, was dieses Gold anlangt, einen Maulkorb verpasst. Das heißt, dass wirklich nichts darüber an die Medien geht. Haben wir uns verstanden?«

Er blickte in die Runde. Die meisten nickten, nur Kotek ließ ihn nicht so leicht davonkommen. »Aber welche Motive haben Wegener dann zu den vier Morden veranlasst?«

Rothmayer hatte diese Frage erwartet. »Wir müssen so weit wie möglich bei der Wahrheit bleiben. Also habe ich mir Folgendes überlegt: Wegener glaubte zu wissen, dass Hans Häuslschmied den Großteil seines Vermögens in Gold angelegt hat, weil er … nun, weil er im Kielwasser der OPEC-Krise dreiundsiebzig eine weltweite Finanzkrise befürchtet hatte. Dieses Gold sollte Frau Häuslschmied nun abgepresst werden, aber es war nicht mehr vorhanden. Das müssen wir sagen …«

»… um keine Abenteurer anzulocken«, ergänzte Kotek. »Ist klar.«

»Das hoffe ich, auch wenn du nicht sehr begeistert klingst, Melanie. Alles andere kann eins zu eins veröffentlicht werden.«

Kotek zuckte mit den Achseln. »Bin nur gespannt, ob die alten

Hasen das fressen.« Mit den alten Hasen waren die erfahrenen Journalisten gemeint.

»Falls denn tatsächlich einige Barren in jenem Schacht unten liegen sollten«, fuhr Rothmayer fort, ohne ihren neuerlichen Einwurf zu kommentieren, »so ist zu bedenken, dass sie nicht einmal dem österreichischen Staat gehören. Sie zu bergen, die Eigentumsfrage zu klären und sie dann dem rechtmäßigen Besitzer zurückzuerstatten, das würde nicht nur eine Unmenge an Papierkram bedeuten, sondern wahrscheinlich auch mehr kosten, als die Barren wert sind. *Capito?*«

Kotek hatte verstanden. Man hatte vor, über die Causa »Nazigold« Gras wachsen zu lassen. Nach angemessener Zeit sollte die Initiative dann diskret der immer noch existierenden Bergbaugesellschaft überlassen werden, natürlich ebenfalls unter der Auflage strengsten Stillschweigens.

49 AUS RÜCKSICHT auf Koteks Gehirnerschütterung hatten sich fast alle Besucher bald wieder verabschiedet, und Jacobi war jetzt mit seiner Partnerin im hellen Aufenthaltsraum der Internen allein. Sie saßen an einem Fenstertisch und schwiegen. Jacobi hielt Koteks Hände in den seinen.

In einem der Schwesternzimmer polterte etwas Metallenes, vielleicht eine Alu-Leibschüssel, zu Boden.

»War das der Stein, der dir jetzt noch nachträglich vom Herzen gefallen ist?«, flachste sie, um das Schweigen nicht zu ernst werden zu lassen.

Er seufzte vernehmlich, was sonst nicht seine Art war. »Könnte durchaus sein. Gestern hätte ich mich den ganzen Tag lang für die Idee, dem Mörder eine Falle zu stellen, ohrfeigen können. Schließlich sind wir auch ohne dieses haarige ZSP auf Werner gekommen.«

»Ja, und dafür musste der arme Stubi die Birne hinhalten.«

»Leider. Ohne unsre himmelschreiende Naivität wären wir sicher noch einen Tick schneller gewesen und hätten ihm das erspart. Die Route durchs Naßfelder Tal war für Wegener tabu, so schlau war er allemal, auch ohne dass er von Lenz und Leo wusste. Also war der Imhof-Stollen eine überlegenswerte Alternative für ihn, wobei das Knacken des Kolm-Saigurner Portals für einen technisch so versierten Allrounder kein Problem darstellte. Und sicherer als Touren über Baukarlscharte oder Miesbühelscharte, die ein hohes persönliches Risiko für ihn bedeutet hätten, war diese Variante auch. Aber wir kommen auf etwas so Naheliegendes natürlich nicht, weil wir einen Stollen nicht auf dem Schirm haben.«

»Komm mal wieder runter, Oskar«, besänftigte ihn Kotek, die wusste, dass er sich für die Tragödie im Bergwerk mitverantwortlich fühlte. »Wir alle haben gepatzt und eine teils stümperhafte Arbeit abgeliefert.«

»Du sagst es. Ursprünglich wolltest du ja Lenz und Leo zu einem Essen beim ›Döllerer‹ einladen. Jetzt besteht allerdings Lenz darauf, uns alle zum ›Posauner‹ einzuladen. Was meinst du, warum wohl?«

»Vielleicht, weil er als Pinzgauer aus Embach nicht an Kolm-Saigurn gedacht hat?«

Oskar nickte lächelnd. »Allerdings. Ihm geht es ähnlich wie mir. Und ich sage es dir ganz ehrlich: Ich bin froh, Wegener nicht mehr lebend erwischt zu haben. Ich darf gar nicht daran denken, was ich dann mit ihm angestellt hätte. Weißt du überhaupt, wie er auf die Idee verfallen ist, Amanda Häuslschmied das Goldversteck abzupressen?«

»Seine Oma hat ihn auf das Häuslschmied-Gold aufmerksam gemacht?«

»Das ist nur die halbe Wahrheit. Vor einigen Wochen war er wieder einmal in Gastein, um seinen Jugendfreund Schleißheimer zu einer weiteren Stundung der Kreditzinszahlung zu überreden. Aber der wollte nicht nur die Zinsen nicht mehr stunden, sondern verlangte auch die Rückzahlung der fälligen Kreditrate. Nach diesem Bescheid ist Werner mit einem anderen frustrierten Bittsteller auf ein Bier gegangen.«

»Mit Marageter?«, riet Kotek.

»Allerdings. Und der hat dann, wie wir von ihm selbst wissen, die entscheidende Bemerkung fallen lassen. Er gibt an, wortwörtlich gesagt zu haben: ›Wenn man nur das Häuslschmied-Gold hätte, dann wäre man alle Sorgen los.‹ Vermutlich wird er sich jetzt die

Haare raufen, denn er selbst hat die Prahlereien, die der Herr Scharführer bei seinen Exzessen am Laderdinger Alpl dann und wann vom Stapel ließ, immer für heiße Luft gehalten.«

»Werner hingegen war spätestens jetzt davon überzeugt, dass ihm seine Großmutter keinen Holler erzählt hatte«, vermutete Kotek.

Jacobi nickte. »Von diesem Tag an ging er planmäßig vor. Er machte sich an Hohenauer heran, der Marageter eben den Weisel gegeben hatte, und fragte sie über ihre Großtante aus. Und wäre ihm nicht die Revision der Linzer Sparkasse dazwischengekommen, hätte er den Coup tatsächlich durchziehen können – gegebenenfalls mit zwei Bauernopfern: Tina und Amanda.«

»Aber der Druck, den ihm Schleißheimer zusehends gemacht hat, trieb ihn vorwärts, ließ vieles aus dem Ruder laufen, und eine zunächst kontrollierte Partie verwandelte sich in hektisches, blutiges Blitzschach.«

»Dass Wegener den Schleißheimer ermordet hat, lässt sich vielleicht noch mit dem Zeitaufschub erklären, den er sich davon erhoffte. Aber die Morde an der Bachblüten-Lotte, an Regenmandl und vor allem an der unglücklichen Tina waren keine Präventivmorde mehr, sie erinnern eher an das Um-sich-Schlagen eines Kindes, das keine Rücksicht auf irgendjemanden oder irgendetwas nimmt, um an ein Spielzeug zu kommen.«

»Ich wäre die Nächste gewesen, die er eliminiert hätte«, sagte Kotek zum wiederholten Mal. »Und obwohl Amanda Häuslschmied das verhindert hat, willst du jetzt trotzdem wegen Gattenmords gegen sie ermitteln?«

Der Querschuss erwischte den Oberst auf dem falschen Fuß. Koteks Vorwurf bezog sich auf den Brief, den die Alpingendarmerie in Regenmandls Wagen sichergestellt hatte. In dem Schreiben forderte Hans Häuslschmied seine Muse Lotte auf, aus den USA zu ihm nach Gastein zurückzukehren.

»Melanie, der Brief an Lotte Heinrich …«, stotterte der sonst so coole Jacobi. Seine Märtyrermiene hätte einen Tintoretto sicher zu einem Meisterwerk inspiriert, dann aber sammelte er sich und fuhr energisch fort: »Also, der Brief bringt eindeutig neue Verdachtsmomente ins Spiel, die kann ich nicht so einfach übergehen.«

Er zog ein zerknittertes Kuvert aus einer Innentasche seiner grauen Lederjacke und entnahm ihm einen gefalteten Bogen Papier. »Das hier ist natürlich eine Kopie, das Original wird noch erkennungsdienstlich behandelt. Die entscheidenden Stellen stehen im Mittelteil. Hans Häuslschmied schreibt da: ›Du weißt, dass ich dich und unsre Tochter reich machen kann. Ich habe auch vor, Julie zu meiner Universalerbin zu machen. Komm zu mir zurück, und ich werde für Amanda eine Lösung finden.‹ Das ist mehr als eindeutig, und nicht nur, weil ein SSler diese Formulierung verwendet. Seiner Frau drohte wahrscheinlich ein ähnliches Schicksal, wie es Kamerad Röck ereilt hatte. Ich vermute, sie sollte die damals siebte Leiche im Goldstollen werden.«

»Das vermutest du! Ich sehe das gar nicht so. Oder glaubst du vielleicht, Hans Häuslschmied war so blauäugig oder so präpotent, dass er seine Frau über den Inhalt des Briefes informiert hat?«

»Ob ihr der Inhalt bekannt war, müssen wir noch herausfinden. Angeblich ist ihr Mann nach einer Bergtour an Herzversagen gestorben …«

»Angeblich? Es existiert ein offizieller Totenschein, ausgestellt von einem völlig unverdächtigen Arzt.«

»Von einem Landarzt, der den Exitus eines Achtundsiebzigjährigen sicher nicht sofort auf Digitalis zurückführt.«

»Warum Digitalis?«

»Weil deiner neuen Freundin Amanda Häuslschmied dieses Herzmittel schon seit etlichen Jahren verschrieben wird.«

»Es ist ja auch nicht weiter verwunderlich, dass man in der Ehe mit einem derartigen Scheusal Herzprobleme bekommt«, erwiderte Kotek unterkühlt. »Und die ›neue Freundin‹ kannst du dir auch sparen.«

»Entschuldige. Trotzdem können wir nicht unter den Tisch fallen lassen, dass Hans Häuslschmied selbst nie Digitalis genommen hat. Es wäre für seine Frau also ein Leichtes gewesen, ihn damit umzubringen und diesen Mord als Herzversagen zu tarnen. Wie wir wissen, sind Glykoside wie Digitoxin schon nach Stunden nicht mehr im Blut nachzuweisen. Sie wäre ihm dann auf ähnliche Weise zuvorgekommen, wie er seinerzeit geglaubt hatte, Siegfried Röck zuvorkommen zu müssen.«

»Aber das sind doch nur reine Vermutungen über einen fiktiven Tatbestand, der noch dazu mehr als zehn Jahre zurück datieren würde.«

»Mord verjährt nicht.«

»Aber nur, wenn einer begangen wurde, und wie willst du das beweisen? Indem du dich auf eine Stufe mit Wegener stellst und der alten Frau die Daumenschrauben ansetzt, um ihr ein Geständnis abzupressen?«

Melanies eben noch blasse Wangen hatten Farbe bekommen, und Jacobi hätte eine gefühlsarme Dumpfbacke sein müssen, um nicht zu merken, dass er seine ohnehin schon mitgenommene Partnerin in einen argen Gewissenskonflikt gestürzt hatte. Sie fühlte sich Amanda Häuslschmied und ihrem weiteren Schicksal persönlich verpflichtet. Wie persönlich, das verdeutlichte ihre nächste Äußerung.

»Du wirst nicht weiterermitteln lassen, Oskar. Ich finde es wirklich bedauerlich, dass ich es noch einmal betonen muss: Amanda hat mir das Leben gerettet. Egal, wie wichtig ihr dabei die Rettung des eigenen Lebens war oder ob es ihr, der Frau eines mörderischen SSlers, dabei um Rache für Tina Hohenauers Tod gegangen ist, eins steht doch wohl fest: Ohne ihre Coolness würde ich jetzt nicht hier sitzen. Und weil ich gerade ihre eigene Rettung erwähne, sie hätte auch ohne Weiteres abwarten können, dass Wegener auch mich erschießt, wie er es zuvor mit Tina gemacht hat, und hätte ihm erst dann das genaue Versteck des Goldes und alle Details verraten können. Dass sie nicht so lange gewartet hat, sollte dir auch etwas wert sein.«

Das war deutlich. Nicht Amanda Häuslschmied, sondern ihm, Jacobi, wurden jetzt die Daumenschrauben angesetzt – und sie taten ihre Wirkung. »Okay, Katze, wir werden nicht ermitteln.«

Glossar

auf Revers verlassen – einen Krankenhausaufenthalt auf eigene Verantwortung abbrechen

bamstig – frech, vollmundig, präpotent

Bascht (mda.) – (auch: Bartl) Bartholomäus

Beihirsch – jüngerer oder schwächerer Hirsch, der sein Glück versucht, wenn der Platzhirsch abgelenkt ist.

besoffener Kapuziner – alkoholgetränkte Mehlspeise

Bloch (ugs.) – Langscheit, Kantholz, Stamm, länglicher Holzblock

Butter am Kopf haben – bereits eine moralische Hypothek mit sich schleppen

das Mensch (mda.) – Mädchen, unverheiratete junge Frau

Egger-Lienz, Albin – Osttiroler Maler

Einlieger – Mieter bei einem Bauern

Einschicht – abgelegene Gegend

Flitschn (mda.) – (auch: Flitscherl) Flittchen, Nutte

GI – *government issue* (Staatseigentum); der Aufdruck auf US-Militäreigentum übertrug sich auf die Soldaten

Godn (Goti) – Tauf- oder Firmpatin; ironisch für: spendable Frau (männl. Pendant = Göd)

Grätzel, das – Stadtviertel, auch etwas geringschätzig für: kleine Gruppe, Interessengemeinschaft

Gspusi (mda.) – Liaison, Verhältnis

gspritzter Obi (mda.) – Apfelschorle, gespritzter Apfelsaft

Gstopfte (mda.) – wohlhabende Leute

Häfen, der oder das – Gefängnis

Haftelmacher – Erzeuger von Ösen, Häkchen und ähnlichem; Redensart: aufpassen wie die Haftelmacher

heuriger Hase – unerfahrener Mensch (Redensart: kein heuriger Hase sein)

Innergebirg – die Salzburger Tauerntäler am Alpenhauptkamm

keinen Holler erzählen – nicht die Unwahrheit auftischen

Kiebitz – ungebetener, sich aufdrängender Ratgeber
Kiwerer (Kiberer) – Kriminalbeamter, Polizist
Krampus-Pass, die – Gruppe von drei bis acht Krampussen mit Nikolaus
Krida – Konkursvergehen
Latsche – Bergkiefer, Legföhre, Knieholz
LGK – Landesgendarmeriekommando; bis Juni 2005, dann in die Polizei integriert
MEK – Mobiles Einsatzkommando; mittlerweile in die Cobra-Einheiten integriert
plemplem – verrückt, von Sinnen
Sandler – Penner
Scherm – hinterer Teil einer Almhütte (vom latein. »scirpus«: Schirm, Unterstand)
schmähstad (mda.) – mundtot, in Argumentationsnotstand
Spezi (ugs.) – Freund, Kumpel, Kumpan
Techtelmechtel (ugs.) – Flirt, außereheliche Beziehung
triezen (ugs.) – sekkieren, reizen
vernadern – jemanden schlechtmachen
von der ersten Reihe fußfrei aus miterleben – hautnah miterleben
Wastl – Sebastian
Weisel – jemandem den Weisel geben (ugs.): sich trennen von jmdm.
Wuschzn – (Pongauer u. Pinzgauer Dialekt) Wurzel